诺贝尔文学奖作家文集·丘吉尔卷

河战

［英］温斯顿·丘吉尔——著
王冬冬——译

The River War

漓江出版社

图书在版编目(CIP)数据

河战 /（英）丘吉尔著；王冬冬译. -- 桂林：漓江出版社，2020.8
ISBN 978-7-5407-8791-2

Ⅰ.①河… Ⅱ.①丘…②王… Ⅲ.①纪实文学–英国–现代 Ⅳ.①I561.55

中国版本图书馆CIP数据核字（2019）第274429号

河战

HE ZHAN

［英］温斯顿·丘吉尔　著
王冬冬　译

出　版　人：刘迪才
策划编辑：孙静静
责任编辑：陆　源
助理编辑：林培秋　孙静静
书籍设计：石绍康
责任监印：黄菲菲

出版发行：漓江出版社有限公司
社　　　址：广西桂林市南环路22号
邮　　　编：541002
发行电话：0773-2583322　　010-85893190
传　　　真：0773-2582200　　010-85890870-814
邮购热线：0773-2583322
电子信箱：ljcbs@163.com
微信公众号：lijiangpress

印　　　制：北京中科印刷有限公司
开　　　本：880 mm×1230 mm　　1/32
印　　　张：12.5　　　　　　　　字　　数：260千字
版　　　次：2020年8月第1版　　印　　次：2020年8月第1次印刷
书　　　号：ISBN 978-7-5407-8791-2　定　　价：60.00元

漓江版图书：版权所有·侵权必究
漓江版图书：如有印装质量问题，可随时与工厂调换

目 录

001	第 一 章	马赫迪起义
045	第 二 章	特使的命运
083	第 三 章	托钵僧帝国
105	第 四 章	备战岁月
124	第 五 章	战争爆发
144	第 六 章	菲尔科特之战
154	第 七 章	收复栋古拉省
179	第 八 章	荒漠铁路
202	第 九 章	阿布哈迈德
222	第 十 章	柏柏尔
238	第十一章	全面侦察
253	第十二章	阿特巴拉之战
266	第十三章	终极进军
280	第十四章	9月1日行动
292	第十五章	恩图曼之战
326	第十六章	恩图曼的沦陷
337	第十七章	"法邵达"事件
352	第十八章	青尼罗河之战
370	第十九章	哈里发的陨落
389	附录	

第一章　马赫迪[1]起义

一直以来尼罗河[2]都滋养着非洲大陆东北部。在这条母亲河的源头坐落着埃及管辖的苏丹，那是一片广袤而肥沃的土地。由于地处大陆中央，四周绵延500英里的山脉、沼泽和荒漠将这些偏远的地区与海洋隔绝。尼罗河是他们繁衍生息的唯一依靠，也是他们文明进步的唯一途径。正是通过尼罗河，他们才得以和外界建立商业联系，欧洲文明才得以渗透到这片落后的区域。苏丹通过尼罗河和埃及相接，就像潜水员通过输气管和水面相连一般。如果没有了这条输气管，潜水员便会窒息；如果没有了尼罗河，苏丹将一无所有！

喀土穆[3]，坐落于青尼罗河和白尼罗河交汇处，是南方贸易的

---

[1] 马赫迪（Mahdi），意为"蒙受真主引导的人"。伊斯兰教经典之一《圣训》曾预言：马赫迪是世界末日来临前一个有宗教领袖性质的人物，是穆斯林的领导者。伊斯兰教历史上曾有很多人自称马赫迪降世，其中最著名的是苏丹人马赫迪·穆罕默德（原名穆罕默德·艾哈迈德，1848—1885），他是19世纪末苏丹反英民族大起义（马赫迪起义）的领导者。此处即指穆罕默德·艾哈迈德。

[2] 尼罗河（Nile），世界第一长河，发源于白尼罗河源头的卡盖拉河。白尼罗河和青尼罗河是其两大支流。

[3] 喀土穆（Khartoum），苏丹共和国首都。苏丹共和国于1956年建立，2011年分裂为苏丹共和国和南苏丹共和国。作者在非洲活动的年代，苏丹尚未独立，由英国、埃及共管。

必经之地。它就像一个发射器,将从各方汇集来的商品通过尼罗河向北运往地中海沿岸。同时它也是苏丹肥沃土地的最北端。在喀土穆和阿斯旺[1]之间,尼罗河流经1200英里的无垠荒漠。最终,荒漠逐渐远去,尼罗河在埃及境内和三角洲地区再现生机。本书所关注的正是这些发生在无垠荒漠中的事件。

在政治家和探险家眼中,真正的苏丹和南方水源充沛、绵延起伏的繁茂之地相距甚远。事实上还存在着另外一个被一些人误解的苏丹。这个偏远的苏丹从埃及边境沿尼罗河延伸至恩图曼[2]。这是士兵们的苏丹。没有财富和希望,但它饱含历史沧桑。它那些破旧的村落有着和那些遥远而开明的民族相似的名字。它那不毛之地的风景如画作一般。它无边的荒漠饮舐过勇士的鲜血,那些炙热、黑暗的岩石见证过举世的悲剧。它便是战场。

这片辽阔的土地也许会顺理成章地被称作"战地苏丹",带着明显的不确定性在非洲大陆上延伸开来。沙漠中的平地褐中泛红、橙里透白,只是偶尔会被一些奇形怪状、光秃秃的黑色石柱隔断。无雨的风暴不知疲倦地在炽热干裂的大地上空舞动。被风裹挟的细沙深深地堆积在山丘上的深色石块间,像极了雪花依附在阿尔卑斯山顶的景象,只不过这里的雪花如火一般,仿佛能落

---

1 阿斯旺(Assuan),埃及南部城市。
2 恩图曼(Omdurman),苏丹名城,又译"乌姆杜尔曼"。位于白尼罗河左岸同青尼罗河汇合处,隔河与首都喀土穆和北喀土穆相望,构成首都"三镇"。此城原为小村,1885年苏丹民族英雄马赫迪病逝后,他的继承人哈里发阿卜杜拉在喀土穆对岸兴建新城,即恩图曼。

入地狱。大地燃烧着岁月无尽的渴望，钢青色的天空，没有一片云朵能阻拦太阳无情的炙烤。

尼罗河在沙漠中穿梭，宛如一条细青丝穿过一块巨大的棕色粗毛毯，虽然每年有一半的时间她也是棕色的。河水环绕沙滩，浸透河岸的地方便是植物生长繁茂的区域，和远处的沙漠相比尤其赏心悦目。尼罗河蜿蜒穿梭3000余英里，对她周边的一切来说都是不可或缺的，她在这里最为珍贵。旅行者像依靠挚友般在危难之时坚定地偎依在尼罗河畔。遍地烈焰灼灼，此处却阴凉满布；沙漠炙热难耐，此处却凉爽至极；大地干涸龟裂，此处却水源充沛。这深褐色的画面也因这抹宝贵的绿色而显得明朗起来。

然而，那些未曾目睹过沙漠或不曾被烈日炙烤过的人也许不会欣赏这岸边旺盛的灌木。营养匮乏的芦苇和水草在水边杂乱而疯狂地生长着。随着一年一度的洪水干涸散去，那些草丛之间的暗黑色腐烂土壤也碎裂成颗粒状。这里不适合一般的草木生长。遍地的荆棘，就像竖起满身尖刺的刺猬，傲慢地疯长着，仗着它们纠结成团的刺儿阻断道路。只有站在边缘的棕榈树显得比较友好。沿着尼罗河旅行的人们必须时不时地去关注那些长得繁茂的灌木，在那些蔓延开来的枝叶之间，偶然泛出的红黄色光点代表着一片成熟的丰盛庄稼，同时也抗议着：大自然并不总是邪恶而残酷的。

即使不和沙漠相比，尼罗河畔放眼望去也是广阔的贫瘠之地。千篇一律，它们吸引人的地方是它们的悲伤。然而，有那么一个小时，一切都变了。就在太阳落下西方的峭壁之前，一道柔美的霞光突然出现，使这片风景变得明亮而充满活力。这就像泰坦尼克号上的画家在灵感涌现之时润饰着他的画作。他在岩石间画上深紫色的阴影，突显了沙滩上的光线，并将一切都美化，镀上金黄色，最终创作出了一幅熠熠生辉的画作。在微风中，尼罗河宛如一个湖泊，从土黄色变成了银灰色。西方的天空也由灰青色变深成了紫色。眼前的一切都在这神奇的笔触下变得惟妙惟肖、栩栩如生。随后，太阳落下山间，天空逐渐褪去色彩，沙滩上的霞光缓缓消散，慢慢地，一切都灰暗下来，就像一个失血垂死之人的面颊。黑暗中的我们忧郁悲伤，直到星光将夜空点亮，提醒着我们光明就在前方。

这片土地的美是瞬间的美，她的表情孤独凄凉，她的性格异常坚定。战争从不需要刻意地去为其营造凄凉的氛围，就像在酷暑灼热的地方根本不需要烧碱车间。沙漠中水源匮乏，沙石都在向无情的天空祈求雨露，对于它们这种渴望的嘲弄显然是一种卑劣的行为。

荒凉在此处倍增，只有尼罗河畔才有生命的存在。如果一个人想离开尼罗河，当他向西走便会发现大地荒无人烟，直到美洲海岸线他才可能发现阿拉伯卡巴比什部落[1]孤独的帐篷或某队商人的篷车。或者他可能朝东走，直到孟买出现在地平线上，也只能发现沙滩、海洋和太阳。在这不毛之地，水源向来难以找寻。

在整个河战中，尼罗河无疑是最为重要的。她是整部剧中反复出现的主旋律。将领策划军事行动，政治家制定重要政策，读者

---

[1] 卡巴比什部落（Kabbabish），非洲闪米特游牧民族的一个部落，英埃统治下苏丹最大的阿拉伯部落。

想知道战争的过程或者结果，都必须去认真思考尼罗河。她是其所流经的这片土地的生命。她也是我们战争的起源，是我们战斗的方式，是我们的终极目标。这个故事中的每一页都应出现尼罗河的身影。在那些战斗期间，她静静地在棕榈树的掩映下闪闪发光。她也几乎是每一次军事行动的缘由所在。士兵们夜里傍着河岸安营扎寨，白天背靠或侧倚着无法逾越的河流发起或迎接战斗。岸边，每天清晨和夜晚，排成长队的骆驼、马匹、骡子和待宰的牛群趋之若鹜。无论是埃米尔[1]、托钵僧[2]、军官、士兵，还是友军和敌人，都像跪拜在古埃及的真主跟前一般汲取他们日常所需的水源，装入皮革或者水壶中。没有尼罗河，任何人都无法开始他们的行程，也无法继续行进下去。没有尼罗河，任何人都将无法成功回到原点。

任何一个行走在尼罗河畔的人，无论是商人还是战士，都会毫不吝啬地把他们敬仰和感激的颂词赋予这条伟大的河流，因为在每段行程和每个阶段她都给予了他们莫大的帮助。千百年来，尼罗河每年都上演一次洪水的奇迹。每年雨季来临，非洲中部山脉的积雪开始融化之时，尼罗河的源头就变得水流湍急，一些大的湖泊也会涨满水。支流穿过大片的低洼湿地，漫过数英里，调节水量，就像海绵一样，保留了大量的水源，避免出现某一年水量过多而次年水量不足的现象。在遥远的埃及，王子、教士和农

---

[1] 埃米尔（Emir），阿拉伯国家的贵族头衔，此封号用于中东地区和北非的阿拉伯国家，突厥在历史上亦曾使用过这个封号。
[2] 托钵僧（Dervish），伊斯兰教的一个群体。

民焦急地望向南方，期待着水位上涨。洪水慢慢地来临。巴尔卡扎河[1]从一个连接几个水池和沼泽地的水渠，涨成了一条宽阔的可通航河道。索巴特河[2]和阿特巴拉河[3]干涸的河道，偶尔有几个聚集各种鱼类和鳄鱼的水池，此时也变成了一条奔腾的河流。但是所有这些都和埃及相距甚远。洪水和阿特巴拉河汇合之后，就再没有一滴水汇入尼罗河了。洪水流经700英里的沙地，涌入努比亚[4]沙漠岩石间的急瀑中。干涸的土地、燥热的空气以及炙烤的太阳，都疯狂地汲取着水分。尽管尼罗河因此水量锐减，但她流经阿斯旺的时候，水量依然足以养育 900 万人，能满足他们科学和工业发展所需的最大水量。最终注入地中海的河水流量为每秒 61500 立方英尺。当然，尼罗河的恩赐不仅仅是水。尼罗河水面上涨的同时，颜色也发生了变化。清澈的青色河面变得浑厚泛红，裹挟着神奇的泥土，在沙漠中孕育了城市，把荒野变成了花园。地理学家也许仍然带着科学的傲慢神态把尼罗河描述为"一条伟大的、平稳流淌着的河流，热带雨水不断给她补给；上游巨大的水库和一些平静的水域调节着她。每年有大量洪水注入，东部的支流因此水量充沛"（《大英百科全书》），但是那些深深地被这温柔且掌控命运的河水所养育着的人们——之所以说掌控命运，是因为他们把生和死都给予了这条河

---

1 巴尔卡扎河（Bahr-el-Ghazal），苏丹西南部的一条河流。
2 索巴特河（Sobat），苏丹境内尼罗河的主要支流。
3 阿特巴拉河（Atbara），尼罗河最北支流。
4 努比亚（Nubian），非洲东北部一地区，指苏丹北部和埃及南部的沿尼罗河地带。

流——将会明白,为什么古埃及人如此崇敬这条河流。甚至在今天,他们也不能轻易摆脱意识中这股神秘的敬意。

喀土穆和"战地苏丹"的南部更为富饶。尼罗河的支流使岸边绿洲成倍地增加。来到赤道附近,降雨量也不断增加,这里适合植物生长,因此适宜人类居住。这个国家的大部分区域气候恶劣,极其炎热,连欧洲人也不能长期忍受这种气候的摧残。但这里也绝非毫无价值。东部的森纳尔省[1]盛产谷物,也许还适合大量种植棉花。西部辽阔领土内的科尔多凡省[2]和达尔富尔省[3]有大片的草地可以用来放牧牛群,也为大量的巴加拉人[4]以及阿拉伯牧民提供了谋生的途径。这些阿拉伯人也会采取一定的手段和策略,去猎捕高速奔跑的长颈鹿甚至速度更快的鸵鸟。东南部是广袤的巴尔卡扎地区,有繁茂的森林和丰富的水源。再往南更靠近赤道的地区,在热带环境中的雨林和湿地更为繁茂,整片土地湿润而苍翠。在高耸的丛林或平地上随风摇摆的长草间,体形硕大的大象漫步在有400多只牲畜的牧群中,因此很难被装备精良的猎人

---

[1] 森纳尔省(Sennar),位于苏丹东部,青尼罗河流经。
[2] 科尔多凡省(Kordofan),位于苏丹中西部的省份。
[3] 达尔富尔省(Darfur),位于苏丹西部的省份。
[4] 巴加拉人(Baggara),苏丹达尔富尔地区的阿拉伯游牧部族。他们为自然条件所迫,住在非洲西起乍得湖,东至尼罗河的北纬10°至南纬13°之间的地区,这一地带宜于牛而不宜于骆驼的放牧。他们可能是阿拉伯人的后裔。牧牛是巴加拉人的生计,他们需在旱季南移至河流经过之地,雨季北移到草原地带。在季节性迁移之间,种植高粱、谷子以及本地生长的苏丹作物。巴加拉人由于同本地其他部族如富拉尼人等频繁交往,已使巴加拉语变成一种独特的阿拉伯方言。

打搅到。它们的牙齿是赤道附近一些省份的重要财富。大量的象牙被猎取,因此艾敏[1]帕夏[2]开始谴责那些猎杀这些珍贵的厚皮动物的行为(《艾敏帕夏的生活》,第一卷,第九章)。虽然只有当地人用长矛和猎枪捕杀它们,但是每年也有不少于12000英担[3]的象牙出口到其他国家(出处同上)。人类所知的所有其他大型动物也都遭受着同样鲜为人知的待遇。凶猛的犀牛倒在了灌木丛下。在凄凉的沼泽地中,庞大的犀牛、鳄鱼和水牛在芦苇丛中繁衍生息。人们熟知的羚羊和许多不知类别的物种,拥有奇特毒液的蟒蛇,成千上万的鸟、蝴蝶和甲虫,全都生活在物资丰饶的大自然中。勇敢的探险家如果能从他在这里的探险中幸存,那么他的成就将被写进自然科学历史和他个人的荣誉中。

除了他们的恶习和不幸,苏丹人民和与他们共处的动物不会在数量上不均衡或者相处不和谐。然而,根据最乐观的估计,在整个国家的人口没超过300万之前,战争、奴役和压迫将一直困扰着他们。这片辽阔的土地上有各种各样的气候和环境条件,因

---

1 艾敏(Emin,1840—1892),原名爱德华·施耐,译Eduard Schnitzer,德国医生、探险家和埃及苏丹行政主管。曾任奥斯曼帝国军医及行政长官,因而取了土耳其名字。1876年在喀土穆任英国将军查理·乔治·戈登部队的军医。1878年被指派为赤道省省长。马赫迪起义时,埃及政府曾放弃苏丹(1884),艾敏陷入孤立,1888年为亨利·莫顿·斯坦利所救。后来在一次远征赤道非洲途中被阿拉伯奴隶贩子杀害。

2 帕夏(Pasha),是奥斯曼帝国行政系统里的高级官员,通常是总督、将军及高官。帕夏是敬语,相当于英国的"勋爵",是埃及前共和时期地位最高的官衔。

3 英担,重量单位,1英担等于112磅。

此也孕育了形形色色奇特的人种。苏丹人由很多部落构成，其中两个主要的种族差异明显：土著居民和阿拉伯移民。苏丹的土著居民是黑色人种，像煤炭一般黑。他们是身体强壮、精力充沛、头脑简单的原始人，他们过着我们想象得到的原始人的生活，狩猎、斗争、生育、死亡，丝毫没有生理需求满足之外的任何欲望可言。除了那些在发展较落后的民族中共同形成的鬼怪、巫术、崇拜祖先和一些其他形式的迷信活动，他们无所畏惧。他们身上展示了原始人的美德，他们诚实勇敢。但是智力的欠缺使他们的行为逐渐退化。他们的无知赐予了他们清白。然而，他们的颂歌一定是短暂的，因为尽管他们的习俗、语言和外表随着他们所居住的地区和所属的部落而变化，但所有历史都是一个混乱的纷争和苦难的传说，他们的本性同样残酷无耻，他们的生活状况同样肮脏穷困。

尽管黑人在数量上占据优势，但是阿拉伯人却在权力上占据了上风。入侵者的智慧和他们更好的品格力量战胜了土著居民的勇猛。伊斯兰教时代[1]的第二个世纪，当阿拉伯人出征征服世界的时候，一支远征军袭击了苏丹南部。跟随着第一批探险者，阿拉伯人不仅从阿拉伯半岛，而且穿过沙漠从埃及和摩洛哥陆陆续续地移民来到苏丹。至此，阿拉伯人开始像水浸入干燥的海绵一般进入这片土地，并将触角延伸至整个苏丹。土著居民无法驱逐这些入侵者，只好接纳他们。这些更强大的民族把他们的习俗和语

---

1 伊斯兰教时代（Mohammedan era），始于公元622年。

言强加于土著黑人。他们血液中的活力显著地改变了苏丹人的面貌。一千多年来，对黑人种族似乎有着奇特影响力的伊斯兰教不断渗透到苏丹人的生活中。尽管无知和自然屏障阻碍了新思想的进步，但是整个黑人种族还是逐渐地接纳了新的宗教并且发展了阿拉伯人的特征。入侵者最初定居的苏丹北部地区，完成了种族的演变。苏丹的阿拉伯人是由黑人和阿拉伯人通婚繁衍而来的，但最终又明显区别于这两种人。在遥远而交通闭塞的南部和西部地区，黑人种族保留了原始的特性，迄今也没有受到阿拉伯人的影响。在这两种极端之间，存在着各种程度的混血人种。有一些部落讲着纯正的阿拉伯语，在马赫迪崛起之前，正统的穆斯林信仰非常盛行。在其他一些地区，阿拉伯语仅仅改变了一些古老的方言，伊斯兰教也适应了旧的迷信观念。但是，尽管阿拉伯黑人和土著黑人之间存在的诸多隔阂被不同程度的混血人种驱散，这两个民族在早期还是迥然不同的。

极少有人看得起混血人种，阿拉伯人和黑人混血产生了一个低贱而残暴的种族，他们比原始的野蛮人更加聪明，因此也让人更加憎恶。强势的种族很快就开始欺压弱势的土著居民。有些阿拉伯部落是骆驼养殖者，有些是牧羊人，还有些是巴加拉游牧民或者牧牛者。所有这些人，毫无例外，都是人类猎捕者。黑人俘虏被源源不断送往吉达[1]著名的奴隶市场，这样的黑人贸易持续了

---

[1] 吉达（Jedda），沙特阿拉伯西部港口城市，位于红海东岸，沙特第二大城市、商业中心。

数百年。火药的发明以及阿拉伯人引进的枪支，将无知的黑人置于更加不利的地位，进一步推动了奴隶贸易的发展。因此，苏丹在这几个世纪中的状况可以总结如下：占据统治地位的阿拉伯入侵者不断地将他们的血脉、宗教、习俗和语言渗透到土著黑人之中，同时欺压并奴役他们。

由此产生的社会状态或许很容易想象。好战的阿拉伯部落在不断的战乱和纷争中互相打斗。黑人要么在被捕的恐惧中颤抖，要么在当地聚众起义反抗压迫者。偶尔，某个重要的谢赫[1]会促使多个部落结成联盟，从而形成一个王国——一个由军人阶层组成的联盟，配有枪支和大量奴隶，他们的仆人和商人，有时也被训练成士兵。这个联盟的统治可能会邪恶地发展壮大，直到被一个更强大的联盟推翻。

沙漠将苏丹与外界隔离，这里发生的一切也都被外部世界所忽视。这种缓慢而痛苦的发展过程似乎独立且不间断。但是，最终欧洲人改变了这一切。另一种文明在罗马凯旋式[2]和伊斯兰教

---

[1] 谢赫（Sheikh），阿拉伯语中对阿拉伯亲王、酋长、首领、村长以及伊斯兰教教长等的尊称。

[2] 罗马凯旋式（Roman triumph），源于埃特鲁里亚地区的一种宗教仪式，是罗马军事指挥官所能得到的最高荣誉。罗马将领要获得一次凯旋式，必须符合这样一些条件：拥有绝对统治权/统帅权（该强制条件后来逐渐变得宽松）；在对外敌作战中获得决定性的胜利（杀敌至少5000人）；在战场上必须要被部下士兵欢呼为"英帕拉多"（古罗马的"大将军、凯旋将军""皇帝、元首"之意，如同中国人喊"万岁"一样）；至少得将一支象征性的军队带到罗马城来。元老院投票授予他一次凯旋式（这样就要允许凯旋当日他在罗马城墙之内保有其统帅权）。此处作者意指罗马文明。

远大抱负的废墟之上诞生了——一种更强大、更辉煌，但同样具有侵略性的文明。征服的冲动驱使法英两国分别侵入加拿大和印度，把荷兰人送到了开普敦[1]，促使西班牙人远征秘鲁。征服战争也波及非洲，带领埃及人来到了苏丹。1819年，穆罕默德·阿里[2]利用征服战争的契机，让他的儿子伊斯梅尔率领一支强大的军队来到尼罗河上游。阿拉伯部族纷争不断，由于30年的全面战争而精疲力竭，被忽视的宗教信仰不再激励着他们，因此他们的反抗力量相当薄弱。他们的奴隶过着最糟糕的生活，对于征服战争无动于衷。黑人土著居民沉默而恐惧。埃及人仅凭寥寥数场战役就征服了广阔的领土。随后，远征军队离开驻地，带着胜利回到了三角洲地区。

对一个文明的社会来说，尝试经营什么企业能比开垦野蛮人的肥沃土地和教化大量人口更高尚、更有利可图呢？给战乱的部落以和平，在充满暴力的社会推行公平正义，打破奴隶身上的枷锁，从土地中谋取财富，播下早期商业和学习的种子，提升全体人民的幸福感并减少他们的痛苦——还有什么更美好的理想或更有价值的奖励可以激励人们去努力呢？他们行为端庄，训练积极，他们的成果也相当丰硕。然而，随着他们的思想从充满美好

---

1 开普敦（Cape Town），南非第二大城市。1652年荷兰人入侵开普敦，并发起了多场殖民战争。
2 穆罕默德·阿里（Mohammed Ali，约1769—1849），出生于卡瓦拉（今属希腊共和国），奥斯曼土耳其帝国驻埃及总督，穆罕默德·阿里王朝的创立者。他常被称为现代埃及的奠基人。

的期望转向被丑恶的功利企图占据，一系列负面的思想出现了。辛勤劳作的民族勤俭节约、忍饥挨饿，为了以后能吃饱肚子去享受奢侈的帝国主义生活。野蛮民族对他们的野蛮行为一无所知，对所遭受的痛苦冷漠麻木，对生命毫不在乎，但是对自由却矢志不渝。他们带着满腔怒火抵抗着善意的入侵者，在被说服认识到自己的错误之前，他们做出了成千上万无谓的牺牲。征服和统治之间不可避免的鸿沟，充满了贪婪的商人、不合时宜的传教士、雄心勃勃的士兵和狡猾的投机者，他们使被征服者不再安分，也激起了征服者的肮脏欲望。当思想的眼睛依赖于这些邪恶的欲望，我们似乎不可能相信任何充满希望的未来会通过一条如此肮脏的途径到来。

从 1819 年到 1883 年，埃及统治着苏丹。它的统治并不仁慈、明智，也没有什么成果。其目的是为了剥削，而不是帮助当地人民。人民的苦难持续加重，从未减轻，但是这样的情况却被掩盖了。取代那些粗暴、不公正行为的是错综复杂的腐败和贿赂。暴力和掠夺更加可怕，因为它们披上了合法的外衣，拥有了权力的后盾。这片土地十分贫瘠，尚未开发，因此不能维持当地居民的生活。大批外国驻军和成群贪婪的官员给当地增加了额外的负担，经济状况更加窘迫，物资匮乏频繁出现，饥荒也时常发生。喀土穆腐败无能的总督以惊人的速度频繁更换。不断的变化，阻止了一些明智政策的施行，却并没有中断这里的暴政。统治者们几乎毫无例外，始终在压迫人民。他们管辖的成功与否，是由埃及的一些政府部门通过其从当地人身上压榨勒索的金钱数量来衡量的；对于在苏丹的官员，则通过他们设立办事处的数量来衡量。有几个清廉官员的正面案例，但相比之下，这些也仅仅是增加了人们的不满。

埃及的统治极不公正，但它保留了帝国统治的华丽外表。埃及代理领事居住在青、白尼罗河交汇处的省份。外国势力的代表在这个城市建立了他们自己的驻地。南方的贸易集中在喀土穆。在那里，下属省长和省督每隔一段时间整理报告一次各省的情况并接受指示。他们收取着来自赤道的象牙、科尔多凡的鸵鸟羽毛、达尔富尔的树胶、森纳尔的谷物和所有地区的税款。那些行为粗暴的统治者在前往开罗和欧洲的途中穿过首都，被困在了沼泽和森林中。他们每年编制繁杂而华丽的政府收支报告。埃及和它的那些附属地之间保持着一种复杂而有尊严的主从关系。埃及的探索者对东方人民表现出的不寻常的政治能力感到惊讶，他们试图接受努巴尔帕夏一段有名的言论，即："我们已经不在非洲，而是在欧洲了。"帕夏曾亲口向伊斯梅尔总督讲过这句话。然而，这一切都是可憎的假说。"埃及人在这些遥远国度的统治，用最糟糕的文字来描述的话就是一无是处。"（《戈登上校在中非》，1879年4月11日）肆意而过分的苛税只能通过武力来实现。如果一个小头目逾期未能上缴税收，他的邻居们就会群起而攻之。如果一个阿拉伯部落不服从命令，政府就会派军队来镇压。然而阿拉伯人的缴税能力基于他们在奴隶贸易上的成就。当他们俘获大量奴隶的时候就会有可观的利润入账。埃及政府加入了国际反奴隶贸易联盟。然而,他们精心谋划着和阿拉伯人一起,间接地从奴隶贸易中捞金。(《埃及》,第11卷,1883年)

在征收税款的惨烈战争中,那些总督和将领从欺诈中获得的利益远比用武力获得的多。他们不会因某个诡计和背叛太过刻薄而不去采纳,也不会因某个誓约或协议太过神圣而不愿去打破。他们的手段异常残酷,如果荣誉无碍于他们的成就,怜悯就无法抑制他们那些可耻的胜利的影响。软弱的统治者们乐此不疲地命令胆小的士兵去执行最野蛮的处决。总督推行的政治手段和社会风气,或多或少地被各级官员根据其在本省的地位模仿着。他们完全隐藏在文明的视野之下,所以享有更大的行政权力。他们的教育水平低下,所以他们的行为变得更加粗暴。同时,他们也是在潜伏着危机的火山上寻欢作乐。那些阿拉伯部落服从着,而黑人们则畏缩着。

支持专制独裁政权的是一支不中用的军队。将近4万人,分布在8个主要驻地和许多较小的营地。遥远的距离和诸多的自然障碍,将他们孤立在一个交通闭塞的地区。他们生活在大量野蛮好战的狂热宗教徒之中,这些野蛮人种的愤怒随着他们的痛苦与日俱增。总督的军队仅能依靠他们军官的能力、良好的纪律性,以及武器的优越性来保障自身的安全。埃及军官因其在公众面前的无能,以及私底下的暴行在当时臭名昭著。败坏的声誉以及恶劣的气候,阻碍了那些受教育水平更高和更富有的人到苏丹这些遥远的地区发展。有机会远离南方的人都不会到那里去。埃及总督们保留在三角洲的军队,按照欧洲的标准来看,只是一群乌合之众。这些军队训练不良,薪资被拖欠,士兵异常怯懦。但三角洲军队里的败类对苏丹军队来说就是精英。这些军官默默无闻地在偏远的省府长久地驻扎,很多人献出了毕生的时间。有些人因受处分而被发配过去,有些人是因为受到冷遇,有些人因极度贫困而被迫到埃及境外服役,另一些人则怀着猎奇的思想被吸引到了苏丹。那里的大多数人都拥有那个国家的女人,只要他们有钱,他们就能通过任何方式来获得。他们许多人都是绝望而典型的酒鬼。几乎所有人都狡猾、懒惰而无能。

  在这些人的领导下,最精良的军队都会瞬间垮掉。在苏丹的埃及人不是优秀的士兵,就像他们的军官一样,他们是总督军队里最差的一部分人。就是这样的一些人,被迫去到了南方。他们懒散软弱,训练不良,纪律涣散,士气低落。这还并不是他们所有的弱点和存在的隐患。因为当正规军消沉的时候,一支强大的当地非正规军(苏丹步兵)出现了,和那些士兵一样配备着武器,数量更多、更勇猛,对外国驻军的恐惧持续减少,仇恨不断增加。在正规军和非正规军的背后,还有沙漠中狂热的阿拉伯部落和森林中勤劳的黑人种族,他们遭受着痛苦和不公正的折磨,认为外国人是他们所有灾难的根源,只是他们能力有限,还无法联合起来将外国人驱逐出境。从来没有哪个统治政权像埃及人在苏丹的统治那样不堪一击。神奇的是，它居然存在了如此之久，并且没有瞬间崩塌。

两个性格鲜明的人物与实际矛盾的激化有着不可割裂的联系，一个是英国将军，另一个是阿拉伯教士。然而，尽管他们的状况差异明显，对比强烈，但是在许多方面却也十分相似。他们都是真诚而热心的人，拥有热切的同情心和激昂的情绪。两人都深受宗教热情的影响。所有与他们接触过的人都为他们的个人影响力所折服。两人都是改革者。这位阿拉伯教士就像是英国人在非洲的后裔；而这位英国将军也像一个更加优秀、文明程度更高的阿拉伯人。最终他们都战斗至死，但是他们人生中很重要的一部分是他们共同将苏丹的前途命运推向了同一个方向。"马赫迪"穆罕默德·艾哈迈德，我随后将会详细介绍他。查理·戈登[1]则需要在此处做些简单的介绍。早在这个故事开始之前，他是被人熟知的欧洲人，而他"常胜军"的名气也远扬至中国的长城。

埃及的暴政和苏丹人的苦难在19世纪70年代达到了顶峰。这种情况带来的只有暴力冲突。阿拉伯部落从不缺少愤怒，他们缺乏的是对所有叛乱来说至关重要的两种道德力量：第一个是意

---

[1] 查理·戈登（Charles Gordon），即查理·乔治·戈登（Charles George Gordon，1833—1885），维多利亚时代的英国工兵上将。由于在殖民时代异常活跃，被称为中国的戈登和喀土穆的戈登。他是一位管理能手，在领导常胜军时表现出一定战术技巧。但对宗教有异常的癖好，自信具有神奇的力量，可以影响异邦民族。

识到有更好的事物存在，第二个是联合精神。戈登将军向他们展示了第一种力量，马赫迪则给他们提供了第二种。

如果想要了解查理·戈登将军一生中的某一部分，就必须了解其余所有的。他多舛的命运将带着他从塞瓦斯托波尔[1]到北京，从格雷夫森德[2]到南非，从毛里求斯[3]到苏丹，读者们将会沉迷于这些故事。每个故事都古怪而恐怖或者充满戏剧性。然而，这些故事都非凡出众，演员更加非同寻常，前无古人，后无来者。真正无私的人稀有而珍贵。中国皇帝、比利时国王、开普敦殖民地总理、埃及的总督，他们都是大块领土上不同程度的统治者，全都在为争取戈登将军的支持而竞争。他那些形形色色的办事处的重要性不亚于它们的本质。有时他是一个工兵陆军中尉，有时他又在指挥中国军队；有时他在管理孤儿院，有时又会成为一个拥有生杀予夺大权的苏丹总督，有时也担任里彭勋爵的私人秘书。但无论以何种身份工作，他都忠于自己的声誉：不管他是否刻意地批评格雷厄姆进攻里丹的手段；或者把拉尔王的脑袋从床架下拉出来，在马格里爵士[4]惊讶的目光中挥舞起来；或者独自一人在苏莱曼叛军的营地骑行，并接受那些本来想要杀死他的人的敬

---

1 塞瓦斯托波尔（Sevastopol），著名港口城市，黑海门户，俄罗斯海军基地，黑海舰队司令部所在地。位于克里米亚半岛西南端。
2 格雷夫森德（Gravesend），英国肯特郡小镇。
3 毛里求斯（Mauritius），印度洋西南部岛国。
4 马格里爵士（Sir Halliday Macartney，1833—1906），英国军医，在中国晚清时期曾任英国驻华外交官。

第一章 马赫迪起义

意；或者告诉伊斯梅尔总督他"必须统治整个苏丹"；或者把他的薪水降到常规的一半，因为"他认为那太多了"；或者统治一个像整个欧洲那样大的国家；或者收集能够证明里彭勋爵那些华丽辞藻的事实——"我们认为一个粗心大意的人就像男人紧皱的眉头和女人脸上的微笑，就像生活中的慰藉、财富或名誉一样不靠谱"。

可惜的是，一个如此光荣地摆脱了人类社会平凡束缚的人，却发现自己的性情极度不稳定。他的情绪变化无常、暴躁不安，他的冲动来得突然而反复不定。早上还是死敌的人，天黑之前就成了他值得信赖的盟友。他今天爱着的朋友，明天就又成了他恨的人。一个又一个计划在他多产的头脑中形成，混乱地交织在一起。所有这些都相继受到追捧，有时也会被不屑拒绝。吸烟的习惯使他与生俱来的暴躁情绪更加严重。戈登将军把这个习惯演绎到了极致，以至于人们极少看到他不抽烟的样子。他的品德在男人中很有名气。他的胆识和才智可能会扭转大局。他的精力将会激发整个民族的活力。虽然他的成功记录在案，但我们也必须明白，所有这些和戈登将军曾经引入政府和外交领域的力量相比，都更加不确定而且不切实际。

尽管埃及政府可能会大肆宣扬他们对奴隶制的痛恨，但他们在苏丹的行为遭到了欧洲列强，尤其是英国人的怀疑。为了证明自己的诚意，1874年，埃及总督伊斯梅尔任命戈登接替塞缪尔·贝克爵士[1]担任赤道省省长。戈登将军的名字对奴隶贸易来说，绝对意味着非常沉重的打击。但是埃及总督却很乐意叫停戈登将军的所作所为，期望在不影响"既得利益"的情况下满足所有人。但是这个本来可以作为幌子的使命很快就成了戈登有力的帮手。此外，这些情况很快就激起了埃及政府对他们的贩商的支持。奴隶贩子们犯下了各种各样的罪行，而这个世界上最让人深恶痛绝的奴隶贸易正是他们所有罪行的借口。当他们在祖贝尔·拉汉纳的领导下拒绝支付政府年度贡品时，他们的罪行已经注定要遭受惩处。

据说祖贝尔是非洲有史以来最为臭名昭著的奴隶贩子。他的狼藉声名已经越过了他剥削压迫的这片土地，传到了北方和西方遥远的国家。实际上，他的统治相较于之前的无政府状态有明显的进步，但是，他所进行的卑劣的奴隶贸易让他和别的商人一样可恶。然而，他的生意规模更大，就像威廉·怀特利[2]在货物和动产方面的贸易那样，只是祖贝尔的贸易是关于奴隶的，他是全球

---

[1] 塞缪尔·贝克爵士（Sir Samuel Baker），即塞缪尔·怀特·贝克爵士（Sir Samuel White Baker，1821—1893），英国探险家，作家，工程师出身。1863年与斯皮克一起探明尼罗河发源地。1864年3月到达艾伯特湖（Lake Albert）。1865年10月回国，1866年被封为爵士。1869年被埃及总督任命为帕夏，率领埃及探险队远征尼罗河南部地区；任当地总督时（1869—1874）废除奴隶制。还到过塞浦路斯、印度、叙利亚、美国和日本勘探或旅行。著有《锡兰的步枪和猎狗》（1854）、《阿比西尼亚的尼罗河支流》（1867）。

[2] 威廉·怀特利（William Whiteley，1831—1907），19世纪末20世纪初英国著名企业家，威廉·怀特利零售公司创始人。

奴隶的提供者。作为奴隶商贩联盟的头目，至高的权力给予了祖贝尔犯罪的资本。他甚至鼓吹自己是国王的侍从，在许多区域和有权势的军队中行使权力。

早在1869年，他就几乎已经是巴尔卡扎的独立统治者。埃及总督决定维护自己的权力，于是派出一小支军队来镇压这些不但诋毁人性而且拒绝进贡的奴隶贩子。与大多数总督的远征军一样，这支远征军在贝拉贝伊[1]遭遇了不幸。他们来到这里看了之后就跑掉了。那些跑得慢的人，便倒在了这片耻辱之地。尽管埃及总督努力寻求和平，叛乱仍然不断扩张。祖贝尔甚至为打败总督的军队而致歉，在巴尔卡扎保持着至高无上的地位。从那时起，他开始计划征服当时还是一个独立王国的达尔富尔。埃及政府很高兴加入祖贝尔的征服战争中。他们发现他们应当去帮助这个他们无法征服的人。结果征服战争大获全胜。达尔富尔那个因其勇气和愚蠢而闻名四方的国王被杀害了。整个国家被征服了，这个国家所有的人都成了奴隶。祖贝尔因此拥有了强大的势力。为了保证他的忠诚，埃及总督政府赐予他帕夏之名，这是一个至高无上的荣誉。统治者非常不情愿地认可了这位叛军的权威。这就是戈登将军初到苏丹时的形势。

瞬间摧毁奴隶商贩联盟，超越了新任赤道省省长的权力范围。然而，他还是给予了奴隶贸易沉重的打击。1877年，当他短

---

1 贝拉贝伊（Bellal Bey），地名。

暂访问英国后，以总督的身份回到苏丹，拥有了绝对的权力，他开始投入更多的精力来打击奴隶贸易。他的努力得到了命运的眷顾，埃及政府设法引诱精明的祖贝尔到开罗之后，拒绝让他们这位忠实的盟友和贵宾回到他寻欢作乐的地方。尽管奴隶贩子们伟大的领袖被劫持了，但他们仍然很坚强，而且祖贝尔的儿子，勇敢的苏莱曼拥有了相当多的追随者。他对父亲被囚禁感到愤怒，同时也担心自己会受到和父亲一样的待遇。他精心谋划着一场起义。但是总督戈登乘着一匹快速的骆驼，全副武装，独自一人骑行至叛军营地，在他们从惊愕之中回过神之前强迫叛军的首领们投降了。奴隶商贩联盟摇摇欲坠，当次年苏莱曼再次揭竿起义时，盖西帕夏率领的埃及部队已经有能力镇压苏莱曼的起义军，迫使他投降并接受相应的条款。但是苏莱曼和他的十个同伙拒绝了这些条款，因此被射杀（斯拉廷、拜伦·鲁道夫·卡尔，《苏丹的火与剑》，第28页）。奴隶商贩联盟被彻底摧毁。

1879年末，戈登离开了苏丹。他在苏丹度过了繁忙的五年，其间只是偶尔离开过很短的时间。他的精力撼动了整个国家。他动摇了奴隶贸易的根基，沉痛打击了奴隶制度。同时，因为奴隶制度在这片土地上根深蒂固，他便对整个社会的制度体系进行了一番彻底的变革。内心的愤慨激励着他坚持将改革进行到底。在对欧洲人来说异常艰苦的气候条件下，他一人身兼五个军官的工作。他不在意自己的工作途径，也会去买一些奴隶，然后训练他们，与士兵们一起向奴隶商贩们发起猛攻。据说仅在一年的时间里，他就骑着骆驼横穿了这个国家，走过了3840英里的路程，把正义和自由撒播到了那些惊愕的当地人之中。他赡养长者，保护弱者，惩处恶人。他给了一部分人实际的帮助，给了更多人自由，给了所有人新的希望和梦想。所有的部落都心存感激。最凶恶的野蛮人和食人族也对这个陌生白人心怀崇敬。女人们为他祈福。他敢独自一人轻装骑行到一整支军队都不敢冒险的地方。但是，他也深知自己是风暴降临的前兆。那些被压迫的、凶猛异常的种族意识到他们拥有自己的权力。苏丹人的苦难减轻了，他们的知识增加了。整个国家的人开始变得暴躁不安，变革的巨轮开始缓慢转动，从不停歇，直到完成一场巨大的革命。

第二股力量所扮演的角色更加微不足道。对于研究人类发展的学者来说，鼓舞人心的事实十分罕见，比如大多数人和所有组织向来所表现出的愿望：将他们的行动至少和道德权力的出现联系起来。尽管他们的美德观念或许是扭曲的，尽管他们的努力甚至实现不了他们自己的理想，但是他们希望被公正对待。这是一个多么令人愉快而充满希望的征兆。没有任何社会组织在发起一项重大行动之前不在思想上自我激励一番，他们坚信从某些角度来看，他们的动机是崇高而无私的。这是不完美的人类，对真理与美的永恒圣殿的一种谦卑而不由自主的赞扬。一个民族或一个阶级的痛苦可能是无法容忍的，但在他们拿起武器冒生命危险之前，无私忘我和超越个人的精神必将激发他们的活力。在那些有教育和思想的运动或教化的国家里，这种高尚的动机是在光荣传统的骄傲中或对周围痛苦强烈的同情中形成的。无知剥夺了野蛮民族的这些动机。然而，在伟大的自然经济中，这种无知是更强大力量的来源。它为他们提供了宗教狂热主义者所需要的强大刺激。法国共产党人可能声称他们维护人权。沙漠里的部落认为他们是为了真主的荣誉而战。尽管宗教狂热主义的力量远远大于任何哲学信仰所带来的力量，但是它们的约束都是一样的。宗教狂热主义给他们带来的是一些他们认为可以为之而战的崇高的东西，这也成了他们发动战争的借口。然而，这些一触即发的战争往往缘自一些其他的原因。宗教狂热主义不是战争的起因，但它是帮助野蛮民族斗争的方式，是让他们团结起来的精神支柱，是他们共同的伟大目标，在这个目标面前，所有个体或者部落间的冲突都变得微不足道。就像牛角之于犀牛，蜂刺之于马蜂。

这就是宗教狂热主义。它不是起义的原因，它推动并促进了起义，但是没有直接导致起义的爆发。（"从我在这片所谓的乐土上看到的一切来判断，我不相信宗教狂热主义像过去一样在世界上存在着。它不仅仅是财产的问题，而更像是打着宗教名义的××主义。"——《戈登将军喀土穆日志》第一册，第13页）那些习惯性地认为只有他们自己拥有美德和常识的国家，是不会把野蛮民族的每一次军事行动都归咎于宗教狂热主义的。他们平心静气地忽视那些明显合法的动机。最理性的行为被他们认为是疯狂的。因此，苏丹的起义完全被视为宗教运动，并且人们也在一定程度上接受了这种观点。如果最糟糕的是那些看起来真实的假象，那么对于苏丹起义的这种印象确实是大错特错的。这也许是一个历史事实：一个拥有庞大人口基础的起义，从来不会单纯地或者主要地由宗教热情引发。

迫使苏丹人民起义的原因与他们的压迫者脆弱不堪的防御一样不堪一击。从纯粹的政治角度来看待这个问题，我们或许会说，整体而言，历史上没有比苏丹人的起义更优秀的了。他们的国家被摧毁，他们的财产被掠夺，他们的女人遭受着折磨，他们的自由被剥夺，甚至生命也受到了威胁。外国人统治了当地居民，少数人压迫着多数人，勇士被懦夫欺凌，弱者迫使强者屈服。他们有足够的理由发动起义。任何一个反对现存政府的武装行动，只有成功了才会被认为是合理的，所以实力是革命的基本要求。这也是阿拉伯人可以吹嘘的资本。他们确实比他们的压迫者以及外界人们所了解的强大得多。很快所有人都将见识到这一点。

暴风雨即将来临。三波巨浪[1]掀起了起义的大潮，建立在沙漠中的统治政府摇摇欲坠。阿拉伯人处于极端的贫穷、暴政和压迫之中。他们愤怒地抬起头来，发现他们所有的痛苦都源自软弱而怯懦的外国人，卑鄙的"突厥人"。种族矛盾增加了人们对于社会弊病的憎恨。战争一触即发。第三波巨浪——宗教狂热主义的

---

[1] 三波巨浪，分别指祖贝尔领导的势力、祖贝尔的儿子苏莱曼领导的势力和宗教狂热主义势力。

浪潮——在战争来临之前袭来，赶超了之前的两波巨浪，其白色的泡沫将所有的洪水覆盖，带着洪水的力量在雷声中击垮了摇摇欲坠的统治政府。统治政府的倒台对于此次起义来说意义非凡。

此后，直到1881年，苏丹再也没有宗教狂热主义运动。绝望的人们在极端的痛苦之中甚至忽视了宗教活动。尽管如此，无论多么绝望，他们仍然为任何可能使他们摆脱埃及统治枷锁的武装运动做好了准备。他们所缺乏的是一个能够团结起所有部落并恢复他们挫败的精神状态的领袖。1881年夏天，这位领袖出现了。他接下来的人生紧紧围绕着这个使命，而且由于他为苏丹阿拉伯人的思想和行为带来了伟大的光明，所以值得我们从一开始就关注他。

这位几乎是河战起因的领袖，出生于尼罗河畔一个距离栋古拉[1]不远的地方。他家境贫穷，在其省内微不足道。但是，正如先知曾声称拥有王室血统，大卫[2]自称是圣子一般，穆罕默德·艾哈迈德断言自己就是"阿什拉夫"（先知的后代）。他的断言因无从

---

1 栋古拉（Dongola），苏丹北部城镇，位于尼罗河左岸，北距第三急瀑72公里。历史上是重要商站。现为北方省首府和贸易中心，牲畜、皮革、椰枣、谷物集散地。公路通瓦迪哈勒法和麦罗维。有航空站。城南有古栋古拉城遗址，6—14世纪时曾为基督教王国穆库拉都城。
2 大卫（David），犹大支派耶西的第八个儿子，生于伯利恒，为牧羊人。战胜腓力斯丁人歌利亚，受扫罗王赏识。后来躲避扫罗王追杀四处流浪，扫罗战死后做犹太王。在公元前1000年左右建立统一的以色列王国，定都耶路撒冷。大卫死后，由所罗门继承王位。大卫建立了统一而强盛的以色列国，对犹太民族乃至世界都产生了影响。

反驳而被人们接受。他的父亲是一位卑微的教士，设法在宗教活动中让自己的儿子接受教育，学习《古兰经》里的信条和写作。后来，他在前往喀土穆的途中死在了科莱里[1]，把未来的马赫迪，还是孩子的穆罕默德留在了仁慈的世上。孤木若能顺利长大，定能成为参天大树，而一个被剥夺了父爱的孩子如果躲过了青年期的威胁，往往会形成独立而活跃的思想，这可能在他以后的人生中为他弥补之前的巨大损失。穆罕默德·艾哈迈德便是如此。他四处求职以维持生计。在虔诚者辛勤劳动的支持下，宗教国家大部分的人民都过着安逸的生活。这个年轻人决定继承父业，他认为这是适合他才能的，而且这个职业能为他提供最为广阔的视野。于是他成为一名教士。很多异教徒和其他国家的宗教讲师都缺乏热情，他们把注意力转向另一个世界，因为这样做可以让他们在现世中安逸地生活。令人高兴的是，并不是所有人都是这样的，穆罕默德便是其中之一。即使在幼年时代，他也表现出了对真主的热忱，表现出了学习伊斯兰教教条和信义的天赋。如此有潜力的学生，在一个缺乏智慧和激情的国家，却也没有长期缺少导师。他的远大志向随着年龄和知识的增长而逐渐形成。在完成了宗教教育之后，他随即前往喀土穆，成为著名而神圣的谢赫穆罕默德·谢里夫的门徒。

他对宗教首领，对学习和修行的忠诚，以及他已经开始展现

---

[1] 科莱里（Kerreri），科莱里平原，位于恩图曼以北10公里的尼罗河西岸。

出的奇特的个人影响力，逐渐为他赢得了自己的门徒。随后他带着他的门徒退隐到了阿巴岛。穆罕默德·艾哈迈德在白尼罗河流域的阿巴岛上生活了好几年。他的两个兄弟是附近的造船匠，以他们的工作维持着穆罕默德的生活。不过，这绝对是件非常容易的事，因为我们读到过相关的书，说"他在泥滩中为自己挖了一个洞，住在里边，几乎与世隔绝，经常一连禁食好几天，只是偶尔拜访一下宗教首领，向他展示自己的忠诚和顺从"。[我是从斯拉廷的《苏丹的火与剑》中读到这段文字的。他的描述是所有关于马赫迪的记载中最为生动形象并且值得信赖的。因为他有绝佳的机会收集相关的信息。在这一部分中，我借鉴了很多他的描述（第四章）。]同时穆罕默德也变得更加神圣了。前来尼罗河朝圣的旅行者的施舍物，给他两个兄弟的工作和善行带来了莫大的支持。

他清高而朴素的生活被一场意外终结了。神圣而高贵的谢赫为庆祝他儿子们的宗教割礼举办了一场盛宴。吉庆场合的欢乐气氛和宾客们的热情不断膨胀，谢里夫根据当时的宽容法则，承诺赦免庆祝活动中的任何罪行，并以真主的名义宣布暂停那些反对唱歌跳舞的宗教禁令。但是这位阿巴岛的苦行僧并没有加入这些看似无罪的放荡行为中。带着改革者的肆无忌惮，他抗议当时道德的败坏，并大肆宣称只有真主有权赦罪的信条。这些话语迅速传到了高贵的谢赫耳中。所有正义的愤慨都伴随着错误的行为，于是谢里夫召唤穆罕默德·艾哈迈德来到他跟前。后者奉命前往。

他尊敬他的首领，他对他负有义务。他的愤怒在表达出来之后就烟消云散了。他顺从地恳求宽恕，但一切都是徒劳。谢里夫认为自己必须对门徒坚持一定的原则。他曾放任过那些违背神圣法律的行为，因此他更要坚持自己的权威。出于愤怒，他用激烈的言辞将这个冒昧放肆的门徒赶出了教会，并从宗教首领的候选名单中将其剔除。

穆罕默德回到自己家中，苦恼万分。然而他的命运并没有被摧毁。他的神圣仍然是有价值的，除非他另有选择，否则这是一种不可剥夺的资产。那位高贵的谢赫现在有了一个对手，几乎和他一样神圣并且比他更有进取心。正是在谢赫门下，这位年轻的教士期待着众人的追捧。尽管如此，他依然没有放弃他先前的导师。他脖子上挂着沉重的木制颈圈，穿着沾有灰烬的麻衣，回到了他的精神领袖那里，以忏悔的名义恳求赦免。他再次被羞辱地驱逐出门。他没有冒昧地再去烦扰无情的谢赫。但是几周过后，谢里夫机缘巧合去了阿巴岛。他曾经的门徒突然出现在他面前，还穿着被灰烬染脏的麻衣。谢里夫对他显而易见的痛苦视而不见，也不为他的忠诚所动，他的忠诚因无私而更加难能可贵。相反，固执的谢赫对着穆罕默德就是一顿臭骂。在他满口的辱骂中，有一句相当要命：“去死吧，你这个卑劣的栋古拉人。”

虽然栋古拉省当地人在苏丹南部地区经常遭受藐视和厌恶，但是穆罕默德最初为什么如此憎恨那些间接辱骂他出生地的言辞也不得而知。以类而骂虽然非常有效，但却是相当危险的。一个人或许能容忍那些攻击他个人的言辞，但是面对侮辱他国家、阶级或者职业的言辞他将会怒不可遏。

穆罕默德·艾哈迈德拍案而起，所有那些被侮辱了国家、阶级或者职业的人所能做的他都做了。如今，他被扣上了"卑劣的栋古拉人"的称呼。从此以后，他攻击谢里夫的时候再也不会心怀忏悔了。回到住所之后，他告知他的门徒——那些在他所有的困难时期都没有抛弃他的门徒——谢赫彻底地放弃了他，他将带着被抛弃的忠心到其他地方去。谢赫克莱史，谢里夫的对手，住在梅萨拉米亚附近。他嫉妒谢里夫，羡慕他有一帮道貌岸然的门徒。因此，收到穆罕默德·艾哈迈德的来信，称他与之前的首领已成死敌，并且愿意效忠于自己时，他异常兴奋。他回信盛情邀请了穆罕默德，这位阿巴岛的教士已经为这次旅行做好了充分的准备。

这件事似乎震惊了固执的谢里夫。他的原则里没有离间他的追随者的条例，也很少有离间他对手的追随者的条例。毕竟宽恕是高贵的美德。他最终仁慈地原谅了他那个冲动却甘愿忏悔的门徒。于是他给穆罕默德写了封信，表达了他的歉意。但是现在一切都太晚了。穆罕默德带着至高的尊严回信说，他并没有犯下什么罪行，也不寻求什么宽恕，一个"卑劣的栋古拉人"不会再出现在大名鼎鼎的谢赫谢里夫面前去冒犯他。如此宣泄了自己的情绪之后，他踏上了前往梅萨拉米亚的征程。

他的事迹迅速传遍了全国各地，"甚至在遥远的达尔富尔，也成了人们主要的谈资"（斯拉廷，《苏丹的火与剑》）。很少有门徒冒犯首领的事情发生，也从没有哪个门徒会拒绝首领的宽恕。穆罕默德毫不犹豫地声称他只是做了他所能做的，抗议宗教热情的衰减和时代的麻木。虽然他因自己的行为被驱逐出门，但是对塑造一种必要的美德来说，他的行为看起来似乎相当合情合理。至少人们相信了他，那些在统治者压迫之下呻吟着的人，从全国各地仰望着这个开始在政治领域崛起的人物。他的声名也逐渐远播。一个传言在这片土地上被大肆宣扬：一个伟大的改革者将会来净化人们的信仰，冲破那些麻痹伊斯兰教信徒心灵的冷漠。一些流言补充说，那个将会把埃及人罪恶的枷锁从各个部落人民的脖子上取下的人已经出现了。穆罕默德现在从容不迫地走上了雄心勃勃的改革道路。

努比亚地区盛行舒克瑞教[1]，他们认为：总有一天，在罪恶和苦难之中，第二个伟大的先知——一位支持他们宗教信仰并将带领忠诚的信徒去到真主身边的马赫迪——将会出现。苏丹人民总是带着怀疑的眼光看待声名远播的苦行僧，这个问题一遍一遍地被重复着："那个人会出现吗？我们要找另外一个人吗？"在这些强势的干扰因素面前，穆罕默德下定决心要让自己成为那个人们所期望的人。他向谢赫克莱史请求并获得了回到阿巴岛的许可。在那里，他为人所熟知，那个岛上村落和他的名字紧紧相连，他

---

[1] 舒克瑞教（Shukri belief），伊斯兰教的一个派别。

耀武扬威地回到了曾经蒙受耻辱的地方。很多朝圣者也开始蜂拥而至。他收到了一些贵重的礼物，并把这些礼物分发给穷人们，他们称他为"扎希德"——一个拒绝享受尘世欢乐的人。他在前往科尔多凡的途中布道，受到了教士的仰慕和人民的尊敬。当他谈到净化宗教的时候，他们认为这些充满激情的言辞也可以作为他们争取自由的理由。他通过写作来支持他的布道，他的作品被人们广泛传阅。几个月后，当谢赫克莱史死后，这位阿巴岛的教士随即开始为他修建陵墓以纪念他。那些虔诚的阿拉伯志愿劳动者带着筑墓用的石块慕名而来，接受着穆罕默德的指挥。

尽管忙于为克莱史修建陵墓，穆罕默德依然得到了一个人的支持。这个人不像他那样神圣，但是几乎和他同样负有盛名。阿卜杜拉有三个兄弟，他是一位卑微的教士之子，但他并没有继承对宗教的热爱，和对宗教传统的忠诚。他是一个有决心和能力的人。他为自己立下了两个明确的志向，并且全都实现了：一个是把苏丹从外国人的统治中解放出来，另一个是自己统治苏丹。他似乎对自己的人生有一种奇怪的预感。他肯定地知道：他将成为一位伟大的宗教领袖的助手和继任者。当祖贝尔征服达尔富尔之后，阿卜杜拉毛遂自荐投奔了他，称赞他是"天选的马赫迪"。然而，祖贝尔拒绝了他，说自己不是圣人，阿卜杜拉对他来说是多余的。这位冲动的爱国者被迫接受了祖贝尔的说辞。所以得知穆罕默德·艾哈迈德声名大噪并展现出勇气和能力的时候，阿卜杜拉就迅速投靠他并向他展示了自己的忠心。

斯拉廷帕夏对阿卜杜拉的危险和痛苦的精彩描述中，没有哪一部分像描述他早期的斗争和困境那样令人愉悦，因为在那之后阿卜杜拉成了整个苏丹的哈里发[1]：

"这确实是一段非常痛苦的旅程。那时我的所有财产就只是一头驴，它的背上还长有虫瘿[2]，所以我不能骑它。但是我让它驮着我的水囊和一袋玉米，上边盖着我的粗棉衣，赶着它走在我前面。那时我穿着白色的棉衬衫，就像我们部落其他的人一样。无论我走到哪里，我的衣服和口音都会立刻暴露我外来人的身份。当我穿过尼罗河时，我常常被问：'你来这里干什么？滚回你自己的国家去，这里没有什么好偷的。'"

多么坎坷的生活啊！从赶着一头背上长有虫瘿的毛驴到无可争议地统治一个帝国，这是一个多么大的跨越。这位疲惫的徒步者可能梦到过这样的情景，因为野心所激发的想象力几乎和想象力所激发的野心一样伟大。但他并不能期望看到随后的进展，他曾带着熬过不幸之后的得意向恭顺的斯拉廷讲述自己崛起的故事，却不能预料到以后的情况。终有一天，他所率领的5万多人

---

1 哈里发（Khalifa），指穆罕默德去世以后，伊斯兰阿拉伯政权元首的称谓。是伊斯兰政治、宗教领袖。源于阿拉伯"继承"一词音译，原意为"代治者""代理人"或"继承者"。后成为阿拉伯帝国元首之意。中国穆斯林俗称"海里凡"。
2 虫瘿，植物组织遭受昆虫等生物取食或产卵刺激后，细胞加速分裂和异常分化而长成的畸形瘤状物或突起。它们是寄生生物生活的"房子"，瘿瘤的一种。此处指驴背上所长的畸形突起组织。

的军队将走向毁灭，黑夜随即降临。当他的帝国再次缩小到几乎只剩他自己，和一头背上长有虫瘿的毛驴的时候，他会到遥远的科尔多凡去寻找他的家。那时，现在这个谦卑地跪在他面前的斯拉廷，将会对这个有着狂热追求的军官置之不理。

穆罕默德·艾哈迈德亲切却并不热情地收留了他的这位新信徒。几个月来，阿卜杜拉都在为修建谢赫克莱史的陵墓劳作。渐渐地，他们开始相互了解。"但是在他把他的机密委托给我之前的很长一段时间里，"阿卜杜拉对斯拉廷说，"我知道他是'天选的领袖'。"（斯拉廷，《苏丹的火与剑》，第 131 页）虽然人们可能会认为"真主的使者"是被派来带领人们走向幸福的天堂的，但是阿卜杜拉为这段话赋予了他自己的另外一重解释：他应该在世间掌握一定的权力。这两个使命结合在一起造就了一个伟大的阿卜杜拉。私底下已经自称为马赫迪的穆罕默德·艾哈迈德，将狂热的宗教信仰、不朽的生命魅力和迷信思想的影响带到了起义运动中。如果说他是这次起义的灵魂，那么阿卜杜拉就是大脑，是务实的政治家，是将军。

一场反抗埃及政府的密谋行动现在已经全面展开。它是由极端的不满所激起的，苏丹人民的种种苦难也证明了它的合理性。马赫迪开始招募信徒并扩大他在全国各地的影响力。他再次前往科尔多凡，获得了各个地方、各个阶层的积极响应。最遥远的部落也表达了效忠和尊崇他的意愿，更重要的是还为他提供了武装援助。密谋行动不可能长期局限于那些接受它的人之中。随着影响的不断扩大，高贵的谢赫谢里夫得知了这次密谋行动。他仍处于穆罕默德带给他的怒火之中并渴望着复仇。他提醒了埃及政府。然而，因为知道谢里夫对他的前门徒的嫉妒和仇恨，埃及政府对谢里夫所提供的线索置若罔闻，有时甚至完全不去理会正在兴起的起义运动。但是现在有更可靠的证人证实了谢里夫的提醒，当时的总督拉夫帕夏发现自己正面临着越来越严重的骚动，他决定采取行动，随即派遣一位使者去阿巴岛召唤穆罕默德·艾哈迈德到喀土穆为他的行为和意图做出解释。派遣使者的消息迅速传到了马赫迪耳中！在咨询了可靠的助手之后，他们决定冒一切风险，毫不迟疑地抵抗统治政府。当人们想到有组织的政府军队即使在状态极差的情况下，也能够轻易地扼杀一群人掀起的起义时，他们做出这个决定的勇气绝对是值得钦佩的。

使者来到了阿巴岛。他受到了阿卜杜拉的礼遇，随即便来到马赫迪跟前。他表明了自己的来意，规劝穆罕默德·艾哈迈德遵从总督的命令。马赫迪默默地听着，但不满的情绪却在飙升，当使者劝告他如果想保全自己的性命就赶紧前往喀土穆为他的行为辩解的时候，他的愤怒再也无法遏制。"什么！"他突然起身，用手狠狠地捶着胸脯吼道，"真主和其先知恩赐我为这个国家的主人，我决不会去喀土穆为自己辩解。"惊恐万分的使者灰溜溜地回去了。（斯拉廷，《苏丹的火与剑》，第135页）马赫迪起义已然爆发。

这位教士[1]和埃及总督都在为战争做着准备。马赫迪发动了反抗外国统治者的神圣战争，那些人就像是真主的敌人和人类痛苦的根源。他召集他的追随者，唤醒当地的部落成员，并写信给全苏丹的人民，呼吁他们为净化宗教、获得土地自由而战，为真主神圣的先知——"天选的马赫迪"而战。他保证给那些活着的人以荣誉，牺牲的人以真主的恩宠，并承诺清除这片土地上的痛苦。他说："宁要成千上万的坟墓也不要一块钱的苛税。"这句话也成了起义的口号。（奥尔维尔德，《十年囚禁》）

　　拉夫帕夏并没有闲着。他派出两队配备武器的步兵，乘汽船到阿巴岛上逮捕那些扰乱社会和平的狂热分子。跟随而来的还有一些典型的埃及人。每队步兵都由一名上尉指挥。为了激励士兵们的斗志，拉夫允诺：无论哪个上尉，只要俘获马赫迪，都将得到提拔。1881年8月的一个晚上，日落时分，汽船抵达了阿巴岛。总督的承诺激起了军官们的冲突，而不是竞争。两名上尉率领着他们的军队登陆阿巴岛，在夜幕的掩护下沿不同的路线向马赫迪居住的村落进军。他们从相对的方向同时抵达，却向彼此开火。在他们激战正酣之时，马赫迪率领一小支人马从中间将他们全部击溃。一些士兵成功地逃到了河边。而船长不愿冒险迅速逃离，那些没能游到船上的人只能听天由命了。带着这样的战果，远征军返回了喀土穆。

---

1 此处指穆罕默德·艾哈迈德。

穆罕默德·艾哈迈德在这场战役中负了伤，不过忠诚的阿卜杜拉为他包扎了伤口，因此没有人知道真主的先知曾被人世间的武器伤害过。这场胜利的影响迅速扩大，消息传遍了整个苏丹。手握棍棒的人们击败了手持枪支的士兵；一位教士击溃了统治政府的军队。当然，这是人们所期望的。然而，马赫迪的胜利只是让他在完成一次撤退之后仍然不失自己的威望。阿卜杜拉的预感没错，统治政府派了更多的军队过来。他们离喀土穆太近了。出于谨慎，他们觉得应该转移到更偏远的地区。就在这次迁徙之前，马赫迪依据预言能力和先后顺序任命了四位哈里发。第一位是阿卜杜拉；而关于其他三个，此时我们只需关注阿里·瓦德·赫鲁，他是一名当地部落的首领，是在马赫迪起义最初的号召之下招募而来的。

他们的撤退开始了，但这更像是一次胜利的进军。带着众多的追随者，马赫迪被那些关于伟大的奇迹和壮举的传说神化，他们隐退到了科尔多凡一座被他称为马萨山的山上，那是《古兰经》里宣称迟早会出现"天选的领袖"的一座山。他现在远离喀土穆，但在法邵达[1]的管辖范围之内。这个地方的埃及总督拉希德拥有更远大的事业心，但是他的军事知识却比他们种族的一般人还要少。他决定不遗余力地抓捕叛乱者并驱散其追随者。他在12月9日毫无防备地遭受了伏击，他和另外1400人被那些装备落后却无比英勇的阿拉伯人屠杀了。

---

1 法邵达（Fashoda），今苏丹南部科多克地区的旧称。

整个国家动荡不安。面对日益壮大、威胁骤升的起义运动，统治政府终于觉醒了，组建了一支庞大的远征军。声名显赫的帕夏尤塞夫率领着4000名士兵前往镇压叛乱分子。与此同时，马赫迪和他的追随者们正遭受着物资极端匮乏的煎熬。他们的运动，对于有钱人来说太过危险以至于不愿加入，只有穷人在他神圣的号召之下蜂拥而至。穆罕默德抛弃了他所拥有的财产，身无分文，只留下了一匹马用来在战斗中引导他的追随者们。阿卜杜拉踱着步。起义军忍饥挨饿，手握几乎比棍棒和石头还弱的武器。政府军慢慢靠近，他们的首领期望着一场轻松的胜利。他们对敌人蔑视至极，他们甚至不想费劲在夜里安排哨兵，安心地睡在细长的荆棘栅栏之内，无人看守；而他们的敌人则不知疲倦。终于，在6月7日清晨天将亮时，马赫迪那些衣衫褴褛的哈里发和几乎赤裸的军队冲到了政府军驻地，将他们一一消灭。

这场胜利是决定性的。南科尔多凡落在了阿巴岛教士的手里。成堆的武器和弹药落入了他的手中。成千上万来自各个阶层的人投效于他的旗下。没有人怀疑他是被派来把他们从压迫者那里解救出来的神圣使者。整个苏丹所有的阿拉伯部落迅速站了起来。森纳尔和达尔富尔同时爆发了叛乱，并蔓延至更偏远的省份。各个地方的埃及小官员们，像征税官员和地方行政人员，都被杀了。所有的法律权威都被践踏。只有稍大规模的驻军得以在重要的省份存活下来，但是他们也被迅速围困。所有与外界的联络都已被切断。所有法律的权威都被架空。人们只听从于马赫迪。

现在我们有必要看一下埃及的状况。埃及的暴政在苏丹引发了马赫迪起义，在其国内也激起了阿拉比帕夏起义。就像苏丹人民渴望摆脱那些他们称为"突厥人"的外来压迫者一样，尼罗河三角洲地区的埃及人民也迫切地想要把自己从外国统治者和真正的突厥势力的影响中解放出来。生活在尼罗河畔的人们声称部落的存在不是为了让统治者欺压的，另外一些赞同他们观点的人也抗议说国家的产生不是为了让资本主义者和外国入侵者剥削的。无知的南方人发现，他们的领袖是一位教士，而受过教育的北方人的领袖则是一个士兵。穆罕默德打破了埃及的统治枷锁，阿拉比帕夏则表达了埃及人对突厥人的仇恨。尽管顽强的阿拉伯人或许可以赶走软弱的埃及人，但是软弱的埃及人却并不大想去挑战欧洲人坚不可摧的军队。经过再三犹豫和多次妥协的尝试，最终格莱斯顿[1]领导的自由党政府派出一支舰队，攻陷了亚历山大的城堡，使整个城市陷入了无政府状态。舰队轰炸之后，一支强大的陆军部队接踵而至，25000人的军队登陆埃及。这次行动非常迅速，战术严谨。埃及军队要么被屠杀，要么被俘虏。他们满怀爱国热情却平庸无能的领袖被判处死刑，放逐境外。随后，英国接

---

1 格莱斯顿（Mr. Gladstone），即威廉·尤尔特·格莱斯顿（William Ewart Gladstone，1809—1898），英国政治家，曾作为自由党人四次出任英国首相（1868—1874、1880—1885、1886以及1892—1894）。

管了埃及事务。

英国人很快就恢复了埃及的法律和秩序，苏丹的叛乱问题摆在了埃及总督的英国顾问面前。尽管三角洲人民遭受着贫困的煎熬和军事的打击，但他们收复南方省份的渴望却难以掩饰。当时决心实行不干涉苏丹内政政策的英国政府默许了人民的渴望，准备了一支强大的远征军去镇压那个被英国人称为假冒的先知、被苏丹人称为"天选的马赫迪"的穆罕默德。

印度参谋团[1]的一名退休军官和一些不同国籍的欧洲军官被派往喀土穆，组建这片新领地的军队。与此同时，没有被突袭击溃的马赫迪包围了科尔多凡的首府欧拜伊德。1883年夏天，埃及军队逐渐集中到喀土穆，形成了一支规模庞大的军队。这可能是奔赴过战场的军队中最糟糕的一支了，从希克斯将军的信件中摘录的一个情节就足以证明。在1883年6月8日写给伊夫林·伍德爵士的一封信中，他顺便提道："克房伯[2]炮兵团里有51个人在来这里的途中逃跑了，虽然他们身上戴着锁链。"在为他们自己的

---

[1] 印度参谋团（Indian Staff Corps），指英国殖民南亚次大陆时期（1858—1947）印度军队的一支，独立的参谋团最初于1881年成立，当时主要是在孟加拉、马德拉斯和孟买，随后并入了印度军队。参谋团主要是为当地参谋团和陆军部队提供高级军官。

[2] 克房伯（Krupp），德国克房伯公司，德国军工业的柱石，此处指以克房伯公司生产的克房伯大炮组建的炮兵团。克房伯大炮口径280毫米，炮管长11.2米、重44吨，仰角可达30度，有效射程19760米，炮弹3000米内可穿透65.8毫米的钢板，每分钟可发射1—2发炮弹。

第一章　马赫迪起义

自由而战的泰勒凯比尔之战[1]中战败的官兵们，如今在夺取苏丹人的自由之战中即将被彻底摧毁。他们士气低落，纪律涣散，缺乏训练。在8000多人的军队中，仅有可怜的十几个有能力的军官。在这一小部分人中，有两位值得关注，一位是指挥官希克斯将军，另一位是总参谋长法夸尔上校。

欧拜伊德在这支不幸的远征军离开喀土穆之前就已经沦陷。但是，埃及军方的奥地利官员，省督斯拉廷仍在达尔富尔负隅顽抗。9月9日，希克斯和他的军队（由7000名步兵、400名非正规军、500名骑兵、100名切尔克斯人[2]、10支车载机枪、4台克虏伯大炮和6支诺登菲尔德机枪组成）离开了恩图曼，前往杜埃姆。这支远征军的实际指挥权属于英国军官阿拉·艾德·丁，但是这位接替拉夫帕夏的总督拥有的权威不够牢固，虽然所有的军官都同意了

---

[1] 泰勒凯比尔之战（Battle of Tel el-Kebir），英埃战争中的一次决定性战役。泰勒凯比尔位于埃及首都开罗北部东北方向110千米处，在埃及荒漠边缘的塞得港以南75千米处。阿拉比帕夏的起义军有38000人和60门火炮，沿铁路线和淡水渠筑工事设防。英军有两个步兵师和一个骑兵团，共18000人。在最初的一些小的交战后，1882年9月13日英军将领加尼特·约瑟夫·沃尔斯利率领1000多名步骑兵发动了一次夜袭，英军收买了阿拉比的部将阿里·尤塞夫，形成前后夹攻，埃军毫无防备，仅仅20分钟就全军崩溃。该战中，埃军2000人阵亡，500人受伤；英军58人阵亡，379人受伤，22人失踪。随后英军实施追击，使阿拉比的军队彻底崩溃并投降。15日英军进入开罗，得以控制埃及政府。英军留下10000人，其余部队回国。

[2] 切尔克斯人（Circassians），西亚民族，又称契尔卡斯人。主要分布在土耳其、叙利亚、约旦和伊拉克；原住高加索黑海沿岸至库尔德斯坦地区。属欧罗巴人种地中海类型。使用切尔克斯语，属高加索语系阿布哈兹－阿迪盖语族。原信基督教，16—18世纪改信伊斯兰教，属逊尼派。

在他们看来最差的提议。这位饱受痛苦的将军艰难地向西南方向穿过沙特和拉海德[1]，慢慢地走向毁灭。在这里，这支部队的意志已经完全消沉，以至于一名德国仆人（赛肯多夫男爵的仆人古斯塔夫·克洛茨）竟然投奔了马赫迪。他曾作为一名英国军官参加过胜利游行。

政府军逐渐逼近之时，马赫迪已经率军离开了欧拜伊德，在一片开阔的村庄建立了自己的营地。在那里，他的追随者们过着军营般的生活，不断地进行军事演习。他召集了40000多人，这些阿拉伯人现在已经装备有数千支步枪和数门大炮，还有大量的剑和长矛。有着如此份额的武器装配，这一小帮曾在阿巴岛战斗的人马如今已经壮大了起来！双方军队的实力在战争开始之前就已经有了明显的差距。于是马赫迪写信给希克斯，规劝他接受条约，立即投降。但是他的提议却遭到了政府军的唾弃，尽管战争结果已经显而易见。

远征军终于到达拉海德，只有少数骑兵巡逻队感受到了他们行军速度之慢。11月1日，马赫迪的起义军离开欧拜伊德，全力前进去迎战他的对手。交战发生在11月3日。当天，埃及人挣扎着缓慢前进，他们极度缺水，在苏丹步兵的强大火力中不断减员，很多枪支也被他们抛在了身后。第二天早上，他们正面遭遇阿拉伯人的主体部队，想进一步推进，却遭受惨败，部队溃散。

---

1 拉海德（Rahad），苏丹中部城镇。在科尔多凡高原东侧，西北距欧拜伊德72公里。棉花、阿拉伯树胶、花生、芝麻、牲畜集散地。有轧棉、制革等小型工业。喀土穆—尼亚拉铁路在此与通往欧拜伊德的支线交会。

仅仅一天的时间，埃及军队就被彻底摧毁了。只有大概500个埃及人侥幸逃生，几乎和阿拉伯人损失的人员相当。欧洲军官们战斗至死，希克斯将军手握利剑，站在了命运的终点，在最后一支像样的军队面前，他的个人勇气和力量甚至激起了无畏的敌人的敬仰，最终阿拉伯人带着侠义的尊敬，以原始部落的荣誉埋葬了他的躯体。穆罕默德·艾哈迈德鸣枪百声来庆祝他的胜利，而且他也有资本这样做，现在整个苏丹都是他的。他曾经以真主恩典和先知赞赏的名义自许为苏丹领袖的豪言壮语，也凭借着武装力量得以实现。

埃及人没有再尝试去征服苏丹。凭借勇气和他们神圣领袖的才能与胆识，苏丹人民赢得了属于他们的自由。剩下的就是疏散城镇居民并安全撤军。但是那些看似故事结局的场景，往往是下一个更长的故事的开始，就像战争，始于耻辱和灾难，止于胜利，让我们期望着和平。

和那些记录相比，我想从更加普通的角度去审视马赫迪起义。它最根本的原因来自社会和种族。虽然人们极端痛苦，但他们的斗志却异常低落，一直待在农田里的他们也不会想着拿起武器反抗。然后，马赫迪出现了。他给这些部落带来了他们缺少的激情。紧接着，战争爆发了。人们习惯于把所有抛洒的热血归咎于穆罕默德·艾哈迈德。在我看来，他似乎可以把罪责施加于那些压迫这个国家的不公正的统治者，那些挥霍人们生命的无能的指挥官，以及那些加重了人们不幸的优柔寡断的首领身上。但是，无论马赫迪怎么说，我们都不应忘记他把自己的生命和灵魂投入到了他的同胞心中，并把外国人从他们的土地上驱逐了出去。贫穷而可怜的土著人，吃着一点点的粮食，半裸着身体辛勤劳作而看不到希望。如今他们发现一个新的极其宏伟的目标出现在他们的生命中。马赫迪的精神在他们卑微的内心燃起了爱国主义和宗教狂热的熊熊烈火。生活变得充满惊险和令人振奋的恐惧。他们存在于一个新奇的想象世界里。他们活着的时候有很多伟大的事情要做，当他们去世时，无论是在击杀埃及人还是在反抗英国人的时候，他们都很清楚一个美好的世界在等待着他们。有许多基督徒尊重伊斯兰教的信仰，但却把马赫迪仅仅看作一个普通的宗教骗子，认为是时势造就了他的名声。从某种意义上来讲，这可能是事实。但是，除了通过成功的方式，我不知道该如何区别一个真正的先知与一个假冒的先知。在马赫迪的一生中，他的胜利远比伊斯兰教创始人的成就伟大得多。正统的伊斯兰教和马赫迪主义宗教的主要区别在于，前者原始的冲动仅被政府和社会的腐朽体系压制，而后者是与文明和科学机器相联系的。认识到这一点后，我开始不再赞同那些广为流传的观点，我相信未来几年如果这个位于尼罗河上游的民族繁荣强盛起来，知识和幸福也接踵而至，那么第一个研究这个新兴国家早期历史文献的阿拉伯历史学家，绝不会忘记写下他的民族英雄中最重要的那一个——穆罕默德·艾哈迈德的名字。

第二章　特使的命运

随着时间的推移，所有伟大的运动和任何社会团体所能感受到的每一次强烈的冲击都会变得反常或被曲解。这片土地上的氛围对人们的崇高愿望来说似乎是致命的。一个民族广泛的人道主义同情很容易退化为癔症。军职精神变得残忍不堪。自由给人们以权力抑制暴政。种族自豪感不断膨胀变为狂傲自大。对真主的敬畏产生了盲从和迷信。这令人悲哀的规律似乎从无例外，曾付出最大努力的人们，不管他们早期的成就如何荣光，都会面临惨淡的结局，就像植物生长、发芽、开出美丽的花朵，然后在冬天变得又矮又粗，最终枯萎。只有当我们意识到腐朽孕育着新生，新的激情涌现是为了代替那些消逝了的激情，好比橡树的落叶滋养着橡子，此时内心的希望才更加坚定。人类的崛起和没落以及各种运动，只不过是不断增长的生命之树上掉落的树叶，而在地表之下，更伟大的进化从未中断过。

穆罕默德·艾哈迈德引领的运动并没有摆脱人类活动的共同命运，爱国主义和宗教热情起义的慷慨热血很快就凝结成了军事帝国的黑暗血块。随着外国官员、士兵和商人被驱逐或消灭，种族因素开始消退，其存在的理由被根除了。随着疾病的增加，社会骚动也消停了，虽然共产主义允诺人们以财富，但是苏丹的财富却大大减少了。对马赫迪神圣使命的信仰只剩下了狂躁的愤怒，随着领袖的必要性不复存在，人们对他的神圣敬仰也变得越来越弱。与此同时，一股新生的带有起义特征的力量出现了。胜似劫掠的胜利曾为马赫迪带来无上的荣誉，也号召着一种不同于部落战斗热情的军职精神。

当这种新的影响慢慢取代最初的起义军时，马赫迪对喀土穆的围攻正如火如荼地进行着。在马赫迪势力略感疲惫之际，局势曾一度进入了缓冲期。但是，英国军队在春天对东苏丹的入侵，以及1884年冬天支援军先头部队的到来，重新燃起了人们的爱国激情。曾经为把自己从外国统治中解放出来而付出了巨大努力的部落人民，如今发现杰拉德·格雷厄姆爵士和沃尔斯利勋爵的一系列行动正企图把他们再次置于枷锁之下。这股曾给予马赫迪起义理由的力量，足以激起人们对侵略军的激烈反抗。派遣救济部队过程中的延误葬送了喀土穆，喀土穆的沦陷也确立了军职精神至高无上的权威，后来的托钵僧帝国[1]正是在此基础上建立的。

所有伊斯兰教民族的战争行为都带着狂热主义的特征。但是

---

[1] 托钵僧帝国（Dervish Empire），存在于1896—1920年之间，宗教领袖穆罕默德·阿卜杜拉·哈桑集结了一群来自非洲角的索马里军人，把他们训练成一支忠诚的军队，即托钵僧军。这支托钵僧军帮助哈桑征服了索马里、埃塞俄比亚和欧洲势力，建立起一个强大的帝国。

第二章 特使的命运

带着这样的定位,人们或许会这样说:那些击败尤塞夫、突袭欧拜伊德、歼灭希克斯的阿拉伯人为宗教热情的荣誉而战;那些反对格雷厄姆、厄尔和斯图尔特的阿拉伯人为保卫领土而战;被基奇纳征服的阿拉伯人为军队的骄傲而战。狂热分子在什坎[1]大肆声讨,爱国者们在阿卜克力激愤指责,而战士们则在恩图曼怒火中烧。

为了方便描述叛乱不断变化的性质,我已预料到故事情节,因此必须回到社会和种族影响力已经减弱而军职精神还不那么强的时期。如果说尤塞夫帕夏的失败导致苏丹全体人民拿起武器为他们的自由而战,那么希克斯的失败则使英国政府不得不承认苏丹人民赢得了自由。执政欲望的强大影响促使埃及总督的部长们更加努力地维护国家财产。如果是他们自己来统治埃及,那么他们定会誓死拼搏。但英国政府最终放弃了不干涉埃及在苏丹行动的政策。他们"通知"了埃及政府。谢里夫帕夏的抗议激怒了格兰威尔勋爵,他向埃及政府解释了"通知"一词的含义。埃及总督向更高的权威屈服了。部长辞职了。撤离政策被坚决采纳。"让我们,"部长们说,"率领我们的驻军离开吧。"制定想要采取的措施很简单,但实施却几乎不可能。达尔富尔和欧拜伊德等处的埃及驻军已经倒下。其他的像森纳尔、托卡和辛卡特,要么被包围,要么被切断了与北方的联络,就像赤道省的情况一样。然而,苏丹的首都尚未被攻击,而且由于首都的埃及人口超过了其

---

[1] 什坎(Shekan),地名。

他省城埃及人口的总和，埃及政府的首要任务也就显而易见了。

格莱斯顿政府镇压了阿拉比帕夏的叛乱。英国人通过他们的武装政策占领了埃及。英国军官正在重组军队。一位英国官员监管财政。一位英国全权代表"建议"重建陶菲克[1]。英国舰队驻足在亚历山大的废墟之上，很明显，英国名义上和实际上都可以吞并这个国家。但是帝国主义并不是激进内阁的产物。他们的目的是博爱而无私的。就像他们现在坚决认为埃及人应该撤离苏丹，他们也一直认为英国人应该撤离埃及。

在这一章中我们将会看到，英国政策的基调是立即撤离埃及。每一次行动，无论是战争还是政治手段，都是想尽快结束这一切。每一次军事派遣的目的都是直接打破两国之间的联系，并收拾残局。但是英国人轻率地承担起的责任就像内萨斯[2]的衬衫一样赖在身上。文明国家的一贯做法是通过尝试重组其所干涉国家的内政来解释他们的所作所为。因此，英国政府急切地关注着埃及撤离苏丹并把驻军安全带回的努力。他们全然拒绝进行军事援助，但毫不吝啬地提供建议。当时所有人都不相信埃及人的能力，他们认为只有把撤离的任务交给那些更强壮、更诚实的人而不是被尼罗河滋养着的人才可能完成。埃及的部长们打量着这群人，想知道怎样才能既不冒险也不花费一分一毫地让他们帮助埃及政府，在这个对他们的名声和财富来说都非常不利的时刻，有

---

1 陶菲克（Tewfik），埃及港口城市。
2 内萨斯（Nessus），希腊神话中被大力神赫尔克里斯用毒箭射死的人头马腿怪物。

人低声说"戈登"。他们随即向开罗发去电报:"查理·戈登将军对你们或埃及政府有什么作用吗?如果有,是什么作用?"埃及政府通过伊夫林·巴林爵士回答说,由于苏丹的运动是一定程度的宗教行为,他们"非常反感"任命一名基督教徒作为指挥官。所有了解当地情况的人的注意力都被转向了另一个人——一个或许能阻止马赫迪主义潮流,恢复埃及没落的统治权力,至少可以拯救在苏丹驻军的人。在他们万分苦恼之时,埃及总督顾问和英国全权代表把一个人视为了最佳的救星,一个被他们剥夺了自由、没收了财产、处决了儿子的人——祖贝尔帕夏。

他正是埃及政府迫切渴望的代理政府。所有了解当地情况的人都支持这个主意。伊夫林·巴林爵士在削减了戈登将军的兵力一周之后写道:"无论祖贝尔犯下了什么样的过错,他终究是一个精力充沛、信心坚定的人。埃及政府应该考虑他的兵力或许非常有用,贝克帕夏也渴望效忠于祖贝尔帕夏。"(伊夫林·巴林爵士,12月9日信,1883年)如果埃及政府下放权力,那么祖贝尔肯定会被派到苏丹,凭借武器、金钱,或许还有人员的支持成为苏丹的统治者,对抗马赫迪。也许在这个特定的时期,在这个拥有着几乎和他一样的声望、资源比他丰富得多的祖贝尔面前,马赫迪势力会土崩瓦解。但是英国政府不会支持这样一个人。他们仔细考量了关于利用祖贝尔的提议,通过这样的方式他们承担起了更多的责任,并向埃及政府建议备选方案。祖贝尔被拒绝了,戈登仍旧保有原职。想要构思出一个比这两个人所展示出的差异更为明显的对比几乎是不可能的，那就像是从赤道跳到北极。

当困难和危险困惑所有的思想的时候，很多怀有不同思想的人就会达成一致，历史上经常上演这样的事情。那时，埃及政府和他们的代理政府之间完整的电报往来记录也还没被公开。蓝皮书[1]保留了一种虚伪的判断力。但是众所周知，伊夫林爵士从一开始就对戈登将军的任命表示强烈的反对。他们之间没有个人友谊，行政人员也害怕重新面对埃及政治的狂热纠纷。埃及的政治策略来自一个一直以来被认为是骚动、轻率和暴躁的人。伊夫林爵士承受的压力太大了。努巴尔帕夏、外交部和英国公众强烈要求任用戈登将军。如果巴林拒绝让步，他很可能会被迫下台。最后巴林让步了，一获得他的同意，政府就高兴地转向了戈登。1月17日，沃尔斯利勋爵请戈登来到英国。1月18日，戈登会见了内阁。当晚，他就开始了漫长的旅程，再也没有回头。

戈登情绪高昂地开始履行自己的使命，心中的信念给了他坚持的动力，而这种信念常常会误导英雄和美女。他说这是他迄今被赋予的最大荣誉。所有人都笑了，整个国家洋溢着喜悦，部长们长长地舒了一口气。这位特使满怀信心。他和总督的会谈"让人非常满意"。在苏丹所有的知名人士和土著人面前，总督宣读

---

[1] 蓝皮书（The Blue-books），早期主要指英国议会的一种出版物。因封皮是蓝色，故名。开始发行于1681年，自1836年才公开出售。其名称是《英国议会文书》，是英国政府提交议会两院的一种外交资料和文件。后用于代指部分官方文件，通常代表的是学者的观点或者研究团队的学术观点。

第二章 特使的命运

了他的绝对权力。(《埃及总督宣言》,1878年1月26日)他得到了埃及政府的支持。(伊夫林·巴林爵士致戈登少将信,1884年1月25日)伦敦外交部谦虚地承认,他们"对当地的了解不够"(厄尔·格兰威尔爵士致伊夫林·巴林爵士信),因此"给予他最大的自由决定权"(伊夫林·巴林爵士致厄尔·格兰威尔信,1884年2月1日)。他获得了10万英镑的资金,并被告知,当这些用尽时,他将会获得更多的资金。总督向他保证,开罗当局不论是英国人还是埃及人,都将不遗余力地支持和配合他(伊夫林·巴林爵士致戈登少将信,1884年1月25日)。伊夫林·巴林爵士写道:"戈登将军的观点与努巴尔帕夏和我自己的观点之间没有什么差别。"(伊夫林·巴林爵士致厄尔·格兰威尔爵士信,1884年2月1日)在这普天同庆之时,悲惨的灾难性运动开始了。

他的任务虽然最终被证明是艰巨而且是几乎不可能完成的,但是却非常明确。"你要记住,"伊夫林·巴林爵士写道,"我们想要的结果是撤离苏丹。"埃及总督告诉他:"你到苏丹的目的是将我们的部队、政府官员和移民从苏丹的领土上撤离,很多人都希望离开苏丹回到埃及去。完成撤离后要采取一定的措施在其他省份建立一个有组织的政府。"他自己也清楚地知道自己的使命。他到达坦焦尔[1]的时候起草了一份协议备忘录,在那里他完全同意从苏丹撤离。他有一句和格莱斯顿将军的名言"一个通过正当

---

[1] 坦焦尔(Tanjore),印度城市。

途径争取自由的民族"有异曲同工之妙的话语,他写道:"我不得不说,征服这些民族然后让他们回到埃及,却不向他们保证一个未来亲民的政府是一个天大的错误。"最终,他毫不犹豫地断言:"没有一个曾在苏丹生活过的人不会反思:'占领这片土地简直毫无是处!'"陪同戈登的斯图尔特上校在戈登的协议备忘录上签了字,并且补充道:"简直是埃及的累赘!"至此,英国特使和自由党的内阁在思想上达成了高度的一致。

他横穿科罗斯科和阿布哈迈德之间的沙漠,他对柏柏尔名人的采访和他放弃苏丹的宣言,都不是本书所要讲述的。有人认为放弃苏丹是戈登将军没落的原因。2月22日,他抵达喀土穆,引发全体人民的欢呼。他们再次认可了他们的总督和他们现在的救世主。那些即将飞往北方的人心中充满了新鲜感。他们认为,这个特使身后是一个帝国的资源。马赫迪和那些聚集起来的托钵僧感到困惑和惊慌。困惑和犹豫使他们的议会感到不安,推迟了他们的行动。戈登将军已经来了,军队将随之而来。同胞和敌人都被蒙在鼓里。这个伟人在喀土穆,但在这里他也将是孤身一人。

戈登将军的个人影响力给他带来了信心,但无论这信心多么强大,都已在他前往喀土穆的途中烟消云散。他不再幻想。他用饱经沧桑的双眼审视了眼下的形势。他发现自己面对着一场巨大的种族运动。苏丹人民起身反抗外国人。他唯一的部队是苏丹人。他自己也是一个外国人。叛军首领中最重要的是阿拉伯的奴隶商贩，他们对企图压制他们贸易的行为满怀愤怒。没有人——即使是塞缪尔·贝克爵士——像戈登那样费尽心机地打击奴隶贸易。最后，整个运动被冠以宗教狂热主义的名号。戈登是一个基督徒。他的士兵们也陷入了魔咒中，正在试图打破它。他们的指挥官被诅咒了。每一种势力都满怀敌意，尤其敌视他个人。种族、阶级和宗教的联合势力反对他。他向那些不可抗拒的力量低了头。在他到达喀土穆的那一天，市民们在街上欢呼起来，鸣礼炮欢迎他的到来。当英国人民认为他的使命已经完成，政府也为他们自己的明智之举洋洋得意时，戈登将军自己却坐了下来，通过电报向位于开罗的祖贝尔帕夏发出了一个正式请求。

　　他与祖贝尔之间的关系非常独特。祖贝尔的儿子苏莱曼正是因戈登将军的命令，至少是在他执政期间、在他完全同意的情况下被处决的。"因此，"他说，"真主已经在他的敌人队伍中留下了空隙。"当他给伊夫林·巴林爵上致电告诉他祖贝尔是最危险的人，并要求立即将他驱逐到塞浦路斯之后，就从伦敦出发开始履行他的使命了。这当然超出了英国代理政府的权力或意图。戈登将军就像紧随电报之后的一股旋风立即到达开罗。听说祖贝尔还在埃及之后，他非常生气。在乘船离开之前，他去见了谢里夫帕夏。在这位前部长的接待室里，他碰见了他最不想见的人——祖贝尔。他热情地向祖贝尔打了招呼。他们就苏丹问题促膝长谈。戈登随即赶到政府部门告诉伊夫林·巴林爵士说，祖贝尔必须立即陪同他前往喀土穆。巴林爵士惊愕万分。但他本人并不反对这个计划。事实上,他已经向当局提议了这个做法。但是他认为,戈登的态度变化太突然,难以信赖,明天他可能会再次改变主意。他恳求戈登将军再认真考虑下这件事。戈登以他一贯的坦率承认他的想法改变得确实非常突然。他说,他有一种"神秘的感觉",他们需要祖贝尔来挽救苏丹当下的局势。

离开开罗之后,戈登仍在考虑这个问题。向喀土穆正式请求由祖贝尔来协助之后,他对这位曾经的奴隶商贩的价值的肯定就显而易见了,并不仅仅是一闪而过的想法。此外,他现在已经成了"局中人",因此他的话就更有分量了。伊夫林·巴林爵士决心全力支持戈登的建议。任命一个如此邪恶的人从没像现在这样意义非凡。这位杰出的特使请求祖贝尔的协助,他的同僚斯图尔特上校表示同意;英国的代理政府也强烈要求这样做;埃及政府意见一致。在所有这些背后,是每一个对苏丹有所了解的人。没有什么能超越人们对这个请求的热切渴望。3月1日,戈登将军致电写道:"我坦白地告诉你,想让祖贝尔来喀土穆是不可能的,除非政府按照我告诉你的方法去做。他们拒绝祖贝尔,但这是唯一的机会。"8日,他又写道:"如果你不派祖贝尔来的话,你们就没有机会撤离驻军。""我相信,"伊夫林·巴林爵士在回复这些电报时写道,"戈登将军说祖贝尔帕夏是唯一可能的人选是非常正确的。努巴尔强烈支持他。非洲旅行家伯恩多夫博士充分证实了戈登将军有关祖贝尔的影响的说法。"祖贝尔帕夏虽然卑鄙无耻,但现在却是不可或缺的。

英国政府完全拒绝与祖贝尔有任何关联。他们反对埃及政府雇佣他。他们不会接受这个建议，毫无商量的余地。未来的历史学家或许会在闲暇之时绞尽脑汁去判定，那些部长和人民是对还是错；他们是否有权以可怕的代价放纵自己的感性；他们是否不够明智；他们的尊严是否因所招致的麻烦或避免的问题而受到更多的冒犯。

戈登将军已经非常简洁明了地解释了他的观点："如果在我请求任用祖贝尔帕夏的时候他被派过来了，柏柏尔人[1]很可能不会倒下，而且可能还会建立起一个与马赫迪对峙的苏丹政府。我们仅仅因为他之前从事奴隶贸易而选择拒绝使用他。的确，我们有理由。但是，由于我们并没有带着对奴隶贸易的敬意对这片土地的未来采取预防措施，因此上述那些反对派看起来似乎是荒谬的。我不会派别人过来，因为祖贝尔会做这些，但是如果我把这个国家交给另外一个人，谁来做同样的事情呢。"（戈登少将，《喀土穆日志》）

但是，如果这个决定的公平性值得怀疑，无论英国政府是否关心苏丹问题，其后果都是显而易见的。如果他们不关心，那么他们没有理由或权力禁止任命祖贝尔；如果他们关心，他们一定

---

[1] 柏柏尔人（Berber），西北非洲的一个闪含语系柏柏尔语族的民族。实际上柏柏尔人并不是一个单一的民族，它是众多在文化、政治和经济生活相似的部落族人的统称。柏柏尔人这个称呼本来不是柏柏尔人自称的称呼，而是来自拉丁语中的野蛮人（barbari）。

会发现他们的驻军即将获救。英国是否对驻军的安全负原始责任是一个悬而未决的问题。戈登将军坚决主张我们必须不惜一切代价来拯救他们，并用他的生命践行着他的信念。另一些人认为，政府无权施压；或者无论如何在给本国人施加沉重负担的时候，必须非常慎重，才能让他们在面对外国人的时候展现出英勇的骑士精神。英国并没有在苏丹施行暴政，也没有激起人民的起义，更没有派驻军队。埃及能期待的只有同情。但是祖贝尔被排斥的情况已经改变了，拒绝雇佣他就等于承认苏丹的事务涉及英国和埃及的荣誉。因为这不仅仅是政府的行为，所以当英国人民开始以一种高尚的道德态度对祖贝尔心怀敬意的时候，他们告诉自己一定要救出驻军。如果可能的话，就采取和平手段；如果有必要的话，就动用武力。

由于埃及政府拒绝让祖贝尔到苏丹去，他们和特使戈登之间漫长而痛苦的对峙拉开了帷幕。戈登为他的第一个请求不被接受而困惑不安，同时也在设法寻找权宜之计。他已经说过祖贝尔是"唯一的机会"。但是，作为下属，当自己推荐的方法被拒绝时，有义务提出其他的方案。怀着满腔的热情和毫无保留的忠诚，戈登投身到这些事务中，并提出了一个又一个充满希望的方案。

戈登思考着以他个人的名义承诺完成将驻军和政府官员撤离喀土穆的任务。他已经任命一些居民担任要职，缓和了他们与马赫迪的关系。其他人则毫无疑问地受到戈登将军到来的影响，推迟了离开的时间。因此，他认为他的荣誉和他们的安全息息相关。从此以后，他变得更加坚定。奖赏和威胁都不能动摇他。没有什么东西能诱使他离开喀土穆，直到那里的居民获救。政府也同样固执。虽然备受尊重，但是没有什么能说服他们向喀土穆派兵，或者说没有什么能让他们置身于非洲中部的事务中。城镇可能会沦陷；驻军可能被屠杀；直到所有这一切和下一代人都被埋葬和遗忘之后，他们准备面对这位特使的可能性才会为世人所知。

僵局结束了。对一些人来说，外交部可能给他们提供了撤退路线，让他们得到了最高官员的赞誉，为他们带来了晋升的机会和奖赏。其他人则期待着离开如此危险职位的命令。但是他们派来的这个人是所有其他人无法控制的人，对于他们可以给予或带走什么东西都不在乎。所以，一系列事情拖延了他们的行程。随着戈登所能想到的最好方案接连被政府否决，他的愤怒和失望不断增加，他的建议也变得越来越不切实际。他的日志记录员愤怒地一一列举了他的那些建议。他曾向政府请求祖贝尔的协助，被拒绝了；他曾请求突厥军队支援，也被拒绝了；他曾请求印度穆罕默德军团的救济，政府为他们自己无法满足这些请求而感到遗憾；他请求苏丹领袖下令强化他的地位，被蛮横地拒绝了；他建议乘汽船向南前往赤道省，但是政府禁止他离开喀土穆；他要求派200名英军前往柏柏尔，被拒绝了；他恳求派一些人到阿斯旺，却一个都没有派；他建议让他亲自拜访马赫迪，并和他商讨相关事宜——或许他在马赫迪身上发现了一种类似的精神，然而在这件事情上，政府还是理所当然地拒绝了他。

最终争吵爆发了。他毫不掩饰自己的憎恶。"我走！"他说，"抛开这'不可磨灭的放弃驻军的耻辱'。"（戈登少将致伊夫林·巴林爵士电报，4月16日接收于开罗）他宣称这种放弃"卑劣至极"。（同上，发送于4月8日）他重申了和喀土穆驻军坚守驻地的决心："在他们全部撤离之前，我是不会离开这些人的。"（戈登少将致伊夫林·巴林爵士信，7月30日；10月15日接收于开罗）他轻蔑地扔下了他的委任状："我也请求女王政府接受我的辞呈。"（戈登少将致伊夫林·巴林爵士电报，喀土穆，3月9日）"政府相信他不会辞职。"（厄尔·格兰威尔致伊夫林·巴林爵士信，外交部，3月13日）"他的辞呈依然无效。最终，在痛苦和烦恼之中，想到自己被抛弃和否定，他向伊夫林·巴林爵士倾诉道：'无论你站在外交的角度上有什么样的感觉，我都确信，我有你和每一个自称君子的人的默默支持。'"（戈登少将致伊夫林·巴林爵士电报，4月16日接收于开罗）作为最后的希望，他恳请塞缪尔·贝克爵士向"英国和美国的百万富翁"求助，申请20万英镑协助他完成撤离，不管开罗和伦敦政府怎么做。塞缪尔·贝克爵士带着对政府的强烈抗议和恳求给《泰晤士报》写了一封长信。

这就是这桩悲剧的主要特点。即使蓝皮书中枯燥的赘述也能激起读者心中的悲恸和愤怒。但是同时在世界上其他地区，也发生着一些更为激动人心的事件。

戈登将军来到喀土穆让穆罕默德·艾哈迈德和他的哈里发们感到困惑和担心。他们的追随者们灰心丧气，他们自己也担心戈登将军的到来是政府派军的前兆。戈登对柏柏尔人的宣言让马赫迪和他的手下放下心来。随后几周,并没有援军来到喀土穆,马赫迪和阿卜杜拉带着曾使他们在危急时刻奋勇向前的勇气,决定勇敢面对现状并且封锁喀土穆。整个国家的爱国热情和随之而来的起义激情鼓舞着他们的行动。要想弄明白其原因,我们必须关注一下苏丹东部地区,在那里发生了继希克斯将军战败之后的又一场悲剧。

被压迫和暴政激怒的哈丹达瓦部落[1],在声名远扬的奥斯曼·狄格纳[2]的率领下加入了马赫迪起义。托卡和辛卡特的埃及驻军被围困,物资匮乏。英国当局声称对此负全部责任。由于这些城市距离海岸线并不算远,英国当局也就没有阻止埃及政府去救援被困驻军。随后,一支3500人的军队在贝克将军的率领下,于1884年2月从萨瓦金[3]出发前去托卡市支援。贝克将军曾是第十支胡萨尔轻骑兵[4]的英勇上校。泰卜地区水源匮乏使他们陷入了困境,2月5日,他们被一支约1000人的阿拉伯部队袭击。

---

1 哈丹达瓦部落(Hadendoa,又作Hadendowa),系贝贾人(住在介于红海和尼罗河及阿特巴拉河之间的山区的游牧部落集团)的一个分支,因在19世纪80年代至90年代支持马赫迪起义而为人所知。他们所在的区域位于现在的苏丹、埃及以及厄立特里亚地区。

2 奥斯曼·狄格纳(Osman Digna,1840—1926),马赫迪的追随者,为马赫迪手下最得力的干将,他在戈登将军的命运和苏丹摆脱埃及统治中扮演着重要角色。英国人对奥斯曼褒贬不一,有些人将他丑化为野蛮人,有些人尊其为勇士。

3 萨瓦金(Suakin),苏丹东北部港口城市,位于苏丹港南部红海海岸。

4 胡萨尔轻骑兵(Hussars),匈牙利轻骑兵,以制服华丽著称。

"埃及阵营中的士兵在一小支敌军的威胁下就丢下武器带着黑人部队四散而逃,任凭敌军屠杀他们,不做一丝抵抗。"(贝克将军致伊夫林·巴林爵士电报,发送于 2 月 6 日)英国和欧洲的军官们试图召集他们却无功而返。唯一的一支苏丹军队向着有自己同胞在内的敌军无情地狂轰滥炸。贝克将军凭借着曾在多瑙河上让他享誉整个欧洲的坚定勇气和高超的军事技能,召集了 1500 个手无寸铁的士兵回到了萨瓦金。96 名军官和 2250 名士兵被杀。克房伯大炮、机枪、步枪以及大量弹药落入了获胜的阿拉伯人手中。胜利使他们欣喜若狂。他们开始投入更多的精力围攻那些城市。辛卡特的 800 名驻军尝试突围出去前往萨瓦金。托卡的驻军投降了。最终两支驻军都被歼灭了。

罪行已经发生。屠杀也已降临。至此,英国当局准备插手此事。他们决定为那些他们曾经拒绝救援的驻军复仇。不顾善意的同僚们的劝阻和戈登将军的建议,英国政府派出了一支由一队骑兵和两个步兵旅组成的庞大军队出征萨瓦金。戈登将军感觉到他在喀土穆的地位,将受到这些在他唯一一撤退路线上的军事行动的进一步威胁。(伊夫林·巴林爵士致厄尔·格兰威尔信,开罗,2 月 23 日)格雷厄姆将军被委任为指挥官。远征军迫不及待地出发了。从印度归来的第十支轻骑兵被强行纳入了这支远征军中。这支军队以迅雷不及掩耳之势占领了一方领土。距离上次惨败不到一个月的时间,他们就在泰卜征服了敌军,几乎就是在之前灾难发生的地点。3 月 4 日,他们消灭了 3000 名哈丹达瓦人并驱散了剩下的人。四周之后，他们在塔马伊[1]发动了第二次军事行动。英军再次大获全胜，阿拉伯人被大肆屠杀。但是，胜利也伴随着损失。在泰卜地区，英军损失了24名军官和168名士兵；在塔马伊，他们损失了13名军官和208名士兵。这些战役将奥斯曼·狄格纳聚集起来的兵力驱散了。但是这个精明狡猾的人却再一次全身而退。

因此，在苏丹东部地区，三个月之内有10000人被杀。按照军队的惯例，政府高奏凯歌。红海沿岸的部落对他们充满畏惧。由于他们的战斗毫无目的，因此他们的胜利也无利可图。

随着戈登将军请求祖贝尔协助的要求最终被拒绝，救援驻军也变得明显不切实际。戈登将军作为最后的希望被派去苏丹。不论是对还是错，他的建议都被无视了。所有人都认为他的使命终将失败。在那之后，仅存的问题是如何将他尽快带离苏丹。他肯定不会心甘情愿回来。他需要军队，却不知该如何运用。随着英国在苏丹东部地区连战连捷，戈登将军的机会出现了。道路已经畅通，当地部落都被击垮了。随后，尽管柏柏尔人并没有倒下，马赫迪仍在从欧拜伊德去喀土穆的途中。伊夫林·巴林爵士看到了机会。他当时并没有在埃及政局中担任他后来得到的令人敬畏且印象深刻的职位。但是他凭借自己的影响力强烈要求派遣一小支部队紧急到喀土穆支援。大约有1000到1200人准备骑骆驼经

---

1 塔马伊（Tamai），苏丹东部地区一城市。

由柏柏尔人所在区域前往喀土穆。那些生病或者中途所骑骆驼死掉的人只能在路边碰运气。然而，这个计划在军事层面失败了。只有一点值得称赞——一支常规的远征军。这位英国政府的代表随即又开始强烈要求派遣军队，但是埃及政府却固执地回绝了他，时间就这样流逝了。

在戈登将军和格莱斯顿内阁的对峙结束之前，喀土穆的形势已宛如坟场。当英国政府沉溺于在苏丹东部的报复性军事行动中时，马赫迪率领约 15000 到 20000 人缓慢却坚定地向喀土穆进军。3月7日，斯图尔特上校从喀土穆发来电报："马赫迪试图派密使鼓动尚迪[1]人民，我们可能会被切断与外界的联系。"（上校斯图尔特致伊夫林·巴林爵士，3月7日，1884年）3月11日，戈登将军亲自报告："叛军在青尼罗河上，距我方只有4个小时的行程。"（少将戈登致伊夫林·巴林爵士，3月11日，1884年）此后，再也没有电报发来，因为3月15日，尚迪和柏柏尔人所在地区的通信线路被切断了，马赫迪对喀土穆的封锁已全面开始。

喀土穆漫长而光荣的防守备受关注。那个身处非洲人之中的欧洲人，居于穆斯林教徒中的基督教徒，凭借他的天赋激发了7000名低等种族士兵的斗志，凭借他的勇气支撑起30000名胆小的居民的心灵。在这样的条件和阻碍面前，他们顽强地抵抗着敌军不断加强的攻击。在长达317天的对峙中，纵使敌军冷酷残暴，

---

1 尚迪（Shendi），苏丹北部历史名城，多名胜古迹，为旅游胜地。

他们也会接受投降。这场防守战在历史上或许独一无二。我们也很容易预料到，没有人会写出和这个名人自己写的《喀土穆日志》在兴趣和细节方面可比的故事。

简洁的叙述使欧洲和美洲成千上万的读者感到愉悦。也许是因为查理·戈登忽略了自己轻而易举就赢得的人们的同情。他的日志被分为六节，在第一部分结束之前就已经赢得了读者的心。此后，他透过戈登的眼睛来观察世界。在斯拉廷面前，他嘲笑外交官，蔑视政府；无端地烦躁，也许是因为情报处少校基奇纳的情报被误传或者未被传送；为沙吉亚非正规军的不切实际而疲惫不堪；对雄火鸡和他的四个妻子充满兴趣；嘲笑黑人淫妇第一次在镜子中看到自己的脸。他为"可怜的小野兽"侯赛因耶的命运颤抖着，当他第一个把船停靠在沙滩上时，这艘"小汽轮瞬间被置于加农炮的火力之中"；他日复一日地通过将军强大的望远镜，从宫殿的屋顶，沿着长长的棕色河道，望向沙布鲁卡峡谷间的岩石，希望能发现一些救援汽轮的信号。当故事接近尾声的时候，所有英国人都不会读到最后一句话："现在记下这些，如果远征军——我要求的不超过200人——在10天内不来，这座城就可能沦陷；我已为国家的荣誉拼尽全力，再见。"他没有因徒劳无功的懊悔和决心兴奋不已。故事随即结束了。沉默也未被打破。《喀土穆日志》的第六节是12月14日发出的；读完之后，读者突然从令人愉悦的情绪中跳了出来，感受到一种失落和烦恼。长久支撑着读者的想象力被严酷的现实撇在了一边。此后，戈登所经历的危险都未被记录。

我将从《喀土穆日志》中挑选一个情节作为证明查理·戈登独特而严厉性格的例子，他对待斯拉廷便是如此。这位奥地利军官曾担任达尔富尔的首领，相当于埃及官制中的省督。四年来，他一直试图平息叛乱，但最终无功而返。他也曾取得过各种各样的胜利。他受了好几次伤。在省内甚至外省，他都被称为勇敢而能干的士兵。他撰写的有关他自己的苦难和冒险的人生故事广为人知，那些读过他的故事的人认为他是一个感情丰富且值得尊敬的人。那些享受和他的私交的人，毫不犹豫地证实了这一点。然而，他的一个行为却使他丧失了戈登的同情和尊重。在达尔富尔的战斗中，屡遭败仗之后，他的伊斯兰教士兵们灰心丧气，把他们的厄运归咎于他们被真主诅咒了的异教徒指挥官。斯拉廷因此宣布自己是先知的追随者，至少表面上接纳伊斯兰教的信仰。士兵们为他的转变感到高兴，成功的希望鼓舞着他们重振士气，因此达尔富尔省督的抵抗得以延长。然而，这只是推迟而并不能避免他们的沦陷。希克斯将军的军队被摧毁后，斯拉廷被迫向托钵僧军投降。他所设想的能够挽救败局的宗教信仰，后来发现也只不过是逃避死亡的妄想。

欣赏他的勇气的阿拉伯领袖们起初十分敬重并善待他，把他带到了马赫迪位于喀土穆城前的营地中。在封锁喀土穆期间，斯拉廷被严加看守，但并没被监禁。然后他写信给戈登告知他的投降和背叛，并乞求允许他在没有协助的情况下逃到喀土穆。这些信件至今尚存，展示了这个人所面对的十二年的危险和堕落，读过这些信件的人几乎没有不同情他的。

戈登是个固执己见的人。在收到那些信件之前，他提起斯拉廷时充满鄙夷："一个忍不住嘲笑马赫迪的人，亲自率领着一帮欧洲人——修女、牧师、希腊人、奥地利官员，鱼龙混杂，他是多么正常的一个少校啊！"（《喀土穆日志》）他依然不愿相信斯拉廷居然会投降。"希腊人说，斯拉廷有4000阿德布[1]军粮，1500头奶牛和大量的弹药，马赫迪给了他八匹马。"他不会为这样一个人效力。但他正义凛然地补充道："所有这些信息都必须保存好。"

最终信件来了。在被命令要求写信投降的时候，斯拉廷冒着生命危险向戈登将军写了另一封信，请求同意让他逃跑。这是在《喀土穆日志》中毫不妥协的一分钟："10月16日，斯拉廷的信已经送达。我无话可说，不知道他为什么写这些。"事实上，他确实辜负了一些人的同情，但那不过是人们对一只老鼠的同情。"他显然不是斯巴达人……他想要被隔离……只有一个人为他感到难过。"第二天，他继续坚持着，并且清楚地说明了他的理由："斯拉廷待在这里，我什么都不会让他做，除非得到马赫迪的允许，但这是他不太可能得到的；他这样做是会丧失获释的机会的，释放他应像给予马赫迪其他任何权力时同样神圣，他这样做也将危及所有欧洲人和马赫迪手中的囚犯的安全。"

---

1 阿德布（Ardeb），埃及度量衡单位。

应该看到，斯拉廷不是一个获释的军官，而是被监禁在敌军营地中的战俘。在这种情况下，他显然有理由冒一切风险逃脱。如果捕获他的那些人给了他这个机会，他们只能责怪自己。他和那些托钵僧军俘虏，以及如今加入反政府行列的黑人士兵，处境没有什么不同。这些人每天都有逃到喀土穆的，而且戈登将军完全默许他们这样做。至于斯拉廷的逃跑是否影响到其他欧洲囚犯的境况，必须注意，当他多次试图从恩图曼逃脱并最终逃掉时，其他囚犯并没有受到虐待；即使这样的虐待是某个人的逃跑所致，以战争的惯例来看，也不能禁止一个人试图重获自由。与之相对应，只有他的自由和正式的承诺，可以剥夺这种权利。如果马赫迪选择屠杀其他囚犯，那么罪责应归于马赫迪。

然而，斯拉廷无权为自己辩解。他与戈登的通信被发现了。他曾一度命悬一线。连续好几个月，他都被沉重的锁链铐着，每天只能吃一些喂马、骡子的粗粮。这些情况传到了戈登耳中。他冷漠地观察着，"斯拉廷仍然被锁链铐着"。他从不怀疑他所采用的方法的正确性，哪怕一个瞬间。几乎没有人会否认双方存在激烈的争论，但许多人会说他们很好地处理了这些争论。戈登一定仔细地进行了权衡。他从不动摇。现在他需要斯拉廷。他独自一人，没有一个作战能力让他有丝毫信心的手下。他在《喀土穆日志》中一遍又一遍地表达了对值得信赖的下属的渴望。他说他不可能到所有地方去，"几乎每一个命令都要重申两三次，生活让我疲惫不堪。在这里最大的感受是缺少像盖西、梅萨达格利亚或

第二章 特使的命运

斯拉廷那样的人，我甚至派不出一个可以率领远征军的人……"

这就是那个本应雇佣祖贝尔却不得不屈从于权宜之计的人。但是祖贝尔从来没有"否认他的真主"。

喀土穆的实际防御在《喀土穆日志》中有所提及，我不打算按时间顺序记录。9月10日之后，当戈登将军派斯图尔特上校、鲍威尔和赫尔宾先生搭乘不幸的阿巴斯汽轮沿河而下时，他独自一个人待着。很多人都向沉重的责任低了头。戈登却只能独自承担责任。他没有一个可以平心交谈的人，也没有能让他倾诉疑问的可靠下属。对于某些人来说，行使权力是令人愉快的，但是有些感觉比无法掌控职责更加痛苦：将军不能指挥防御；军官抢夺士兵的口粮；哨兵在哨岗上呼呼大睡；市民们悲叹着他们的不幸；各个等级和阶层的人都私通敌军，希望在城镇沦陷的时候能保证自己的安全。敌人频繁地煽动民众，消磨他们的信心。各方间谍混入城中。埃及的帕夏们深感绝望，策划着叛国投敌。他们一度试图引爆弹药库。还有一次，他们从军火库中偷走了不下80000阿德布粮食。焦躁的指挥官偶尔会发现一些阴谋并逮捕策划者；或者进行调查，可能会发现一些抢劫案件；但是他清楚地知道，他发现的这些都是他有所耳闻的。埃及军官并不可信。然而，他不得不相信他们。民众被战争彻底击垮，许多人的忠诚不复存在。他必须支持并鼓励他们。仅靠这座城镇自身几乎是不可能抵挡敌军的进攻的。但是他们必须坚持防守到底。他在宫殿的平屋顶上用望远镜观察着远处的堡垒和士兵。他每天在这里花费大部分时间，用强大的望远镜来仔细监督防御情况和周围的村落。当他看到堡垒上的哨兵离开岗位时，就会派人去鞭打他们，他们的上司也会受到惩罚。当他的"小型汽轮"忙于应付托钵僧军的炮火时，他会提心吊胆，因为这样的战斗对于他们的防守来说可能是致命的。由于他不能指挥，所以必须让胆小鲁莽的军官轮流值守。深夜时分，他便无法观察。他的自信仅存于日志中，其中展示的痛苦不比他的伟大品格少。他写道："没有任何传染病比得上那种恐惧。当我焦躁愤怒不能进食时，我会发现那些在同一张桌子上的人好像都在伪装自己。"

任何一种令人疲惫的担忧都在不断增加军方的焦虑。那些女人叫嚣着索要面包。民众不停地责备他。与英国政府的争论使他非常痛苦。他思想中充斥着的错误和不公正的想法折磨着他。他被遗弃，无人信任，历史将不重视他的努力，也许永远不会知道他曾努力过。人民的痛苦扭曲了他高尚和慷慨的心。绝望的寂寞压抑着他。一切都扑朔迷离。最后，"一切都会好起来"的可能性带着虚假的希望嘲笑着他。每天早上的第一盏灯，都可能揭露人们对救济轮船和身着制服的英国士兵的渴望。甚至令人麻木的绝望都是对戈登的否认。

然而，有两种伟大的道德和精神激励着他：他作为一个男人的荣誉和作为基督徒的信仰。前者把所有他曾认为不正确的行为放在了一边，这样就减轻了很多疑惑，避免了许多无谓的遗憾。后者是他力量的真正来源。他确信，除了危险和一切的错误、不平等，还有另一种生活等待着他——只要他忠实而真诚，就会给他利用更好更强大的机会的能力。"你看现在的我，"他曾经对一个旅伴说，"指挥着一小支军队，没有任何城市可以治理。我希望死亡能使我摆脱痛苦，那么我将拥有伟大的军队，而且我将管理许多大城市。"（纽汉姆·戴维斯上校，《戈登回忆录》，1898年12月14日发表于《世界报》）这就是他不朽的光明希望。

随着军事行动的严峻程度日益增加，军队纪律也必须更加严苛。士兵的热情、作战本能、对战争的兴趣和激情，可以确保他们在短暂而成功的战役中服从命令并心甘情愿地忍受危险和艰辛。但是，当命运未卜或前途暗淡时，当撤退和进军无法避免时，当供给不足、筹备失败、灾难临近时，当斗争持久时，只有告诉他们如果拒绝服从命令，现实生活中将有更大的恐惧等待着他们，才能说服他们接受不幸。丑陋的事实表明，恐惧是顺从的基础。戈登将军对喀土穆驻军和民众的影响是对抗险恶情况的最大力量。他在9月份的日志中写道："当他们来看我的时候，颤抖而痛苦，他们甚至无法拿起火柴点燃手中的香烟。"他采用了所有可能激发他们斗志的方法。随着冬季的到来，被围困的痛苦不断增加，他们丧失了对指挥官的信心，不再信奉他的救济承诺。为了保存他们的希望——正是因为他们的希望才使他们的勇气和忠诚超越了人类的力量，戈登做了一个伟人最大限度运用自身才能和权威时所能做的一切。

他非凡的精神在最后这些阴沉的日子里格外耀眼。军费用尽了，他下发欠条，签上自己的名字。民众在物资紧缺、疾病和战争这三重灾祸下呻吟，他命令乐队快乐地演奏，并发射火炮作为烟火。他们被抛弃了，援军永远不会到来，远征军只是一个幻想，是一个被政府否认的将军的一个谎言；他立即下令在墙上张贴英国军队进军和胜利的消息，或者租用尼罗河沿岸所有最好的房屋来安置救济部队军官。托钵僧的一颗炮弹洞穿了他的宫殿，他下令将这颗炮弹到来的日期刻在弹孔的上方。对于那些忠心服侍他的人，他在盛大的场合给他们赠送勋章。其他不值得称赞的人会被射杀。通过所有这些手段和措施，这座城市的防守得以拖过1884年的夏季、秋季和冬季，并延续到了1885年。

其间英国民众的焦虑不断增加。即使戈登将军被抛弃，人们也绝不会遗忘他。因为他的使命关乎整个国家的切身利益，所以他的失败带来的是人们的普遍失望。很快人们的失望就被惊慌取而代之。3月16日，伦道夫·丘吉尔勋爵在下议院提出这位杰出特使的个人安危问题。借此机会他还批评了政府的迟疑不决和在苏丹东部漫无目的的屠杀，以及修建萨瓦金—柏柏尔地区道路的失败。他继续关注着戈登将军在喀土穆的危险形势。

"科特洛根上校已经说过，喀土穆很容易被攻占；我们都知道戈登将军被一群强烈反抗他的部落包围着，并且被切断了和开罗以及伦敦的联络。在这种情况下，议院有权问女王政府是否打算采取行动去解救他。对于这个他们曾寄希望帮助他们摆脱困境的人，他们打算继续漠不关心，任由他自己去改变命运，不愿意为

他做任何努力吗？"（议会议事录，3月16日，1884年）

女王政府仍然无动于衷。菲茨莫里斯勋爵做出的回应得到了大臣们的支持。这个问题一旦提出就不容搁置。反对党在一个年轻人的真诚鼓舞和激励下不断发展壮大。埃及政府处理事务的表现给他们提供了足够的批评和攻击的机会。整个夏天的几个月里，部长们几乎每天晚上都被询问究竟是去拯救他们的特使还是任他听天由命。格莱斯顿先生闪烁其词。保守党明白了其中的暗示。骚动变得愈加激烈。连政府的支持者也心生不满。但首相却顽固而坚定。最后，会议结束时，整个问题以最庄严和最正式的方式进行了不信任决议投票[1]。迈克尔·希克斯·比奇爵士的提议引发了漫长而激烈的争论。格莱斯顿先生的讲话只增加了他的追随者的不安和反对党的愤怒。福斯特先生公然表达了与他的上司不同的意见。虽然哈丁顿勋爵结束辩论时的讲话让人们看到了秋天派出远征军的希望，但政府获胜的票数却降到了28票。议会结束之后，议会之外的争论激烈程度丝毫未减，民众的呼声也越来越响亮。

在解救戈登的问题上，格莱斯顿先生的行为往往被其仁慈的弱点左右。历史上可能会有另一种观点。将军强壮而固执，首长也是如此。如果戈登是比较伟大的人，那么毫无疑问，格莱斯顿更伟大。这位女王的亲信首长很容易就能派出远征军对付野蛮

---

[1] 不信任决议案，议会制国家的议会对政府（内阁）表示不信任的议案。议会监督政府的手段之一，通常在议会不同意政府的政策和施政方针时提出。

人。他习惯于行使权力。与帝国的资源相比，这项行动是微不足道的。格莱斯顿的职责比所有人的都多。另一方面，人民所表达的愿望是他一直所遵从的力量，事实上，那也是他的政治存在的根源。然而，尽管整个国家的骚动不断增加，他仍然保持沉默。大多数人都在做正确的事，或者他们说服自己他们所做的是对的。不难相信格莱斯顿先生不赞同卷入苏丹中部的军事行动，那不是为了拯救特使的生命，让戈登踏上汽轮回家，而只是为了维护一个人的个人荣誉。也可能是对政府官员的怨恨影响了他的决策，正是那些政府官员的顽固本性给政府招来了人民的憎恨。

要不是他的权力和影响力，他早已被迫让步。长期以来忽略人民渴盼海外声望的政府，在国内蒙羞，被迫跑去苏丹。当时的战争国务卿哈丁顿勋爵，摆脱了他的主要同僚们所遭受的普遍谴责。他是第一个承认内阁职责以及内阁所承担的国家职责的人，而且救援远征军主要是因为他的影响才得以最终被派遣。总司令和副官长完全意识到了喀土穆的危险处境，并补充了他们的建议。但即使在最后一刻，仍然有人劝导格莱斯顿先生谨慎发兵，因为他们相信这次行动规模很小，而且只需要一个旅的兵力。该决定随即被政府部门接受并向全国公布。然而，正如政府所预期的那样，副官长组织了一支截然不同的军队，将仅仅一个旅的队伍扩大为一支拥有一万人的远征军，而且全都是从部队里精心挑选出来的。

然而，现在已经无法扭转这一决定，"戈登救援军"出征了。负责行动的指挥官审视了当下的形势。他发现如果自己面对任务从容不迫，它就既简单又安全；但如果匆忙开始，它的处境就将非常危险且充满不确定性。他长期以来军旅生涯的成功战果都寄托在这次行动上了，他拒绝匆忙而鲁莽行动的行为也并不讨人喜欢。他明智地评估了军队的困境，并制订了有条不紊的行军计划，不冒一丝风险，就像基奇纳爵士后来的行动那样。他拒绝了迅速获得无上荣誉的主意，因为那可能带来出人意料的成功抑或可怕的灾难。

军队在瓦迪哈勒法和尼罗河沿岸逐渐聚集起来，仓库也逐一修建。由四个团组成的新骆驼军团不断训练壮大。为了驾船逆激流而上，他们专门从加拿大请来船夫。最后，当所有准备工作完成后，远征军出发了。这个计划很简单，船上的一队强大步兵通过河道前往支援。如果他们不能及时到达，骆驼军团将从库尔提穿过拜由达沙漠前往米提玛。到那里以后，一支小分队由戈登的汽轮运到喀土穆，以支援守军，直到主力部队于 1885 年 3 月甚至 4 月抵达，那时喀土穆就可以逐渐摆脱围困了。

这次行动的戏剧性特征和其如画的原始特征，令整个国家着迷，而且此次进军受到了空前的关注。一个在他们的行动中扮演重要角色的人，形象地描述了河上分队的命运。"激流运动"（威廉·巴特勒爵士）是艰苦而不断地努力的记录。日复一日，士兵们拖着绳索改变航向，或是紧握船桨奋力划动；夜复一夜，他们在蒙纳西尔沙漠冷酷而荒凉的岸边扎营。终于，一个消息鼓舞了辛劳而无聊的士兵：一旦他们到达阿布哈迈德旁河流的弯道处，强力的北风将迅速把他们带到喀土穆。在他们穿越激流并以先前五倍的速度前进的时候，突然宣布的撤军命令以及他们所做的所有事情都是徒劳的消息，似乎是一种奇怪而痛苦的讽刺。

荒漠分队于12月30日从库尔提出发。他们的总兵力不超过1100人，但他们是部队中的精英。抛下所有的通信设备，他们沿着通往米提玛的车队路线前进。我们知道马赫迪军队的资源状况，因此他们这充满危险且义无反顾的行动值得我们赞赏。虽然托钵僧军既没有如此精良的装备也没有受到过良好的训练，但他们数量庞大，同样毫无畏惧。他们的战术更符合当下的状况，他们极度狂热。另一方面，英国军队装备的武器与那些终极战役中雇佣的士兵所使用的武器，完全不能相提并论。他们配备的是马蒂尼–亨利步枪，而不是强大的，具备无烟、换弹迅速、后坐力小等优势的李–梅特福步枪。代替致命的马克沁机枪的是加德纳枪，它正是在塔马伊卡弹的那支枪，在阿卜克力它再次频繁卡弹。他们的火炮在各方面都逊色于现在普遍使用的那些。除此之外，他们进行火力管制和射击的规则都是新的，很少有人了解，也很难被接受。尽管如此，骆驼军团依然大胆前进，随后与一支敌军正面交战。而最终我们发现想要击败这支敌军，需要一支比目前的军队实力强大十二倍且装备更好、训练更有素的军队。

1月3日，他们来到了盖克杜尔·威尔斯。他们已经行进了

100英里，但是因为需要护送第二支补给部队到达盖克杜尔而推迟了行军，补给部队和增援队伍抵达之后他们的总兵力增至1800人。这段时间内他们修建了两个小堡垒和一个物资仓库，直到13日才继续行军。骆驼的数量已经不能满足运送物资的需求。它们的食物对于它们所要完成的工作来说实在少得可怜。然而到了16日，他们已经又前进了50英里，临近阿卜克力水井区。在这里，他们遭到了敌军的阻挠。

关于沙漠分队进军的消息已经传到了马赫迪和他的阿拉伯将军那里。据说，有一小群骑着骆驼的英国人和一些骑兵正火速前来解救这个被围困的城市。他们的人数很少，只有2000人。他们怎能期望战胜"天选的马赫迪"以及击败希克斯的侵略性极强的安萨尔人？他们简直疯了。不过他们理应被消灭，一个都不能逃。他们行军的推迟为马赫迪提供了充足的时间。阿拉伯人聚集了一支强大的兵力。斯拉廷讲述了在影响力巨大的埃米尔手下的几千人，如何在抵达喀土穆之前离开军营，向北进军，渴望屠杀"真主的敌人"。加阿林[1]部落的主要力量在米提玛聚集。随着恩图曼增援部队的到来，阿拉伯人的总兵力不下一万人，紧随其后还有数千人。他们纵容这一小支部队前进或撤退，他们对胜利充满信心，认为自己不可能被击败，双方在阿卜克力水井区附近交战了。

---

1 加阿林（Jaalin），以饲养骆驼为生，靠近尼罗河的一个部落。

16日上午，骆驼军团依然停歇不前，他们建造了一个小堡垒，在那里放置了他们的备用物资，并为接待伤员做了一些安排。1点钟，他们从容地向前进军，穿过通往阿卜克力峡谷的狭隘小道后就地露营。第二天凌晨，军队以方阵形式出动并向敌人进军。随之而来的是英国军队在苏丹进行过的最野蛮、最血腥的屠杀。他们不顾阿拉伯人的庞大数量和士气，冲向敌军，沉重打击了阿拉伯部队，自身仅仅损失了10%的兵力——9名军官和65名士兵丧生，另有9名军官和85名士兵受伤。荒漠分队在疯狂屠杀之后被逼退，驻扎在水井旁。

18日上午，他们稍作休整，把伤员安置在他们之前建好的堡垒里，埋葬了牺牲的官兵。当天下午，他们继续前进，彻夜行军，到19日白天，他们已跋涉23英里，筋疲力尽，在几乎能看到河面的地方停了下来。与此同时，敌军再次聚集起大量兵力，并且准备了有效的火力来攻击这支分队。赫伯特·斯图尔特爵士受了伤，几周之后因伤而死。随后查理·威尔逊爵士接管了军队。他的处境相当绝望。水源不足，虽然尼罗河就在4英里外，但是伤员和物资阻碍他们向前，在河流和这些口渴难耐的人之间是托钵僧军队。阿拉伯人因之前的损失而满腔怒火，并且已充分意识到惊愕的敌人现在的困境以及持续减员的状况。

现在他们不得不将这支小分队拆分开。一部分人必须留下来守护行李和伤员，其他人努力寻找水源。19日下午3点，900名士兵离开了匆忙建造的营地，朝河边进军。没有骆驼和那些交通工具，他们显得微不足道，仅仅是米提玛广阔平原上的一些小黑点。托钵僧军急于取得胜利并结束战斗。

士兵们在满布石块的地面上缓慢而痛苦地前进，频繁地停下来以维持秩序并帮助伤员。白色的烟雾点缀在远处的沙丘上，艳丽的叛军旗帜在四周挥舞着。在尼罗河畔耸立的绿色棕榈树前，士兵们迫不及待，兴奋不已。左侧，米提玛巨大的泥滩无限延伸。突然炮火停了下来，成群的敌军出现在他们面前的低矮灌木丛中。所有的旗帜一起向前挥舞着。成百上千衣衫褴褛的白衣士兵涌现出来。骑在马背上的埃米尔好像变魔术一样地出现了。到处都是快速冲锋的士兵，挥舞着长矛，呼吁真主的先知快点结束战争。疲倦的英国士兵停下脚步，开始小心翼翼地开火。大批的托钵僧军迅速倒下。托钵僧啊，你们有那么多人，可是他们却少得可怜。英军疲劳不堪，喉咙干渴；而你们已经喝足了尼罗河的水。一波冲锋便可将那些被诅咒的人踩在忠诚的信徒脚下。托钵僧军继续向前冲着，等待着军队中的号角。突然炮火停熄了。这是为什么？他们失去了信心吗？他们耗尽了弹药，不得不暂时停火。随后，密集的炮弹伴着刺刀周围的烟雾再次轰炸开来，这次的距离更近，威力更猛。英国士兵的顽强和伟大在绝望的境况中展现了出来。士兵们不断射击。托钵僧军的进攻失败了，埃米尔的人马被击溃了。其他人转身走回城内，因为他们跑不起来。士兵们开始向前进攻。通往河流的道路已经打通。黄昏时分他们来到了河水边，他们并没有渴望更多的战利品，尼罗河就是他们的战果。此时，戈登依然被困在城中。

查理·威尔逊爵士召集起他的士兵，在进一步向喀土穆进军之前在尼罗河畔停留了三天。他解释了停留的原因，直到令大多数反对者满意。让人们相信那个拥有如此出色成就的人会甘心耽误这段时间也不太容易。第四天，他率领20名英军士兵和一些骑兵登上戈登为救援部队准备的两艘汽轮，向沙布鲁卡峡谷和前方的城镇进军。1月27日，救援人员已经来到能够看到喀土穆的地方，处于敌军炮火攻击范围内。他们的许多冒险似乎都源自浪漫而不是现实：简易的小船在激流中挣扎，穿梭在阿拉伯人的枪林弹雨中，随后被击中，悲情地沉入河底，或者被摧毁而搁浅在沙滩上。斯图尔特·沃特利划船到米提玛前面的营地寻求帮助。贝雷斯福德启动了剩下的汽轮，但汽轮的锅炉被托钵僧军的一颗炮弹炸裂了。本鲍用一天的时间进行修补，威尔逊援军随后回到森林中的战壕里。但最容易想象的场景是，尼罗河两岸步枪和火炮的火光交织在一起，黑烟从枪炮口冒出，河水在子弹射入的瞬间四溅而起。士兵们不远万里来到这里，冒着枪林弹雨望着宫殿的屋顶，却并没有发现飘扬的旗帜，他们知道一切都结束了，他们来得太晚了。

托钵僧军在阿卜克力和阿卜克鲁战败的消息迫使马赫迪不顾一切采取冒险行动。英军距离他们只有120英里。他们人数很少，但是获胜了。很难说什么样的军队才能阻止这样的队伍。如果不考虑真主的愤怒和伊斯兰教的勇气，他们可能会战胜一切。马赫迪需要胜利来保全性命。数量庞大的宗教狂热主义者们只能选择进攻，撤退就意味着死亡。所有人都必须冒险迅速进攻。此外，时机已经成熟。因此，阿拉伯酋长们明智地决定不顾一切去冒险。时间来到了1月25日夜晚。

乐队像往常一样在晚间演奏着。渐渐地暗影隐没，一片漆黑。饥饿的民众们被迫上床睡觉。焦虑而坚定的指挥官知道危险已经临近，然而他无力阻止。也许他会睡下，为自己已尽职责而洋洋得意。在寂静的夜幕中，凶猛的敌军悄悄地朝着城镇匍匐前进。疲惫而沮丧的哨兵因饥饿而变得虚弱不堪，疲于战事，倚着城墙，带着让人怀疑的警惕。退去的河水在白尼罗河和城墙之间留下了一条光秃秃的小道。除此之外，也许还有背叛的人。突然间，激烈的步枪爆炸声打破了夜晚的寂静，惊醒了熟睡的人们。伴随着不间断的吼声，数以千计的托钵僧军穿过没有设防的地带，攻进了喀土穆。

一帮敌军闯进了宫殿，戈登出来会见他们。整个庭院里充满了形形色色躁动的人和闪着光的尖刀。他尝试着与他们和谈。"你们的主人马赫迪在哪里？"他知道他对土著民族的影响力。也许他希望拯救一些居民的生命。也许在那个伟大的时刻，想象力在他眼前闪现出了另一幅画面：他看到自己面对着一个宗教的假先知，面对着那些"否认了他们的真主"的欧洲囚犯，他们要么选择死亡要么接受伊斯兰教；他看到自己面对着的一群宗教狂热者，像这帮敌军一样狂热，却比他们更有勇气，带着信仰的骄傲和

"报复性的蔑视"勇往直前,像烈士一样倒下。

现实却并非如此。带着胜利的狂喜和宗教的狂热,他们冲向戈登将军,而他甚至不屑于扣动手中的左轮手枪,他的身体多处被刺穿,躯体随后倒下,扭作一团。他们斩下戈登的首级送到了马赫迪跟前。那些愤怒的人一次又一次地刺戳着他,直到这位伟大而著名的英国特使的躯体变得血肉模糊。鲜血浸入地面,留下一摊难以消散的深色血迹。斯拉廷说阿拉伯人会经常来到这个地方。奥尔维尔德在喀土穆沦陷六周之后独自来到了这里,他在台阶上看到了那些"黑点"。但是从那以后那些血迹就被清除了。

这就是喀土穆沦陷和戈登死亡的大概情节。援军的两艘汽轮在喀土穆沦陷之后两天才到达,这样的事实难免让人们联想,如果不是因为在米提玛延误了三天,这场灾难可能就不会发生。但是这种想法看起来却是错误的。阿拉伯人已经围困喀土穆多日。他们确实希望通过饥荒迫使他们投降,从而避免交战。然而在欧拜伊德的经历告诉他们,想要攻下喀土穆必须付出代价。戈登在他的日志中记录了喀土穆在12月中旬变得毫无抵抗之力的情况。20名英军士兵和一些军官的到来,不可能对这种情况产生实质上的影响——事实上只会增加损失。然而,几乎每个读者,无论出于何种原因,都会希望这位孤独的将军曾获得过一点哪怕少得可怜的援助。然而并没有,在黑暗降临之前,他曾握住一位英国人的手,得知他的同胞们没有抛弃他,没有忘记,也永远不会忘记他。

目前还不能确定查理·戈登在英国历史上将占据的地位，当然他的地位很高。后人将会决定是否将他和彼得伯勒、沃尔夫、奥利弗同样列为指挥官。但是，我们可以断言，他是一个拥有无上荣誉和不朽勇气的人，他在不同的职位上都展现出了十足的天分。他不在乎世间的荣誉和安逸，带着坚定的信念追求美好的未来。他对宗教的严肃性并没有削减他性格中的友善面。他不稳定的情绪可能经常让他的意见缺乏理智，但却不会影响他的行动的公正性。女王怀着愤慨悲痛之情在伟大的船长纪念碑旁为戈登将军建立了一座雕像，吸引着路过此地的人驻足瞻仰。而人们驻足绝不仅仅是因为它比较新。即使是伦敦最贫穷的人，即使是来自英国其他地方的人，对于这个雕像和它的故事都非常熟悉。喧嚣街道之中的宁静，就像以前那场战斗中一样，这位著名的将军岿然不动，微低着头，带着若有所思的面容来解救处于水深火热之中的苏丹人民，他全然不顾人群的喧闹，一心追求着真主所允诺的未来。

随着喀土穆的沦陷和特使的牺牲，派遣远征军的理由也烟消云散了。剩下的问题就只有撤离军队了。那些他们横穿沙漠时曾经付出巨大代价驮运的物资被匆匆投入了尼罗河中。在米提玛等待了很长时间遭受炮火重创的汽船被匆匆地拆毁。骆驼分队的努力也成为徒劳，骆驼被杀了，他们徒步回到了库尔提。陷入狂喜的敌人迫使他们撤退。河上分队的船只在经过数月劳作之后刚刚离开河道，他们曾在基伯坎[1]取得胜利，现在却被他们曾希望逆流而上的河水迅速送了回去。整个远征军——警卫队、山地人、水手、骑兵、印度士兵、加拿大船夫、骡子、骆驼和炮兵——凄凉地走在返程的沙漠小道上。在他们身后，迅速蔓延的野蛮狂潮随之而来，直到将这片广阔的土地淹没。几个月来，卡萨拉的驻军在一个勇敢的埃及人的带领下绝望地抵抗着，但最终饥荒迫使他们投降，他们遭遇了和欧拜伊德、达尔富尔、索巴特、托卡、辛卡特、森纳尔及喀土穆的驻军一样的命运。就这样，撤离苏丹行动彻底结束了。

---

1 基伯坎之战，马赫迪起义期间与英军的一次战役。发生于1885年2月10日，仅有1000余人的英军河上分队在厄尔将军的率领下向强大的马赫迪叛军占据的基伯坎高地发起进攻，并最终击溃了他们。英军仅仅损失60人，敌军伤亡惨重，不幸的是厄尔将军在此次战役中光荣牺牲。

第三章　托钵僧帝国

苏丹的各个民族应该团结一致，组成一个强大的共同体，由共同的信仰驱动，在固定的法律下生活，并由单个君主统治，而不是成为众多狂野而动乱的部落——这在最初看来似乎是他们的优势。但是有一种中央集权形式的政府，顽固守旧，比所有其他形式的政权耗资更大，也更残暴，即军事政权。其人民和政权的结合，不取决于其选民的真诚和善意，而是取决于他们的纪律性和几乎机械式的服从。他们之间相互恐惧，互不信任，推动了内部个体之间的相互合作。从古至今，历史上记载了很多这样的统治，或文明或野蛮。虽然教育和文化可能使之改变，但他们的主要特征不会改变——正义对利益的持续服从；他们对苦难的冷漠，对伦理原则的蔑视，对道德的疏忽以及对经济的全然无知。军事等级制度的卑劣性始终如一。他们的统治带来的是所有人的不幸。不幸程度可能会随着时间和地点而变化，但军队的政治霸权总会导致高度的中央集权，随之而来的是各省的贫困、压迫和物资匮乏，以及由此带来的和平居民的糟糕境遇、商业的衰败、教育的没落，以及最终的道德败坏，甚至傲慢自大和放纵肉欲带来的军事秩序的混乱。

　　历史上所记载的军事统治中，托钵僧帝国是最糟糕的一个。其他的军事统治者都表现出了弥补过错的美德：高度的个人荣誉吞噬了最基本的公平正义，高贵的爱国主义可能会弥补经济方面的部分愚钝，人民的苦难常常被军队的壮丽所掩盖，道德的缺失在某种程度上被优雅的举止所宽恕。但是，除了勇气，托钵僧帝国没有任何德行可言，这样的品行罕见得让人钦佩。贫穷扼杀了这片土地的辉煌，但是其民众对礼仪并非一无所知。托钵僧帝国因战争而产生，因战争而存在，最终也因战争而没落。它始于喀土穆劫掠之夜，在十三年后的恩图曼战役中戛然而止。就像火山爆发的前奏，随着一声震响飞向天空，在动乱时期大放异彩，随后便被更猛烈的火山岩所淹没。

　　喀土穆沦陷，英军撤退之后，马赫迪成了苏丹的绝对主人。他纵情享乐，沉迷于西方人心目中的放纵行为。他修建了一个巨大的后宫，为自己所独享，将战争中所俘获的漂亮女人都囚禁在那里。统治者的行为被他的臣民模仿。女人的存在增加了勇士们的虚荣心，没过多久，那些曾昭示着叛军神圣贫穷的破罩衣就变成了征服者的俗艳长袍。由于喀土穆处于肮脏的沼泽和湿地之中，如今奢华的阿拉伯人不再赞赏它，马赫迪开始在白尼罗河西岸，从埃及统治时期就存在的独立城堡恩图曼的基础上修建新首都。首先修建的建筑是一个为宗教服务的清真寺，一个军用物资仓库和他自己的住所。但是当他刚开始放纵欲望、享受至高无上的权力时，他所信奉的、满足了他所有请求的真主，忠诚地带走了他的灵魂；于是他凭借自己的智慧和勇气赢得的一切，对他来说都变得毫无意义了。

6月中旬，马赫迪在获得起义胜利后不到五个月就病倒了。有好多天他都没有出现在清真寺。人们充满了恐慌，直到他们想起这样一个预言时才稍感安心：他们的解放者在征服地球之前是不会去世的。然而，穆罕默德的病情愈加严重。此时，那些在他身边的人不再怀疑他得了斑疹伤寒热病。哈里发阿卜杜拉在诊察台上不断地观望着。第六天，居民和士兵们被告知统治者的严重病情，各个阶层的人都为他的康复发布了公开祷文。第七天，他已危在旦夕。所有那些见证了他命运的人——他所任命的哈里发，他重塑过的宗教祭司长，跟随他获胜的军队领袖，以及他视为神祇的家人，全都挤在这间小屋里。几个小时后，他躺在床上，意识失常，神志不清；但随着死神的临近，他打起了最后一点精神，竭尽全力召集了他的臣民，向他忠实的追随者和朋友们宣布哈里发阿卜杜拉作为他的继任者，并命令其余的人尊敬他。"他就是我，我就是他；你们要像臣服于我一样对待他。愿真主怜悯我！"（斯拉廷，《苏丹的火与剑》）然后他便咽下了最后一口气。

整座城市充满了悲伤和沮丧。尽管法律禁止所有大声的哀歌，但"几乎家家户户都传出了啜泣和恸哭"的声音。所有人因瞬间失去他们公认的领袖和精神向导而震惊恐慌。只有马赫迪的夫人们，"因她们丈夫以及主人的死亡在心底暗喜"，如果我们信得过斯拉廷的叙述的话。并且，因为她们的贞操从此将注定变得强制性地不可侵犯，她们欢喜的原因就像她们的朦胧外表一样反常。马赫迪的尸体裹着亚麻布，被恭敬地埋在了在他死去的房间里挖的深深的墓穴之中。直到1898年英军侵占恩图曼时，他的墓穴才在基奇纳将军的命令下被打开，尸体也被挖了出来。

马赫迪在咽下最后一口气之前才宣布哈里发阿卜杜拉作为他的继任者。阿卜杜拉决定通过民众投票让大家接受这个选择。他赶到清真寺院子里的讲台上，带着强烈的兴奋和激动之情向聚集的群众演说。作为战士，以及马赫迪所期望的继承人，他的讲话激起了民众的热情，数千人当即宣誓效忠于他。仪式持续到夜幕降临之后很久。凭借着惊人的耐力，他的演说持续到后半夜。在危急时刻忙前忙后的斯拉廷，此时已精疲力竭，躺在地上睡着了。他知道主人的继承人已然确定，他说："我听到路人们大声赞扬已故的马赫迪，并相互表达他们支持他的继任者的决心。"

阿卜杜拉必须紧紧握住自己所获得的权力，就像这权力是通过武力获取的一样。马赫迪所引发的强烈骚动拯救了他。整个苏丹都沸腾了。那些让叛乱变得冠冕堂皇的成功，鼓舞了叛乱分子。所有骚动和狂热因素都被唤醒了。随着埃及人从各个省份被清除，新任行政长官根据穆罕默德·艾哈迈德的意愿，任命统治这个国家、掌管税收的领袖为军事总督。马赫迪的去世是一系列各种各样的、长期的军事、政治、宗教反叛开始的标志。驻军叛变，埃米尔们暗中密谋，先知们说教布道。这片土地被内部矛盾困扰着，其边境也不断受到威胁。在东部，强大的阿比西尼亚[1]人不断威胁逼近。在北部，他们与埃及爆发战争，在萨瓦金附近又和英国交战。在马萨瓦[2]方向他们又不得不面对意大利人。在遥远的南部地区，艾敏帕夏仍然面临着令人头疼的阻挠。然而哈里发几乎战胜了所有的敌人。苏丹在1885年至1898年间所呈现的最壮丽的景象，就是这位强大而能干的统治者抵抗所有叛乱，清除种种危险，克服各种困难，直面每一个敌人的画面。

任何这种事件的完整经过都不可能以后代感兴趣的形式和风格被记载。那些复杂而奇特的名字和记载文献的缺失都可能阻碍历史编撰者。肮脏的场面和历史人物的无知使他们更加灰心丧气。另一方面，他们也得不到高额奖赏。这场战争是最残酷、最血腥和最混乱的那种。一支野蛮军队屠杀了另一支。一位凶猛的将军割断了他对手的喉咙。同样的情况一遍又一遍地发生，千篇一律，让人生厌。当一场战争被接受时，所有其他的便都可想而知。在叛乱之上，哈里发严厉而孤独的形象冉冉升起，这也是唯一可能吸引更发达国家人民兴趣的东西。然而，哈里发的方法也是令人压抑而单调的。尽管叛乱的性质或势力可能会随时机而有所不同，但结果始终如一；他所有主要的敌人、他的许多将军和他的大多数议员的首级，最终都被埋在了恩图曼一个巨大的土坑里。

在执政的十三年间，阿卜杜拉几乎用尽了所有东方统治者试

---

[1] 阿比西尼亚（Abyssinia），埃塞俄比亚的旧称。
[2] 马萨瓦（Massowa），厄立特里亚北红海区的一座港口城市，位于红海畔。

图巩固其危在旦夕的政权的手段。他毫不退缩，自我保护是他政策的指导原则，是他的首要目标和唯一理由。在众多邪恶和诡计多端的权宜之计中，有三种引人注目的主要方法：首先，对于所有真实或潜在的竞争对手，他要么和其和解，要么清除祸患；其次，他所追求的是阿尔弗雷德·米尔纳爵士所称的"全面军事集权政策"；最后，他在沙漠和沿河地带的人民中，保持着自己部落势力的平衡。所有这三种方法都值得关注。

一般的屠杀通常发生在篡位者取得王位之后。哈里发避免了这种极端的手段，他采取了预防措施。利用穆罕默德·艾哈迈德去世后的悲伤和恐惧，他设法让另外两个哈里发以及阿什拉夫和先知的亲戚们宣誓效忠于他。（马赫迪取代了原先的穆罕默德作为"先知"，他的亲戚们也因此变成了"阿什拉夫"。）但是这些顺从的人很快就后悔屈服于他了。每个哈里发都宣布独立。他们带着众多追随者游行示威，都声称自己拥有权力。所有落选的哈里发都联合起来对抗阿卜杜拉。但是，当他们还在忙于寻欢作乐时，这位明智的统治者已经获得了他所属区域的巴加拉人部落以及相当数量的黑人步兵的忠心。最后骚乱达到了高潮，双方都为战争做好了准备。阿卜杜拉在城外排兵布阵，给他的对手极大的挑战；被驱逐的哈里发的联合势力人数更多。凶猛的巴加拉人挥舞着手中的剑，苏丹步兵也因其勇敢而久负盛名。似乎一场血雨腥风即将在几个小时之内来临。突然哈里发联军解散了。精明的哈里发阿里·瓦德·赫鲁希望和谈。哈里发谢里夫的势力因此严重削弱，也赶紧在仅存的时间内寻求和解。最终他们都屈从于统治者更胜一筹的兵力和他的追随者无敌的勇气之下。一旦屈服，他们的权力便瞬间消失了。阿卜杜拉把他们的兵力削减为仅有50人的私人护卫队，收回了他们皇室成员的象征——旗帜和战鼓，最终他们成了自己无法颠覆的政府有力的支持者。

对于其他势力稍弱但更顽固的敌人，他表现得更加苛刻。马赫迪的两个叔叔，阿卜德尔·凯里姆和阿卜德尔·卡德尔，被囚禁在监狱里，他们的房屋被摧毁，他们的夫人和其他财产均被没收。许多自称为"阿什拉夫"的人，发现这圣洁的荣誉成了他们在世间的负担——为了避免他们节外生枝，哈里发命令他们每天到清真寺祈祷五次。基督教的编年史作者称这18个月的囚禁是"最高的惩罚"（奥尔维尔德，《十年囚禁》）。更为残酷的是对待掌管财政的埃米尔的手段。艾哈迈德·瓦德·苏莱曼在马赫迪的友善政策下惯于不公开财政，因此积累了大量财富。他极度敌视阿卜杜拉，并对阿什拉夫表示同情。于是哈里发邀请他详细介绍他的管理办法。他当然无法做到，随后就被免去了职务，他的私人财产被用来填补国库的空缺。残暴的恩图曼人也称赞他所受的惩罚为"正义行为"。（斯拉廷，《苏丹的火与剑》）

虽然哈里发可以通过这种暴行来建立自己的权威，但其权威的维持还取决于他一贯奉行的军事政策。常备军的可怕威力通常可以通过一个能够控制军队首领的人展现，就像一个强大的引擎通过转动一个把手而启动一样。然而，要转动把手，就需要一定的力量。阿卜杜拉知道要想统治苏丹，必须拥有一支强大的军队。为了使这支伟大的军队听命于他，他必须掌控另外一支独立的力量，因为他那让欧洲军队屈服的影响力在托钵僧军之中并不存在。多年来，他确实被迫放弃了很多机会和一些忠诚的军官。但后来，当完善了自己的组织后，他变得相当独立，不需要信任任何人。他凭借自己的地位和惊人的能力执行了他的计划。

他邀请自己的部落，即巴加拉阿拉伯人的塔艾莎分支来到恩图曼定居。"来吧，"他在给他们的大量信件中写道，"来接管真主赐予你们的土地。"对财富和女人以及允诺的权力的渴望，诱使7000名野蛮的牧民来到恩图曼成为战士。他们前往恩图曼的道路十分顺畅而轻松。沿途修建了许多粮仓，汽轮和帆船在尼罗河上等待着他们。抵达首都后，政府为他们所有人添置新衣。城区有一整块区域，强行驱逐居民，用来接纳这群陌生人。慷慨的哈里发所遗忘和抵触的东西，全都被他那些具有掠夺习性的族人所沿袭，他们倚仗着皇室赦免特权傲慢地劫掠行骗。市民们对这些伤害深表仇恨。哈里发的目的达到了，他成功地在恩图曼培养了一个与他密不可分的阶层。像他一样，他们为当地部落所憎恶；像他一样，他们是这片土地上的外国人。但是，也像他一样，他们凶猛勇敢而强壮。他的危险，他的敌人，他的利益，就是他们的。他们的生命取决于他们的忠诚。

这就是驱动引擎所需的力量，他们激活了其他人。杰哈迪亚黑人被巴加拉塔艾莎人控制了。他们曾经是埃及的非正规军，如今却成了哈里发的正规军。杰哈迪亚黑人在首都统领着阿拉伯军队。首都的军队统治着各省的军队。各省的军队控制着民众。对军备物资的集中管控确保了权力的集中。大炮、步枪和弹药，所有这些战争的必需品都堆积在军火库中。只有驻扎在边境的部队、塔艾莎部落人和哈里发的私人保镖，才会经常携带枪支和弹药。数量庞大的恩图曼人被迫使用矛和剑。只有要确保安全和必要时，步枪才会分发给苏丹人。但是弹药仅在即将使用时才会发给他们。因此，几百万好战的野蛮人，几乎没有任何法律权利而言，只有那些有权势的人才有。他们散落在广袤无垠的领土上，被一个人牢牢掌控着。

哈里发强迫或倾向采用的第三项政策，是使各部族和阶级的相对权力相称。如果某个埃米尔的影响力和财富不断增加，他就成了一个潜在的对手，将立即面临死亡、囚禁或劫掠。如果一个部落威胁到塔艾莎的霸权地位，那么它将被消灭，即使这种威胁还处于萌芽阶段。阶级和部落的统筹比个体的管理要复杂得多。然而，在十三年间，哈里发维持着这种平衡，并坚持到了最后。这就是一个来自科尔多凡的野蛮人的治国之道。

他最伟大的胜利来自阿比西尼亚战争。不同种族和宗教的两个野蛮王国不大可能长久地保持和平，我们也不难发现托钵僧军和阿比西尼亚人争吵的原因。偶尔就会有无端的战争不断骚扰边境。最终在1885年，一个半商半匪的托钵僧劫掠了一座阿比西尼亚教堂。阿姆哈拉省省长巴斯·阿达尔要求将这位亵渎神灵的强盗绳之以法。阿拉伯人傲慢地拒绝了。阿比西尼亚人迅速做出反应，召集了一支约3万人的军队，入侵加拉巴特地区，并向城中进军。而面对这支庞大的军队，埃米尔瓦德·阿尔巴仅召集起不足6000名士兵。但是，在过去四年间所获得的胜利的鼓舞下，托钵僧军不顾双方兵力的悬殊，欣然应战。勇气和纪律都经受不住如此不利条件的考验。阿拉伯人遭到了敌军的猛烈攻击，被数量庞大的敌军包围，最终和他们英勇的首领一起被消灭了，几乎没有一个人逃脱。阿比西尼亚人沉溺于残暴的胜利之中。伤员被屠杀，战死的人被百般残害，妇女们被囚禁了起来，他们洗劫加拉巴特城之后将其付之一炬。所有这些消息都传到了恩图曼。在这种沉重而意外的打击之下，哈里发行事异常谨慎。他开始就被俘的妇女和儿童的赎金和阿比西尼亚国王约翰进行谈判，同时派埃米尔尤纳斯率领一支庞大的部队前往加拉巴特地区。处理了当前的紧急情况之后，阿卜杜拉开始着手准备复仇。

在苏丹持续十五年的战争和骚动中，和哈里发选出的为加拉巴特部队复仇的领袖相比，阿拉伯人的领袖没有一个展现过更好的能力，没有一个获得过更大的成功，也没有一个更让人钦佩，虽然有几个人比哈里发选的人更有名气。当马赫迪在阿巴岛上传教，埃及人压迫着这个国家许久之前，阿卜·安加在阿卜杜拉家族中一直是个奴隶。叛乱爆发后，他极具冒险主义精神的主人召唤他离开科尔多凡的老家奔赴战场，阿卜·安加带着向来让他与众不同的顺从和独特的忠诚来到主人身边。他名义上是一个奴隶，而实际上是一个真正的战士。在起义早期的战斗中，他一直在阿卜杜拉一方作战。欧拜伊德沦陷后，他的权力和地位得到迅速提升。哈里发善于用人，他清楚地看到，已经投降的和伴随着一个又一个城镇的沦陷而投降的苏丹黑人军队，很可能融合为一股强大的力量。阿卜·安加不仅擅长造剑，而且忠于他的主人。曾经的奴隶如今以非凡的精力全身心地投入到了他的指挥职责中。他卑微的身份让那些强壮的黑人感到舒心，因为作为领导者他承认和他们生来平等，认可他们的优秀技能。阿卜·安加在消灭希克斯将军的战斗中所做的贡献比任何其他埃米尔都大。他的士兵被称为圣战士，因为他们加入了圣战。他们配有雷明顿步枪，他们不断进攻的火力给挣扎的敌军纵队带来了严重的损失；他们的火力停歇之时，便是手持长矛的敌军冲锋之时。从此以后，阿卜·安加的部队因其武器、勇气和残暴而扬名四方。他们的人数起初不超过5000人；但是随着越来越多的城镇沦陷，越来越多的奴隶充军，他们的人数不断增加，一度达到恐怖的15000人。在围攻喀土穆期间，黑人步兵因攻下恩图曼城堡而大放异彩，但是他们的残暴本性和掠夺本能使他们成了一支不受欢迎的驻军，即便是在托钵僧政府首都也是如此，最终他们被将军派遣至科尔多凡。在那里，他们通过和努巴人的一系列血腥战斗赢得了一些声誉，努巴人是生活在山区的土著居民，他们只关心自己的独立大业。

6月底，阿卜·安加率军抵达恩图曼，总人数大约有22000

人至 31000 人，其中至少有 10000 人配备了雷明顿步枪。哈里发以最高级别的荣誉接待了他。经过长达数小时的私密谈话后，他们准备正式进驻城内。翌日破晓时分，整队人马进军城内并在北郊扎营，他们受到了民众及其统治者的热烈欢迎。几天之后，他们在科莱里山脚下举行了声势浩大的阅兵仪式，正是在托钵僧皇帝被杀碎尸之地。但是这片是非之地并没有让哈里发产生不祥的预感。他为自己的兵力感到欢欣鼓舞，在加农炮发射出无数礼炮之后，不下 100000 名装备精良的士兵伴着战鼓和号角在黑色旗帜后浩浩荡荡地向前进军。庞大而壮丽的阵容激起了他们的热情。民众为哈里发的大获全胜而欢呼，对他抱有极高的忠诚，甚至让他感到窒息。这确实是一个激动人心的场景。整个广场上人潮汹涌。五颜六色、形状各异的旗帜在微风中欢快地飘舞着，阳光在成千上万的矛尖上跳跃着。蜂拥而至的托钵僧们展示着他们艳丽多彩的长袍。狂野的巴加拉骑兵在队伍侧翼盘旋。马赫迪陵墓的棕色穹顶耸立在城市之上，似乎在向勇士们提供着超自然的帮助。阿卜杜拉的权力达到了顶峰。阿巴岛教士发起的这场运动达到了高潮。在平原之后，苏格汉姆山上凹凸的岩石变得破旧而幽暗，好像在用它们的沉默守护着未来的秘密。

在拜兰节[1]的盛大宴庆结束之后，阿卜·安加率领着自己的军队以及从恩图曼军营派来的大批援军前往加拉巴特。他们与阿比

---

1 拜兰节（Bairam），伊斯兰教节日，一年两次。

西尼亚人的战争一触即发。这位伟大的领袖在首领的命令之下释放了埃米尔尤纳斯，主要是因为尤纳斯的怨言。加拉巴特强大的驻军加入他们的部队以后，阿卜·安加便能够凭借 15000 名步兵和 45000 名手持长矛的士兵占领加拉巴特。哈里发已经开始计划进攻阿比西尼亚的伟大事业。尼加斯[1]的强大势力为托钵僧军所熟知，并且得到了证明。马赫迪反对这样的战争。一个不吉利的预言声称，阿比西尼亚国王将把他的马拴在喀土穆的一棵孤树上，然后他的骑兵将会踏平这座城市。但是阿卜杜拉既不畏惧真主，也不害怕人类。他重新审视了政治局势，决定不顾一切保护自己的边境不受侵犯。他的埃米尔瓦德·阿尔巴被杀了，此事必须通过战争来解决。

　　阿比西尼亚人没有注意到敌军的精心准备，依然无动于衷。拉斯·阿达尔召集了一支队伍，其实际兵力远超托钵僧军。但后者在步枪作战方面更为出色，黑人步兵具有不可战胜的勇气。尽管如此，阿比西尼亚将军对自己的实力依然信心满满，凭借着强大的骑兵，他容忍阿拉伯人穿越所有山村部落，横渡敏蒂克通道，毫无阻碍地进入黛布拉辛平原。阿卜·安加并没有疏于防备。他知道，他必须在阿比西尼亚的中心地带战斗，他背后便是山脉，失败将意味着全军覆没。他迅速而熟练地整顿了部队。随后阿比西尼亚人便发动了袭击。苏丹人的步枪火力成功地将他们击

---

1 尼加斯（Negus），阿比西尼亚王的称号。

退。他们马上又带着不顾一切的勇气发起了新一轮袭击。但是他们的进攻被托钵僧军同样的勇气和更为优越的武器化解了。遭受了惨重的损失之后，阿比西尼亚人开始动摇了，聪明的阿拉伯人抓住这一时机迅速进行反击。尽管骑兵勇猛无比，拉斯·阿达尔还是被击溃了。大批士兵被淹死在河中，而他就是在这条河前鲁莽宣战的。他的营地被占领了。获胜的托钵僧军赢得了丰厚的战利品，他们还通过大肆屠杀伤员释放激情，这样的行为通常出现在野蛮人中。这场胜利意义重大，整个阿姆哈拉省被入侵者所征服；并且在1887年春天，阿卜·安加在不进行任何战争的情况下便可进军去攻占阿比西尼亚的古都贡德尔[1]。

与此同时，哈里发一直在焦急地等待着自己军队的消息。军队进入山区之后，长达30天杳无音讯，这让他的内心充满了恐惧。奥尔维尔德说，在那段时间里，他"明显变老了"。但是他的判断最终被事实所证实，随着各个挑选出来的敌军首级被送到哈里发面前，他的疑虑也变成了喜悦。托钵僧军难以忍受当地气候，因此并没有在阿比西尼亚久留。12月，军队回到了加拉巴特，开始增筑防御工事。他们的常胜将军接到了一个让人厌烦却又不得不服从的派遣命令，去了恩图曼，在那里他得到了好战民族对战斗英雄的例行欢迎。这位负有声望的忠实奴隶，可能会因他的主人和君主注视他时流下的欣喜之泪而再次感到满足、安全和充

---

[1] 贡德尔（Gondar），埃塞俄比亚北部城市，曾为古埃塞俄比亚帝国首都。

满成就感。

更为激烈的战斗还未打响。整个阿比西尼亚已经怒不可遏，约翰国王准备亲自征战来永久性地解决争端。他召集组建了一个强大的军营，据说有13万英尺长，有2万名骑兵。关于这支强大队伍的流言传到了加拉巴特和恩图曼，尽管最近连战连捷，这样的消息还是引发了高度的惊慌。哈里发发现他的边境甚至他的生命都受到了威胁，因为约翰国王已经宣称将把托钵僧军从地球上清除。然而，在此紧要关头，众人所依赖的将军却突然死于一些治疗消化不良的药物。英勇的黑人士兵悲痛万分，阿卜·安加被葬在了他位于加拉巴特的红砖房子里，军营中弥漫着阴郁和悲伤。但是，由于敌军正在逼近，他们必须面对危险。哈里发任命安加的一名中尉泽基·图姆马担任加拉巴特军队的指挥官。经过艰苦的努力，最终他召集了8500名士兵。约翰国王传信说他要来了，免得有人说他像小偷一样秘密行动。托钵僧军决定防守，他们紧守在城池周围巨大的防护栅栏内，等待着敌军的猛攻。

1889年3月9日黎明时分，阿比西尼亚人来到了能够看到托钵僧军的地方，第二天一早战斗便开始了。尘土飞扬淹没了战场，所有的声音都在令人震惊的喧嚣中不复听闻。顶着苏丹人凶猛的步枪火力，英勇的阿比西尼亚人成功地摧毁了防护栅栏。然后，将所有的火力集中在守军的一个分支上，他们冲破围栏闯入城中。瓦德·阿里率领的军队是整个托钵僧军的第四分支，在这次攻击中首当其冲，几乎被彻底消灭了。护栏内挤满了被欣喜若狂的阿比西尼亚人无情屠杀的妇女和儿童。侵略者四处劫掠，他们甚至花时间挖出阿卜·安加的尸体，肆意侮辱，为贡德尔之战复仇。托钵僧军已经动摇，他们的弹药供给严重不足。但是就在此时，国王被杀的传言突然在阿比西尼亚人之中蔓延开来。带着所有他们可以拿走的战利品，胜利的阿比西尼亚军队开始全体撤退，护栏很快被清除了。阿拉伯人筋疲力尽，无力追赶。当第二天阿比西尼亚人没有重新发动进攻时，阿拉伯人惊讶地发现，他们成了胜利者，阿比西尼亚人正在向阿特巴拉河撤退。泽基·图姆马决定追杀敌军，阿比西尼亚人带走了大量的苦行僧妇女，甚至包括阿卜·安加曾深爱的女人，这些更是激发了托钵僧军追杀敌军的欲望。战斗结束两天之后，托钵僧军追上了敌军的后卫部队，并突袭了他们的军营，缴获了大量战利品，给阿比西尼亚人造成了惨重的损失。被临时任命来填补约翰国王死后空位的尼加斯也被杀害了。约翰国王的尸体落入了托钵僧军手中，他们砍下他的头，并将其送到恩图曼，作为胜利的见证。阿比西尼亚人仍然很强大，他们的撤退很顺利。泽基·图姆马没有冒险跟进山区。统治者内部出现的问题阻止了新任的尼加斯再次发起进攻，从而使托钵僧和阿比西尼亚人之间的战争弱化为边境争端，就像以前发生的那些一样。

被送到恩图曼的约翰国王的首级让哈里发沉醉于喜悦之中。在苏丹，人们普遍认为阿比西尼亚比埃及强大得多，但正是在这里他们伟大的统治者被杀害并斩首。不过，胜利的代价昂贵无比。双方在这两场重要的战斗中残酷得难以形容，他们之间的厮杀令人震惊。虽然没有可靠的统计数据可考，但我们可以大致断言，双方在战争期间的死亡人数都不少于 15000 人。托钵僧军的精锐部队和阿卜·安加英勇的黑人军队几乎都被摧毁了。哈里发赢得了一场皮洛士式的胜利[1]。他再也不能为战争投入如此巨大的精力，尽管在恩图曼战役中消灭的军队装备更好、训练更有素，但与摧毁阿比西尼亚强大势力的军队相比也略逊一筹。

在与阿比西尼亚人作战的过程中，托钵僧军和埃及之间的战争被忽视了。依靠人民的支持，马赫迪一直宣称他将把三角洲地区从突厥人手中解放出来。他已经计划武装入侵了，但是突如其来的死亡扰乱他的计划，他的继承人接手了所有的事端，却没有获得相应的权力。穆罕默德·艾哈迈德的大部分影响力随着他的逝去而荡然无存。活着，他可能征服穆斯林世界；死后，他就只是一个圣人。所有对埃及的狂热情绪很快就消退了。不过，哈里发继承了他的伟业。阿比西尼亚战争的成功鼓舞了他，使他能够重新发起在北部边界的攻势。他立即命令栋古拉的指挥官瓦德·艾·纳胡米，率领少量兵力一起进军埃及。正如可以预见的那样，这次疯狂的军事行动在埃米尔和托斯基的军队都被消灭之后便结束了。哈里发悲痛地接受了这个事实，但我们怀疑他肯定

---

1 皮洛士式的胜利（Pyrrhic triumph），Pyrrhus 是古希腊伊庇鲁斯国王，曾率兵至意大利与罗马交战，付出惨重代价，打败罗马军队，由此以"皮洛士式的胜利"一词来借喻以惨重的代价而取得的得不偿失的惨胜。

还有其他的黑暗计划。他太聪明了,不相信埃及会被 5000 人征服。他知道除了埃及人,还有一个陌生的白人部落,那个曾差点儿拯救了喀土穆的白人部落。"要不是英国人,"他多次大声讲道,"我早已征服埃及了。"然而,在了解到英军的侵占后,他故意派一支部队去送死。很难把这种行为与阿卜杜拉所具有的聪明才智联系起来。毫无疑问,他想征服埃及。也许借助一些特殊的机会,即使只有一小支兵力的瓦德·艾·纳胡米也会获得成功。如果那样,真主的荣耀和哈里发的力量将会联合起来。否则,河岸部落将会受到沉重打击,这便是此次冒险的真正原因。

残酷的屠杀大部分降临在了杰哈迪亚人和东部阿拉伯人身上。北方令人妒忌的部落并没有遭受屠杀。权力的平衡需要重新调整。加阿林人[1]和巴拉布拉人[2]瞬间面临危险。纳胡米军队的士兵几乎全都是从这些种族里招募的。从恩图曼派来的增援部队是从哈里发谢里夫旗下和富有反叛精神的巴塔因部落中挑选出来的。(《十年囚禁》)这样一支军队的成功在埃及是相当光荣的。它能够很轻松地征服各方。无论阿卜杜拉的动机如何,他的优势是肯定的。但是,托钵僧帝国的生命也因此如昙花一现。

其他力量很快就加入了征服战争。在阿比西尼亚战争结束后的一年,发生了一场可怕的饥荒。斯拉廷和奥尔维尔德纷纷描述

---

[1] 加阿林人(Jaalin),阿拉伯语系的闪米特人,主要由苏丹阿拉伯人构成,传统上只讲阿拉伯语。主要生活在喀土穆至阿布哈迈德之间的尼罗河两岸。
[2] 巴拉布拉人(Barabra),生活于苏丹北部、埃及南部的努巴人。

了这场恐怖的饥荒——人们吃着驴子的内脏；母亲吞食她们的婴儿；街上横尸满地，在耀眼的阳光下显得更加可怕；尼罗河上漂浮着数以百计的尸体——这些只是令人毛骨悚然的景象中的一部分。食物匮乏甚至比战争带来了更严重的人口削减。饥荒蔓延至整个苏丹，沿着尼罗河岸延伸至下埃及[1]地区。饥荒的可怕影响无处不在。恩图曼和柏柏尔之间的整片区域变得荒无人烟。在靠近申蒂的盐碱地上，几乎所有的居民都因饥饿而死。以饲养骆驼为生的部落甚至吃掉了他们的母骆驼。住在河边的种族吃光了他们的作物种子。加拉巴特、加达里夫和卡萨拉的人口减少了90%，这些规模曾经相当大的城镇都变成了小村庄。到处都是坍塌之后碎落在平地上的土屋。整个国家令人恐惧的死亡率，可以通过泽基·图姆马的军队人数来衡量——饥荒发生前他的士兵人数不少于87000人，而到了1890年春天，他的军队只有几乎不到10000人。

及时到来的丰收拯救了苏丹人，使其免于灭种。幸存下来的人们，面临着更大的不幸。战争、饥饿和压迫一直存在，但奇怪而神秘的困难又开始折磨这些饱受煎熬的部落。天堂的面容既无情也难以躲避。1890年，无数蝗虫降临在了这片贫瘠的土地上，成群红黄色的蝗虫遮天蔽日。虽然它们被烤过之后像炸虾一般可口的肉可以充当当地人的美味，但是它们吃掉了太多的农作物以

---

1 下埃及（Lower Egypt），埃及的政治、经济、文化中心区。习惯上指开罗及其以北的尼罗河三角洲地区。

至于饥荒持续了相当久，食物匮乏接连不断。据说蝗灾自首次出现以来，以后每年都会发生。(《十年囚禁》)蝗虫强大的破坏力因数百万只小红鼠的出现而更加恐怖，小红鼠在种子发芽之前就毁掉了它们。这些微小的害虫，数量如此庞大且不可估量，以至于一场大雨过后，整片土地就像被染了色一样，铺满了被淹死的红鼠的尸体，颜色看起来如松鼠一般。

然而，尽管遭受着命运的无情打击，哈里发依然保持着他的权威，毫无动摇。饥荒加速了军事帝国经常出现的高度集权。省城不断衰落，成千上万人丧生；但是恩图曼却不断壮大，其统治者仍然指挥着一支强大的军队。因此，眼下我们将把目光从托钵僧帝国移开。然而这个在尼罗河交汇处的充满鲜血、泥土和污秽的黑暗城市值得我们的最后一瞥，因为它仍然保存着独立野蛮民族的骄傲。

清晨，太阳从地平线上升起，将喀土穆遗址的阴影投射在尼罗河满溢的水面上。这座古都孤独而荒凉，没有人声打破街道的死寂，只有记忆在帕夏们曾经散步的花园和帝国特使倒下的庭院里徘徊。尼罗河对面数英里的土屋，排布在岸边，远至沙姆巴特山涧，然后延伸至沙漠和黑暗的山丘地区，展示了阿拉伯人首都的范围。随着太阳升起，城内开始出现生机。从科莱里过来的路上，一群骆驼驮着村庄的农产品向集市缓慢地前进着。北风带着十几艘载满水产品的帆船前往码头。戈登的一艘旧汽轮系泊在岸边。另一艘埃及时代船员制造的汽轮因差被哈里发派往森纳尔，如今在青尼罗河上漂荡着。在遥远的南方,轮廓模糊的达尔富尔大篷车队翻起的尘土打破了天际线的清晰。

持续的战鼓声和震耳的号角声驱散了夜晚的寂静。星期五,在祷告时间结束后,所有成年男人都必须在城外的平原上参加检阅。街道上挤满了虔诚而顺从的战士。没有哪个房屋能够容得下那么多虔诚的信徒,所以很快清真寺的巨大广场上就挤满了装备精良的士兵,他们跪下恳求伊斯兰教严厉的真主和最神圣的马赫迪。仪式结束了,他们迅速起身参加游行。埃米尔竖起他们的旗帜,所有人按等级列队。哈里发为落在后边的人感到悲伤,速度快的人则能看到他身着最新的长袍,拿着一把锋利的剑和至少三根长矛。军阵也已经布好了。

作为礼炮的七声枪响之后,哈里发骑在一头由魁梧的努巴人牵着的上等骆驼上,后边跟随着大约200名身着盔甲的骑兵,骑行在队伍之中。这是一支优秀的队伍,很少有人敢缺席。然而他现在额头紧蹙。发生了什么?西部是否还有另一场叛乱?阿比西尼亚人是否还威胁着加拉巴特?黑人军队发生了叛变?还是仅仅是一些后宫的争吵?

游行结束后部队回到了营地。步枪被收回,士兵们四散回家。许多人急于跑到集市购物,听听最新的流言,或观看处决,因为通常都会有处决执行。其他人则漫步到苏克·艾尔·莱基科,评判那些奴隶女孩,奴隶商贩将她们拿出来贩卖。但哈里发已回到家中,他召集议会开会。房间很小,这位统治者盘腿坐在沙发上。在他之前蹲着埃米尔和卡迪[1]。雅库布、阿里·瓦德·赫鲁和哈里发谢里夫都在那里。只有谢赫艾德·丁缺席了,他是一位放荡的青年,而且非常喜欢喝酒。

阿卜杜拉心情沉重,焦虑不安。一位信使从北方而来。突厥人正在进军,已经越过他们的边境,驻扎在阿卡夏。瓦德·毕沙拉担心他们可能会攻击占据菲尔科特的信徒。这本来是一个小问题,因为这些年来一直存在着边境战争。但接下来的事情就充满了威胁。"真主的敌人"已经着手修复铁路,而且已经修好了,火车能够疾驰到萨拉斯。现在,他们甚至将铁路修进沙漠,通向他们在阿卡夏的据点和南方地区。他们如此劳累的目的是什么?他们会再次回来吗?他们会带来那些曾经伤了哈丹达瓦人心,差点儿毁灭了德哥黑姆和凯纳纳的可怕的白人士兵吗?是什么让他们来到了尼罗河上?是为了掠夺,还是纯粹因为对战争的喜好?或者是长期的战争血腥将他们带来的?诚然,他们已经远去。也许他们还会回来,就像他们之前回来那样。然而,铁路不是一天建成的,也不是为某一天而建的,北方仍然弥漫着战争的气息。

---

[1] 卡迪(Kadi),伊斯兰教教职称谓。

第四章 备战岁月

1886年夏天，当全体部队都已撤回瓦迪哈勒法，所有的苏丹驻军都被屠杀之后，英国人在羞愧和烦恼之中将目光从尼罗河谷地移开。一连串长期的灾难终于走到了耻辱的尽头。戏剧性的情节增加了苦难却并没有使这场悲剧变得宏伟壮丽。代价相当惨重。除了戈登将军之死带来的悲痛，大批官员和男人的牺牲以及高额的公众开支让整个国家深陷失败和沮丧的阴云之中，他们也深刻地感受到曾在世人面前遭受的屈辱。埃及的形势也不容乐观。英国统治者发起的改革仅仅激起了人们的不满。巴林的干涉让省督和部长们愤怒异常。文森特的小气遭到了鄙视。蒙克利埃夫的精力震惊了水利部门。伍德的军队成了欧洲的笑柄。在腐朽而失败的旧体系之下新的种子已经播下。但是英国人并没有看到种子发芽，只看到一群满身泥土的农夫，他们自己也无奈地深陷埃及的泥淖之中。最终，在极度的疲倦和厌恶之中，他们不再关注其他势力的嘲笑和奚落，而是把目光转向了其他国家和事务。

当英国的注意力再次转向埃及时，情况已经发生了变化。这就好像天使轻轻地一挥手，绝望深渊中的黑暗沼泽瞬间就变成了秀美山川上凉风习习的山坡。总督及部长们在总领事的牢牢控制下显得安静而温顺。这个百废待兴的国家在改善内部环境上消耗着国库盈余。一度被扰乱的水利部门正忙着使这片土地恢复生机。被嘲笑的军队守卫着边境，对抗外来者。人们的惊讶变成了满足，进而变成了欢乐。埃及政治的噩梦结束了，新的梦想开始了——曾经遥远模糊的帝国力量、洲际铁路、非洲总督、领土以及商业开始变得清晰起来。英国人对重塑这片领土的兴趣不断增加。每一次新的改革都伴随着掌声和欢呼。每年审查预算时他们都深感自豪。英国人沉浸在将失败转化为成功的喜悦之中。人们都希望更多地了解埃及和做出这些丰功伟绩的人。1893年，这一愿望得到了满足，阿尔弗雷德·米尔纳爵士《英国在埃及》的出版将所有这些画面呈现在了他们面前。阿尔弗雷德·米尔纳爵士用娴熟的笔触向人们完整地展示了英国人在埃及克服的困难。通过详细描述困境，他着重强调了英国人的成就。他展示了当英国忙于征服其他地方的时候，她杰出的、不屈不挠的子民如何在埃及重演了正在印度发生的伟大演变，只是规模略小一些。但较小的体系运转起来更为迅速。在管理人员丰富经验的指引下，这场运动发展得更为迅速，结果也更加出人意料。这个美好的故事在一个幸福的时刻呈现在人们面前。观众热情饱满，满怀同情。这个话题令人着迷。作者非常机智，他甚至能把最为枯燥无味的故事讲述得扣人心弦。在这些有利的环境下，这不仅仅是一本书，这些字句就像发起冲锋的号角，在冲破敌军防御之后召唤士兵们

第四章 备战岁月

将胜利进行到底。

即使阿尔弗雷德·米尔纳爵士没有完整再现埃及重塑的过程，这件事也不会因此而没落。埃及军队的重组以及再次征服所使用的武器的重铸是一个重要特征。1882年12月20日，埃及的旧军队，或者更确切地说是幸存的部队，被英国一纸法令解散了。很明显，新的军事机构必须取代之前被摧毁的。他们制订了各种各样雇佣外国军团或突厥近卫军的计划。但杜弗林勋爵坚决主张雇佣本国民众保卫国家的原则，并决心组建一支新的埃及军队。政府的贫穷和他们那些显而易见的愚蠢行为，决定了这支新军的规模只能非常小。这支部队只是为了维护国内秩序并保卫埃及南部和西部边界，抵御贝都因阿拉伯人[1]。而苏丹仍然深陷噩梦之中。因为埃及没有志愿者，在超过600万的人口中，最初只征募到了6000名士兵。26位英国军官，要么是被高工资吸引来的穷人，要么是被权力诱惑而来的野心汉。20个优秀的教官承担了训练新兵作战的责任。伊夫林·伍德爵士指挥着军队的建设，并成了埃及军队中第一个英籍总司令。军队建设很快便完成了。这支军队在组建3个月之后就接受了首次检阅。所有的6000人排成多个阵营从总督和国旗跟前走过。他们的演习和操练得到了冷漠的观众们半带轻蔑的赞美。有经验的士兵注意到了一些其他问题。事

---

[1] 贝都因阿拉伯人（Bedouin Arabs），以氏族部落为基本单位在沙漠旷野过游牧生活的阿拉伯人。主要分布在西亚和北非广阔的沙漠和荒原地带，属欧罗巴人种地中海类型。

实上，新军队与旧军队有很大不同。他们不是义务兵。新兵被公平对待。他们的口粮没有被军官们吞占。这些士兵可以时不时地回到他们的村庄。生病时，他们会被送往医院而不是被鞭打。简而言之，欧洲的军事体系取代了东方的。

三角洲肥沃的土壤和让人萎靡的气候，几乎不可能养育出一个战斗民族。长年的压迫和贫穷很难让人们产生骄傲好战的思想。皮鞭之下不会出现爱国主义。农夫出身的士兵没有杀戮的欲望，甚至伊斯兰教也没能让他们变得凶猛。他们可能很冷酷，但一点儿都不残暴。然而，他们并非没有勇气——一种耐心地忍受痛苦和艰辛，冷漠地面对不幸，镇定麻木地看待死亡的勇气。这是被践踏的民族的勇气，一种可能让更强壮的种族嫉妒但不会赞赏的勇气。他们还有其他的军事美德。他们顺从、诚实、冷静、言行得体、善于学习，最重要的是身体强壮。一代又一代勤劳的老祖宗，虽然无法建设他们的精神支柱，却帮他们练就了一身强壮的肌肉。当地环境的压力培育出了这样一个民族，他们能够在食物和奖赏极少的情况下，在无情的烈日下，长时间地辛勤劳作。在整个尼罗河沿岸的运动中，如果军队中有才能的人以及士兵们的士气都来自外部，那么埃及本身就能提供战斗力量。

这就是英国军官组建新埃及军队的基础。起初他们的任务的确因为他们在英国和印度服役的战友们的嘲笑而让其感到痛苦，但随着部队训练和演习水平的提升，这些轻率的蔑视就从英国人身上转移了，只针对埃及士兵。但这是被明令禁止的。英国军官视他们的士兵和自己为一体。他们提醒那些辱骂农夫士兵的人，说他们侮辱了英国绅士。因此埃及军队中军官和士兵之间建立起了一种不同寻常的联盟关系，尽管依靠军事力量可能取得巨大的成就，但如果这种道德观念未能改善，伟大的成就将永远无法实现。

没过多久，新的军事组织就面临着战争的严峻考验。用来维护国内秩序的部队很快就被派去守卫边界。苏丹的起义在其早期阶段似乎是埃及人所面临的难度最小的问题，现在却迅速超越其他问题成了大麻烦。新军队的价值很快便得到了认可。1883年6月，希克斯将军正在筹备最终让他丧命的军事行军，他写信给伊夫林·伍德爵士："给我发四个营的新军就够了。"但是命运眷顾了这支新军，使他们避开了这次灾难，新军仍然待在开罗。尽管在1884—1885年尼罗河远征期间，埃及人被派去保卫通信线路，但直到英军从栋古拉撤出，他们才在吉尼斯接受了战火的洗礼。从此他们便驻扎在边境地区。从1886年起，埃及军队证明了他们能够胜任抵抗北方托钵僧军压力的任务。

军队的人数随着它的职责增加而增长。到1883年底，这支步兵仍然仅由八个由农夫士兵组建的营队组成。1884年，第一个苏丹人组建的营队成立了。这支黑人军队和农夫士兵完全不同。埃及人强壮、耐心、健康、顺从，黑人在这些方面都处于下风。他们虚弱的肺脏、纤细的四肢和衣着宽松的形象，与三角洲农民的魁梧身躯以及钢铁般的体质相形见绌。他们总是躁动不安，违抗军令，因此需要最严格的纪律来约束他们。他们邋遢不堪，厌恶训练，然而却对他们的妻子宠爱有加，总而言之，"桑博"[1]就像苏丹人心目中的"汤米"一样，是一个懒惰、凶残、臭名昭著的孩子。但他们拥有两种极好的军事美德：像狗一样的忠心和像狮子般的心脏。他们热爱军官，在这个世界上无所畏惧。随着黑人士兵的引入，埃及军队成了一个强大的军事组织。或许是机缘或许是计谋，黑人们一直被置于战斗最前线，在基奇纳勋爵的尼罗河战役中，六个苏丹营的损失超过了其余所有部队的总和。

面临着多年令人疲惫的战争，埃及军队在拥有了这些勇敢的助手之后变得更加强大是件好事。雷金纳德·温盖特爵士在详尽地叙述埃及与马赫迪势力的斗争（《马赫迪主义和埃及人的苏丹》，1891 年）时，描述了守卫瓦迪哈勒法和萨瓦金边境战争的一系列连续的军事行动。

吉尼斯之战和第二次征服战争首次行动之间的十年，对埃及军队来说是异常枯燥沉闷的一段时间。他们的任务艰巨且接连不断。这些行动很琐碎，但他们丝毫不能放松警惕。人们不再关注他们。严峻的经济形势无处不在。英国军官被剥夺了假期，埃及士兵们的口粮也被剥夺，这样对埃及财政来说就能省下好几英镑。士兵们的衣服破烂不堪，有时他们的靴子太破，以至于他们的脚被岩石锋利的边角刮破流血，护卫队和他们的境遇一样。但

---

1 桑博（Sambo），美印第安人或黑白混血儿与黑人的后裔。

第四章 备战岁月

是，准备工作还在继续。军队提高了效率，即使是那些农夫步兵，在经历了接连不断的战争之后也变成了经验丰富的士兵。那些在瓦迪哈勒法和萨瓦金汗流浃背疲惫不堪的军官，看着埃及人退回到日渐衰落的托钵僧帝国的沙漠中，他们知道有一天他们将卷土重来。伊夫林·伍德为再次征服而铸造的剑，经过格伦费尔的测试，被磨得异常锋利；当所有这些就要完成的时候，那个即将挥舞它的人出现了。

霍雷肖·赫伯特·基奇纳是一位中校的长子，出生于1850年；在接受了私立教育后，于1869年进入位于伍尔维奇的皇家军事学院，成为皇家工程师的学员。1871年春天，他获得了军官职位，在服役的前十年他一直是一个无名的军官，按照惯例履行职务，一点儿也看不出他后来所表现出的天赋和性格。然而，在这段等待的时间里，他获得了一个强大的武器。1874年，意外或本能驱使他参与塞浦路斯和巴勒斯坦发起的调查，在巴勒斯坦他学会了阿拉伯语。六年来，虽然很少有英国军官熟悉这门语言，但他的语言优势并没有给他带来什么好处。1874年，对于晋升军衔来说，阿拉伯语和巴塔哥尼亚语一样毫无价值。所有这些都因意料之外的事而迅速发生了变化。1882年，英国舰队来到了亚历山大，英国和埃及之间的联系变得越来越多。基奇纳并没有错过他的机会。得到离队允许后，他急忙赶到了战斗现场。亚历山大被狂轰滥炸。英国舰队的分支开始登陆以恢复秩序。英国政府决定派遣一支军队到埃及。战场上急需英国官兵，因此一名会讲阿拉伯语的军官是不可或缺的。

于是，基奇纳来到了埃及，坚定地踏上了命运的绿色通道。当他深陷痛苦和耻辱之中，当无望的毁灭似乎已成为公众灾难的唯一结果时，甚至在更大的灾难即将降临时，他来到了埃及。他静静地看着她变得繁荣强盛：重建人民的帝国，恢复帝国的和平，重塑军队的荣誉。在那些通过战争完成重塑埃及这一伟大成就的智者中，赫伯特·基奇纳肯定名列第二。沃尔斯利勋爵到来之后，迅速雇佣了积极并且会讲阿拉伯语的军官。基奇纳在1882年的战役中担任少校。他参加了战争结束后组建的新军，成为最初的26名军官之一。在1885年的尼罗河远征军中，阿拉伯语再次将他推向了前线；在情报部门服役期间，他的胆识和精力得到了充分的表现机会。然而，他在喀土穆与戈登的沟通中却并没有取得很大的成就，《喀土穆日志》中充满了讽刺性的评论，以至于编辑们不得不费尽心机在《序言》中解释说实际上并没有抱怨的理由。然而，开罗的上级对基奇纳少校非常满意，即使喀土穆那个要求严格的将军并没有任何表示。1886年，他被任命为萨瓦金总督。这个总是充满责任和危险的岗位并未让基奇纳满意，他的野心已初见雏形。他渴望更多的责任和危险，不断进攻周围的部落。他限制并且几乎摧毁了再次兴起的商业活动，由于他的举措，萨瓦金周围很快就变得比平时更加骚乱。所有这些，在1887年末奥斯曼·狄格纳再次出现并进军之时走到了尽头。然而，托钵僧军的行动依然难以捉摸。新总督凭借才能和有效的政策大大

第四章 备战岁月

加强和改善了城市的防御工事。（见多默尔少将1888年4月22日给开罗军事办公室发送的电讯："我对该城市的军事组织和防御工事充满敬意，自从上次1884年秋天走访萨瓦金之后，我为这里在基奇纳上校的影响下所取得的巨大进步而感到震惊。"）奥斯曼·狄格纳撤退了，大批敌军转而跟随基奇纳。虽然基奇纳已经得到指示不能雇佣英国军官或埃及正规军发起进攻，但他却一意孤行。1888年1月17日上午在汉杜卜，这些叛变的敌军袭击了奥斯曼·狄格纳的营地。最初他们取得了胜利；但是当他们四散劫掠时，敌人却卷土重来将他们击退，给他们造成了惨重的损失。基奇纳带领援军来到战场，发现等待他的是一场失利而不是胜利。他竭尽全力勇敢地掩护友军撤退，然而这样做却使援军遭受重创，因为这在最初看来就很危险。友军和援军损失惨重，20人死亡，2名英国军官和28名士兵受伤。总督带着痛苦和难堪回到了萨瓦金，不顾自己的伤势和失利，急于再次发起战争，但英国政府坚决反对。基奇纳上校的军事行动受到了赞扬，但他的政策却被唾弃。伊夫林·巴林爵士于3月17日谨慎地指责道："苏丹东部奉行的政策应该是坚持防御任何敌对运动或阿拉伯部落联盟，避免任何可能导致最终发起进攻的行动，并通过我们的一切力量鼓励合法贸易。"（伊夫林·巴林爵士致卡梅伦领事信，1888年3月14日）

人们几乎不指望总督能够凭自己的想法和意愿施行如此复杂的政策。1888年夏天，他接到一项军事任命，成了埃及军队的副将。在接下来的四年里，他忙于开罗战事办公室的工作，进行了许多有益的改革，改善了经济困境，并展示了军队的力量。尽管尚未得到埃及军队中战友们的赞赏，他却被一双警觉的眼睛盯上了。1892年，格伦费尔爵士辞去了总司令的职务，埃及军队的总司令一职出现了空缺。有两个人成为有力的候选人，一个是拥有哈尔法野战部队的指挥官伍德豪斯上校，另一个是陆军副官。伍德豪斯上校无疑有更远大的主张，他已经连续数年担任大部队的指挥官，与敌人时有接触。阿尔金战役的胜利，使他享誉苏丹，人们称他为"瓦德·艾·纳胡米的征服者"。他领导的边境省份的内政管理工作取得了显著的成就，并且深受埃及军队各级人民的欢迎。基奇纳完全比得上这些成就。他表现得像一个勇敢而积极的军人。人们认为他是一名优秀的军官。虽然在内政管理上他并没有遵循政府的规定，而且他的兄弟军官也很少了解他，但伊夫林·巴林爵士的影响力扭转了这个情况。因此，基奇纳被提拔为总司令，这完全出乎埃及军队的意料。克罗默勋爵已经找到了他认为有能力在机会来临时收复苏丹的军官。

备战岁月里，埃及人毫不松懈，情报部门充分地利用了这段时间。最让沃尔斯利头疼的不利条件是苏丹人民的普遍无知。英国士兵不得不在痛苦的经历中，去了解托钵僧的作战细节。他们一旦获得这些经验就会精心保存下来。埃及军队的情报部门在温盖特上校（如今的雷金纳德爵士）的指导下，工作效率得到极大提升。十年来，他们不断考察苏丹的历史、气候、地理和居民状况。文明和野蛮之间清晰的界线位于瓦迪哈勒法；但在这条界线之外，恩图曼长城范围内的尼罗河上游地区，伪装成商人或士兵的政府间谍和特务，偷偷潜入军械库、财政部、清真寺，甚至进入哈里发的房间。有时尼罗河沿岸的道路被封锁，信使们就必须穿越沙漠前往达尔富尔，跟随着一大波人偷偷进入恩图曼。在其他地方，商人可能会从萨瓦金或意大利人的定居点找到进入恩图曼的办法。但无论通过什么途径，他们得到的信息不断累积，这些信息不断传向瓦迪哈勒法，然后在开罗被分类整理。情报部门的日志不断增加，直到最后他们对每个重要埃米尔的一言一行和具体位置都了如指掌，对每支驻军的实力都详细估算，甚至详细地记录了恩图曼那些没完没了的密谋和争斗。

两位最重要的证人最终确认并充实了间谍的情报。1891年底，奥尔维尔德教士成功地从恩图曼逃脱进入了埃及领土。除了向情报部门提供诸多有价值的信息，他还将他被监禁期间扣人心弦的经历撰写成书发表（《十年囚禁》），在英国产生了广泛而深远的影响。1895 年，一位更受欢迎的逃犯来到了阿斯旺。3 月 16 日早上，一位疲惫不堪、风尘仆仆的阿拉伯人穿着破旧的长布袍，骑着一匹瘦弱跛脚的骆驼，出现在指挥官面前。他的出现让大家惊喜不已，他随即被安排到最好的浴室洗漱。两个小时后，一位矮小的奥地利绅士走了出来，带着手中的电报迫不及待地告诉大家，曾经的达尔富尔总督斯拉廷已经从哈里发的魔掌中逃脱。最终，这位对托钵僧帝国了如指掌的人——斯拉廷，以等同于帕夏的身份成为情报部门的一员。他是哈里发最为信任的御用仆人，几乎是他的朋友，和他一起生活过，甚至被允许单独和他一起用餐。他听闻了他所有的决策，知道他所有的埃米尔。作为士兵和行政官员的斯拉廷，将感激他所了解到的这一切。他这些精确的情报让埃及当局坚信托钵僧军队实力正在下降，而他在《苏丹的火与剑》（1896年，1922年两卷）中所描述的故事却增加了多虑的英国人对残忍的哈里发的恐惧和愤怒。舆论开始倾向于再次征服哈里发。

1895年，保守派和工会政府出现了。这个政府在大多数强势人群的支持下上台，五六年内似乎难以发生权力的更迭。部长们制订的任何计划都很可能会被执行。他们大多属于政府中那个向来反对格莱斯顿先生的埃及政策的政党。这是一个恢复对手所造成的破坏的机会。紧随这样的成就而来的相互之间的对比是不言而喻的，甚至可以预见。收复苏丹的想法久久萦绕在英国政府和民众的脑海中，却并没有让人生厌。始料未及的事件将这个想法变成了一项政策。

1896年3月1日，阿多瓦战役打响，阿比西尼亚人手中的意大利惨遭失败。随之而来的两个后果影响了其他国家。首先，欧洲在北非的威望遭受了沉重的打击。阿比西尼亚人的成功很可能会刺激托钵僧军进攻卡萨拉的意大利人；他们也有可能在萨瓦金或瓦迪哈勒法边境进攻埃及人。其次，意大利作为欧洲政治因素的价值被贬低了。意大利的失败也源自法国和俄国在战争中向阿

第四章 备战岁月

比西尼亚人供给的武器和军火，这使形势变得更为复杂。三方联盟让人担忧。第三方被削弱了。如果英国公开表示同情，这种平衡可能会恢复。

此外，埃及军事当局的期望很快就实现了。托钵僧军在得到阿多瓦战役的消息后便开始威胁卡萨拉，事实上种种迹象也预示着恩图曼将要发生的事件。在这种情况下，英国政府决定在瓦迪哈勒法边境进行示威来帮助意大利。他们转向了埃及，收复沦陷省份一直以来都是人们自然而合法的愿望。"不确定因素是，何时国家的军事和财政资源会足够强大，能够证明这种进攻是正当的。"（克罗默勋爵的报告《埃及》，1896年第2期）单纯以埃及人的观点来看，最好的时机尚未到来，还需要几年的时间来休养。如果埃及能够首先修复已规划的大型水库，他们就能够更加轻松地应对和苏丹的战争。两年多来，这两个项目都落在了总督政府肩上，或者更为确切地说，在克罗默勋爵身上。赫伯特·基奇纳爵士和威廉·贾斯汀爵士将定期先后访问英国的代理政府（将它称为"政府大楼"将会犯危害国家之罪），他们两人中一人努力怂恿英国政府，希望找出发动战争的借口，另一人则恳求修建水库。修建水库得到了许可。就在接到进军栋古拉的命令前几周，贾斯汀在从代理政府回来的路上碰上了基奇纳。工程师询问他会见将军的结果。"我失败了，"基奇纳突然说，"你已经拥有了你的大坝。"贾斯汀随后得意扬扬地走了。

英国政府的决定让开罗当局感到十分惊讶。这个季节不利于军事行动，炎热的天气即将到来，而尼罗河地势低洼。克罗默勋爵3月初发表的报告丝毫没有预示这一事件。边境平静如常。除了对瓦迪哈勒法村庄进行的小规模突袭，以及对托卡三角洲地区微不足道的入侵，托钵僧军在这一年中一直保持着"严格的防守态势"。(《埃及》，1896年第1期)然而，克罗默勋爵意识到，虽然修建水库的事备受关注，但收复苏丹可能得不到自由党政府的支持。法国人在尼罗河上游密谋行动的可能性越来越大。所有的政治活动都是一系列的妥协和讨价还价，而历史学家可能很容易就发现发动任何伟大行动的最佳时机，一个必须让统治者满意的最佳时机。那些捍卫埃及利益的人绝不会让他们斥资在瓦迪哈勒法边境上进行的示威活动流于形式，英国政府的最初意图立即扩张为收复栋古拉省——一项明确而合理的行动，这无论如何必将成为收复苏丹的第一步。

* * * * * *

在开始编撰军事行动记录之前来说明军费的获取途径将会非常便利。我希望避免谈论埃及让人着迷却错综复杂的财政。然而，即使以最普通的方式来对待这个问题，那些骚扰和阻碍英国统治者、冒犯埃及主权的问题可能也会引起充满同情的读者的烦躁，或者无论如何都会带来一丝怜悯而惊讶的笑容。那是满怀报复情绪国家的恶意干涉，是一个繁荣国家所面临的羞耻且几乎无

第四章 备战岁月

法容忍的财政羁绊。

埃及约一半的财政收入用于该国的发展和政府建设,另一半用于支付债务和其他对外费用的利息。为了防止今后发生像过去那样的铺张浪费现象,1885 年的《伦敦公约》规定,埃及的年度支出不得超过一定数额。在达到限额之后,对于促进埃及发展所需的每一英镑,都必须通过向本已承担高额税费的群体征收两英镑的税来获得。但是,这项法律过于严苛,像所有超越人类正义观的法律一样,它已经有所修改。1888 年,"债务委员会"获得授权,将财政盈余作为储备基金,而不是用作偿债基金,委员会可从这些储备基金中获得拨款来支付"额外开支"。也就是说,这些费用,可以被认为是"一次性"的支出而不是一般的年度费用。

如前所述,远征军向栋古拉出发了,但他们并没有考察埃及目前的内部状况。现在是一个好时机,但绝不是最佳时机。埃及显然不可能从财政收入中拨出额外的军费。因此财政部向"债务委员会"申请从储备基金中拨款,很明显这是"额外开支"。埃及政府请求拨款 50 万英镑。

债务委员们在议会举行会议,分别代表英国、法国、俄国、德国、奥地利和意大利的六名委员正式讨论了这一申请。四位委员认为应该拨款给埃及,代表法国和俄国的两位委员投票反对。最终少数服从多数,埃及获得了拨款。这笔钱已经交给了埃及政府来用作军费开支。

作为一个主权国家,埃及已经谦卑到乞求允许将自己的部分财政盈余用于内部事务。然而还有更大的耻辱。在表决议会上投反对票的法国和俄国委员起诉了"债务委员会",并且要求埃及政府归还不应发放给他们的资金。其他的行动是由各种各样自称为债主的人在法国人的唆使下发起的,他们声称自己的利益受到了威胁。这个案件在联合法庭受理,该机构在埃及的存在优于且独立于其主权。

埃及政府和四名委员认为,联合法庭无权审理此案,反对党派无权采取行动;也认为埃及政府在申请时已经完成了法律清算所需的所有事项,并且"债务委员会"作为债权持有人的法定代表,在宣布其决定时,埃及已经完全行使了其主权。

争论非常激烈,但即使它再激烈十倍,结果还是一样的。联合法庭在严格的政治地缘基础上宣布了审判结果,作为一个国际机构,法官们都代表着各自国家的决定。联合法庭庄重地宣布战争开支并非"额外开支",近来哈里发权力的崩塌完全被视为理所应当的日常琐事。在埃及,战乱显然也被视为常态。在这个明智且理智的理由基础上,埃及政府被判赔偿本息共计 50 万英镑。关于限制埃及财政问题的时机是否成熟,经过短暂犹豫之后,他们决定向这个不公正的裁决低头。资金已经使用了,但是现在需要退还。除此之外,发动战争还需要更多的钱。军队当时已经占领栋古拉,他们已经准备好应对托钵僧军的反击,显然军事行动不能被暂停或终止。战争不可能结束,但是现在没有钱,一切都变得不可能。此外,埃及似乎无法偿还已经获得但又被剥夺的 50

第四章 备战岁月

万英镑资金。

这就是一个友好国家在充分运用其智慧和法律权力的情况下，在其一直自诩极为关注其民众福利的国家所造成的痛苦而困难的局势。这就是法国外交的影响。但是，狡猾的涅墨西斯[1]在等待着那些国际不法行为。现在，和以前一样，机智的法国部长和特工们准备沉重打击法国的利益和法国在埃及的影响力。在此期间，法国仍对埃及政治施加了相当大的压力。埃及一个弱势却影响力很大的党派，向法国求助。法国胜利的消息让他们欢欣鼓舞，令他们精神振奋。东部人也很赞赏这个结果。结果对英国人来说却截然不同。当地人很明白这个结果。英国在平衡欧洲势力中扮演着不可或缺的角色。在所有的东部国家里，很大一部分人摇摆不定，他们只想站在胜利的一方。所有的骚动和意见都开始涌向更强大的国家。当埃及政府发现他们根据联合法庭初审判决而提交至亚历山大国际诉讼法院的申诉被驳回，并且维持原判的时候，英国人已经失败得彻头彻尾，其程度完全不亚于法国人胜利的彻底。

与此同时，总领事采取了行动。12月2日，他致电索尔兹伯里勋爵，报告了诉讼法庭的判决，并要求给予他权力"直接声明英国政府将准备在即将达成的条件下预付这笔资金"。答复尽管不够明确，但是很及时。索尔兹伯里勋爵说："财政大臣授权你声

---

[1] 涅墨西斯（Nemesis），古希腊复仇女神。

明，虽然埃及政府理所应当要承担这50万英镑的主要债务，但英国政府准备在即将达成的条件下预付这笔资金，埃及国库无力支付这样一大笔资金让他们感到满足。"（原来的50万后来增加到了80万；这笔款项最初是作为一笔贷款由英国财政部支付给埃及政府的，后来变成了英国政府给予的礼物。）法国外交官似乎没有预见到这种显而易见的情况，12月3日，英国准备支付这笔钱的消息在开罗流传开来的时候，人们感到异常惊讶且对此充满怀疑。但法国进行有效干预的机会仍然不错。有人认为，在议会投票通过支付这笔资金之前，英国政府不会预付这笔钱给埃及政府。也有人认为，埃及绝对无法立即获得这笔钱。此时，英国的处境相当尴尬。法国则认为自己此时像一个情妇。然而，等待法国人的是幻想的彻底破灭。与其他国家一样，埃及的税收并非在全年平均地征收。在某些月份，财政现金盈余充足；在其他月份，前一些钱被慢慢消耗掉。在棉花采摘之后，财政盈余会大量增加，在收到英国政府协助埃及支付远征军开支的担保之后，克罗默勋爵决定立即偿还这笔钱。

这件事早有预兆。12月5日，由省督亲自主管的埃及部长理事会决定主动发一封正式信件，以友好的方式感激英国政府向他们提供的财政援助。"我想，"布特罗斯帕夏说，"恳求阁下能够好心向您的首领索尔兹伯里爵士表达省督和埃及政府强烈的感激之情，因为英国政府在这种情形下向他们展示了伟大的善意。"

（《埃及》，1897年第1期）

12月6日，埃及财政部用一辆马车将与50万英镑本金以及15600英镑利息等值的黄金送到了"债务委员会"办事处。这件事影响巨大。所有开罗人都知道这个困难，也都见证了这个困难是如何被克服的。这件事的影响如此之大，当地人牢记于心。此时法国外交政策的转变甚至比他们取得成功时的转变来得更为迅猛。法国在埃及的影响力，多年来一直没有受到过如此沉重的打击；而现在，即使在这件事所发生的短暂时间里，法国也将遭受更为猛烈的冲击。

第五章　战争爆发

1896年3月12日午夜前夕，萨达[1]接到克罗默勋爵的指示，授权他进军栋古拉省，占领阿卡夏。第二天早晨，这则消息就被刊登在了《泰晤士报》上，表面上这则消息来自驻开罗记者，事实上这个决定是埃及内阁召开会议通过投票表决正式通过的。14日，他们启动了储备基金。15日，总督检阅了开罗驻军，在阅兵结束时，基奇纳爵士通知他，首批部队将在当晚出动。

埃及边防部队在敌军无休止的骚扰下，一直处于紧急备战状态。在瓦迪哈勒法和萨拉斯忍受酷热的英国军官，兴奋地叫嚣着发动期望已久的进攻。星期日，3月15日，萨达接到命令三天后，开罗的第一批增援部队出发之前，指挥边防的亨特上校组建了一小支装备精良的特种部队，以期攻下阿卡夏。18日凌晨，这支特种部队出发了，对这片十年来被托钵僧军霸占的领土的进攻正式开始了。他们穿过一个偏远崎岖的村落——这片有争议的地区在多年战争的摧残下荒无人烟——行军队伍散乱成长长的大部

---

1 萨达（Sirdar），酋长、高级军官、将领等的尊称。

第五章　战争爆发

队；他们耗费多个小时才仅仅通过几条山间狭径，其间散落无数巨石，"巨石之源"的名字大概就是源于此处。行军队伍右侧有尼罗河作为屏障，虽然偶尔不得不离开河岸以避开崎岖的地形，但部队每晚都在河边扎营休息。骑兵和骆驼军团在村落南部和东部巡逻，因为托钵僧军可能会阻碍他们前进。这支特种部队继续向前行进，悄无声息地沿着河岸行动，随时准备占据河湾边缘的有利地势。18日他们行至瓦迪阿提拉，19日抵达坦焦尔，20日最终来到了阿卡夏。

乡村土屋坍塌在荒芜的沙地上。古老的英国堡垒和戈登将军救援部队留下来的一些仓库全都沦为了废墟。自萨拉斯而来的铁路已被彻底破坏，大多数枕轨已经消失，只剩铁轨散落在轨道上。到处都是一片空寂荒芜的景象，但是有一个东西昭示着托钵僧军对这块土地的占领。在老车站之外，靠近河流的地方，一支铁轨被笔直地固定在地面上。从鱼尾夹板螺栓的一个孔中，悬挂着一根腐烂的绳子。沙滩上，明显是临时拼凑的绞刑架下，散落的人类颅骨和一堆骨头，在烈日清风之下变得鬼白而耀眼。六个由敌军转投而来的阿拉伯人是该地区仅有的居民，他们在尼罗河急瀑下的孤岛上避难。

这支军队毫不迟疑地占据了防守位置。22日，骑兵和骆驼军团带着一支空载的车队返回萨拉斯，在麦克唐纳少校的指挥下作为更为强大的第二阵营护卫前线部队。这个阵营由苏丹第十一和第十二营、埃及第三营的一个连（因被视为艾姆毕高·威尔斯的驻军而被抛弃），以及有600头骆驼的物资运送车队组成。这支部队24日从萨拉斯出发，经过四天的行军，安全抵达目的地，麦克唐纳成为这支先头部队的首领。

现在，阿卡夏已经变成了一个牢不可破的稳固营地，他们在这个营地中修建了一个高级基地。三个营的驻军，一组炮兵以及骑兵部队，都依靠着骆驼从萨拉斯驮运来的物资。他们继续在村落的南部和东部巡逻，以防止敌军突如其来的行动。通过在塞姆纳、瓦迪阿提拉和坦焦尔修建严加防御的驿站，他们进一步加强了内部之间的沟通。敌军转投而来的阿拉伯部落——贝都因人、卡巴比什人和福格拉人，分布在广阔的沙漠中，占据着分散各地的水井。这一次，托钵僧军待在他们位于福克特的阵地中静静地观望着，虽然距离阿卡夏只有一步之遥，但他们仍然按兵不动，丝毫没有阻挠这些行动的意思。

同时，埃及边防军队也逐渐聚集起来。预备役士兵自愿而迅速地响应军队的号召，而不是像伊斯梅尔时代那样被锁链拴着，拖拖拉拉地从家中被拽出来。军队所有的营队都已具备了作战能力。两个新的预备营相继成立，分别是第十五和第十六营。第十五营被安排在阿斯旺和科罗斯科的通信线路上；第十六营被派往萨瓦金，支援驻扎在那里的两个营，在尼罗河上为他们提供帮助。第一支驻军，北斯塔福德郡团从开罗沿尼罗河向上游进军，取代有六个营的瓦迪哈勒法驻军，而后者已被转派至萨拉斯和阿卡夏。马克沁机枪组是由来自斯塔福德郡和康诺特特种部队

第五章 战争爆发

的四架机关枪组建的,他们现在迅速向南进军。来自开罗的埃及第二、第四、第五和第六营连续不断地沿着铁路和河流向前线进军。埃及战事办公室从容而顺利地指挥着所有这些繁忙而复杂的军事行动,将其赖以组建的指挥能力展现得淋漓尽致。

从大本营开罗到阿卡夏前线驿站的通信线路长达 825 英里。但是在这个范围内,只有位于阿斯旺南部的部分区域处于战区内。普通的宽轨铁路从开罗通往巴利亚纳,在那里他们建有河运基地。从巴利亚纳到阿斯旺,增援部队和补给由库克先生的蒸汽船队、拖船拖曳的驳船和一些本地帆船运送。一段 7 英里长的铁路避开了第一个急瀑,进入阿斯旺和希拉。在希拉上游,第二支船队召集了炮舰、汽轮、驳船和尼罗河上的小船,用于在希拉和瓦迪哈勒法之间往来运送物资。军用铁路从瓦迪哈勒法通往萨拉斯。萨拉斯南部的供应则通过骆驼运送。为了满足日益增加的运输需求,他们在埃及购买了 4500 头骆驼,并用船只运往阿斯旺,从那里这些骆驼穿过科罗斯科前往战争前线。英国政府已经批准建造通往阿卡夏的军用铁路,并在阿斯旺招募了一个特殊的铁路兵营来修建铁路,这样其他物资便可立即开始运往萨拉斯。然而,我未曾预料到,战略铁路的建设将成为后面章节的主题。

截至 4 月 1 日,从最初开始进军还不到三周,所有的通信线路都已建好,尽管不断聚集起来的部队越来越多,线路越来越拥挤,但通信线路依然高效运行着。

预备役第十六营人员刚抵达萨瓦金,苏丹第十一营就被送往科西尔，从那里穿过沙漠前往肯纳。其间距离有 120 英里，尽管经历了两次埃及罕见的极端雷暴天气，他们依旧在四天之内走完了这段路程，这是黑人士兵行军中值得称道的例子。他们决定让苏丹第十营紧跟而去，但是糟糕的天气状况将他们困在了红海沿岸，读者们的注意力也都被吸引到那里去了。

对愤世嫉俗的政治家来说，萨瓦金和港口的位置以及历史可能是一个非常有用的案例。大部分房屋都位于一个通过狭窄堤道与大陆相连的荒芜小岛上。远处白珊瑚色的高大建筑，有五层楼高，格外壮观，因为几乎没有淡水，冷凝机械的烟囱显得格外显眼，似乎在暗示着那里的工业活动。但近距离观察才发现，现场是那么地凄惨肮脏。城里大部分地区都荒无一人。狭窄的街道环绕着那些被人们忽略的房屋废墟。凸出的带有古典特色雕刻的窗户被钉在门面上。土地散发出呆滞腐烂的气味。空气中飘荡着颓废和失败的回忆。目光所及之处更加剧了这样的印象。登陆隔离岛的游客最先看到的是"萨瓦金—柏柏尔"铁路项目的遗迹。两三个火车头从未感受过蒸汽的压力，在数十年间从未尝过汽油的味道。它们静静地躺在那些废弃的车间里生着锈。大堆的铁路建材在岸边腐朽殆尽，无人看守，被人遗忘。各种四轮马车、卡车、厢式马车和载重货车，堆放在棚屋附近。仅仅是基督教徒墓地就让人联想到后来所发生的事，列成长排的十字架标示着那些在各种运动中死于战争或疾病的英国士兵和水手的坟墓，墓地的面积完全不亚于新近围起来以满足未来需求的区域，这些更加剧了来客内心的抑郁。众多希腊商人的坟墓似乎在抗议，说这个岛上的气候相当恶劣，但是如果认真研究他们的碑文就很容易刷新对古典教育的认识。高耸而满布枪眼的围墙，表明只有那些勇猛的野蛮人才栖息于大陆上荒凉的灌木丛中。

十一年来，所有贸易几乎都被叫停，仅剩那些冷漠的东方商人与阿拉伯人从事的非法贩运贸易，他们满足于等待更好的日子。由于完全没有生产能力，埃及政府明智地遏制着萨瓦金的一切活动，阴郁的局势和人民的贫苦交织在一起。

城镇所在的岛屿通过一条堤道与大陆相连，另一端是一座设计奇特的拱形大门，名为"苏丹之门"。大陆上是新月形的艾卡夫郊区。那里有用珊瑚建造的房屋，大片阿拉伯人和渔民居住的土屋，以及所有的营房和军事建筑。这些地区周围都环绕着长1.5英里、高15英尺、厚6英尺的坚固城墙，上面有防护矮墙，内部建有配备克虏伯大炮的堡垒以增强防御能力。

三个强大的独立据点完成了萨瓦金的防御任务。在基奇纳爵士败北的地方，向北10英里，是汉杜布城堡。塔姆卜克位于25英里外内陆的山间。这个地方坐落在一个高耸的岩石上，只有一个仓库、一个坚不可摧的碉堡和一个瞭望塔，在面对没有炮兵的敌人时非常安全。汉杜布和塔姆卜克在战事开始之前已经精心准备了四个月。第三个据点，托卡堡，位于距离南部海岸50英里的地方。它的作用是攻占阿拉伯人在托卡河肥沃三角洲的基地。这个堡垒非常坚固，有炮兵捍卫，并驻有一整个步兵营。

任何关于萨瓦金的描述，如果没有提到那些给予萨瓦金声望的人，便都是不完整的。奥斯曼·狄格纳多年来一直是最成功且最具有上进心的阿拉伯奴隶商贩。埃及政府试图打压他的贸易，这迫使他自然而然地站到了其对立面。他参加了马赫迪起义，并通过他的影响力鼓舞了所有的哈丹达瓦人和红海沿岸其他强大的部落。其余的也有所记载。年复一年，帝国政府和以前的奴隶们在人类和金钱的斗争中做出了重大牺牲，他们像狼一样在萨瓦金那些风干的骨头之上作战。贝克泰卜，艾泰卜，塔马伊，托弗雷克，哈什因，汉杜布，格迈扎，阿法菲特——这些都是奥斯曼·狄格纳参与过战斗的地方，而且他没有遭受过任何伤痛。虽然经常被打败，但他从未被击垮，狡猾的阿拉伯人可能会理直气壮地吹嘘自己比托钵僧军队中任何一个埃米尔都走过更远的路，参加过更多的战役。

进军栋古拉几乎不可能影响卡萨拉周围的局势，但这些事促使人们相信英国转向支持意大利的做法是有效的。因为在3月底，也就是说，在阿卡夏被占领的消息传到时，奥斯曼·狄格纳便离开了威胁卡萨拉的军队，带着300名骑兵、70名骆驼军团和2500名步兵，向他在托卡三角洲的旧基地进军。关于他进军的第一个传闻出现时，苏丹第十营通过科希尔和肯纳前往尼罗河的命令被取消了，他们留在了托卡尔驻军基地。在国内，战事处被人抓住了要害，焦虑地颤抖着，随即开始计划增派强大的兵力来支援萨瓦金驻军。

第五章　战争爆发

苏丹东部的局势一直动荡不安。目前，红海沿岸统治者的权威在萨瓦金火力所及范围之外并没有得到足够的尊重。居住在城墙脚下的哈丹达瓦人和其他部落纷纷表达了对埃及政府的忠心，并不是因为埃及政府的统治比奥斯曼·狄格纳的更好，而只是为了安稳地生活。距离萨瓦金越远，部落成员们的忠诚度就越低。在方圆20英里范围内，所有的谢赫都在奥斯曼·狄格纳和埃及政府之间摇摆不定，他们试图避免与任何一方发生公开的敌对行动。考维特附近区域的谢赫奥马尔·蒂塔发现自己处于有趣的中立位置的边缘。虽然人们都知道他与奥斯曼有交往，但如果他有权选择，他依然会与埃及政府站在一起。奥马尔·蒂塔在4月初报告说，奥斯曼·狄格纳带着一小支部队在考维特附近。奥马尔·蒂塔是政府的忠实盟友，在本月3日他曾击败了奥斯曼，仅损失4头骆驼。他还表示，如果埃及政府派出一支部队与奥斯曼作战，他的盟军将继续与奥斯曼周旋，直到政府部队抵达为止。

经过数日的犹豫不决，以及与萨达多日的电报沟通之后，当时身体状况非常差的萨瓦金总督——上校劳埃德，认为自己没有足够的兵力冒险去考维特和奥斯曼作战。在萨瓦金周边，沿着印度边界，战争总是突如其来。遭受突袭后，政府可能会根据情况决定采取何等规模的报复行动。如果他们物资贫乏，就派"反投而来的敌军"进行反击，仅此而已；如果他们物资充裕，就会派遣两三个旅远征展开阵地战，这样就可以在英军历史上写下另一个荣誉。目前埃及政府很穷，而且英国政府也未曾期望从此次行动中获利，因此他们决定只发动小规模的行动。总督计划在科尔温特里附近的山脚下安排一次军事演习，由萨瓦金和托卡联合行动。萨瓦金驻军由埃及第一营、第五营的一半兵力，以及刚刚取代了苏丹第九营的第十六营预备军组成。他们刚刚艰难地完成了军队组建，包含一个骑兵中队、一支骆驼军团和一些炮兵连。托卡的驻军由第十营和一些炮手组成。4月的第二个星期，这些部队举办了所有应有的仪式，成立了一支"萨瓦金野战队"。

行动计划很简单。劳埃德上校从萨瓦金出发，在考维特公路进入山间的地方，与位于科尔温特里的"托卡军"会合。他们希望奥斯曼·狄格纳能够从山上下来与他们在开阔的地方进行他们所期望的小规模战斗，之后，如果他们胜利了，部队就返回萨瓦金和托卡。

为了尽可能地让萨瓦金部队保持高机动性，整个部队都配备了骆驼——其中有1000多人被迫骑上骆驼，还有60头骡子和120头驴。有200名阿拉伯人同行，以在必要时控制这些牲畜。他们带着六天的饲料和口粮，一天的水，每人带着200发子弹，每支枪100发。4月14日，星期二下午5点整，部队在萨瓦金城外聚集，然后露天扎营，准备天一亮就开始行动。

第二天早晨，这支约有1200名士兵的部队出发了。在向科尔温特里方向前进了四五个小时之后，先头骑兵与托钵僧军的侦察兵遭遇了。部队随即列阵成长方形：苏丹人联合营和两支机枪在前边，两个侧翼各有三支埃及部队，骆驼军团列于后方，物资运送队位于中央。他们步伐缓慢，由于大部分骆驼都没有加鞍，也没有驮很多东西，所以他们的行军常常被这些不安分的骆驼和乡村恶劣的天气、地形打断。尽管如此，下午4点左右，他们仍到达了距离科尔温特里8英里的泰罗伊威尔斯；至此，他们一共行进了19英里，劳埃德上校决定停下来。当步兵们在修建栅栏时，骑兵被派去和芬威克上尉（一名雇佣的步兵军官）一起去迎接已经抵达会合地点的托卡部队。显然，他们以为奥马尔·蒂塔和他的阿拉伯人会及时注意到敌军的袭击，便忽略了许多常规的防备措施。结果在5点钟左右，当接近科尔温特里时，他们发现自己突然遭遇了200名托钵僧骑兵，并且其后紧跟着大量步兵。于是这支中队迅速移动，开始跑步撤退。托钵僧骑兵立即追赶。结果，埃及人开始穿过厚厚的灌木丛在崎岖而危险的路面狂奔而逃。有16匹马跌倒了，其上的骑手立即被穷追的托钵僧士兵刺杀。芬威克上尉召集38名士兵，占据了一个满布岩石的山丘，并以步兵的本能跳下马，准备抵抗到最后。中队其余士兵继续拼命逃跑，一名埃及军官（据说他的马已经脱缰）手下的32名士兵抵达了泰罗伊营地，带来了这样的消息：他们的战友要么已经牺牲，要么已经返回萨瓦金，而且他们自己也被敌人穷追不舍。这个消息让他们极其焦虑，当发现营地周围的丛林被托钵僧长矛兵占据时，他们越发焦虑了。两名自愿接受危险任务的骑兵受命穿过这帮野蛮人的警戒线，并试图找到剩下的骑兵和托卡军队。然而，剩下的骑兵和托卡军队都被托钵僧军追上，惨遭屠杀。其余的部队仍然面临着时不时的突袭。

午夜时分,当托钵僧军开始接近他们营地的栅栏时,他们的焦虑进一步增加。黑暗中,一队骑兵沿着守军右侧一条浅浅的河道移动。与此同时,敌军在另一侧高声呐喊。一场激烈的枪战瞬间爆发。山谷里四处都是盲目的枪声,步兵疯狂地从四面八方冲锋。接连不断的枪声激烈地持续了一段时间,在英国军官的努力下,部队得到了控制,托钵僧军也已经撤退,只留下了一个受伤的士兵。偶尔传出的枪声持续到了清晨,但是托钵僧军没有再尝试新的进攻。

与此同时,芬威克上尉依然独自身处危险的山丘之上。很快他就被相当规模的敌军包围了,天刚黑,他便遭到了猛烈的攻击。幸运的是,这些托钵僧军持有的步枪很少,芬威克和他的士兵们集中火力,成功地击退了托钵僧军,守住了他们的阵地。泰罗伊的枪声鼓舞了埃及人,也指明了他们友军所处的方向。天亮之后,在整个战斗中看起来似乎一直士气低落的托钵僧军撤退了,这支中队重新骑上马,匆忙地回到了主体部队中。

这支部队再次聚集起来,前往科尔温特里,在那里他们发现托卡的部队已经到达。15日清晨他们继续行军,西德尼少校和苏丹第十营中的250名士兵当天下午到达了科尔温特里,这支中队是整支部队中唯一真正值得信赖的。他们摧毁了占领河道地区的托钵僧军小哨所,在准备扎营休息的时候,却遭到了一支据说拥有80名骑兵和500名步兵的阿拉伯人部队的猛烈袭击。苏丹人一如往常英勇作战，击退了托钵僧军，牺牲30人，有3人负伤。

截至目前，劳埃德上校的计划已经成功实施。萨瓦金和托卡的部队在考维特公路上的科尔温特里会师。他们现在等待着奥斯曼·狄格纳的进攻，以便狠狠地回击。然而，考虑到已经发生的事情，他们决定从行程中剔除这个计划。两支部队都毫不拖延地在18日返抵萨瓦金，行动中他们的埃及士兵牺牲了18名，负伤3名。

他们成功抵达萨瓦金，终于结束了长久以来的焦虑。这个几乎被军队劫掠殆尽的城镇，现在由福特·哈钦森上尉掌管。16日下午大约2点，从埃及骑兵落伍的几个士兵牵着6匹马敲响了大门，模糊但险恶的谣言四散开来。埃及军队遭受灾难的说法让生活在城内的阿拉伯人异常兴奋，似乎他们即将崛起，可以掠夺城镇，屠杀基督徒。然而，幸运地，英国的侦察船来到了港湾。强壮的水手们登陆，在街道上巡逻。军舰上的枪支安置在阿拉伯人的阵地。这些措施在野战部队回归进行庆祝典礼的时候，拥有着稳定局势以及维持秩序的作用。

此次行动成功地击溃了东海三角洲的托钵僧军，奥斯曼·狄格纳的势力也被彻底摧毁。但是，为了避免任何不幸的事件破坏到手的胜利，苏丹第十营被送回了托卡市，他们走海路前往特林基塔特，而不是直接前往托卡。自此以后，萨瓦金的驻军严格限制自己的活动范围，严加防守。奥斯曼·狄格纳依然停留在附近，突袭周边的村落。印度特遣队抵达时，他在距离该镇12英里的范围内，后来退到了阿特巴拉河上的阿达拉马，栋古拉战役期间他就一直待在那里。苏丹东部没有出现进一步的进攻，这避免了所有的战斗，因为托钵僧军肯定无法攻克庇护着埃及人的坚固防御工事。然而，他们仍然占领着周围的村落，直到整个局势因尼罗河沿岸的强大势力成功进军并占领柏柏尔地区而改变，他们方才离开。

在科尔温特里事件发生后，显然不能只留下第十六营预备役人员来守卫萨瓦金。另外，基奇纳爵士要求埃及军队可以召集的每一个士兵都去参与尼罗河行动。于是，他决定派印度士兵进驻萨瓦金城的堡垒，并调遣苏丹第十营和埃及营队参与栋古拉远征军。随后，在5月初，印度陆军当局接到命令准备一支到埃及服役的装备精良的旅。

他们选定的部队如下：孟加拉步兵第二十六营，锡克族人第三十五营，孟买长矛骑兵第一营，孟买山第五炮兵组，两架马克沁机枪，女王自己的一部分（马德拉斯）工兵和矿工，共约4000人。埃杰顿上校被任命为部队总指挥。

5月30日，第一营的到达激活了沉闷的萨瓦金，在接下来的一周内，整个部队在腐朽破烂的码头登陆，承担起了防御任务。令人遗憾的是，这支满带希望和战争热情而来的苏丹今夏效率最高的英勇之师，在7个月之内便变成了忧郁之师，他们因疾病而一事无成，因失望而苦恼，因怨恨和嫉妒而愤怒，最终愤愤不平地返回了印度。

印度特遣部队在着陆那一刻就背负着满满的期望，人们希望他们立即对付敌军。一周之后，当所有物资抵达时，军官和士兵们花时间揣测着行军的命令何时下达。的确，萨瓦金没有交通工具，但是这个困难轻易就被一个传言克服了：有5000只骆驼从索马里海岸出发，前来萨瓦金，帮助部队前往卡萨拉或柏柏尔。由于这些骆驼没有到达，埃杰顿将军向萨达建议了一个计划，如果得到1000头运输所用的骆驼，他承诺将所有先头部队保留在考克莱布范围内。他得到了一个特殊的回复，大意是不打算把印度特遣队用作移动部队。他们是作为萨瓦金的驻军而来的，应该驻守在萨瓦金。然而，这些信息并没有传达到部队，他们还期待着行军的命令，直到栋古拉沦陷。

特遣队到达时天气并不是很热，但随着时间推移，温度逐步上升，8月和9月，温度计上的数字在夜间都很少降至103华氏度以下，白天更是经常升至115华氏度。沙尘暴频繁发生。一场恐怖的苍蝇瘟疫折磨着不幸的士兵。恶劣的气候，令人抑郁的沉寂，新鲜肉类和饮用水的短缺，导致坏血病暴发。有段时间，几乎所有的追随者和50%的士兵都被感染了。几个主要的解决方案都被印度人遗弃了。症状异常痛苦而糟糕——伤口裸露，牙齿松动，奇异的真菌在牙龈和四肢上滋生。骑兵的马匹和运输所用牲畜患了马皮疽，甚至一个针孔大小的疮口都会恶化成一个偌大的伤口。很难说9月之后这个旅的士兵能否恢复到作战状态。所有的欧洲人都深深地遭受着酷热刺痛般的折磨。疟疾司空见惯，肝脏脓肿的病例成千上万。25%的英国军官被送往英国或印度，只有6人最终病愈。驻守托卡堡垒的部队的经历比萨瓦金部队的还要糟糕。最终，渴望已久的出发时间到了。带着安心和喜悦，印度特遣部队回到了印度，将萨瓦金的尘土抛之脑后。从描述苏丹东部的痛苦转移到尼罗河上的胜利是一件让人深感满足的事。

4月中旬，军队已经集结在边境。经过沟通他们确定不能运送人员，只运送补给物资和铁路建材，运输工具满载这些东西持续地向南运送。瓦迪哈勒法及周边地区已经集结了11000名士兵。但是，只有在前线储备足够补给物资之后，他们才能发动正式的军事行动。与此同时，军队在等待着，铁路在稳步地修建着。这些营分布在三个主要营地——瓦迪哈勒法、萨拉斯和阿卡夏，还有几个营驻守着一些小的哨岗，将他们联通起来。

包括北斯塔福德郡军团在内，瓦迪哈勒法的驻军人数约为3000人。城镇和营地的宽度都不超过400码，在河流和沙漠之间沿着河岸蔓延了3英里。房屋、办公室和兵营都是用泥土建成的，这个地方看起来一派棕色，肮脏不堪。然而，一些建筑物还是看起来有二层楼应有的体面。在城镇北端，一群精心修建的房屋沿河而建，从远处看到的棕榈树丛、白色城墙以及清真寺的宣礼塔，让从科罗斯科和希拉而来的身心俱疲的旅行者看到了文明社会的希望。整个城镇被沟渠和土筑城墙包围，以使其免受沙漠影响。重型克虏伯野战炮被安放在堡垒两端，连接堡垒的城墙延伸至河边。五个独立的小型堡垒增强了陆军部队，而此时阿拉伯人无济于事的进攻已蓄势待发。瓦迪哈勒法现在已经成了一条快速延伸的铁路的终点站，大量建材不断运送过来，棚屋、工作间和仓库的修建让非洲贫民窟出现了一座文明城市所具有的喧嚣。

萨拉斯堡是一座大型建筑，位于瓦迪哈勒法以南约 30 英里的尼罗河岸一块巨型黑色岩石峭壁上。在长期的备战岁月里，它一直是埃及的前哨基地和军用铁路的最南端。远征的开始使它成了一个极其稳固的营地，拥有近 6000 人。堡垒所在的黑色岩石，每一端都有坚固的石墙和缠绕的铁丝网延伸至河边。这个封闭的空间内挤满了一排排的帐篷和牲畜，这个堡垒就是亨特上校的总部，他在这里指挥着这个被称为萨拉斯和南方的地区。

从萨拉斯开始，部队似乎选择了兵分两路。重建的铁路位于 1885 年在沙漠中准备的旧轨旁。护送队沿着河道而行。两者都能免遭攻击。埃及第七营守护着铁路源头，紧密联系的哨岗守护着尼罗河边通向阿卡夏的铁路。前哨基地在 4 月和 5 月发展成了一个强大的军事基地。阿拉伯人只有一次冒险进入了火炮射程之内。一小支骑兵和骆驼军团组成的实时侦察队，出现在前哨基地视野范围内，然后遭到了野战炮的远距离攻击。他们立即撤退。埃及人认为这个距离对于炮弹的射程来说实在太远，以致不能打到敌军。直到两天后，在炮轰地发现了一具穿着亮色长袍的肿胀、起疱的尸体，高兴的射手们才得知他们那一炮的威力。被这幸运的一炮警告之后，托钵僧军再也没有出现，或者出现了而并没有被发现。

萨达在参谋长邦德上校的陪同下于 3 月 22 日离开开罗，在阿斯旺短暂停留后于 29 日抵达了瓦迪哈勒法。整个 4 月份他一直待在这里，监督并催促铁路的修建和物资的集聚。5月1日，他在伯恩·默多克少校的一支骑兵中队的护送下抵达了阿卡夏。就在他抵达前一天，另外一支护卫队已经到达，所以在前哨基地有两支额外的骑兵中队。几乎在基奇纳爵士进入营地的同时，一群转投而来的阿拉伯人也来了，带来消息说他们遭到东方大概4英里处的几十个托钵僧骆驼军团攻击，侥幸逃脱，却丧失了两个同伴。萨达认定附近的敌人并没有成批而来，于是便命令三支埃及骑兵支队在苏丹第十一营的支援下前往菲尔科特侦察，并试图捕获任何可能发现的敌军巡逻队。

10点钟的时候，伯恩·默多克少校带着4名英国军官和240个长矛兵出发了。在阿卡夏周围的山丘之间巡查了七八英里后，骑兵支队穿过了一条长长的铺满沙子的山中狭径，两侧一边是山岩，一边是不可跨越的深沟。当先头部队即将从这条狭径走出之时，先行的侦察兵报告说，在狭径前方的空地上出现了一队托钵僧军。骑兵指挥官前去观望，发现他们面临的并不是预料中的20个骆驼军团，而是一支至少有1500名步兵和250个骑兵的托钵僧军主力部队。骑兵们驾马小跑，将同行支援他们的步兵落在身后一段距离。敌军的出现相当具有威胁性。敌军骑兵在几乎不到300码的距离列队，已经开始发起进攻，右翼由一小支骆驼军团保护，身后是成排的长矛兵阵列。

少校伯恩·默多克决定撤退寻求步兵的支援，然后沿着路况糟糕的小路逃离。他随即命令骑兵中队依次行动，开始撤退。托

第五章 战争爆发

钵僧军立即追了上来，疯狂地涌进狭径之中，从后方攻击埃及骑兵。两军都挤在了狭窄的空间里。随之而来的是狂躁的混乱，马蹄乱舞，弥漫在空中的尘土，仿佛笼罩在伦敦上空的黄色烟雾，混乱之中不知所措的士兵掏出手枪漫无目的地射击。埃及骑兵因此开始拼尽全力逃跑，起初他们并没有表现出应对攻击的意思。混乱淹没了所有的命令，一场灾难即将来临。但是那些之前在行军过程中自然而然地在走在队列之前的英国军官，现在处于部队后方，距离敌人最近。他们召集起一队士兵，拿起手中的剑和左轮手枪奋力抵抗，最终他们守住了这条狭径，将敌军击退。托钵僧军退回步兵阵中，留下了十几具尸体在地上。两支埃及骑兵中队继续撤退，直到退出到山中狭径外 700 码，但是英国军官命令第三支骑兵中队和最后面的士兵对抗敌军。伯恩·默多克少校率领着这些兵力在山谷中驰骋，阿拉伯人被迫仓皇而逃。另外两支中队现在又回来了，所有骑兵集体下马，在狭径出口附近的沙丘中占据有利位置，举起卡宾枪开火。骑兵的溃败似乎让托钵僧军感到心灰意冷，因为他们根本没有攻击已经下马的埃及士兵的意图，而是满足于继续漫无目的地开火，这些火力给对方造成的损失非常小。天气极其炎热，士兵和马匹都因口渴而痛苦不堪。之前护送萨达的中队在前来侦察前已经行军很长一段距离，精疲力竭。然而，骑兵在沙丘中坚守着自己的位置，并且轻松地击败了敌军一次小规模的进击，扭转了处境。12 点 15 分时，托钵僧军开始缓慢而从容地撤退；到下午 1 点钟时，当苏丹第十一营到来时，急于撤退的阿拉伯人已经全部退散。这支部队随后回到营地，带着许多长矛，牵着6匹俘获的战马。天气的炎热可以通过一个苏丹非洲黑人士兵的中暑而死窥见一斑。这就是5月1日发生的故事，让人欣慰的是在这场激烈的战役中，损失并不惨重。英国军官费敦上尉受了轻伤，1名本土士兵牺牲，另有1人重伤死亡，8人重伤。

5月期间，进攻菲尔科特托钵僧军的准备工作还在继续进行着，到月底时已近乎完成。阿卡夏仓库累积储备的物资使这个地方成了一个便利的军事基地，部队依托这个基地可发起一个月的军事行动，而不需要从北方运送任何支援物资。这条以每天大约半英里的速度修建的铁路，已经通车到艾姆毕高·威尔斯，那里建有可安放4座炮台的堡垒和战壕。护送队需要跋涉的距离减少了一半，物资供应业务成倍地增加。各个营和中队开始依次向阿卡夏进军。退却了短暂荣耀的萨拉斯，再次成为岩壁上的孤独堡垒。瓦迪哈勒法也再次归于冷清，除了英国驻军，几乎没有值得一提的士兵。来自萨瓦金的两个埃及营队已经抵达尼罗河沿岸。苏丹第十营正在路上。阿卡夏之外，托钵僧军阵地3英里范围内的村落都已被彻底侦察过。一切都已准备就绪。

军队真正的集结可以说是在6月1日开始的，当时萨达刚开始从瓦迪哈勒法出发前往前线，在骑兵遭遇战之后返回了瓦迪哈勒法。铁路施工全面停止。铁路营地的士兵们丢掉手中的铁镐和铁锹，扛起雷明顿步枪，变成了通信线路上各个哨岗的驻军。6

月2日，通讯员得到了前往阿卡夏的许可。3日，苏丹第十营穿过艾姆毕高向南进军。瓦迪哈勒法的马车炮兵队紧随其后。在艾姆毕高到阿卡夏之间便利的地点沿河扎营的埃及营队和中队，行进到了奥克玛正对面。这个地方和前哨之间有一个广阔的营地，沿着尼罗河岸延伸有3英里，似乎一夜之间就出现在了那里。4日，埃及第七营从铁路源头出发，最后一个营也抵达前线。9000名拥有充足物资的士兵集结在了敌人的攻击范围内。

这一次，菲尔科特的托钵僧军极其冷漠地看着那些精心谋划的机械式的进攻准备工作。他们应该有好消息，因为虽然埃及骑兵队不断巡逻，但偏远山村对侦察队来说是无法触及的。他们的间谍，如骆驼军团、运水人等，都在营地中。他们可能不知道，又或许已经知道埃及军队计划进攻的具体时间，因为他们侦察到了最大的机密。尽管意识到进攻即将到来，他们却什么也没做。事实上，他们目前除了撤退没有其他办法。一旦埃及军队集结在阿卡夏并获得充足的物资，他们就会变得完全不堪一击。此时埃米尔总司令哈姆达旗下只有不到3000人。他们的步枪和弹药都非常差劲，补给也不充足。57名功名显赫的埃米尔的勇气，也不能帮助他们摆脱当前的不利状况。他们还有时间撤回科什，甚至是苏阿达——任何一个不在可怕的敌军刺刀所及范围内的地方。但他们不会改变主意。最后时刻他们依旧顽固而愚昧，他们在致命的事情上拖延耽误，敷衍了事，直到致命而不可避免的灾难从四面八方突然袭来，将他们毁于一旦。

第六章　菲尔科特之战

1896年6月7日。

从1895年末开始,菲尔科特的托钵僧军就处于埃米尔哈姆达的指挥之下。也正是因为这个懒惰、大意且耽于享乐的阿拉伯人,埃及军队才得以不费吹灰之力便在阿卡夏取得优势。一个星期接一个星期,护卫队畅通无阻地行走在萨拉斯和前哨基地之间崎岖的山路上。在通往阿卡夏的桥上他们也没有遭到任何攻击。他们之间的相互联络也没有招致敌军任何的军事行动。栋古拉总督瓦德·毕沙拉并没有对这致命的无作为视而不见,尽管名义上拥有着对栋古拉省所有托钵僧军的最高指挥权,他却没有任何办法来强化自己的权威。然而,他的指责和告诫逐渐唤醒了哈姆达,5月,他们计划实施了两三次小规模的袭击,并且多次侦察到埃及军队在阿卡夏的位置。

但是毕沙拉仍然不满意,最终,他对哈姆达斗志重燃深感绝望,于是命令下属奥斯曼·阿兹拉克接替哈姆达的位置。奥斯曼是一个完全不同类型的托钵僧。他是马赫迪狂热而忠诚的信徒,也是哈里发忠实的追随者。多年来,他一直服役于托钵僧帝国的北部边疆，作为最冒险和最残酷突袭的发起者，他的名字为埃及政府所熟知。他对边界村庄贫苦民众的残忍行为，使他一旦落入敌军手中便丝毫没有获得同情的希望。然而，他的聪明才智保护着他。聚集在菲尔科特的所有埃米尔当中，没有一个人的死能比现在这个即将取代哈姆达的人的死更能让埃及政府军满意。

奥斯曼·阿兹拉克是否真的在6月6日担任了指挥官无从考证，事实看起来更像是哈姆达拒绝交出自己的权力——在这个问题上还存在分歧。但无论如何，奥斯曼决定用行动证明自己能胜任这个职位。大概在正午时分，他带着一支强壮的骆驼巡逻队从菲尔科特营地出发前往阿卡夏侦察。他小心翼翼地行动，在下午3点左右悄无声息地来到了看得到敌军阵地的地方。这支即将在黎明时分对菲尔科特发起猛攻的军队正在进行训练。疾风吹起的尘土在营地上空飞舞盘旋，遮挡了视线，因此托钵僧军并没有发现什么不正常的情况。他在沙地上画下五角星祈求好运，然后便返回了菲尔科特，带着"突厥人正按兵不动"这个让人欣慰的消息继续和哈姆达争执。

萨达召集起来的用于攻占阿卡夏的军队总计约9000人，组织构架如下：

总司令：萨达

步兵总指挥：亨特上校

第一旅	第二旅	第三旅
少校刘易斯	少校麦克唐纳	少校麦克斯威尔
埃及第三营	苏丹第九营	埃及第二营
埃及第四营	苏丹第十一营	埃及第七营
苏丹第十营	苏丹第十二营	埃及第八营
	苏丹第十三营	

骑兵：少校伯恩·默多克

埃及骑兵　7支中队

骆驼军团　8个连

炮兵部队：

马拉炮　1架

野战炮　2架

马克沁机枪　1架

　　从阿卡夏通往菲尔科特有两条路——一条沿着河岸，一条在内陆沿着规划的铁路线。萨达决定同时沿这两条路线出发。于是部队兵分两路：主力部队在萨达的指挥下沿河岸前进，由步兵、野战炮兵和马克沁机枪队组成；荒漠支队则由伯恩·默多克指挥，由骑兵、马拉炮兵和一个从麦克唐纳旅队中挑出的骑骆驼的步兵营（苏丹第十二营）组成，共有约2000人。这支小分队任务十分明确，伯恩·默多克收到指示必须在凌晨4点30分之前占领菲尔科特村落中心东南方向的山丘。他将部队面西而布，骑兵安排在左侧，骆驼军团置于中央，苏丹第十二营列于右侧。唯一留由他自行决定的是即将被马拉炮兵占据的位置。他特别指示不要进入主力步兵的火力范围之内。一旦敌军按既定路线出发，苏丹第十二营就迅速回到萨达麾下。骑兵、骆驼军团和马拉炮兵明确了自己的目标，首先是考耶卡，然后是苏阿达。

6日下午3点半，步兵支队动身离开阿卡夏，沿着河边道路向南行进，顺序如下：苏丹第十营在前，刘易斯旅紧随其后；然后是两架马克沁机枪和炮兵组，麦克唐纳旅，麦克斯威尔旅；最后是战地医护队和半个营组成的后卫队。萨达则在炮兵之后。下午4点半时，大部队后方人员也全部离开了营地；大约两个小时后，骑兵部队从沙漠公路出发了。沿河行进的部队在天黑之前顺利地行进着，但此后的行军却变得缓慢且乏味。这条路穿过破碎的岩石地带，而且很窄，先头部队甚至不能并排站四个士兵。有些地方，锋利的岩石和破碎的石块几乎完全阻挡了骑兵部队前进的路线，步兵步履蹒跚，有些人痛苦地跌倒在地。月亮还没有升起，黑夜依旧狰狞。漫长的队伍，像环绕在崎岖山丘之间的皮鞭，艰难前行。万籁俱寂，只有沉重的脚步声和装备碰撞的咔嗒声。晚上10点半时，刘易斯旅的部队来到了距离萨卡马托村落以北1英里的一片平坦的沙质平原上。这个地方距离敌军只有3英里，萨达决定在这里扎营。河岸和滨水地区便于取水，他们将所有的瓶子和水袋都装满了水，士兵和牲畜则直接饮用。他们只吃了一点食物。然后，各个营接二连三地抵达露营地区，士兵们纷纷躺下休息。麦克斯威尔旅后卫部队在午夜左右到达露营地，全体部队再次会合。

与此同时，骑兵部队也在途中。像沿河部队一样，他们的队伍因杂乱崎岖的道路而变得乱七八糟。苏丹第十二营的士兵不习惯骑骆驼，单是坐在鞍座上就很快疲惫不堪了。夜里1点钟之后，骆驼军团和步兵营的许多人都在骆驼上睡着了，军官也很难让他们保持清醒。最终，这支部队是在夜里2点45分时抵达会合地点——距离菲尔科特东南约3英里的地方。在这里，苏丹第十二营的士兵们从骆驼上下来，再次成为战斗健将。少校伯恩·默多克留下其他的骆驼让一名警卫守护，随后朝着山丘上指定的位置走去，观望菲尔科特。

萨达于2点半再次与步兵一起行动。月亮从队伍左侧的岩石上升起，但它仅仅是一轮薄薄的新月，并没有太多的光芒。整条行军路线中最糟糕的部分在他们刚离开营地之后就出现了，近6000人的部队不得不排成一列，极为缓慢地通过一个狭窄地段。黎明即将到来，托钵僧军阵营也不远了，萨达和他的手下开始变得焦躁不安。他向先头部队下达了多条命令，要他们加快步伐，士兵们此刻虽然非常疲倦，但却像羊群穿过大门一样，在狭窄的通道中向前狂奔而去。4点时先头部队已经清除了所有障碍，最关键的时刻似乎已经过去。

突然，在南方1英里的地方，响起了鼓声。每个人都屏住了呼吸。托钵僧军也许已经准备好了，也许他们会在这支远道而来的部队部署好队列之前便发起进攻。随后声音又消失了，除了行军队伍里的咔嗒声，一切又归于沉静。这并不是冲锋的鼓声，只是提示晨祷的声音。托钵僧军对于他们的敌人已经接近、灭顶之灾即将降临依然全然无知。在听到虔诚的召唤之后，成群的托钵僧从他们的小屋中走出来。

在昏暗的光线下依然黝黑的菲尔科特山脉，出现在了行军队伍的左侧。它与河流之间是一条狭窄的、长满灌木丛的地带；在这里，各种长草、灌木、棕榈树和沟壑阻挡了去路，先头部队不得不在这个地方排开阵容。然而，这里的空间只够苏丹第十营列队，而埃及第三、第四营则只能向后排开——第三营列于第十营右翼后方，第四营列于中央部队后方。现在这支部队开始从山丘和河流之间的峡谷走出，进入开阔的村落。随着空间的扩大，1号野战炮兵组在苏丹第十营左侧排成一排，2号野战炮兵组则列于右侧。菲尔科特就在1英里之内，虽然已是白天，但是一片广阔而平坦的高地却将菲尔科特遮挡。目前他们仍然没有发现托钵僧军做好战斗准备的任何迹象。但埃及部队的进军到现在仍未被发现几乎是不可能的。沉默似乎预示着一场出乎意料的袭击。先头部队和机枪组停了几分钟，让麦克唐纳将他的营队由四部分整合为一体。随后，5点钟时，他们继续行军，此时从菲尔科特山脊上响起了一声枪响。托钵僧军前哨基地终于意识到了他们面临的危险。随后几声枪响接踵而至，第十营火力齐发；然后从远处东南方向传来了炮声，马拉炮已经开火。两支部队同时发起了攻击，敌军则完全陷入惊愕之中。

现在最重要的任务就是尽可能快地部署兵力。许多地方纷纷响起枪声，马拉炮不断的轰炸声让士兵们兴奋不已，越来越激动。还有什么比在黎明时发起突然而迅速的进攻更令人兴奋的呢？现在苏丹第十营已经抵达遮挡菲尔科特的高地顶端，战场一览无遗。右前方，菲尔科特村落的土屋沿着河岸延伸了将近1英里，宽约300码。内陆方向是托钵僧军的白色帐篷和黄色茅草屋。村落北部是由土筑城墙和带有垛眼的房屋组成的防御体系。背后是成排的棕榈树，透过这些棕榈树可以看到宽阔的河流和阿拉伯人的帆船桅杆。在部队前方靠左一点的地方，出现了一个低矮的山脊，山顶上插满了旗帜，周围是沿其基座的石制围栏。村落和山丘之间的空地对面，数百名托钵僧骑兵和步兵被派去参与防守，其他人则爬上石块，观察敌军数量。丝丝缕缕的炊烟萦绕在山脊的黑色岩石和村落的棕色房屋之上。

他们的进攻推进得非常迅速。旅队和营队士兵从山河之间的狭窄通道奔涌而出，战线也迅速向左右两侧拓展。苏丹第十营在登上最高点之后，立即向前方的村落开火。埃及第三、第四营在先头团队左右两侧排开阵营，埃及第四营的两个连来到陡峭河岸下的河滨地带。皮克炮（1号大炮）和马克沁机枪在收到菲尔科特山上一道刺眼的信号之后，立即向行进的步兵前方开火。

刘易斯的整个旅正大摇大摆地转向右侧，开始向村落发起进攻；麦克唐纳的旅中大概有两个营的士兵，向内陆方向绕着山脊在左侧排开，并迅速爬上了布满岩石的山脊。麦克唐纳前方的道路被巨石和灌木丛所阻，一道深不见底的山谷挡住了他们前进的步伐。敌军虽然处于明显的劣势，却依然时不时地开火；苏丹人异常兴奋，他们迫不及待地朝着敌军的围栏逼近。当部队来到距离山脊200码处时，约有50名托钵僧骑兵从岩石后突然冲了出来，朝着部队左翼发起了冲锋。所有骑兵瞬间被凶猛的火力击落。在欢快的叫喊声中，黑人们冲锋向前用刺刀将围栏挑开。托钵僧军并没有坐以待毙，当他们看到自己的骑兵被一一消灭之后，便放弃了第一道山脊，退向身后的另一道山脊。这些骑兵中有埃米尔哈姆达本人和杰哈迪亚的埃米尔尤塞夫·安加尔。苏丹人紧随其后，追剿数量比他们更多的敌人，翻过一座又一座遍地岩石的山丘，左翼部队接连不断地包围过来，直到最后，山上除了死尸，所有敌人都被消灭，逃兵们正朝着河岸狂奔。然后零散的队伍重新朝西而列，气喘吁吁的士兵远远地望着那些逃兵。

当麦克唐纳的旅队猛攻山丘时，刘易斯的旅队则已经向村落和托钵僧军营地进军。阿拉伯人在他们的城墙上架枪顽强抵抗，沿河的第四营与敌军展开了激烈的交战，他们的指挥官斯帕克斯上尉的战马被击中4枪。数量和武器方面的巨大优势鼓舞着埃及人，他们在战斗中展现出了前所未有的激情，他们在此役的表现是这场战争的一个吉兆，也是这次大规模战争的第一次真正交火。

随着刘易斯的旅向右，麦克唐纳的旅向左转移，战线中部便出现了一个巨大的空当。麦克斯威尔的旅队随即填补了这个空当，整个部队仍处于一条线上，沿曲线向前推进，直到他们将遍地岩石的山丘全部占领，三个旅一起朝西向着尼罗河方向前进。被河流与敌军夹在中间的托钵僧军，根本无法阻止埃及人无情的进攻，每一刻他们都被限制在更狭窄的范围内，现在他们能想到的只有飞机，他们四散奔跑着寻找路径逃生。沙漠支队来到河边，他们的位置让苏丹第十二营得以切断其渡河而逃的路线；但是菲尔科特南部的河滨被陡峭的河岸挡住了，从陆上看不到这块区域，大量逃兵通过这片沙滩成功逃脱。

骑兵和骆驼军团并没有在侧翼包抄，而是一直在敌人后方直线穷追，超越了前线部队，结果数百名阿拉伯人得以成功地逃到南方。其他人则游过河，从西岸逃跑了。恶人奥斯曼·阿兹拉克的权威现在已无可争议，因为他的对手已经成了一具死尸。于是他从战地飞奔来到苏阿达。托钵僧军剩下的人坚守着他们的房屋，做着各种各样的准备，要么战斗至死要么举手投降。

三个旅将村落包围，一点一点清理，随后来到河边。麦克唐纳的旅队直到越过沼泽地峡并占领该岛之后才停下来。许多阿拉伯人拒绝投降，拼命抵抗，然而并没有什么效果，最终有 80 多人死在了那栋建筑内。7 点 20 分时，所有的炮火都已停熄，整个托钵僧军营地完全落入了埃及军队手中，菲尔科特战役结束。

萨达现在忙于追击敌军，他跟随骑兵部队来到了菲尔科特以南 5 英里处的莫格拉卡。整个骑兵部队与骆驼军团、马拉炮兵一起，将逃敌逼向了苏阿达。然而，奥斯曼·阿兹拉克在埃及部队到达之前，便派大批护卫队成功地将妇女儿童和一些物资运送到了西岸。在埃及骑兵逼近的情况下，他带着小部分兵力沿东岸撤退，避免进行任何交战。另一侧指挥护送队的埃米尔则行动迟缓，结果大部分人落入了埃及军队马拉炮的射程内。厌倦了长期战乱的当地居民早已抛弃了边境省份，如今满怀热情地迎接他们的新主人。主力追击部队在苏阿达停了下来，但一周后，马洪上尉手下的2个中队和16个骆驼军团被派去20英里外更远的南方，缴获了一个阿拉伯人的粮仓。

此役托钵僧军损失惨重。800多人战死沙场，另外还有500人负伤，600人被俘。埃及军队的伤亡情况则是1名英国军官——莱格上尉——负伤，20名本土士兵丧生，83名本土士兵负伤。

菲尔科特战役被正式归类为全面性战役，有专门的通信稿件记录，被列入专栏。读者也会意识到这场战役的重要性和严重性。整场战役经过精心策划，执行也非常到位。漫长而艰难的夜行，两支分队精准的会合，迅速的部署，合力的围攻，都充分证明了埃及部队良好的纪律和训练以及军官的才能。唯一的不足之处就是沙漠分队没有成功拦截逃散的托钵僧军。但我们应该注意到，他们经过长途跋涉已经疲惫不堪，而且当时还不确定骑兵部队的目的究竟是什么。这次行动的成功让英国人深感满足，他们对进一步行动满怀期待。

第七章　收复栋古拉省

战争的可能性数不胜数也无法估量。那些读过这个故事的人，以及体验过战争危险性的人，更能体会到每一次战争都伴随着一系列的可能性，任何一种可能性如果成真，都会改变战争的整个过程。命运拥有着强大而持续的影响力。当冲突即将爆发时，针对事实的各类描述展现在双方面前的都是种种模糊的可能性。我们生活在一个充满"如果"的世界里。"发生了什么事"是单一的，"可能发生什么"却是多种多样而复杂的。试图衡量这种不确定的力量的影响力则完全徒劳。假如有利条件和不利条件出现的机会等同，而我们在计算中都不加以考虑，或许是明智且极为便利的。

"萨达的好运"在苏丹几乎成了一句谚语。随着故事的进展，许多事例都会出现。幸运的是托钵僧军没有扰乱通信，或在阿卡夏增筑防御工事之前攻击它。幸运的是他们在菲尔科特交战，从柏柏尔地区撤退；麦哈穆德没有在1月而是在3月进军，没有在阿特巴拉之战前退役；哈里发没有占据沙布鲁卡，也没有选择在夜里而是选择在黎明时分进攻恩图曼。

但是在菲尔科特战役之后,一切都反转了。意外的不幸一个接一个地降临。刚克服一些困难,其他的就接踵而至。1896年秋天充斥着延误和沮丧。尼罗河的状况,风暴、洪水、霍乱和许多微小的障碍令人烦恼,但并没有让指挥官感到厌倦。菲尔科特胜利之后,军事行动暂停了很长一段时间。部队在春天的时候进行过一次行军,现在必须为另一次行军准备。筹备工作进展迅速。他们在菲尔科特建立了一个强大的营地。麦克唐纳的旅队在战斗结束两天后占领了苏阿达,这个地方变成了前哨基地,正如阿卡夏在此战初期的地位一般。随即他们便开始在菲尔科特和苏阿达集聚物资。得益于交战前所做的安排,他们得以在一周内收集起足够苏阿达2000驻军行动两个月以及菲尔科特7000人的部队驻营一个月的物资。然而,加快铁路修建的必要性和9000人的日常补给需求,使他们不得不逐渐增加物资补给。

部队现在已经走出了骆驼等驮畜物资供应体系能够覆盖的范围,未来很显然只能沿着铁路或可通航的河道——并且最好同时沿着两者——前进。科什附近的达尔急瀑到麦罗维之间的尼罗河高地有一条畅通的水路。因此,必须在再次发起主动进攻之前将铁路线延长至科什。此外第三个条件也有待观察。要想将托钵僧军从科尔玛和栋古拉驱逐出去,必须有一支炮舰与地面部队合作。他们打算装备的4艘炮舰分别是塔马伊舰、泰卜舰、米提玛舰和阿卜克力舰;另外还有3艘汽轮——卡巴号、达尔号和阿卡夏号,它们自1885年以来一直在阿斯旺至瓦迪哈勒法之间的河道上巡逻，并协助保护边境免受托钵僧军袭击。现在7艘船舰都已经聚集在第二急瀑之下，等待河水上涨，试图起航。为了增强舰队力量，他们还从英国订购了3艘新型强力炮艇。这几艘船将会被拆成部件通过铁路运到第二急瀑之上的特定地点，然后在那里组装。因此，第一，需要等待铁路修到科什；第二，要等尼罗河水上涨；第三，要等旧的炮舰驶达急瀑处；第四，要等新的炮舰抵达畅通的水路；第五，要等待征集补给物资。萨达现在正忙于这些事情。

重建到阿卡夏及由其延伸至科什的铁路工程，在紧急敦促之下进行着。6月26日铁路修到了阿卡夏。从那以后，工程师们不再沿用现有的轨道，而是被迫进行勘测，重新设计结构。来自埃及和苏丹军营强壮的杂役士兵被派往堤岸工作，这条路线每天都在延长。7月24日，第一列火车穿过了菲尔科特战场；8月4日，该铁路已通车到科什。

科什位于菲尔科特以南6英里处，与"军事苏丹"中的大多数地方一样，不过是一个名字，还有一些废弃村落坍塌了的土屋。7月5日，他们将营地转移到了科什。原因清楚明了：科什是达尔急瀑上游的一个要塞，畅通的水道由那里开始从尼罗河高地通往栋古拉。菲尔科特的营地已经变得肮脏不堪。死尸在他们的浅坟中肿胀腐烂，仿佛是为了复仇而困扰着活着的人。痢疾的暴发可能是由于尼罗河里"绿色"的水：在涨潮初期，所谓的"假潮"将河流沿岸的杂物和污水带来，并将来自赤道省沼泽地的绿

第七章 收复栋古拉省

色腐烂植物带到了下游，因此河水变得污秽且危险。士兵们没有其他的水源，但让部队一直待在肮脏的营地并以此来激怒敌军也是不可取的。

最早通过铁路运送到科什的货物，是第一艘新的舷外轮驱动炮舰。火车一列接一列地抵达，装载着铁块或者说是笨重的船体，军舰的各个部件——发动机、武器、配件，以及仓库等很快就被全部堆放在了岸边。配备有强力的20吨剪板机和其他设备的临时造船厂成立了，这项如中国的七巧板一般复杂的工作——将数百个配件装配铆接在一起——进行得相当快。渐渐地，众多陌生而凌乱的部件变成了一个强大的战争武器。新的炮艇无论从哪一面看都相当引人注目。旧船长度为90英尺，这些新的则长达140英尺，宽24英尺，时速12英里，并有30英尺的操控区域。它们的甲板全部由钢板保护，并且配备有和步枪配合使用的带孔盾牌。它们的武器非常强大，每艘军舰前部都装载有一架12磅重的高射速炮台，中部炮组则装有两架6磅重的高射速炮台和4架马克沁机枪。每一个现代化的改进——例如弹药升降机、电报机、搜索灯和蒸汽绞机——都能在这些新舰艇上找到。并且，在配备所有这些东西的情况下，这些新舰艇的吃水深度也只有39英寸。

合同规定，这些船只应在9月5日前交付至亚历山大港，但是在埃及军队努力催促下，第一艘船扎菲尔号仅耗时8周，于7月23日便抵达埃及，得以及时协助向栋古拉的进军。这些船只和设备在伦敦的工厂建造，随后对各个部件编号并拆散，然后运到亚历山大港并转送至前线，最后在科什装配。虽然在4000英里的旅程中，它们曾被七次转运，但没有丢失任何重要的东西。

科什在水路上的便利性以及菲尔科特肮脏的条件，就已足够成为他们转移营地的理由了；但另一个更为重要的原因还在后边。6月期间，霍乱疫情开始从开罗沿尼罗河向上游蔓延。29日，阿斯旺出现了一些病例。30日疫情传播到了瓦迪哈勒法。因此，北斯塔福德郡军团进驻了吉迈的营地。占据这座城镇的3个月并没有改善他们的健康或精神状况。在沿铁路线前往吉迈16英里的行军中，发生了第一起致命病例。此后，疫情一直困扰着部队，直到8月中旬，其间不断有人员死亡。

霍乱无情地往南沿尼罗河向上游蔓延，各个营地相继传来病例报告。7月的第二个星期，疫情传到了科什的新营地，然后，所有意欲将疫情拒之门外的预防措施被证明皆属徒劳。这种流行病在初期是致命的。像往常一样，当它的破坏力消耗殆尽时，越来越多的患者开始病愈。但在阿斯旺和苏阿达之间的前1000例病例中，有近800例致死，且丧生的人数只是不完全统计的结果。（霍乱肆虐栋古拉远征军的次数和造成的死亡人数如下：英国士兵——24次，19人死亡；本土部队——406次，260人死亡；追随者——788次，640人死亡。）对所有人来说，那段时间就像一次恐怖的审判。战争的残暴也许很容易接受，但疾病的偷袭却让最勇敢的人也为之震惊。死亡持续弥漫在军队中——不是那种他

第七章 收复栋古拉省

们接受训练后可以毫无畏惧地面临的死亡，也不是那种与全世界一起哭泣一起欢呼的满带热情和生命的骄傲的死亡；而是一种沉默的、难以察觉的、几乎可耻的召唤，比子弹或者刀剑带来的伤痛更为迅猛，更为痛苦。埃及人不再顾及他们的宿命信仰，变得极度抑郁。英国士兵们情绪低落，脾气暴躁。甚至无忧无虑的苏丹人也丧失了斗志，他们欢快的笑容消失了，他们爽朗的笑声和鼓点也停了下来。只有英国军官保持着冷酷的乐观情绪，并且不断努力树立榜样，用他们的活力来维持士兵们的勇气。然而，他们还是遭受了几乎所有的痛苦。知识拓展了他们的想象力——想象力在其他地方或许是无价之宝，但在这种形势下却是一种危险的负担。

这确实是一个让人痛心的困难时刻。在营地厨房发现死去的仆人；匆匆瞥见担架上毯子里裹着的尸体迅速被送进荒漠；把灯笼放在坟墓上，里边是6个小时前还活得好好的朋友或战友，他们被连夜仓促地埋葬了。在这种情况下所有人仍然在持续而灼热的高温下工作，脑子里不断闪烁着最初的致命症状，而且还只能饮用尼罗河里致命的污水来解渴。所有这些事情糅合起来所构成的经历，让那些经受过的人绝不愿记住，却又绝不可能忘记。陆军中一些最优秀的士兵和通讯员一个接一个地被疾病带走。英勇的芬威克，人们都说他是可以拿两块维多利亚英勇勋章的人，只是还没有发布公告；铁道部陆军中尉鲍威乐，因为知道埃及士兵的一些奇闻逸事而得到偏爱；特拉斯克是一位英勇的医生，他就像瘟疫和子弹一样冷漠无情；瓦迪哈勒法发动机总监瓦勒姆先生；年轻的农民军官，这已经是他第四次参战了；伦敦工程师尼科尔森先生；高大而古朴善良的罗迪欧文——所有人都被埋在了瓦迪哈勒法公墓或菲尔科特山脚下。最终疫情被消灭了，到8月中旬，疫情已经不再那么危险。但是强制进行检疫并准备其他预防措施占用了交通路线，阻碍了军事行动的开展，推迟了进军的准备工作。

一些意料之外的阻挠随即又出现了。基奇纳勋爵清楚地认识到，随后修建好的铁路充其量不过是为在其前方数英里的大部队持续供给物资的一个不确定的办法。因此，他组织了一艘辅助船只，驶过格亚萨斯号（本土帆船）和努格斯号（本土帆船），轻松地来到了上游的第二急瀑处。在夏季的几个月里，苏丹盛行强劲的北风，不仅能驱动帆船逆流而上，有时一天甚至能乘风而行20英里。而且让人感激的是它还降低了气温。今年，在战争的关键时期，从南方吹来的热风持续了40天，辅助船只被迫停歇。尽管遭遇着这些不断恶化的困难，但是行军的准备工作却一直在进行着，并且很快就可以将炮舰和汽轮带到尼罗河高地。

第二急瀑总落差有60英尺高，长约9英里。其间，尼罗河沿着由接连不断凸起的黑色花岗岩形成的崎岖台阶流下。洪水深深地将这些台阶淹没，带着巨大的能量从它们上面冲刷而过，但是水面却非常平静，带着点点漩涡。随着尼罗河潮水退去，这些台阶便显露出来，河水凶猛地冲击着一块接一块凸起的岩石，几英里长的水面剧烈翻腾，形成白色泡沫，其中随处可见黑色的岩石。此外，在第二急瀑附近，尼罗河上唯一的深水通道在狭窄地段被堵死了，流水猛烈地冲击着岿然不动的石墙。这些黑暗的峡谷给领航员带来了诸多危险。最可怕的巴布·埃尔·凯比尔峡谷只有 35 英尺宽。在这里，仅仅 70 码的距离内河水落差就达 10 英尺，其中有一个地方落差就有 5 英尺。高处两条河流交汇形成的广阔水域增加了水量和流水的冲击力，因此这扇"大门"成了一个几乎不可逾越的、困难而危险的障碍。

预计 7 月初，将会有足够的河水流经第二急瀑，以使其下等待着的炮艇和轮船起航。一切都依赖于尼罗河的涨潮。由于环境变化，今年的潮水来得比往常要晚得多，速度也慢得多。然而，到 8 月中旬时，他们的努力似乎奏效了。14 日，第一艘炮舰米提玛号驶抵急瀑处。来自吉迈的北斯塔福德郡军团，以及来自科什的埃及第六和第七营，都不顾眼下状况，前往这扇"大门"，齐力让船只浮起在水上。他们招募了本土最好的领航员。亨特上校和指挥官科尔维尔手下的海军军官负责指挥。他们精心地为这艘船做好了准备以接受严酷的考验。为了降低被淹没的风险，他们提高了舱面出水高度，船头也被抬高加强，从船头到船尾都建有粗壮结实的木舷墙，枪支和弹药也被卸除了。他们通过一切可能的手段来减轻船只的重量。他们将一束钢丝绳缠绕在船体上，与这条结实的钢丝绳相连的还有五根固定缆绳——每侧两根，船头一根。如此陡峭的河水坡度让他们意识到必须开足马力，而汽轮则只能完全依赖外力。幸运的是，刚好有一股直接的力量拽住了汽轮，避免撞上"大门"对面水域上凸起的一块黑色岩石。汽轮上固定着一块钢板，绳索将其拽到了东岸，那里有一片平坦的沙地刚好为拖拽缆绳的队伍提供了便利的落脚地。那里有2000人拉着缆绳，虽然需要这些人力的实际距离几乎不到100码，但是正因为当前那股非凡的力量，每艘汽轮都用了一个半小时才得以通过这里，并且是在士兵全力以赴的情况下。然而，没有任何意外发生，其他六艘船在接下来的几天内陆续抵达。不到一个星期，整支船队就都安全地航行在了上游的开阔水域中。

现在看来，远征军的好运似乎回来了。霍乱差不多已经绝迹；新炮舰扎菲尔舰也快要抵达科什，她那壮丽的外表让士兵们印象深刻，兴奋异常。8月23日，七艘船舰都通过了急瀑，在营地对面排成一列，宏伟壮观。与此同时，风向也发生了变化，北风吹起，凉爽怡人的微风让疲惫不堪的士兵们神清气爽，也将载满补给品的帆船队带到了南方的苏阿达，这支船队在之前的六周内一直被天气阻挡在急流源头。准备进军的命令伴随着电报叮叮当当的声音传来。北斯塔福德郡军团被警告必须时刻准备着，但不能立即采取行动。骑兵部队已经从他们被分派去的营地回到了前线。最后，痛苦的延误终于结束了。

从科什到托钵僧军的第一个据点科尔玛，水路距离是127英里。仔细研究地图之后就会发现，如果通过陆路前往，距离可以缩短约41英里；从科什到萨丁梵迪，如果直穿尼罗河的大弯道能缩短30英里，通过避开费瑞哥到阿卜菲特迈哈的斜角又能缩短

第七章 收复栋古拉省

11英里。从科尔玛到栋古拉，后者即这支远征军目的地，还要横跨35英里。陆路一共120英里，水路161英里。从科什到萨丁梵迪漫长的沙漠行军是陆路唯一面临的自然难题。虽然从科什到科尔玛的水路被接连不断的急流打断，但在其中一段距离内约有一半可以自由通航。阿玛拉急瀑距离科什10英里，只要有风，帆船就能轻松地逆流而上，汽轮甚至不需要帮助。从阿玛拉到凯巴急瀑之间，有长达65英里的开阔水域。凯巴急瀑正处于洪水期，完全没有什么阻碍航行的东西。但在距离哈尼克大约30英里的地方，除了在尼罗河地势稍高的位置，3英里长的岛屿、岩石、急流和被称为第三急瀑的水域都是可怕的屏障。一旦通过了那里，就是一年四季有超过200英里的开放水域可通往麦罗维。除了靠近萨丁梵迪的一段，尼罗河河岸都是平坦而低洼的。东河岸有成排的棕榈树和一小块种植基地，这里就是所谓的"肥沃的栋古拉省"；另一侧则是延伸至河水边缘的沙漠。军队现在正准备沿着这一段河流的右侧堤岸行进。

进军的第一步便是占领阿布萨拉特。8月23日，麦克唐纳旅从苏阿达前往那里，横穿沙漠抵达萨丁梵迪，然后沿着尼罗河河岸前行。占领阿布萨拉特为下一步的行动做了掩护。26日，刘易斯旅穿过从科什到萨丁梵迪的环路去支援阿布萨拉特的部队。37英里的路程，如果没有饮水点是很难完成的。萨达针对此事迅速进行筹备。他们用骆驼运载水箱和水袋至沙漠中的两个地点，并以此作为部队的水源补给站，每天都给那里送水以补足水源。但是，一场空前的灾难降临在了将军精心的安排之上，浇灭了士兵们的希望。

25日下午，风向突变转向南方，随之而来的是一场可怕的沙尘暴雨，伴随着电闪雷鸣，席卷整个努比亚沙漠，横扫从苏阿达至瓦迪哈勒法的交通线路。第二天，另一场暴雨推迟了刘易斯旅的行军。27日晚间当他们再次动身时，场面已相当糟糕。在他们到达第一个饮水地点之前，第三场暴风雨猛然袭来，随后是令人窒息的沙尘暴。当晚前半夜，有将近300名士兵落伍，艰难地退回了科什。部队到达萨丁梵迪之前，有1700多人累趴在地。其中一个700人的营中，9人死亡，80人严重虚脱，只有60人继续前行，旅队从科什到阿布萨拉特的行军被无情地称为"死亡行军"。

伴随暴风雨进行的"死亡行军"是所有不幸中最微不足道的。暴雨带来了苏丹50年不遇的洪灾，宽阔谷地骤降的雨水在狭窄的山谷中变成了汹涌的洪流。雨水冲毁了超过12英里的铁路，道轨扭曲缠在一起，整个铁路系统完全瘫痪，电报线路也被冲毁。数周的辛苦工作在几个小时内就被摧毁殆尽。行军刚开始就被迫中止。在所有的军事计划都要求紧急行动之时，他们却不得不一再推迟行动。

在此危急关头，这场战争的成功与否依然是个未知数。当时赫伯特·基奇纳勋爵还没有赢得他的军官们的信任和支持，而这些是他取得军事上成功所必需的。关于这场战争的舆论仍然层出不穷。最初的厄运让很多人感到害怕，所有的悲观者都

第七章 收复栋古拉省

已经做好了心理准备，到处充斥着"侵略政府""无能将军""苏丹的又一灾难"的流言。一次检阅便会成为集体抗议的信号。有关"死亡行军"的报道还没有传到英国，但是和大本营保持联系的通讯员会看到这些。而且，除了这一切，他们还要喂饱士兵，还要和托钵僧军战斗。这种紧急情况，正威胁着萨达的计划，他的组织才能在此时比其他任何时候都表现得更为出色。他带着尚能工作的电话机迅速前往莫格拉特。他清楚地知道自己所拥有的每个据点或每个士兵、苦力、骆驼、驴的确切位置。尽管交通处于瘫痪状态，他还是在几个小时之内就将5000名士兵召集至被毁的路段，给他们提供食物直到完成道路修复工作。七天后交通便恢复了。进军虽然被迫推迟，但并没有被阻止。

9月5日，第一旅（刘易斯旅）和第二旅（麦克唐纳旅）行至杜尔戈，部队其余人员同时横穿科什到萨丁梵迪之间的环路前往阿布萨拉特。他们将每一位可能的士兵都召集来参加这场战役的最后行动。

远征军队伍组织如下：

总司令：萨达

步兵总指挥：亨特上校
第一旅　　　第二旅　　　第三旅　　　第四旅
少校刘易斯　少校麦克唐纳　少校麦克斯威尔　少校大卫

埃及第三营　苏丹第十一营　埃及第二营　　埃及第一营
埃及第四营　苏丹第十二营　埃及第七营　　埃及第五营
苏丹第九营　苏丹第十三营　埃及第八营　　埃及第十五营
苏丹第十营

骑兵总队：少校伯恩·默多克
　　　　骑兵　7支中队
　　　　骆驼军团　8个团
　　　　马拉炮　1架

炮兵部队：少校帕森斯
　　　　野战炮　2架
　　　　马克沁重机枪　1架（英式）

师队：少校库里埃
　　　北斯塔福德郡军团　1个团

舰队：科尔维尔指挥官
　　　炮舰　扎菲尔舰、塔马伊舰、阿卜克力舰、
　　　　　　米提玛舰、泰卜舰
　　　军用汽轮　卡巴号、达尔号、阿卡夏号

第七章 收复栋古拉省

总计：15000 人，8 艘军舰和 36 架枪炮

这样，埃及部队 16 个营中有 13 个营被派往了前线。另外 2 个——第六营和第十四营被安排在交通线路沿线，占据着多个防御据点。第十六营预备役仍然待在萨瓦金。所有的本土部队都参与了这场战役，首都和整个总督管辖范围内秩序的维护完全留给了警察和英国统治军。到了 9 日，4 个旅全都抵达了杜尔戈。10 日，即将被派上汽轮的英国军团从萨拉斯和吉迈通过铁路前往科什。萨达准备 12 日与舰队一起出发。

但最终他们却失望至极。在付出了巨大的努力之后，扎菲尔舰终于及时参与了此次行动。全军上下都期待着扎菲尔舰能为这场战役带来转机。当他们完成了所有必要的工作，扎菲尔舰终于航行在尼罗河之上，看起来强大而雄伟。9 月 11 日下午，众多官兵前来见证她的试航之旅，河岸上挤满了成排的观众。科尔维尔负责指挥，萨达和他的工作人员登上了船。高悬的旗帜在空中飘扬，船锚在观众的欢呼声中被收了起来。但是尾桨刚刚转了两圈就传出刺耳的报警声，听起来好像重型机枪的声音，一大股蒸汽从锅炉上冒起，发动机随即熄火。基奇纳爵士和科尔维尔指挥官当时正在上层甲板上。科尔维尔随即冲到下面去了解情况，结果发现低压油缸爆裂了，不幸的是，这个东西无法修复，他们只能等从瓦迪哈勒法运来一个新的装上。

尽管如此，进军并没有推迟。13 日，第一、第二和第三旅占

领了卡德尔玛。舰队在这里赶上了他们，之后便和岸上部队同步推进。14日他们抵达法雷格，岸边无数的棕榈树给他们提供了舒服的阴凉地，于是部队接到命令停下休整两天。16日，第四旅抵达，所有部队顺利完成会师。

托钵僧军埃米尔瓦德·毕沙拉在菲尔科特的强大前哨基地被摧毁后，将剩余部队集中在了栋古拉。这个夏天，他一直在栋古拉等着。8月中旬，一个较低等级的埃米尔带着一小支援军从恩图曼来到他身边。事实上，哈里发确实承诺派更多的人来支援毕沙拉，但长期以来一直都没有兑现。因此毕沙拉可以召集的最强力量也就是900名杰哈迪亚人，800名巴加拉阿拉伯人，2800名长矛兵，450名骆驼军团，650名骑兵，共计5600人；还有6个小型黄铜大炮和1架米特留雷斯机枪。为了增加这一小支正规军的人数，而不是实力，他动员了当地众多的部落成员，给他们留下了深刻的印象。虽然这些人大都是首次参加政府军，但他们在战争中的作用也不可小觑。

双方部队越来越接近，第一个迹象是9月6日电报线缆被托钵僧巡逻队切断。10日，萨达听说科尔玛被敌军牢牢占据。15日，埃及骑兵首次与托钵僧军接触，爆发了小规模冲突。18日，所有部队前往萨德克，由于毕沙拉仍然占据着科尔玛，所以一场激战在所难免。他们决定在黎明时分进攻托钵僧军阵地。尽管两军相距只有4英里，但当晚平静如常。随着黎明的第一缕曙光出现，军队开始行动；太阳升起时，行军队伍和火炮的壮观景象，以及右翼的炮舰，振奋人心。士兵们为期待已久的战斗拼尽了全力。但是，当科尔玛的村落和堡垒刚刚出现在视野范围内时，他们就收到了前方传来的报告，说这些地方都已经被托钵僧军抛弃了。传言很快得到证实，当他们抵达科尔玛后，发现托钵僧军已经撤离这个地方，只有那些精心打造的坚实的泥筑堡垒证明毕沙拉最近曾出现在这里。他去了哪里？这个问题很快就有了答案。

向南半英里，在河对岸的棕榈树丛中，有一条相当长的防御战壕和一面密布枪眼的土墙。这个新据点两边是从哈菲尔南北两侧的河流延伸出来的深沼泽地。一艘小型汽轮和一艘大型的格亚萨斯号以及其他帆船停泊在远处的河滨，述说着发生在这里的故事。精明的埃米尔已经意识到自己处于不利地位，迅速穿过河道，从而将宽广的洪水置于他的部队和敌军之间。

与此同时，武装舰队所剩的 3 艘炮舰——泰卜舰在哈尼克急瀑撞上了一块岩石——正在逐渐靠近敌人，军队向右转，沿着河岸排开，似乎是一个引人入胜的有趣场景的观众。6 点半时，马拉炮在河边做好了准备，炮口向上开火，炮弹横越河流。第一批炮弹刚飞过去，阿拉伯人的整条防御战壕便瞬间燃起了浓烟，因此托钵僧军立即以猛烈的步枪火力回敬。然而，这样的距离对于他们那些低端的步枪和劣质的弹药来说实在太远了，他们的子弹虽然偶尔能达到敌军所处的位置，但并没有给在河对岸静静观望的埃及军队造成任何损失。

托钵僧军的据点约有半英里长。当炮舰抵达北端时，埃及军队开始用机枪扫射，每一枪都打在托钵僧军的战壕上，将灰尘和碎片带向空中。马克沁机枪开始射向防护矮墙，斯塔福德郡军团的两个营登上非装甲汽轮达尔号和阿卡夏号，开始不停地发射远距离炮弹。此刻，正如其他战场一样，这些托钵僧军的表现让他们的敌人肃然起敬。在得到来自恩图曼阿卜戴尔·巴基手下的1000名杰哈迪亚黑人和500名长矛兵的支援之后，托钵僧军的炮手们坚守在他们的炮台边上，步枪手则在战壕中负隅顽抗。尽管遭受着惨重的损失，但他们仍然保持着凶猛的火力。

炮舰继续在湍急的水流中逆流而上缓慢前进。当他们行至哈菲尔对面的时候，河道突然变窄，只有约600码，他们遭到了托钵僧军炮台和步枪的猛烈攻击。那些炮台被巧妙地安置在炮组中，步枪手们则躲在河边深深的壕坑里，或隐藏在棕榈树茂密的枝叶顶端。占据高位的突击队员紧盯着这些舰艇的甲板，因此这些炮台旁边的盾牌提供的保护也变得不值一提。炮舰周围的水因炮弹溅射而泛起泡沫。子弹在他们耳边穿梭，穿透他们的身体，只有被钢板保护的地方幸免于难。一发炮弹击中了阿卜克力舰的吃水线，进入弹药库。幸运的是它并没有爆炸，因为托钵僧军忘了设置炮弹上的保险丝。三发炮弹击中了米提玛舰。塔马伊舰上的科尔维尔司令手腕受了重伤，军械师理查德森中士死于马克沁机枪子弹，每艘船上都有伤亡。敌军火力如此凶猛，他们开始犹豫是否继续轰炸，塔马伊舰绕了个圈，开足马力随着急流顺河而下，火速向萨达汇报情况。其他炮舰仍在开火，继续炮轰托钵僧

第七章 收复栋古拉省

军的防御体系。塔马伊舰很快便再次逆流而上,重新加入战斗,与敌军激烈交火。

这支部队所经历的情景紧张而刺激。敌军阵营矗立在汹涌的河水旁,背靠蔚蓝的天空,在炽烈的阳光下格外显眼。步枪口的白色烟雾勾勒出了长长的战壕,鲜艳的旗帜在战壕之上随风摇曳,满带蔑视,一旁是闪闪发亮的炮台。在战壕后面,土屋和围墙之间,强壮的阿拉伯人身着长袍整齐列队。再往后,在宽阔的平地上,一支强大的骑兵,小心翼翼地向前移动着,从他们手中的宽刃长矛反射出来的亮光,让他们显得格外耀眼。尼罗河边所有的棕榈树上都挤满了英勇的步枪手,步枪口冒出的烟或者掉落地上的类似弹壳的黑色物体将他们的位置暴露无遗。前线的炮舰乘风破浪,四周全都是被炮弹和子弹激起的河水。舰队再次驶近狭窄的河道;观望的士兵们再次屏住呼吸,他们再次看到先头的米提玛舰掉头,顺着水流驶向安全地带,阿拉伯人随即便疯狂地欢呼起来。很明显,这些炮舰还不够强大,无法压制托钵僧军的火力。人们对威力无边的扎菲尔舰的渴望愈发强烈。

双方火力持续了两个半小时,敌军的抵抗丝毫不亚于战斗刚开始的时候。萨达现在改变了主意,他发现他的舰队并不能压制托钵僧军。因此,他命令接替受伤的指挥官科尔维尔的德·鲁杰蒙,尝试在不削减火力的情况下越过战壕,前往栋古拉。为了支持和掩护这次行动,帕森斯少校指挥的 3 架大炮从阿塔加沙的沼泽岛上开炮,在当前季节该岛与尼罗河右岸之间有一片浅滩相通。与此同时，3个步兵营沿着河流行动，来到了阿拉伯阵营对面。上午9点，岛上的18门大炮对着战壕周围1200码的范围狂轰滥炸，步兵和一支冲锋队则将火力集中在棕榈树顶端的敌军身上。炮兵部队成功地将托钵僧军5架大炮中的3架击毁，并且击沉了托钵僧军的小型汽轮塔赫拉号，而步兵通过大范围的持续火力击退了棕榈树丛中的敌军。得益于已获得的优势，炮舰在10点钟时排成一排沿着河道逆流而上，从战壕前驶过，朝着栋古拉前进，完全无视阿拉伯人连续不断的凶猛火力。在此之后，双方火力逐渐停息，战斗可以说结束了。

　　白天，两军仍然在尼罗河两岸相望。托钵僧军显然不愿承认自己的失败，挥舞着手中的枪支和旗帜，他们充满蔑视的高声呼喊越过河面传向对岸的埃及军队。但是他们的损失非常惨重，他们英勇而技艺高超的首领被弹壳碎片重伤，恶人奥斯曼·阿兹拉克被一枚子弹击中，200多名安萨尔牺牲，还包括几位埃米尔。此外，一列载满伤员的火车在下午发往了南方。不过，如果不怕后路被切断，毕沙拉是否会撤退依然难以捉摸。他似乎相信萨达会立即沿着尼罗河右岸前往栋古拉，并在炮舰的掩护下穿过那里。像所有的穆斯林士兵一样，他对他的撤退路线充满焦虑。考虑到埃及军压倒性的优势，我们也不会为此感到惊讶。除了这个战略意义上的撤退理由，还有一个更具体的原因。他所有的粮食供给都集中在停泊于西岸的格亚萨斯号上。这些船只距离阿塔加沙岛上的炮台和马克沁机枪非常近，并且处于其精准的火力范围

第七章　收复栋古拉省

之内。夜间，饥饿的托钵僧军多次试图前往他们的仓库，但是在明亮的月光下，敌军的炮手正警觉地观望着。每当托钵僧军暴露自己时，就会遭到猛烈的攻击，被打退回去。当黎明降临时，托钵僧军已经撤离哈菲尔，退向栋古拉。

瓦德·毕沙拉对撤退路线的焦虑是没有必要的，因为当一支强大的托钵僧军在其交通路线上时，萨达不可能动身前往栋古拉，并且他们也不希望将军队拆分，派部队掩护哈菲尔。但是，一旦这些托钵僧军离开了他们的战壕，事情就简单了。黎明时分，所有的阿拉伯船只都被村民带到了右岸，村民们报告说毕沙拉和他的士兵已经放弃防御，撤往栋古拉。不必再面对狭窄通道的敌军之后，萨达顺利地将他的军队转移到了河对岸。这次行动展示了他强大的组织能力，整个部队包括骑兵、骆驼和枪支，在不到36小时的时间里全部跨越宽阔而汹涌的河流，没有遇到任何困难。

对于近15000人的队伍来说，19日的伤亡人数并不多，甚至可以说是微不足道。科尔维尔指挥官负了伤，1名英国中士和1名埃及军官牺牲，11名本土士兵受伤，总计14人，不足部队人数的千分之一。尽管如此，这次画面优美而平和的行动却被严肃地称为"哈菲尔之战"。他们还为此撰写了特别报道。在服役记录中它被正式命名为"终极行动"。英国女王和埃及总督纷纷发来贺电。此次行动戴上了一个特殊的光环。在近年来所有以低代价获得高荣誉的军事案例中，哈菲尔之战是最为卓著的。

20日和21日，军队都在横穿尼罗河；炮舰从栋古拉返回时，部队仍在渡河。这个地方距哈菲尔的水路距离大约是36英里。19日下午，船队已经抵达该镇对面。他们向托钵僧军的小规模驻军发射了几颗炮弹，并俘获了大批帆船。然而，炮舰向栋古拉的转移只有通过哈菲尔才能实现。由于萨达的机智策略，托钵僧军已从那里撤离，他们成功地占据了无人驻守的河上通道。

20日，毕沙拉继续撤退，经过一整天的行军，终于在晚上抵达栋古拉。尽管受了伤，他还是重新占领了这个城镇，并立即着手准备增筑大量防御工事。他的敌人知道了他所有的动作，21日，贝蒂上尉旗下的炮舰阿卜克力号带着抓获毕沙拉的目的抵达栋古拉。战壕中的托钵僧军和汽轮上的英埃军队，双方交火断断续续地持续了一整天。22日白天，另一艘炮舰前来增援贝蒂，他们持续不断地对该镇的防御工事进行轰炸。

直到21日下午部队才全部渡过尼罗河，但萨达决定立即前行，毫不拖延。于是部队继续向南行进了12英里，在阿尔戈的巨大岛屿中心对面扎营。天亮后，部队再次启程，在午后太阳最毒辣之前抵达了左瓦拉特，这个地方距离栋古拉不到6英里。预感到第二天就会采取行动，剩下的18个小时对疲惫不堪的士兵来说便是休整的最佳时机。当天部队全都停在尼罗河岸成排的棕榈树下休息。通过望远镜向尼罗河上游望去，军官们可以看到炮舰正按计划轰击栋古拉，炮声清晰可闻。白天，在炮轰间隙，偶尔有少部分托钵僧骑兵和步兵走上前哨线，向埃及军队开火。

第七章　收复栋古拉省

所有这些，以及对于战争高潮即将到来的预感，大大激发了士兵们的兴奋情绪，当晚，每个人都跃跃欲试，热血沸腾。躁动不安的气氛笼罩着营地，只有少数人安稳入睡。凌晨3点钟，部队被召集起来；4点半时，向栋古拉的最终进军开始了。

天还未亮，满月在无云的天空中闪耀着热情的光芒，绵延起伏的沙地和行进中的部队隐约可见。天色昏暗时，营队列成紧凑的4个纵队。到了黎明时分，温暖泛黄的光线开始从河面升起，穿过棕榈树丛，随着太阳上升。天完全亮了起来，密集的队列逐渐扩散，长达2英里。左侧最靠近河流的是刘易斯旅——3个营排在大部队中，第四营排成纵队作为预备队。接下来是麦克斯威尔的3个营，紧跟在队伍后边。炮兵部队居于队伍中央，由北斯塔福德郡军团守护着。马克沁机枪手穿着他们的短袍，这样黄色和棕色的队伍就被鲜艳的一缕英国红点亮了。右侧是麦克唐纳旅，大卫旅跟随在中心部队后方作为预备队。骑兵、骆驼军团和马拉炮兵守着右翼，左翼则是沿河前进的炮舰。

有两个小时，这支部队是平坦的沙地上唯一可见的生物，但到了7点钟，右侧出现了一大群托钵僧骑兵。再往前行进半英里后，他们发现了阿拉伯人队伍。他们的人数比埃及军队少，但他们的白色制服在沙地上格外显眼，成排的五颜六色旗帜也让他们的队伍看起来非常壮观。他们那不比毕沙拉的声望逊色的决心鼓舞着他们，让他们坚信胜利就在眼前。

然而，双方军队的差距实在太大，随着埃及军队稳步推进，托钵僧军逐步退却。巴加拉骑兵通过不断威胁沙漠侧翼拖延埃及军队的进攻，巧妙地掩护着托钵僧军的撤退。毕沙拉不再试图重新进驻这个敌军炮舰正集中火力轰炸的小镇，而是井然有序地继续向南方的德巴撤退。

埃及步兵在栋古拉停了下来，当他们到达时，这里已经被舰队特遣队占领。印有新月和星星的红旗再次飘扬在穆迪利亚的屋顶。400名杰哈迪亚黑人驻军已经投降，并且已经与俘获他们的苏丹人交善，很快便成为战友。当步兵占领该城镇时，骑兵和骆驼军团被派去追击敌军。然而，巴加拉骑兵态度坚决，多次冲锋以掩护他们的步兵撤退。其中一次双方发生了实际接触，亚当斯队长的埃及骑兵中队使敌军损失6人，己方则有8人负伤；骑兵和骆驼军团在追击过程中约有20人伤亡。虽然托钵僧军井然有序地从战场撤退了，但是撤退对军队士气的挫伤很快就扰乱了他们的纪律和秩序，许多小队脱离了主力部队，被追击的埃及军队俘虏。撤退路线上散落着被丢弃的武器和财物，许多婴儿被父母遗弃，因此他们不得不用拉炮台的马车将他们捡起带走。然而，瓦德·毕沙拉、奥斯曼·阿兹拉克和巴加拉骑兵，穿越沙漠前往米提玛则非常顺利，尽管忍受着极度的口渴，他们仍然严格遵守纪律，派遣一支队伍前去控制阿卜克力水井区，以防敌军穷追不舍。托钵僧步兵沿着河流向阿布哈迈德前进，在抵达第四急瀑之前饱受炮舰的攻击，埃及军队的追击也至此结束。

埃及军队在攻占栋古拉和随后的追击过程中的损失为：英国

官兵，0人；本土士兵，1人死亡，25人受伤；总计26人。

占领栋古拉终结了1896年的这场战役。约900名战俘——大部分是杰哈迪亚黑人，6架黄铜加农炮，多数大粮仓，以及大量旗帜、长矛和剑落入战胜方手中。这个据称是苏丹最肥沃的省份，重新被埃及当局掌控。从第三急瀑源头到麦罗维之间连续不断的畅通水路，使炮舰能够沿河逆流而上行驶超过200英里。在接下来的几个月中，更多部队在麦罗维成立，位于第四急瀑下方、德巴或库尔提。他们沿着铁路运送物资，然后从铁路末站转用在大范围开放水域上服务的船只运送。可以看出，麦罗维强大部队的位置与托钵僧军北部据点阿布哈迈德的距离，沿河岸只有120英里，非常方便在以后任何时候继续发起进攻。但现在进军将不可避免地面临一段长时间的停歇。近一年的时间注定会和平度过，埃及总督军队与哈里发军队之间将不会有任何冲突发生。

英国民众对这次行动的成功十分满意。第一步已经实施，他们重新进入了苏丹。经历了十年的保卫战之后，托钵僧军终于遭到了攻击。显然，当遭到足够强大的部队攻击时，他们并没有那么可怕。悲观者沉默了。英国民众普遍表示希望这些行动能够继续进行，虽然政府尚未放弃其暂时的政策，也没有最终决定摧毁哈里发势力。可以肯定的是，这条路迄今一直很安全而且深得人心，目前没有必要停下来或回头。

英国政府发布了一份写满荣誉的公告。文章中提到了埃及军队中的所有军官，除了唯一一个招致人们反感的人。基奇纳爵士、亨特上校和朗德尔上校因战场上的杰出表现被提拔为少将。他们制作了一枚特殊的奖章，丝带上展示的是青尼罗河流经黄色沙漠，奖章上的圆环分别代表着菲尔科特之战和哈菲尔之战。包括萨瓦金之战在内的此次战事中，共43人死亡，139人受伤；130名官兵死于霍乱；另有126人因其他原因死亡。大批英国军官负伤致残。

第八章　荒漠铁路

在繁荣的公共企业中，民众的掌声和元首赐予的荣誉，往往会授予那些有着华丽的办公场所以及引人注目的职责的企业身上。这样的事情常常发生。其他的企业，即使他们的工作对于成功来说同样困难、同样关系重大、同样重要，依然会无人问津。如果这对于人来说是事实，那么对于事情也是如此。在战争故事中，读者的头脑中充斥着战斗。关于战斗的描述有栩栩如生的场景、动人的事件、平淡无奇或精彩绝伦的结果，这些都激发着读者的想象力，吸引着读者的注意力。读者的视线聚焦于那些在战场的浓烟中冲锋的士兵身上，那些蜂拥而至的敌军身上，以及在人群中安静而坚定地骑在战马之上的将军身上。漫长的交通线路往往被人忽视。在鲜血和胜利的刺刀之上的至高荣誉令观察者眼花缭乱，人们自然不会在意身后那些沿着千里之外的铁路、公路和河流，连续不断地向前线行进的物资运送队。胜利是美丽而鲜艳的花朵，物资输送是花茎，没有它，花朵永远都不会绽放。然而，即使是军事院校的学生，也只热衷于掌握花哨的作战技巧，经常忽视更为错综复杂的物资供应问题。

不可否认，战斗是所有军事行动的高潮，它是一个不受战略或组织控制的事件。计划可能很周密，部队伙食很好，弹药充足；敌军则纪律涣散，忍饥挨饿或人数上处于劣势。然而，战场上的不确定性仍然可能扭转一切。人为因素——对经验和可能性的蔑视——或许会产生完全不合理的结果，比如，一支饥饿且毫无战略而言的军队凭借他们的勇敢最终赢得食物、安全和荣誉。但是这样的考虑更适用于双方在装备和训练上相同的战争。在地势平坦国家发生的野蛮战争中，现代武器的力量如此强大，血肉之躯几乎不可能成为优势，战斗的概率被降到了最低。对抗托钵僧军最主要的是交通问题，哈里发便是败在了铁路上。

迄今，随着军事行动的进展，我们已经可以以一般的方式来谈一谈铁路了，因为铁路已经铺设或延伸到了各个地方，指明了交通线路的方向。现在请读者仔细阅读。本章涉及了船只、铁路和驮畜，但主要是铁路。

在1896年的栋古拉战役中，尼罗河是远征军与其在埃及的大本营之间的主要联络途径。所有的补给物资都是通过水路运送到尽可能远的前线。无论尼罗河流向哪里，都会被利用起来。其他交通工具——铁路和驮畜——虽然也很重要，但仅仅是补充。与其他任何运输方式相比，船只的运载能力都更大且成本更低。水路运输不易被中断，船只只需要简单的维修，水路也是现成的。但尼罗河并非总是可用：频繁出现的急瀑使长达数英里的河道无法通航，其他很长的河段只有在洪水泛滥时才可通航。为了连通通航河段，保持交通的连续性，复杂的铁路和车队系统是必要的。

在远征栋古拉的过程中，埃及军队需要一条铁路连接尼罗河的两段航道，一段是从阿斯旺到瓦迪哈勒法，另一段是从科尔玛到麦罗维。然而，在占领栋古拉之前，这段距离因尼罗河上从第三急瀑至科尔玛之间的河道可通航而缩短了。因此，最初只需要在瓦迪哈勒法和科什之间修建108英里的铁路。埃及军队在瓦迪哈勒法还是其最南端驻防地时，就已经在萨拉斯建有一个强大的据点。1885年的尼罗河远征行动中，从瓦迪哈勒法出发的铁路已经建好，途经萨拉斯，直到阿卡夏，全程86英里。苏丹放弃这条铁路之后，托钵僧军破坏了向北直至萨拉斯之间的铁路线。之前的路堤仍然存在，但枕木已经被烧毁，铁轨也被扯断，许多地方弯折或扭曲在一起。实际上，1896年的情况可以概括如下：从瓦迪哈勒法到萨拉斯之间33英里的铁路已被迅速修复，可正常通车；从萨拉斯到阿卡夏之间53英里的铁路，部分需要重建；从阿卡夏到科什的铁路，除了1885年建成的10英里路堤，还必须立即新建32英里；最后，从科什到科尔玛的路段必须在尼罗河洪水消退之前完成。

因此，工程师的首要任务就是重建从萨拉斯到阿卡夏的铁路。但是目前没有训练有素或技能熟练的工人，他们期望通过招募拥有800名强壮士兵的"铁路营"来弥补人员的缺失。这些人是从许多部落和阶级中挑选出来的。他们看起来邋遢不堪，唯一的资本就是工作能力和工作意愿。托钵僧囚犯被释放出来，仍然穿着他们的长袍，协助强壮的埃及人卸下铁轨和枕木。丁卡族人、石罗卡人、加阿林人和巴拉布拉人，一起安心地在路堤上用铁铲工作。他们还雇用了100名苏丹平民——主要是退役士兵；这些人值得信赖，而且他们对自己的工作拥有特殊的自豪感，所以很快就学会了如何固定铁轨和枕木，将铁轨拼合在一起并拉直。为了指挥和控制这些来自不同种族、说着不同语言、缺乏经验的工人，下埃及高薪雇用了一些铁路工人工头。然而，个别人也让人不满，这些人逐渐被"铁路营"中那些学会了他们伎俩的聪明人所取代。这个工程的规划、指挥和执行都是由几个陆军中尉工程师负责的，其中最有名的是爱德华·基罗沃德。

萨拉斯南部的工程在3月下旬开工。起初，众多技术生疏的工人，在少有的几个经验丰富的官员指导下努力工作；但他们的成果却相当荒唐可笑，毫无重要性可言。然而，逐渐地，年轻指导员的知识和精力以及更年轻下属的智慧和贡献开始奏效。施工进度加快了，同时那些凭借经验和技巧而发明的装置也减轻了他们的体力负担。

随着铁路线延长，埃及陆军现役和预备役名单中的本地军官和无军衔军官被任命为车站站长；聪明的军官和士兵转岗成了扳道员、警卫和指挥员。交通通过电话控制——为了打电话，他们需要有读写能力的人，但是大部分人通常只会读写自己的名字，有些人甚至更喜欢用印章。通过简单的筛选，他们选了一些人作

第八章　荒漠铁路

为文员。为了改善他们的知识水平，培养铁路办公室的工作人员，他们在瓦迪哈勒法设立了两所学校。在这些地方，即两棵棕榈树的阴影下，20名学生开始学习一些基本知识。学生的热情让教学变得非常简单，而且他们的学习速度比在正规学校中更快。

瓦迪哈勒法—萨拉斯铁路上运行的列车秩序井然，数量充足，但是有八个火车头已经年久失修，只能一次又一次痛苦地去修护。这些火车经常性地抛锚，严重影响了铁路的正常运行。因此苏丹军使用铁路在早期以及栋古拉远征期间的声誉受到了质疑。但是也没有人绞尽脑汁去嘲笑这些工程师或者轻率地对他们发怒。尽管如此，工程仍在继续。

一场意想不到的灾难，使这项工程最初的困难加剧。8月26日，一场摧枯拉朽的暴风雨席卷了栋古拉省，上一章中已经有所描述。战争初期的一位作家（A.希利亚德·阿特里奇）在其著作《向往自由》中详细地解释了为什么后果如此严重：

"在一个多雨的国家，工程师们往往选择将铁路修在一个又一个斜坡上，而不是山谷底部。当铁路穿过山谷分叉口时，他们会精心地在所有的路堤上预留排水涵洞，以排泄洪水。但在这里，几乎无雨的苏丹，对于萨拉斯南部在科尔阿鲁斯萨山谷中的好几英里的铁路，他们没有在路堤上设计任何排水通道，或者说觉得没有必要。因此，当洪水来临时，铁路不仅被汹涌的洪水冲得七零八散，而且被淹没在深水中。道砟都被冲走了，一些地段的道堤破损极为严重，以致铁轨和枕木都被暴风吹起悬在远处的空中。"

洪水冲毁了将近14英里的轨道，修路工人们的营地也没能幸免于难。战争从未停歇，护卫队的一些步枪后来都是从3英尺深的沙地中找出来的。有一个地方的路堤经受住了洪水的冲击，然而其前方形成了一个好几平方英里的巨大湖泊。经过超乎寻常的努力，他们在一周内修复了洪水所带来的破坏。

到科什的铁路刚一完工，向栋古拉的进军就开始了。埃及军队在哈菲尔大获全胜后，整个省的托钵僧军都被清除了，他们继续前进来到了麦罗维。在这里他们依赖河道运输。但是尼罗河水位正在迅速下降，舰队很快就有可能因第三急瀑和肯纳之间的水路中断而被搁浅。因此，将铁路线从科什延长到科尔玛变得至关重要。他们立即进行调查，并选择了一条合适的路线，穿过新占领的还没显示在地图中的区域。在95英里的铁路延长线中，有56英里途经沙漠，铁路施工队在这里获得的经验，在后来修建从瓦迪哈勒法到阿特巴拉的荒漠铁路时变得弥足珍贵。营队士兵们被分配到沿线开始修建路堤。10月9日，他们开始在科什南部铺设铁轨，整个过程中精力都非常充沛。工程继续进行着，在完工之前，尼罗河从第三急瀑到肯纳之间的河段已经无法通航。部队现在只能依靠已经完成的部分铁路来生存，从铁路末站有一个精心计划的依靠骆驼的物资运送方案。每周这条铁路都在不断延长。轨道不断向前延伸，驮畜身上的压力逐渐减小。但是在不干扰铁路修建的情况下，给作战部队供给食物也是非常复杂而困难

第八章 荒漠铁路

的问题之一。铁路的运载能力受到严格限制，破旧的发动机经常发生故障。很多情况下，只有三个火车头能正常工作，另外五个则处于"大修"状态，以使它们能够再坚持跑一段距离。铁路施工有三次不得不暂停来为军队供给食物。尽管如此，他们克服了所有的困难。5月初，到肯纳的铁路已经完工，铁路营的中尉和指挥官，都把注意力转向了另一个更艰巨的任务上。

12月的第一周，萨达带着继续向喀土穆进军的命令或者说是许可从英国归来，随即出现了沿哪条路线进军的重大问题。起初，通过几段铁路将各个通航河段连接起来后，沿尼罗河的路线看起来还可以继续沿用。但是从麦罗维到阿布哈迈德，河道被接连不断的急瀑打断，骤降的河道两岸也几乎不可能修建铁路。法国远征军向尼罗河上游的移动让他们必须加快速度。埃及的贫困也迫使他们不得不节约成本。尼罗河路线虽然可行，但是会很慢，且成本极高。他们必须找到捷径，三个大胆而雄心勃勃的计划呈现在他们面前：（1）1884年沙漠支队从库尔提前往米提玛的路线；（2）虽然臭名昭著但众所周知的从萨瓦金到柏柏尔的路线；（3）穿越努比亚沙漠，从科罗斯科或瓦迪哈勒法到阿布哈迈德的路线。

这个问题涉及战争的整体战略。无论是在办事处还是在军事行动中，赫伯特·基奇纳勋爵都没有再做过重要的决定。请求一支英国师，攻击麦哈穆德营地，战役中冲向恩图曼的巨大车轮，马尔尚远征军的待遇，这些与选择进军路线相比都显得不那么重要。哈里发远近闻名的兵力，让埃及军队清楚地知道，想要消灭他的军队，占领他的首都，必将需要一支强大的军队。因此，修建铁路抵达尼罗河可通航河道的起点是当务之急。柏柏尔和米提玛是众所周知的通航起点，虽然阿布哈迈德也符合这一条件，但柏柏尔和米提玛更是重要的战略据点。托钵僧军不可能放弃这些通往喀土穆的要塞，苏丹人必定会誓死抵抗。实际上，哈里发似乎会往这两个地方派遣重兵，拼尽全力捍卫他们的领地。库尔提和米提玛之间，以及萨瓦金和柏柏尔之间的沙漠中都分布着水井，一些小的突袭队很可能已经破坏了铁路线，切断了埃及军队的粮食供给。因此，只有真正控制柏柏尔或米提玛之后，才能把铁路直接修到那里，否则就太危险了。争论无休无止。没有强大的兵力就拿不下这两个城镇；那样一支强大的兵力，在铁路没有建成之前是无法进军的；而铁路只有在攻占了这两个城镇之后才能修建。

因此"库尔提—米提玛"和"萨瓦金—柏柏尔"这两条路线都被否决了。在萨瓦金背后的山上修建铁路的工程量之大，让他们坚决地放弃了第二条路线。

排除了其他的备选方案，他们最终选择经过阿布哈迈德的路线。这条路线优势明显：阿布哈迈德在麦罗维军队的攻击范围之内；这个地方对托钵僧军的防守来说不那么重要，所以他们不会像在柏柏尔或米提玛那样派重兵镇守。因此，埃及军队只需派一个纵队沿河而去就能攻下它；并且这个地方很小，仅用骆驼运送

第八章 荒漠铁路

物资就够了。即将通往阿布哈迈德的铁路所经过的沙漠几乎没有水源，因此小型突袭队很难去那里破坏铁路或攻击筑路工人；并且在铁路修到阿布哈迈德托钵僧驻军控制范围内之前，埃及军队就会将托钵僧军驱散，阿布哈迈德也会为他们所控制。

这个计划十分完美，支撑它的理由也无可置疑。但是，有一个问题改变了这种情况：修建荒漠铁路是否可行？将军现在正面临着这个问题。他开始寻求专家的意见，咨询英国著名的铁路工程师。他们的答复如出一辙，基于当地的自然环境，并考虑到在战乱形势下施工，他们认为修建这样的铁路是不可能的。一些经验丰富的士兵开始介入这件事。他们说这个计划不仅不可能，而且十分荒谬。许多没有被问到过的人都自发表达了他们的观点，认为这个主意简直愚蠢，并且预言它将会给此次远征带来损失和灾难。得到这些建议之后，萨达适时地做出了一些回应，随后下令立即开始修建铁路，不得有半点拖延。

另外一个问题很快就出现了：到阿布哈迈德的铁路应该从科罗斯科还是瓦迪哈勒法出发呢？这两种方案都存在争议。选择从科罗斯科出发，将使从阿斯旺沿河逆流而上的路程缩短48小时。戈登将军最后一次前往喀土穆时曾走过的大篷车队路线，就是从科罗斯科途经穆拉特韦尔斯到达阿布哈迈德的。另一方面，瓦迪哈勒法已经拥有许多用于修建铁路的车间和设备，它也是栋古拉铁路的最北端。这是一个极大的优势。综合勘察了两条路线之后，他们选择了从瓦迪哈勒法出发的路线。做好决定之后，行动便立即开始了。

　　被委以重任的陆军中尉基罗沃德，被告知需要进行必要的成本估算。在瓦迪哈勒法，他坐在自己的小屋里，列出了一份完整的清单。没有遗漏任何东西，他列出了所有可能的需求，预见了所有的困难，记下了所有的必需品。要决定的问题繁多而复杂：需要多大的运载能力？多少辆车？多少个引擎？什么备件？多少油？多少车床？多少刀具？多少冲床和切割机？如何安排信号灯？多少个灯？哪几个地点？需要多少辆手推车？应该采购多少煤炭？需要多少水？应该如何运送？其运送会在多大程度上影响运输能力和之前的所有计算？需要多少铁路设备？铁路有多少英里？需要多少枕木？在如此短的时间内应该去哪里采购这么多枕木？需要多少个鱼尾板？需要什么工具，什么设备，什么机器？需要什么样的技术工人？什么级别的工人可用？如何解决工人们的吃饭喝水问题？他们需要多少食物？每天必须用多少辆火车才能把工人和护卫队所需的食物送完？运送这些设备需要多少辆火车？这些需求是如何影响对所需求车辆数量的估算的？所有这些问题的答案，基罗沃德中尉都列在了一本数英寸厚的册子上，其中还有很多问题我都没有详列给读者看。他的预算如此全面而精确，以至于施工队伍从未因缺少物资甚至是一根铜丝而耽误工期。

　　不管怎么说，这项任务都非常艰巨。它因五个重要因素而复杂：它的执行必须有军事防御准备；沿线没有水源；在贫瘠的沙漠中，2000名铁路工人的温饱本身就是个大问题；这项工程必须在

第八章 荒漠铁路

冬季之前完成；最后，投入的资金不能超支。萨达尤其关注最后一点。

基罗沃德被派去英国采购设备和车辆。他订购了15个发动机和200辆卡车。需要新建的车间也开始在瓦迪哈勒法动工了。经验丰富的技术工人被雇来指导他们。铁路营又招募了1500人并培训他们。然后水源问题解决了。勘察发现，虽然修建前110英里铁路的条件看起来又好又简单，但是后边的120英里内，一滴水都找不到，仅仅有两个地方看起来适合掘井挖水。骆驼运输当然没问题。每辆火车必须首先运送足够的水到铁路尽头旁边的水库，然后再返回，以免出现意外情况。随着工程不断进行，距离越来越远，需要的水量也不断增加，直到最后，三分之一的物资运送火车被用来运送水。水量的需求很大程度上取决于铁路修建的进度。看起来平坦的沙漠其实是一片缓坡，逐渐上升到了瓦迪哈勒法之上100英寸的高度，进一步的计算更为复杂。然而，他们不得不面对这样的困难，于是采购了100个1500加仑容量的水箱。这些水箱被放置在卡车上，用塑料管相连；苏丹军方铁路线上的火车，最引人注目的特点是轮子上有一长串的盒子，发动机的动力和乘客们的生命都寄托在这些盒子上。

荒漠铁路于1897年的第一天开始动工，但到5月份，当通往科尔玛的铁路完工后，他们没有再做更多的努力，仅仅铺设了40英里轨道。与此同时，新铁路营的人员正在接受训练，厂房正在不断增加，发动机、车辆以及各种材料都已从英国运来。从瓦迪哈勒法不断增加的作坊里传出了叮叮当当连续不断的铁锤声，烟囱里的黑烟不断升至非洲大地上空。埃及真主为文明的恶臭所震惊。所有这些还只是准备工作，直到5月8日，铺设荒漠铁路的工作才正式开始。所有的建筑工人和铁路工人，都被从科尔玛带到了瓦迪哈勒法。现代战争的英勇先驱们开始了在荒野中的长征，他们沿着铁路前行，这是一条安全而又稳固的铁路，可以快速而便捷地运送步兵、骑兵、枪支和炮舰。

这片区域的荒芜几乎无法用文字描述。铁路和筑路工人们都挤在那里。明亮而平滑的沙海延伸至远方的地平线。热带阳光无情地炙烤着地面，直到几乎无法用手直接接触，稀薄的空气在锅炉之上闪闪发光。沙地上到处是破碎的岩石，就像火海中满是灰烬的岛屿。孤独的铁路静静地屹立在浩瀚无垠的广阔沙地上，铁路尽头有2500户居民，车站、商店、邮局、电报厅和食堂一应俱全，两条平行铁轨相距6英尺，联结着人类生活的世界和思想。向远处望去，铁轨变得越来越暗淡狭窄，直到在海市蜃楼之下显得扭曲模糊，消失在远方。

每天早上，朦胧的远方似乎都有一个黑色的斑点在逐渐变大变清晰，那是物资运送列车伴着汽笛声和令人愉悦的哐当声，在万物俱寂之时驶来，载着他们自用的水以及2500码铁轨、枕木和其他配件。正午时分，另外一个斑点以同样的方式出现，那是一辆物资运送列车，也载着他们自用的水、食物和铁路工人，另外还有英国人征服世界时必备的信件、报纸、腊肠、果酱、威士

第八章 荒漠铁路

忌、苏打水和香烟。随后空载的列车开始沿原路返回，逐渐消失在铁轨之上，看起来仿佛开向空中，进入了虚无的世界。

这个陌生而孤独的小镇因铁路周期性的往返而变得独具特色，或者说因铁路而生，因为它的存在完全依赖于这条铁路。每天凌晨3点钟，营地的火车载着河岸上的部队准时出发。满载物资的火车在黎明时分抵达，铁路工人们像苍蝇群一样蜂拥而上，几乎达到了轨道承载能力的极限。他们每个人都知道自己的任务，也知道他们要在物资发完之后再返回营地。随后他们便立即开始忙碌的工作，根本无须命令。卸下的物资堆了有100码。枕木被排成一长排，铁轨被钉在每根不相邻的枕木上，重达80吨的火车头小心翼翼地沿着未铺道砟的轨道向前移动，就像一头大象尝试着走过一座摇摇欲坠的独木桥。这样的工作在炙热的天气里持续不断地重复着。火车后面跟随着一些完成了钉铁轨和铺道砟工作的铁路工人；太阳从西方地平线上的沙地落下之后，火车头拉着空车和疲倦的工人们沿着已经修好的铁路回到末站营地。当营地的篝火像海中邮轮的灯光一样在垃圾堆上燃烧时，他们会得到一段短暂的休息时间，军官和士兵们在晚餐时间聊着天，黑暗而静寂的沙漠在清晨曙光降临之时明亮起来，预示着又一天漫长而辛苦的工作。

一周又一周，工作持续进行着。每隔几天铁路就又向荒野挺进一些。工作场景始终都在变化，另一条铁路也一样。随着距离瓦迪哈勒法越来越远，阿布哈迈德也越来越近，一种令人震惊的危险降临到了处于这种奇特形势下的居民头上。如果托钵僧军将他们身后的铁路切断怎么办？他们储备的水仅够饮用三天。之后，除非他们清除障碍，恢复交通，否则所有人都将在沙漠中口渴而死，只有他们的骨头和炊具能证明他们曾经的愚蠢行为。

到7月20日，130英里的铁路已经完成，在清除阿布哈迈德的托钵僧军之前，继续向前推进变得异常危险。虽然他们距离敌军还有100英里，但是骆驼行进很快，而敌人的兵力尚不明确，行动似乎需要推迟。8月7日，亨特将军从麦罗维沿河岸行进，一举攻占了阿布哈迈德——这场战役将在下文详细描述。随着新力量的到来，工程再次恢复。现在铁路修建的速度变得相当惊人。一天之内他们完成了长达5300码轨道的勘测、筑堤和铺设工作。11月1日，铁路修到了阿布哈迈德，在尼罗河畔，费尽周折穿越沙漠的部队和沿河行进的部队终于会师。

然而，压力和困难还是对施工人员产生了影响。两位陆军中尉工程师——鲍威乐和科特尔——在铺设栋古拉铁路以及荒漠铁路期间不幸身亡，他们是相关的八个工程师中的两个。他们的职位随后被其他迫不及待的人所填补。

由于幸运地发现了水源，这条铁路得以提前将近一个月完工。7月初，在距离瓦迪哈勒法77英里的"第四站"，他们挖了一口井。经过五周的挖掘，他们终于在90英尺深的位置发现了充足的水源。他们准备了一个蒸汽泵，然后这口井便开始源源不断地为他们供水。10月，他们又向前行进了55英里，在"第六站"

第八章 荒漠铁路

挖了第二口井，那里水量更多。这些发现虽然没有根本解决，但却改善了水源供给问题。它们大大增加了铁路的运载能力，减少了筑路工人们曾经所面临的危险。被归降的阿拉伯人所嘲笑的挖井行为，完全是在萨达个人的倡议下开始的——历史记录者必须秉公地看待此事，他的成功是运气和预测的结果，因为在最开始的两口井挖掘之后，他们又挖了8口更深的井，然而全都没有挖到水。

随着铁路的建成，电报线自然而然地沿铁路线铺设好了。每一次运送铁轨和枕木的时候，他们都会同时运送一定数量的电线杆、绝缘材料和电线。在这段时间内指挥对抗阿拉伯人军事行动的工程师中尉马尼福德，同时也铺设了从麦罗维到阿布哈迈德的电报线，得以实现铁路和河流范围内的即时通信。

铁路营工人和军官的工作并没有随着通往阿布哈迈德的铁路完工而结束。荒漠铁路建成了，但还需要维护、运行并迅速延长它。瓦迪哈勒法的终点站现在已经变成一个繁忙的城镇。曾经的小村庄如今变成了一个迷你版的克鲁郡[1]。随着铁路修建而增建的车间现已配备各种各样的精密机器。在开罗购买或者从英国人那里征用的各种各样的设备，堆满了从伊斯梅尔的废料堆中收集来的各种杂物；各个车站满是各种各样的仓库。他们已备好了铸造

---

[1] 克鲁郡(Crewe)，英格兰西北部的克鲁郡，是一个大铁路枢纽。从1946年开始，它同时还是劳斯莱斯汽车生产基地，但到2002年就停止运作了。如今在镇的西边，有一个工厂专门生产宾利汽车。

厂、机床、发电机、蒸汽锤、液压机、熔铁炉、螺旋切割机和旋挖钻，并一直在工作。他们需要不断关注这些设备，修理这些设备的每个工具都必须准备好。要想移动大吨位的设备就必须派军队过来，延伸铁路则需要将近40辆车。这些设备于不同时间从不同的国家购买，他们扩充了自己的方案，因此每种设备都需要有特殊的备件储备。设备的排列和组合多种多样。一些发动机已经老化，磨损严重，会周期性地出现故障。所有易磨损的配件都会受到沙子的影响，需要不断关注并随时修复。各个车间夜以继日地加班，每周工作七天。

机器的复杂性也增加了沟通的难度。他们雇用了很多不同种族的土著人作为操作员。领班则是从欧洲请来的。在这些工厂里他们所使用的不同语言不下七种。瓦迪哈勒法成了第二个巴别塔[1]。如今，各项事业蓬勃发展。工程师官员们也显得老练和蔼，他们的指挥官招人喜爱任劳任怨。萨达对所有这些都尽在掌握。他通常很礼貌、很耐心、很理智，穿梭在各个工厂和铁路线之间；所有的事项都经济高效地进行着，他感到非常满意。对普通工人的同情让他赢得了中尉们的喜爱。他在铁路线项目上的知名度比在苏丹任何其他地方都要高，也没有哪个地方的民众对他的狂热崇奉比在这里更强烈。

---

[1] 巴别塔（Babel），《圣经·旧约·创世记》第十一章记载，当时人类联合起来兴建能通往天堂的高塔；为了阻止人类的计划，上帝让人类说不同的语言，使人类相互之间不能沟通，计划因此失败，人类自此各散东西。

第八章 荒漠铁路

现在有必要预测一下战争的进程。铁路修至阿布哈迈德之后，占据此地的亨特将军的部队立即放弃了与麦罗维进行联络的瘦弱骆驼，然后通过铁路直接从瓦迪哈勒法获取补给物资。荒漠铁路完工后，还剩下可修建17英里铁路的建筑材料，因此他们立即将铁路延伸至阿布哈迈德以南16英里处的达加什。与此同时，柏柏尔也已被攻占，出于军事方面的考虑，他们召集了一支强大的部队镇守该城。留在麦罗维的四个营沿河而下抵达科尔玛，然后在那里乘坐经过哈勒法和阿布哈迈德的火车前往达加什，这是一段450英里的路程。

当铁路开始通车穿越沙漠时，他们认为阿布哈迈德上游的尼罗河一直都可通航。在以前的行动中，他们也已经侦察过，并声称水路畅通。但随着尼罗河水位下降，这显然成了假象。水位下降后，一些急瀑也开始显现出来。为了避开这段水路，他们现在首先必须将铁路延伸至巴什缇娜布，然后是阿巴迪亚，最终到阿特巴拉。要完成这项工程，他们必须获得更多的资金，常见的财务困难自然而然就浮现出来了。然而，这个问题最终得到了解决，铁路以每天约1英里的速度开始扩建。阿布哈迈德和阿特巴拉河之间的地势变化明显。前60英里的时候，铁路修在尼罗河堤岸边缘。右侧是可耕土地，大多地带都未开垦，长期以来被忽视，淤泥和细沙在这里慢慢堆积形成沙丘，零零散散地生长着棕榈树和多刺的含羞草。凉爽而诱人的河水穿过这些树影，闪着微光。左侧则是荒漠，地表被干涸的水道和散落的石块所破坏。从巴什缇娜布到阿巴迪亚，还需要修一段50英里的荒漠铁路，以避开尼罗河沿岸的一段丘陵区域。从阿巴迪亚到阿特巴拉，铁路线的最后一段穿过广阔的冲积平原，平原上生长的梧桐树看起来外形细小，却能给人们提供乘凉的树荫，秋季的雨水浇灌着它们。铁路正在靠近多雨的地区，所有人都知道降雨会增加工作量。为了防止路堤在水道中被冲走，他们必须修建10座桥和60个涵洞。这样，铁路运输的物料，除了供给普通工厂的部分，又增加了1000吨。

随着柏柏尔增援部队的到来，前线的战斗力增加了一倍，物资供给也相应地增加了一倍。在一天的行军结束，且没有明显的维持生计的办法时，为在大本营千里之外的军队提供食物的任务和修建铁路相比一样重要，且更加辛苦。所有食物都通过铁路运送到前线。物资供给和交通运输共存亡，历史取决于两者——为了解释尼罗河之战中的军粮供给，我必须重申并预言这个说法。萨达对整个供应部门进行直接的个人监管，但他的监管只限于如何分配军粮。军粮的收集和定期供应是罗杰斯上校的任务，这位官员连续三年精确计算军粮，保证了即使在不可预知的情况下也有定量补给，称其为军队的营养师一点儿也不为过。

正如上文所述，战争的第一要务是派遣埃及军队的主力到阿卡夏驻扎。一般情况下，这样做不会有严重的军粮供给问题。边境储备粮经过计算足够应付这种紧急情况。但1895年，埃及的粮食产量远远低于平均水平；1896年初，粮食紧缺。当他们下令提前订购时，边境粮仓几乎已经耗空，而下一轮的粮食要到4月底才能收获。因此，尽管全世界都把埃及视为一个巨大的粮仓，但他们的军队却不得不从印度和俄国购买4000吨高粱和1000吨大麦，以发动这场战争。

大多数军队的主要食物都是面包。在我们的几次战争中，部队士兵的健康问题以及由此带来的效率问题，都是劣质的面包或频繁更换食用饼干引起的。一年多以来，尼罗河上游的军队每天只食用20吨面粉，很容易就能想到，在一般情况下，士兵和军需处官员之间的斗争有多苦涩。官员们的责任是保证粮食质量，至于那些称得上恶棍的粮食承包商们，只关注利润。但是在管理完善的埃及后勤部队中，并没有出现这样的问题。1892年，战争部把伊斯梅尔帕夏在开罗附近的一个兵工厂改造为粮食储备基地。他们在这里建了面粉加工厂，购置了制造饼干的机器，用来生产每天所需的6000份口粮，他们甚至在这里生产肥皂。这一明智的安排带来了三大优势。首先，军粮质量得到了保证，关于面包和饼干的抱怨彻底消失；相比之前粮食承包商们供应他们的黄油碎石混合物，肥皂因可用来清洗身体和衣物而得到了士兵们的高度赞誉。其次，避免了所有因承包商们不能及时交付粮食而带来的风险。最后，他们用节约的资金组建了一支150人的面包师队伍。因此，虽然从国外采购粮食增加了开支，但战争初期埃及军队的粮食供应效率极高。

阿斯旺很快就增加了许多巨大的储备仓库。如果没有萨达的直接批准，这里的食物一盎司都不会被分发出去。瓦迪哈勒法建成的附属仓库也是如此。这个不对任何人负责的人承担了全部责任，而且让参谋长不断遭受其他部门首领痛斥的制度也被愉快地废除了。阿卡夏已经积累了足够进行下一步行动的物资，菲尔科特已经被攻陷。菲尔科特之战后，情况变得十分困难，物资供给官员的困难是在保持部队生存的前提下不延迟铁路运输食物的进度。他们费尽周折却只运来了少量的供给物资，平均有一半的食物要么被盗窃，要么被阻断了从瓦迪哈勒法到科什水路的急瀑所损毁。剩余的则是通过铁路终点站的骆驼运输队运送过来的。在铁路修到科什之前，运输资源非常紧张，有时他们甚至不得不把骑兵部队派遣到北部以避免饥荒发生。当军队从杜尔戈向南移动时，运输方式的不足达到了极致。抵达栋古拉之前的行军和停留时间共计约 10 天，这是骆驼和汽轮的最大运载量了。几艘小船运载的粮食可能会被敌军捕获，也许还可以摘一些椰枣，但当地几乎没有任何供给。帆船作为唯一的常规运输工具，因逆风而推迟出发。然而好运在关键时刻降临了，行军的第一天他们便迎来了转机：北风开始刮起，除了骆驼和汽轮运送的物资，还有 12 天的补给物资和部队一起抵达了栋古拉。有了这些储备，他们很快就占领了整个省。尽管在铁路修到科尔玛之前，军队一直都是勉强糊口度日，但他们再也没有经历过严重的物资供给困难。

现在，在栋古拉远征结束之时，关于粮食问题的叙述已经告一段落；但是粮食问题还是可以和铁路建设结合起来继续讲述。

第八章 荒漠铁路

在阿布哈迈德，物资供应十分规范：在战斗结束后第二天，从穆拉特韦尔斯沿商队路线行进的护卫队便已抵达，此后他们建立了与麦罗维的联络。阿布哈迈德被攻占之后，柏柏尔也被出乎意料地占领，从而形成了这场战争中最困难的局面。在铁路修到柏柏尔之前，他们被迫使用一条特别不方便的物资供给路线：在麦罗维和阿布哈迈德之间的崎岖路段迂回前进，而骆驼队每次撒落的物资占他们所驮运总量的30%。这条线路因来自穆拉特的其他车队和即将到来的铁路终点站而变得更为重要，由船只和骆驼构成的运输体系将物资缓慢运至目的地。

尽管铁路已经修到了达加什，紧张局势也只是稍微缓和了一些。在距离铁路终点站108英里的柏柏尔为庞大的队伍供给物资，仍然需要维持一个巨大而复杂的船只和骆驼运输体系。当然，随着铁路不断向前，一点一点地取代水运和陆运，困难逐渐减少。读者可以通过1897年12月从开罗到柏柏尔的一盒饼干的运输情况，来了解交通运输的重要性。其路线如下：从开罗乘火车到纳赫哈马迪（340英里）；从纳赫哈马迪乘船到阿斯旺（205英里）；从阿斯旺乘火车到希拉（6英里）；从希拉乘船到瓦迪哈勒法（226英里）；从瓦迪哈勒法乘火车到达加什（铁路终点站）——248英里的军用铁路；从达加什乘船前往谢雷克（45英里）；从谢雷克乘骆驼绕过急瀑到巴什缇娜布（13英里）；从巴什缇娜布乘船到欧姆夏伊（25英里）；从欧姆夏伊乘骆驼绕过另一段不可通航的水域前往杰内奈蒂（11英里）；然后再乘船前往柏柏尔（22英里）。

这盒饼干所经过的路线就是战场上10000名士兵所需的每一吨物资所需要经过的路线。这条漫长而多变的路线的正常运行，对于军队的福利和战争的胜利而言至关重要。只有在每支部队都得到充足供给，并且不能有任何一段路线受阻或一支部队挨饿的情况下，才能获得胜利。运输官员每天都必须解决这个问题，包括阻碍船只起航的不确定的风，生病或死亡的骆驼，以及反复发生故障的发动机。无论面对什么困难，他们都能维持着定期的物资供给。铁路建设没有拖延，部队的食物也没有减少。

铁路线继续快速延长，物资供给的困难也随之减少。沉重的物资从骆驼背上和帆船上转移到了火车上。蒸汽机的强劲动力推动着战争的进行，快速便捷的火车取代了劳累而缓慢的大篷车队。托钵僧军向柏柏尔的进军阻挠了铁路的修建，军事防备措施势在必行。铁路施工因英军第一旅乘火车从开罗前往前线而推迟，每天的物资供给也因此增加。然而，截至3月10日，到巴什缇娜布的铁路已经完工；5月5日，铁路已经修到阿巴迪亚；7月3日，从瓦迪哈勒法到阿特巴拉的铁路全线完工，南部终点站建在河流交汇处巨大的营地内。补给问题彻底地解决了。在不到一周的时间内，铁路为沿线仓库带来了足够3个月用的物资，军需处官员们令人疲惫不堪的工作也结束了。他们的解脱和成就逐渐淹没在铁路工作人员更伟大的胜利中。指挥官和中尉们的长期努力工作取得了圆满成功。在第一班满载士兵的列车抵达尼罗河和阿特巴拉河交汇处坚固营地的那一天，托钵僧军的厄运便已降临。现在他们已经可以轻松而快速地将大部队送进苏丹中部，而不受季节和村落资源的影响。他们不仅可以为部队提供丰富的食物和充足的弹药，而且还能够提供现代战争的各种必需品，并通过一支强大的舰队支持他们在陆地上的行动。这支舰队可以统治尼罗河，控制两岸，并且可以随时经过喀土穆，直至森纳尔、法邵达或索巴特。虽然战争还没有结束，但他们已经将胜利牢牢握在手中。哈里发的首都和他的军队，现在都在萨达的攻击范围内。剩下的就是选择在最方便的时间，花最小的力气和最低的成本将成熟的果实摘下来。

第九章　阿布哈迈德

上一章讲述了战争进展迅猛的原因。读者已经随着火车抵达阿特巴拉营地，期待着向喀土穆的最终进军。但是读者也必须回过头来关注埃及军队被沿河分配到栋古拉、德巴、库尔提和麦罗维的那段时间，已被征服的省份开始重建的那段时间，以及荒漠铁路还在稳步向阿布哈迈德延伸的那段时间。

栋古拉的陷落让恩图曼陷入了惶恐之中。大量阿拉伯人逃离恩图曼，他们认为哈里发的势力即将崩溃。所有的商业都已停滞，处决也被搁置了很多天。阿卜杜拉待在自己的房子里，以此来掩盖他在国民面前的烦恼和惊慌。然而，第五天，他恢复了信心，他前往清真寺，结束晨祷之后登上一个小型木质讲坛，对聚集起来的真主信奉者们发表了演说。在承认了瓦德·毕沙拉率领的托钵僧军撤退的事实之后，他大肆地宣讲"突厥人"[1]遭受的损失并描述了他们的悲惨境遇。他强烈谴责那些投降的杰哈迪亚人，向听众灌输英埃军队对战俘们施加骇人听闻的酷刑的信息，

---

[1] 此处指英埃军队。

第九章　阿布哈迈德

这让他们十分满意。对真主信仰的缺失让他感到痛心,甚至让最刻薄的安萨尔[1]抛弃杰哈迪亚人,反对异教徒,他谴责虔诚的丢失让这个时代蒙羞。但他声称信任自己臣民的忠诚,他感激真主的恩宠和马赫迪去世之前的忠告。在激起了众多狂热分子的兴奋之后,他便以此结束了他的长篇演说:"虽然我们的酋长们撤离栋古拉是不争的事实,但是他们并没有被击败。只有那些不服从我的人死去了。我命令信徒们尽量避免直接交战,退回米提玛。他们正是遵守了我的命令才会那样做。因为真主的使者和马赫迪的精神以一种异象告诫我说,被诅咒的埃及人和悲惨的英国人的灵魂将在栋古拉和恩图曼之间某个地方离开他们的身体,他们的躯骨会在那里风干变白。因此,异教徒终将被征服。"然后,他拔出剑,大声喊道:"曼苏尔[2]!宗教必胜!伊斯兰教必胜!"20000名信徒挤满了城院。尽管他们听不到阿卜杜拉的声音,却能看到他手中的剑在阳光下闪耀,于是便不约而同地模仿他的动作,挥舞手中的剑和矛,群情激昂地大声呐喊狂吼。躁动平息后,哈里发说那些不愿信奉真主的人可以自己选择去向,但是他仍然会继续追随真主,因为他知道真主会守护他的信徒。于是,民众再次充满了信心。

---

[1] 安萨尔(Ansar),伊斯兰教中指麦地那当地信徒。他们在伊斯兰教先知穆罕默德和其追随者们从麦加来到麦地那时,好心地收留他们到自己家中。此处指善良虔诚的伊斯兰教徒。
[2] 曼苏尔(Mansur),伊斯兰教神秘主义苏菲派代表人物,为伊斯兰教徒所崇奉的伟大人物,最为著名的言论为"我即真理"。

为了努力得到真主的恩宠，阿卜杜拉采取了一切可能的方法和预防措施。最初，他似乎意识到萨达的军队将立即沿着1885年沙漠军队从库尔提到米提玛的路线向恩图曼进军。因此，他命令伤势依然严重的奥斯曼·阿兹拉克率领尚存的部队镇守阿卜克力水井区。召集了栋古拉剩余部队的毕沙拉，接到了占领加阿林人大本营米提玛的指示。阿卜杜拉还派遣使者到最远的驻军所在地，准备将他们召集到恩图曼。埃米尔易卜拉辛·哈利勒从青尼罗河和白尼罗河之间的赫兹拉被召回，他带着约4000名杰哈迪亚人和巴加拉人部队很快抵达了恩图曼。另一位酋长艾哈迈德·费迪尔正在前往加达里夫的路上，他也被命令返回首都。奥斯曼·狄格纳从阿达拉马回到了首都，但看起来哈里发只需要这位狡猾的议员的建议，因为奥斯曼·狄格纳没有缩减阿特巴拉—艾德达纳、阿达拉马、阿苏布里、艾尔法希尔沿线堡垒中的托钵僧军人数，并且在短暂访问期间的一次漫长商讨后，他便回到了阿达拉马营地。最后，指挥"西部军队"的麦哈穆德接到命令，在科尔多凡和达尔富尔仅留下少量驻军，然后率领剩余的约10000士兵沿尼罗河回到恩图曼。英勇无畏且雄心勃勃的麦哈穆德，实际上自负而无能，在接到传唤之后立即兴冲冲地开始召集他的部队。

哈里发非常清楚他不能相信河岸部落。加阿林和巴拉布拉部落很难让人满意，他知道他们厌倦了他的统治和战争。随着埃及军队进驻，他们的忠诚度和上缴的税款都减少了。因此他放弃了

第九章　阿布哈迈德

在柏柏尔建立据点的想法。埃米尔尤纳斯自1895年从栋古拉调至柏柏尔之后一直管理该地区，他接到命令将骆驼、船只、粮食和其他所有可能被入侵敌军利用的东西收集起来运到米提玛。他完全听命并完成了这项任务。当地居民的所有财产和大部分生活用品很快就被剥夺殆尽，他们对这种无情的手段充满怨恨，这在一定程度上解释了阿布哈迈德被攻占后的一些令人震惊的事件。阿卜杜拉一直以来仅把阿布哈迈德看作一个前哨基地。那里的驻军也不多，虽然它现在已经成为托钵僧军控制区域的最北端，但是他仅仅在那里增加了穆罕默德·艾兹·泽因指挥的一支薄弱援军。

阿拉伯人对炮舰的威力及其对栋古拉战役的影响感到欣喜万分；而哈里发希望在第六急瀑处设阻，于是开始在沙布鲁卡峡谷北端修建堡垒。鲍德因号是戈登将军曾用过的一艘旧式汽轮，忙于定期在恩图曼和沃德哈迈德之间运送枪支和货物；艾哈迈德·费迪尔带着充足的兵力被派去确保这些工作顺利进行。但是，马赫迪的预言对哈里发的思想产生了巨大的影响，在没有忽略任何一个细节的情况下，他将希望寄托在了科莱里平原上的一场大战中，那时入侵的敌军将不得不面对他们的城墙。随着源源不断的希望出现在他面前，他加强了对不断壮大的部队的训练，每天这些士兵都在他们即将浴血奋战的平原上进行训练。

但过了一段时间，他们发现英埃军队并没有进军，而是停留在已占领的土地上。汽轮到麦罗维之后就再也没向前行驶。火车也都停在了科尔玛。为什么他们没有乘胜进攻？很明显，因为他们担心在恩图曼等着他们的大批军队。在这种情形下，哈里发鼓起勇气，于1897年1月开始制订进攻计划，意将侵略者逐出栋古拉省。部队不断地在科莱里平原训练演习；恩图曼也聚集了大量骆驼；他们在仓库中存满了饼干，又称"苏丹饼干"，这些就是托钵僧远征军的食物。

萨达并没有无视托钵僧军的这些准备。不知疲倦的情报处为他提供了最详细的信息，他们做好了若敌军进攻将栋古拉省军队聚集在任何有利位置的准备。骑兵部队定期进入沙漠侦察盖克杜尔水井区和尼罗河沿岸地区。5月底，萨达收到情报说埃米尔尤纳斯渡过尼罗河，正在进攻左岸的阿布哈迈德村落。于是，萨达命令盖莱伊斯上尉率领一支强大的巡逻队前往尼罗河上游侦察，途经舒库克通道直达萨拉马特。这支巡逻队由马洪上尉的3支骑兵中队、3个骆驼连、苏丹第九营的100名骆驼兵，以及1架马克沁机枪组成。

巡逻队前往侦察的途中并没有遇到任何敌军，但当他们返回时，却遭到了拥有同等兵力的托钵僧军的袭击。随之而来的是一场激烈的小规模战斗，在这场遭遇战中，1名英国军官——佩顿上尉严重受伤，9名埃及士兵死亡，另外3人受伤。这件事证明了托钵僧军已经行动，这让栋古拉的所有驻军都不得不保持着最高的警惕。

5月底，麦哈穆德率军抵达恩图曼。哈里发满心欢喜地迎接

第九章 阿布哈迈德

他，并且在城外举行了壮观的阅兵仪式。麦哈穆德求战心切，他没有使用现代步枪的经验，他相信自己可以轻易地摧毁，至少击退入侵的敌军。6月初，中尉的热情以及加阿林人的摇摆不定和多疑态度，说服哈里发决定派遣科尔多凡部队占领米提玛，让那些部落要么忠诚于他，要么在埃及军队鞭长莫及的情况下归降。他召唤加阿林人的头目阿布达拉·瓦德·萨阿德到恩图曼，并告诉他，加阿林人的领土正遭受着突厥人的威胁。他知道他们热爱马赫迪而且践行真正的宗教，所以出于善意，他决定保护他们免受敌人的侵犯。这位酋长低下了头。哈里发继续说，可靠的麦哈穆德将率军前去保护他们；阿布达拉可以表现出他的忠诚，为他们提供所有物资和膳宿。哈里发暗示结束会谈。但是加阿林部落酋长却贸然抗议：他向哈里发保证了他的忠诚，以及他的部落击退敌人的能力；他恳求哈里发不要派军队过去以免增加他们的负担；他夸大了米提玛的贫困，对时运不济深感痛惜；最后他恳求哈里发原谅他提出异议。

哈里发被激怒了，他完全忘记了平日的自控和在公众面前讲话的方式，对加阿林部落酋长破口痛骂。他告诉这位酋长，他长期以来一直怀疑酋长的忠诚，他鄙视酋长的抗议行为，认为酋长应该含羞而死，酋长的部落是地球上的污点，他希望麦哈穆德能够改善酋长以及他们妻子的举止。

阿布达拉·瓦德·萨阿德悄声地从哈里发面前离开，带着满腔怒火和愤懑回到了米提玛。他将部落头目召集起来，讲述了哈里发给予他的待遇及其意图。不用说他们也知道麦哈穆德的军队驻扎在他们的土地上，意味着掠夺他们的财物，摧毁他们的房屋，侮辱他们的女人。他们已经决定加入埃及军队对抗哈里发。加阿林部落酋长根据议会决议写了两封信。第一封是写给萨达的，于6月24日由信使在麦罗维送到了朗德尔将军手中。信中他宣布加阿林部落向政府屈服，寻求政府帮助，如果可能的话希望政府能够给予兵力帮助或者武器支援；最后，他写道，无论政府帮助与否，部落都决心与托钵僧军为敌，誓死捍卫米提玛。第二封信——一封疯狂而致命的信——则表达了他们对哈里发的公然反抗。

　　加阿林部落信使找到朗德尔时，他正在麦罗维；朗德尔丝毫没有迟疑，迅速搜集了大量弹药和1100支雷明顿步枪，然后用骆驼沿"库尔提—米提玛"路线驮运至米提玛，并派一支骆驼军团全程护送。哈里发直到6月27日才收到给他的信，但是他的行动更为迅速。麦哈穆德的部分部队已经向北部出发；麦哈穆德和剩余人员紧随其后于28日出发。前卫部队于30日抵达米提玛城下。加阿林人已经准备好全力抵抗。几乎所有的加阿林人都响应酋长的号召参与到守卫战中，城墙后聚集了超过2500人。但是整个部队中，只有80支步枪，每支步枪只有15梭子弹。阿布达拉预估托钵僧军会把火力集中在米提玛南部，因此他在南部战线安排了一些步枪手。而城中其他地方的防守就不得不依靠英勇的长矛兵了。

第九章　阿布哈迈德

7月1日上午，麦哈穆德率领各兵种约10000到12000人发起了进攻。他们首先从南部发起进攻，就像加阿林部落酋长预测的那样，但是失败了。他们被加阿林步枪手击退，损失惨重。随即他们又发起了第二波攻势。与此同时，敌军已经将米提玛全面包围。就在加阿林人弹药耗尽之时，托钵僧军一支强力部队突破了他们北部的防守，那里只有长矛兵镇守。麦哈穆德全军从北部突破口涌进城中，守军在进行了一番顽强抵抗之后全军覆没。随之而来的是对儿童和妇女惨绝人寰的屠杀，阿布达拉·瓦德·萨阿德也死于其中。

一些躲过大屠杀的加阿林人逃到了盖克杜尔，在这里他们找到了骆驼军团以及装满步枪和弹药的大篷车。他们和通过这条道路前来给处于绝望中的人们带来支援的另一支部队一样，但是为时已晚。加阿林部落幸存的人留下来守卫盖克杜尔水井区。车队及其护卫队返回了库尔提。

尽管哈里发的注意力集中在这些问题上，但是另一边更严重的威胁摆在了他面前。托钵僧军不曾注意到，或者说注意到了却并没有在意，埃及军队的铁路正在伸向沙漠中越来越远的地方。到7月中旬，铁路已经在沙漠中延伸了130英里，正如上一章所述，在埃及军队占领阿布哈迈德之前，他们不得不暂停施工。尼罗河水位正在快速上升，很快汽轮就可以驶过第四急瀑。很明显，埃及军队的下一步行动已经蓄势待发。实际上，哈里发似乎已经明白，河水上涨给他带来了更大的威胁。整个7月他不断地向柏柏尔的埃米尔尤纳斯下达命令，要求他进军蒙纳西尔地区，骚扰那里的村落，阻止麦罗维部队频繁的侦察行动。然而，尤纳斯却不愿那样做，一直停留在柏柏尔对面的尼罗河左岸地带；直到最后，他的首领将他召回恩图曼，要求他解释他的行为。与此同时，随着对尼罗河水位上涨的精确计算以及铁路的修建，埃及军队的进军如期而至。

7月底，他们尽可能隐秘地准备着派遣一支快速突击部队进攻阿布哈迈德。穆罕默德·艾兹·泽因麾下的托钵僧驻军不超过600人，但为了确保万无一失，埃及军队决定增派一支强大的部队。

一支拥有所有兵种的旅队应运而生。

总指挥：亨特少将

骑兵：1个连
炮兵：2号野战炮（这个野战炮由6架克虏伯大炮，2架马克沁机枪，1架加德纳机枪和1架高效混合机枪诺登菲尔德组成。）
步兵：麦克唐纳旅
　　　埃及第三营
　　　苏丹第九营
　　　苏丹第十营
　　　苏丹第十一营

第九章　阿布哈迈德

领命负责这次行动的阿奇博尔德·亨特少将从许多角度来看都是埃及军队中最具影响力的人物。他曾在埃及总督手下参加了1884—1885年的尼罗河远征，表现突出。从那时起他便迅速崛起，甚至做过埃及军官，十年间他从上校一步一步攀升至少将。他的晋升理所应当。最重要的是，虽然曾两度受伤，其中一次是在部队中作为先头兵时，但是在每一次行动中他都英勇无畏，表现突出，赢得了战友和上级的赞赏。在尼罗河战争期间，尽管严厉苛刻，他仍然成了埃及军队的宠儿。所有那些给萨达带来个人荣誉的伟大成就都集中在他英勇而友善的下属身上，每次交战之前，士兵们都要看亨特的意思。现在他指挥的用来进攻阿布哈迈德的部队共有约3600人。在完成军队部署之前，所有其他行动都被推迟了。萨达在麦罗维等着解决这个问题，铁路也停在了沙漠中间。

快速突击部队集中在位于尼罗河右岸（阿布哈迈德一侧）距离麦罗维几英里的村落卡辛格，卡辛格距离阿布哈迈德146英里。7月29日，亨特将军开始动身。这支部队还在准备期的时候就已经被发现了——他们刚行动，消息马上就传到了托钵僧军耳中。因此速度至关重要，因为如果托钵僧军派柏柏尔的部队增援阿布哈迈德驻军，那么快速突击部队的力量可能就不足以攻下这个村落了。另外，炎热的天气以及部队不得不在行军结束后立即发动进攻的事实让亨特将军被迫考虑其他的方法。为了避开高温，他们选择在夜间行军。然而，这样获得的优势却在某种程度上被部队在糟糕的路况下摸黑行军抵消了。

整个尼罗河沿岸，没有比蒙纳西尔更荒芜的沙漠了。河水被切断，河道被散落的巨石阻挡，水流穿过其间流入危险的急瀑地段。沙地延伸至河道边缘，只有几棵棕榈树和零零落落的破乱村落显示着生命的存在。他们沿尼罗河岸行军，但是这里的道路丝毫没有减少他们行军的难度。有时候宽阔的白色沙滩会没过士兵的脚踝，在他们的靴子中填满烦人的沙砾；有时候在绕过或穿过一道满是锋利岩石的峡谷时，即使在月光下，也会因前一天的炎热而痛苦不堪。在漫长而崎岖且不断被打断的行军中饱受折磨的士兵和骆驼有时不得不排成一列，艰难地向前蠕动，就像一条蟒蛇，被人告知"你的肚子上有土，你要吃掉它们才能继续向前"。

部队在晚上5点30分出发，行进了16.5英里之后，大约在午夜时分抵达穆什拉·艾尔·奥比亚德。这里有一个便利的饮水点，不易被对岸控制，还有八至十处荆棘灌木丛，给他们提供了第一个适合露营的地点。30日下午3点半，队伍继续前进8.5英里之后，抵达距离什巴比特很近的地方。道路险阻，他们的行军艰难而缓慢，天亮之后他们才到达歇脚点。几个夜间落伍的士兵，在黑夜中摸索前进，最终到达营地时已经筋疲力尽。亨特将军原本打算第二天直接行进至霍什·艾尔·格雷夫，但是经历了两天的夜间行军，士兵们已经疲惫不堪；而且途经阿布哈拉兹之后，他们改变行军路线，远离了河流，有5英里的路段一直没有

第九章 阿布哈迈德

补充水分，于是他决定停下来休息一天。他们8月1日才抵达霍什·艾尔·格雷夫，比预期晚了一天；但事实证明这一天的休息让队伍受益匪浅，让他们得以在随后的进军中加快速度，完全弥补了之前延误的时间。部队午夜时分再次出发，黎明时停歇在萨尔米。第二天凌晨，他们继续行军。尼罗河沿岸的道路对于运输装在车轮上的马克沁机枪来说太困难了，当步兵沿尼罗河行进10英里时，这些机枪则必须绕行沙漠中28英里。为了避免马克沁机枪部队先到达克菲力，亨特将军在前一天晚上11点带领苏丹第九营率先抵达那里。部队其他人员在几个小时之后抵达。8月4日，在厚厚的沙地中艰难行进了18英里，他们终于来到了艾尔凯布。骑兵巡逻队进入村庄时，从河对岸响起了一声枪响；毫无疑问，托钵僧军已经发现了这支部队。士兵和运输部队随即加快了行进速度，尽管如此，他们还是遭受了惨痛的损失。

夜间，他们继续行军；白天由于没有庇护所，他们不能睡觉。所有的队伍都已疲惫不堪，夜间行军时，这些人经常打盹儿倒在地上，然后被厉声吼醒，继续匆忙前进。尽管如此，他们的行进速度依然很快。5日，这支部队在跋涉14英里之后抵达库拉。在这里，谢赫阿卜戴尔·阿兹米带着来自穆拉特韦尔斯的150名阿巴布达骆驼兵加入了他们。到目前为止，已有3名埃及士兵死亡，58名士兵因体力不支被遗弃在途中的仓库里。士兵们得到了双倍的肉食口粮。部队继续在夜间进行，并于6日上午8时抵达基尼法布。在这里他们收到了关于敌军的惊人消息。据了解，穆罕默德·艾兹·泽因已经决定开战；并且另一个可靠的报告也声称，托钵僧军从柏柏尔地区派遣了大批武装力量前来支援阿布哈迈德驻军。尽管部队长途跋涉筋疲力尽，亨特将军还是决定加快速度。他们已经把在阿布哈拉兹耽误的一天赶了回来。他现在决定改变既定的行程以提早抵达，并预测了托钵僧增援部队的抵达时间。他们在8月6日和7日期间连续行军，只停歇了一个半小时，以赶在黎明时向阿布哈迈德发起进攻。在崎岖路段行军16英里之后，快速突击队在7日凌晨3点半抵达了距卡辛格144英里、距托钵僧军岗哨2英里的基尼法布。部队得到了2个小时的整顿时间。埃及第三营的一半兵力依然作为护卫队保护着弹药的运输和储存，随后部队在黑暗中朝着敌军阵地移动。

阿布哈迈德村落散布在尼罗河沿岸，中部是成群的土屋，约500码长、100码宽的弯曲街道和小巷穿过其中。南部和北部散落着成群破败的小屋，另外南部还有成堆破碎的石块。顺着尼罗河上游的方向地势逐渐走高，因此在300码之外看到的阿布哈迈德村落被一个地势较低的台地三面环绕。在这块台地上矗立着三座戈登将军建造的瞭望塔。托钵僧军派重兵驻守在东侧隐蔽的战壕和堡垒中。瞭望塔由他们的前哨部队看守。

亨特将军率队先绕道去到左侧，然后又转向右侧，以便面向河流。旅队悄悄地朝敌人移动，在6点15分以月牙形阵型占领了台地：苏丹第十一营在右侧，位于村落东北角对面；接下来是由埃及第三营剩下的半个营护送的炮兵连；苏丹第九营居于中央，

第九章 阿布哈迈德

苏丹第十营列于左侧。埃及军队不断向瞭望塔靠近,托钵僧哨兵开始撤退。他们继续前进,直到抵达台地边缘。从这里他们可以看到整个阿布哈迈德。

天刚亮,青灰色的河面萦绕着一层白色的薄雾。土屋的轮廓在这白皙的背景下清晰可见。托钵僧步枪手伏在绕城的隐蔽战壕中。大约100名强壮的骑兵,在南部碎石满地的地方被迅速击落。山丘之上埃及军队形成的黑色轮廓线,完整地勾勒出了整幅画面。在这个小型的圆形剧场内,一部微型战争剧即将上演。

炮兵部队6点半准时开火,在向敌军阵营中央的堡垒发射了几枚炮弹后,他们发起了总攻。苏丹的3个营与亨特将军、麦克唐纳中校以及其他骑马的英国军官位于队伍最前面,缓慢而秩序井然地走下山丘,向敌军战壕发动了毁灭性的攻击。他们距离敌军不到300码,月牙形的阵型让他们的进攻线逐渐汇聚在一起。在完成一半的距离之前,第十营被迫停下,以免右翼的苏丹第十一营误伤他们。直到敌军部队进入100码范围内,托钵僧军才开始反击,他们发射的两枚巨大炮弹主要打击了停军调整的营队。西德尼少校、菲茨克拉伦斯中尉和10多名士兵中弹身亡,50多人受伤。随即,所有的苏丹人高声呐喊着,冲进了壕沟,迅速将其占领,并把那些托钵僧军逼入堡垒。随后的巷战中,埃及军队在数量上占据优势。在抵达河岸之前,他们的进攻几乎没有中断过。7点30分时,埃及军队占领了阿布哈迈德。

埃及军队进攻期间,在南部峭壁附近观望的托钵僧骑兵看到敌军成功突围后，逃向了柏柏尔。步兵则几乎全军覆灭。

在这次行动中，除了中弹身亡的2名英国军官西德尼少校和菲茨克拉伦斯中尉，还有土著士兵阵亡21人，负伤61人。

占领阿布哈迈德的消息通过骆驼和电报迅速传到了所有关注此事的人那里。预料到结果的萨达已经命令炮舰开始通过第四急瀑。得到充足的休息之后，铁路线末端的营地重新焕发生机，铁路修建再次如火如荼地开工。从柏柏尔赶来的托钵僧军遇到从阿布哈迈德而来的逃兵时，距离阿布哈迈德只有20英里。他们随即便转身回到第五急瀑下，在那里停留了几天之后，又继续撤退。他们距离已经沦陷的村落很近，埃及军队不需要多少时间就会攻到他们跟前，而且亨特将军也会明智地选择继续推进。控制着柏柏尔的埃米尔得知哨兵部队8月9日的损失之后派信使到米提玛。麦哈穆德11日回复说，他将马上出动所有兵力前往支援柏柏尔。然而，在没有得到哈里发的允许之前他不敢动兵；直到20日，他的信件表明他还没有摧毁自己的营地，并且仍在向埃米尔询问敌军的情况。要想弄清楚这个事实，他需要了解很多情况。

8月4日，泰卜舰和塔马伊舰来到了第四急瀑处，准备逆流而上到"阿布哈迈德—柏柏尔"流域。大卫少校负责此次行动。上尉胡德和贝蒂（皇家海军）指挥着船只。埃及第七营的200名士兵乘驳船前来协助将汽轮拖到不同的地方。然而，由于水流过于凶猛，他们不得不将3只载有160人的驳船抛在急流末端。尽管如此，大卫少校依然认为急瀑并不是难以跨越的障碍，决定冒

第九章 阿布哈迈德

险尝试。于是，8月5日早上，塔马伊舰试图逆流而上。他们召集了大约300名沙吉亚人，由那些没被抛下的埃及士兵来指挥，但后来的事实却证明那些埃及士兵误导了他们。汽轮在开足马力之后成功地攀升了一半的距离。但是随后船头在凶猛的水流冲击下转了个圈，差点儿被掀翻，然后便顺着水流急驶而下。

军官们认为这次失败是因为一条绳索在关键时刻意外缠绕在一起，并且拉缆绳的当地人不够。于是他们又从附近的村落召集了400名沙吉亚人，下午泰卜舰开始了新的尝试。然而，泰卜舰比塔马伊舰的命运更加糟糕。由于当地人相互之间缺乏配合和训练，他们完全不知道自己需要做什么；因为缺乏正确的指导，他们拉缆绳的力量还是太小了。船头再次打转，他们紧拉缆绳，于是一股湍急的水流凶猛地冲击在舷墙上。10秒钟之后，泰卜舰便侧翻在水中。缆绳在强势的冲击下脱离了船体，于是泰卜舰便被河水冲向下游，只有龙骨露在水面上。上尉贝蒂和大部分船员都被抛向水中，有些人则自己跳进翻腾的急瀑中，被河水冲向下游，然后被停在急瀑脚下侥幸没有翻船的塔马伊舰救起。他们基本上都成功地从河水中脱身，跳水的20多个人中，只有1名埃及士兵溺水身亡，另外2个人下落不明，但是他们肯定能生还。倾覆的泰卜舰被河水冲向下游，卡在了急瀑之下1英里处的两块巨石之间，不堪入目。为了弄清楚是否还有机会将翻转的泰卜舰浮起来，军官们把塔马伊舰开到了事故现场。船底刚刚露出水面，所有人都明白打捞这艘船将花费一个月的时间。正当他们准备离开这艘废船时，船舱里突然传来敲击声。他们拿来工具，将一块钢板拆除，然后从监牢里出来了两个安然无恙的人，他们就是被监禁了两个月的一个工程师和一个汽船司炉。当激流掀翻船体时，引擎还转着，火还烧着，锅炉还是满的，地板变成了天花板，一片漆黑，凶猛的河水瞬间涌入船内——在水下的恐怖经历他们清晰地记得，不得不承认这两个人的经历足以让人刻骨铭心。

他们现在开始寻找其他的通道。8月6日，他们发现了更靠近河流右岸的一条通道。8日，米提玛舰载着埃及第七营的另外300人抵达。他们花了3天的时间做准备工作，同时等待尼罗河水位再上涨一点。13日，做好了精心的预防措施之后，米提玛舰安全地通过了急瀑，并被缆绳系在岸边的高地上。塔马伊舰第二天也顺利通过。19日和20日，尼罗河上最强大的新舰艇法泰舰、纳瑟舰和扎菲尔舰也顺利通过了这个通道。同时，米提玛舰和塔马伊舰已经继续向上游驶去。23日，非武装汽轮达尔号成功抵达急瀑上游。截至29日，船队所有船只全部安全抵达阿布哈迈德。

炮舰抵达之后，他们便以两倍于之前的速度发起进攻。他们向阿布哈迈德的突然冲锋让托钵僧军陷入了极度的恐慌之中。柏柏尔的埃米尔泽克·奥斯曼发现麦哈穆德并没有率军前来支援，再加上担心当地部落叛变，于是决定撤退，24日他撤离柏柏尔移师南方。27日，位于阿布哈迈德的亨特将军得知托钵僧驻军已经撤离柏柏尔城。第二天，他派非正规军首领阿卜戴尔·阿兹米和他的兄弟哈里发艾哈迈德·贝，带着40名阿巴布达部落士兵前

第九章　阿布哈迈德

去侦察。这些大胆的士兵肆无忌惮地向前推进，他们发现所有的民众都满脸恐惧，一副顺从的模样。他们向追随他们的人夸张地讲述着队伍的非凡实力，他们在沿河地带制造了普遍的恐慌。尽管与托钵僧巡逻队进行了一场激烈战斗，他们还是在31日抵达了柏柏尔。由于城中已经没有武装力量，这支雄心勃勃的队伍以政府的名义明目张胆地上街抢占了唯一的公共建筑——粮仓。随后，他们传信到阿布哈迈德告知了他们所做的一切，并在城里安顿下来。就这样他们大胆地占领了柏柏尔，等待着主力部队到来。

柏柏尔沦陷的惊人消息于9月2日传到了亨特将军耳中，他立即电告麦罗维营地。赫伯特·基奇纳爵士遇到了一个关键问题：是否应该占领柏柏尔？起初这个问题看起来似乎值得商榷。远征军的目标是恩图曼。埃及驻军占领柏柏尔将立即解决萨瓦金附近的困难。他们认为柏柏尔位于通往托钵僧军首府的可通航水路上，占领柏柏尔对河岸部落和整个苏丹士气上的影响将不可估量。事实上，柏柏尔是整个行军过程中最重要的战略点。这个重要的奖赏和优势只要他们愿意就唾手可得。

然而，不利面也不容小觑。阿布哈迈德是行军的一个明显转折点。只要牢牢掌控麦罗维和栋古拉的其他据点，从阿布哈迈德到德巴的路线就能轻松地守住。面对托钵僧军的进攻，阿布哈迈德很快就会变得坚不可摧。栋古拉的部队可以迅速集中于任何威胁点。此时，他们完全可以在非常安全的条件下停下来候命。与此同时，哈里发的势力将逐渐削弱，铁路就能继续稳步延伸。当铁路修到尼罗河一处河湾时，他们就可以继续有序而谨慎地推进。在此之前，出于谨慎和理性他们推迟了进军。占领柏柏尔的风险很大。拥有一支强大常胜军的麦哈穆德就驻守在米提玛。奥斯曼·狄格纳和2000名士兵占据着阿达拉马，几乎就在可攻击范围内。铁路仍在沙漠中缓慢地修建着。栋古拉驻军不得不分散兵力驻守柏柏尔。托钵僧军的优势在于占领了尼罗河在阿布哈迈德形成的河湾。柏柏尔军队不得不通过一条狭窄的骆驼运送路线从麦罗维一路绕行驮运他们的补给物资，从地图上可以看到，整条线路完全暴露在敌军的攻击范围内。更重要的是，向柏柏尔进军必然会迫使战争局势进一步扩张。那么城中军队的通信必将受到威胁，他们可能会被迫为生存而战。占领柏柏尔迟早会引发一场大规模战斗，不是像菲尔科特、哈菲尔和阿布哈迈德发生的战斗那样，埃及军队在人数方面占据优势，而将是一场势均力敌的战斗。这样的战斗需要英国军队参与。在这个时候，英国军队很可能不会同意。但是，如果柏柏尔被攻占，那么在英国军队到来之前，这场战争将不再是计划中的大问题，而是在合适的时机必须彻底完成的事。时机尚未成熟且不可预见。萨达已经将胜利握在手中。暂时的按兵不动只是为了确保安全，继续行进将面临危险。在埃及军队服役很长时间的大多数军官都明白这个道理。他们等待着悬而未决的命令。

　　萨达和总领事毫不犹豫地共同承担责任。9月3日，亨特将军接到了占领柏柏尔的命令。他立即带领苏丹第九营的350名士

第九章　阿布哈迈德

兵登上塔马伊舰、扎菲尔舰、纳瑟舰和法泰舰。9月5日，天刚破晓，埃及国旗就飘在了柏柏尔城上空。步兵分队离船上岸之后，舰队继续向南驶去，试图追击正在撤退的埃米尔。他们成功了，第二天便抓获了埃米尔。他们杂乱无章地沿着河岸行动，在一阵凶猛的火力之后，很快便将一群逃兵——包括骑兵和步兵——驱赶到远离河流的沙漠中。随后，炮舰返回柏柏尔，拖着十几艘捕获的粮船。与此同时，萨达已经亲自来到前线。在一支护卫队的保护下，他从麦罗维出发骑马快速穿越沙漠，并从巴加拉急瀑渡过尼罗河，于9月10日抵达柏柏尔。在视察了临时的防守工作之后，他回到了阿布哈迈德，忙着准备应对近期或几个月内必将出现的情况，他对这些都非常熟悉。

第十章　柏柏尔

柏柏尔城距离尼罗河很近，左侧便是一条航道，但是只有在尼罗河洪水期才会有充足的水流。这条季节性的航道和全年通航的水道之间是肥沃的冲积土壤带，每年尼罗河洪水退去之后厚厚的淤泥都会沉积下来，因此这里大部分时间都覆被着粮食作物。柏柏尔也因这片狭长的沃土而独具特色，房屋沿着这片狭长地带延伸了超过 7 英里，这条航道也因此而形成。因为处于尼罗河之上，柏柏尔城相对比较狭窄，整个城镇只有一个地方的宽度超过了四分之三英里。两侧的道路往南北两端纵向延伸，纵横交错的狭隘小巷延伸向荒漠和河流。埃及统治柏柏尔时期，主干道南端地区一片断壁残垣。托钵僧军兴建的新城位于北部。新城和老城看起来都肮脏邋遢。如果说旧柏柏尔城更为破烂不堪，那么新城对于到过柏柏尔的英国军官来说便是处于更为快速的腐朽状态之中。新旧柏柏尔城的建筑风格相似。房屋简陋，就是在地上挖个坑，然后用挖出来的泥土砌成墙。屋顶则是用棕榈树叶和荆棘丛铺盖而成的。挖的坑则成了便利的污水坑。这就是被热衷于她的人称为"苏丹贸易中心"的柏柏尔，当埃及军队再次占领她时，城中容纳有饱受痛苦的 5000 名男人和 7000 名女人，就像那些简陋的房屋一般，他们的财产也少得可怜。

最初柏柏尔的埃及驻军仅由苏丹第九营的 350 名士兵和从麦罗维穿越沙漠于 9 月 16 日抵达的两支骆驼军团连组成。但是奥斯曼·狄格纳就位于附近的阿达拉马地区，这让他们不得不快速增派兵力过来。

9 月下旬，缺少了埃及第三营一半人马的麦克唐纳旅从阿布哈迈德向南移动；9 月底，柏柏尔的步兵已经增加至三个半营。10 月 11 日，当苏丹第十三营和埃及第三营剩下的一半人马抵达柏柏尔时，这个地方的兵力已经被 5 个营（第三营，第九营，第十营，第十一营，第十三营）、2 号野战炮连和两个骆驼军团连牢牢掌控。由于尼罗河右岸的托钵僧军已经全部逃往南部的阿特巴拉，他们现在可以在达希拉村落和河流交会处修建前哨基地，派骆驼军团和归降的阿拉伯人驻守。正是从这不显眼的举动开始，阿特巴拉城迅速修建起了坚不可摧的战壕。

占领柏柏尔对萨瓦金周边部落的影响是决定性的，这些城镇的民众瞬间变得安定而忠诚。奥斯曼·狄格纳的势力已经被彻底摧毁，他们不再进攻归降的村落。萨瓦金总督再度掌权，成为名义上的红海滨海省省长。骆驼军团巡逻队、几支商队和一群战地记者安然无恙地通过了萨瓦金到柏柏尔的通畅大道。他们可以吹嘘说，他们是第一批在这里生活了 13 年的欧洲人。

现在有必要将目光转向托钵僧军。如果哈里发在托钵僧军位于阿布哈迈德的前哨基地被摧毁后，立即允许埃米尔麦哈穆德挥师北上，那么战争的进程将会截然不同。麦哈穆德肯定会率全部兵力守住柏柏尔，那么远征部队的进攻就必须推迟到荒漠铁路修到尼罗河旁，很可能要再等一年。但是，正如上一章所描述的那样，阿布哈迈德的骤然沦陷，河岸部落的叛变，以及出现在第四急瀑上游的炮舰，让阿卜杜拉以为战争高潮已经接近，敌军将攻进他的首都。于是他致力于准备防守，禁止中尉向米提玛北部进军或尝试任何进攻行动，结果柏柏尔沦陷了。哈里发认为他的信仰坚不可摧。他加倍努力准备防御工事。他沿着河岸在恩图曼坚固的城墙外修建了一个精心设计的装备有火炮的堡垒体系。加达里夫、科尔多凡和达尔富尔的阿拉伯黑人士兵不断集中到恩图曼。从赫兹拉（位于青尼罗河和白尼罗河之间的村落）居民那里征收的大量粮食、骆驼和其他物资，被储存在恩图曼的仓库中。对于这种肆意征税引起的不满，他却通过更加专横的救济措施来解决。所有充满疑虑和愤怒的人都被征召至恩图曼，被迫在那里接受定期训练，然后他们发现为自己的忠诚而抗争是明智的。统治者所展示的实力和韧性令人惊讶。哈里发谢里夫因被怀疑曾对加阿林人抱有同情而被囚禁。煽动叛乱的言行遭到了最为严厉的惩罚。恩图曼周围，尤其是北部的封锁线，避免了将重要信息传到埃及军队那里。尽管麦哈穆德的撤军引发了科尔多凡的小规模叛乱，但整个托钵僧帝国依然唯命是从，哈里发召集了所有剩余兵力准备迎接埃及军队的猛攻。

10月第一周，萨达决定派正在执勤的炮舰往来第五急瀑上下游，到米提玛侦察麦哈穆德军队的真正实力和方位。10月14日，扎菲尔号、法泰号和纳瑟号在凯佩尔的指挥下从柏柏尔向南驶去，每艘船上除了正常的本土船员，还载有苏丹第九营的50名士兵和2名英国海军炮兵中士。16日天刚亮，舰队就靠近了敌军的位置。他们的行动悄无声息，申蒂北方几英里之外托钵僧军前哨基地的士兵居然还在睡梦中，疏于警惕的警卫被马克沁机枪的扫射声惊醒之后发现3艘恐怖的炮舰已经近在咫尺。炮舰继续前行，根本不屑于回应从申蒂的废墟之上响起的枪声，在大约7点钟时抵达米提玛。米提玛距尼罗河有1000码的距离，但是6个配有大炮的巨大而坚实的土筑堡垒排成一排守着河岸。他们缓慢而从容地沿着东河岸前进，远离托钵僧军的堡垒，舰队在大约4000码的距离处突然开火。火力首先集中于北部的两座堡垒上，炮弹一颗接一颗飞向托钵僧军的堡垒，然后在堡垒内部炸开，瞬间便将他们淹没在尘土和硝烟之中。托钵僧军迅速还击，但是他们的战术和武器明显处于下风，尽管他们的炮弹射向了舰队，但是基本没有杀伤力。有一颗炮弹击中了扎菲尔号的甲板，重伤了一名苏丹士兵，另外两颗炮弹击中了法泰号。经过长达一个半小时的轰击之后，舰队继续前行，来到敌军正对面，然后用更为凶猛的榴霰弹持续轰击敌军所有堡垒，逐渐击退了敌军的抵抗。炮兵和巴加拉骑兵的逃兵在堡垒和米提玛城之间的空地上拼命狂奔，成了马克沁机枪的活靶子，很多人甚至在很远距离被击倒。

炮舰刚刚驶过堡垒，托钵僧军的火力便戛然而止，因为堡垒上的炮口全都是朝北的。由于炮台不能朝南攻击，所以舰队驶过堡垒之后便毫无畏惧。当军官们正在为敌军的愚蠢行为欢喜时，另一侧的危险逐渐开始逼近。在与敌军堡垒交火时，船只尽可能地靠近东河岸。当他们距离岸边几乎不到100码时，隐藏在灌木丛中的二三十个托钵僧步枪手突然朝他们一阵扫射。子弹穿梭在甲板之上，但所有人都侥幸逃脱，没有一个被击中。埃及军队的马克沁机枪迅速转头，给这意外的"惊喜"以血腥的还击。然后，船队缓缓驶过城镇，经过彻底的侦察后，他们掉头顺流而下，其间再次与托钵僧军炮兵部队交火。炮火在2点半时全部停熄，在返航途中他们俘获了6艘装有军粮的托钵僧军帆船，带着这些战利品，舰队凯旋至米提玛以北6英里处的一个小岛上，并在那里停留了一晚。

他们觉得轰炸托钵僧军让人既兴奋又愉悦，因此决定再花一天时间和他们周旋；第二天凌晨4点，舰队再次启程向南，以在日出前抵达米提玛对面的位置。黎明时舰队两侧都处于敌军火力之下，很明显托钵僧军这一夜并没有闲着。在前一天，麦哈穆德已经预料到从盖克杜尔方向而来的陆军攻击，并已将部分炮兵和几乎所有的部队部署好以抵抗这波攻势。但是当他确信炮舰没有陆军支援时，便将几支朝向陆路的炮台移至河边的堡垒中，甚至新建了两座堡垒。因此，17日托钵僧军发动攻击时拥有11架炮台，分别从8个小的圆形堡垒中开火。然而，此时埃及炮舰部队正得意于以他们优越的武器持续给敌军造成的惨重损失，而自身却免遭敌军炮轰，毫无损失。经过4个小时连续不断的无情轰炸之后，中校凯佩尔认为侦察已经完成，并下令撤退。托钵僧军的炮手们不顾遭受的惨重损失，在看到敌军撤退的壮观场面时欣喜万分，不断增加火力，并且继续一颗一颗地朝河上投掷炮弹，直到敌军远离他们的攻击范围。当炮舰漂向北方时，军官们回望米提玛，发现了比那些毫无作用却让敌军乐此不疲地修建的堡垒更为奇怪的景象。早上，一些人带着几面旗帜在城镇附近的小山丘上移动，船队刚开始撤退，整个托钵僧军队，至少有10000人，要么骑兵，要么步兵，站成了超过1英里长的阵列，得意扬扬地出现在他们的视野内，在飞舞的尘土中高声歌唱呐喊，挥舞旗帜。这是他们唯一的胜利。

炮舰仅损失了1名苏丹士兵，他因伤势过重而死，还有一些微不足道的损失。关于被屠杀的阿拉伯人众说纷纭，有一种说法讲共有1000人，最起码，500人一点也不夸张。炮舰在两天内共发射了650枚炮弹，马克沁机枪也消耗了几千梭子弹。然后他们回到柏柏尔，全面汇报了敌人的据点和军队情况。

埃及军队牢牢占据柏柏尔之后，奥斯曼·狄格纳意识到他在阿达拉马的据点不仅毫无意义，而且非常危险。长期以来，麦哈穆德一直强烈要求支援米提玛驻军。虽然讨厌科尔多凡的将军，憎恨上级的权威，但谨慎而狡猾的奥斯曼最终决定，在这种情况下，服从命令以取得必要的优势。大经是同一时间，炮舰开始了对米提玛的首次侦察和轰击，载着2000名哈丹达瓦人从阿达拉马沿着阿特巴拉河左岸移动，他们来到河流之间的狭窄沙地，在一天之内穿过了河流。然后轻松地前往申蒂。

听说敌军从阿达拉马撤离的消息后，萨达立即决定弄清这一事实，以侦察那块在地图上未标明的区域，摧毁奥斯曼可能留下的任何财产。10月23日，他派亨特将军率领一支快速突击部队从柏柏尔出发，部队构成如下：苏丹第十一营（杰克逊少校）、2架大炮、1个骆驼兵连队、阿卜戴尔·阿兹米和150名非正规军。他们轻装上阵，由500头骆驼载着他们的物资，沿着尼罗河迅速行动，24日抵达河流交汇处的据点，在跋涉84英里之后于29日抵达阿达拉马。奥斯曼·狄格纳退回尼罗河岸的报告情况属实，他之前的大本营已经荒废。由60名骆驼兵和阿拉伯非正规军组成的巡逻队又向尼罗河上游巡查了40英里，但并没有发现一个托钵僧军。收集了大量的信息之后，他们并未着急将阿达拉马付之一炬，随后突击部队回到了柏柏尔。

现在已经是11月，尼罗河水位正在快速下降，河流交汇处以北4英里处的乌姆图尔开始出现一条不可逾越的急流。萨达仅剩几天的时间来决定将炮舰停在上游还是驶往下游。就像后来所发生的，他们的巡逻范围受到了限制，他们不再能够时刻关注米提玛的军队，于是他决定把舰队留在敌军所处的急流一侧。这样一来，他们就必须利用位于达希拉的仓库（阿特巴拉堡垒），进行简单的修理工作，并存储一些木材和其他必需品。为了守卫这

第十章　柏柏尔

个小小的船坞，埃及第三营的一半兵力从柏柏尔赶来，驻守在一条狭窄的战壕中；另一半兵力在几周之后抵达。几个月后，河流交汇处的小堡垒逐渐发展为了一个强大的营地。

他们在河流上游建立了炮舰定期巡逻体系。11月1日，在凯佩尔中校的指挥下，扎菲尔号、纳瑟号和米提玛号再次启程向南侦察麦哈穆德的阵地。第二天法泰号也加入了它们。11月3日，3艘巨型炮舰驶离堡垒。一场激烈的交火随之而来，但托钵僧军的准星还是一如既往地飘忽不定，埃及舰艇毫发无损。托钵僧部队的位置并未改变，但他们在城南建造了三座新的堡垒。炮舰继续前进，直至瓦德·哈比什。阿拉伯人骑兵部队沿着河岸与他们同步前行，以防遭遇码头的敌军。观察了所有形势之后，舰队掉头返回，再次通过米提玛的敌军炮台。但是这次他们就没那么幸运了，一颗炮弹击中了法泰号，3名士兵轻微负伤。

11月剩下的日子单调乏味，再没有任何冲突发生。哈里发继续做着防守准备。麦哈穆德继续在米提玛按兵不动；虽然他一再请求进攻柏柏尔附近的埃及军队，但却遭到了坚决反对，不得不满足于仅仅在尼罗河左岸派遣突袭部队，从他所能到达的所有村落征收大量粮食。与此同时，铁路继续向南延伸，迅速占领柏柏尔给物资运输带来的巨大压力也在一定程度上得到了缓解。进军柏柏尔之后的宁静出人意料，而又来得恰逢其时。萨达很高兴他的冒险举动没有带来任何恶果，他既没有遭到任何攻击也没有受到任何骚扰，于是他前往卡萨拉安排其接收事宜。

卡萨拉位置便利，与恩图曼、柏柏尔、萨瓦金、马萨瓦和鲁赛里斯距离几乎相同，周边的肥沃区域使其成为苏丹东部的宝地。这里土壤肥沃，除了雨季，气候都非常舒适。凉爽的晚风驱散了白日的酷暑，地表之下几英尺深处的充足水源，弥补了河水的不足。据说，1883年卡萨拉人口已超过6万。埃及人认为这个拥有巨大价值的城镇需要驻扎3900名士兵。一家配备了机器的棉纺厂和工厂的烟囱预示着未来制造业的发展空间。稳定的财政收入也是贸易发展的象征。但苏丹东部地区的灾难日益严重，将这个大都市的繁荣摧毁殆尽。1885年，在经历了漫长的围攻和顽强的抵抗之后，卡萨拉被托钵僧军占领。驻军被屠杀、奴役，或者并入马赫迪的军队。卡萨拉城被劫掠一空，正常贸易被彻底打断。近十年来，一支阿拉伯人军队占领着这片废墟，还在城外驻营。卡萨拉成了托钵僧帝国的边防哨所。城中大量居民要么被屠杀，要么逃往了意大利。这种情况一直持续到了恩图曼战役之后，因为托钵僧军满足于占据卡萨拉。但在1893年，指挥驻军的埃米尔立功心切，违背了哈里发继续防守的指示，向阿科达特的欧洲人发起了进攻。大约8000名阿拉伯士兵，与阿里蒙迪上校率领的依靠着坚固战壕的2300名意大利士兵正面遭遇。经过激烈但希望渺茫的攻击之后，托钵僧军被击退，损失了3000名士兵，其中包括一个鲁莽的首领。这次交战对于意大利和哈里发而言都是灾难性的。后来，意大利人在非洲的重大举措获得了决定性的进展；次年，他们的野心在阿比西尼亚得到认可，于是在

第十章 柏柏尔

巴拉蒂耶里将军的指挥下，意大利人从阿科达特出发攻占了卡萨拉。埃及政府认为这并不影响他们的主权，暂时承认了意大利人对卡萨拉的占领。随后900名意大利正规军和非正规军驻扎在一个精心修建的堡垒之中。1896年巴拉蒂耶里在阿多瓦的惨败，成了他毕生的耻辱，他的军队惨遭覆灭，再加上意大利内阁的垮台，骤然间驱散了意大利人在非洲的野心。卡萨拉成了累赘。这还不是全部。在阿比西尼亚人胜利的鼓励下，托钵僧军向意大利人的堡垒发起猛攻，驻军被迫顽强抵抗以守住他们的同胞急于放弃的东西。在这种情况下，意大利政府决定在合适的时机将卡萨拉归还埃及政府。埃及人接受了这个提议，并安排接管。正如前文所描述的，埃及总督部队向栋古拉省的进军缓解了托钵僧军进攻带来的压力。阿拉伯人占据了阿特巴拉和附近的各个据点，他们对自己的进攻非常满意。意大利人则完全处于防守状态，耐心等待着将堡垒移交给埃及军队的时机。

萨达欣然与意大利将军卡纳瓦达成协议。堡垒将由埃及部队接管，仓库和武器将被埃及军队收购，一支由意大利人和阿拉伯人组成的非正规军将归入埃及军队。然后基奇纳爵士回到尼罗河岸，那里的情况突然变得十分严峻。11月，帕森斯上校、埃及第十六营和一些本地炮手从萨瓦金出发，于12月20日抵达卡萨拉。后来归入阿拉伯军营的意大利非正规军，立即被派往攻击艾尔法希尔和阿苏布里的托钵僧军哨岗。第二天，他们在几乎没有任何损失的情况下攻下了这两个地方。意大利军官虽然对局势的转变心存厌恶，但依然对埃及代表毕恭毕敬，他们将卡萨拉堡垒的正式移交安排在圣诞节举行。

移交仪式相当壮观，但是堡垒却很奇怪。堡垒的设计是长方形的，泥筑城墙和防护矮墙上都预留有步枪踏跺。围墙内全都是帐篷和仓库。正中间是棉纺厂，它的机器早已被摧毁，但这座巨大而坚固的建筑依然矗立在堡垒中央。高大的烟囱成了便利的瞭望塔，避雷针则刚好用作旗杆。卡萨拉老城区的废墟黑暗而混乱，在平原上向南延伸，北部则是阿比西尼亚山脉凹凸崎岖的山尖。埃及和意大利的国旗同时升起，这两个国家的军队团结起来，互相致以军礼。然后，埃及护卫队穿过吊桥进入堡垒支援意大利士兵。第十六营的铜管乐队奏起了恰当的音乐。伴随着21声枪响，意大利国旗降下，卡萨拉的移交最终完成。

我们的视线离开帕森斯上校和他的一小支部队已经有一年了。他们在泥筑堡垒中忍受着酷暑，与托钵僧入侵军进行游击战，满怀憧憬地望着加达里夫，等待着恩图曼沦陷后即将到来的机会。像萨达一样，读者现在必须将注意力重新转移到尼罗河上游。

11月底，哈里发才开始意识到，埃及军队并没有打算在下一次洪水期之前发起任何行动。他发现埃及部队仍然在柏柏尔附近，而那条铁路就在阿布哈迈德南部不远处。下一次进攻仍然在计划中，只是延期了。他得出这个结论后，对麦哈穆德的请求便不再置之不理。他知道尼罗河水位下降会限制炮舰的行动，他知道柏柏尔只有很少的2000人。但他没有意识到铁路为埃及军队

第十章 柏柏尔

快速集结强大兵力所带来的便利，于是开始考虑发起进攻。然而麦哈穆德不应该一个人行动，他应该发挥整个托钵僧军的力量来驱赶入侵者。恩图曼的所有部队都领命前往北部。他们再次在科莱里附近修建了一个巨大营地，聚集了成千上万头骆驼，为最终的进军做着全方位的准备。12月初，哈里发派自己的大臣去向麦哈穆德传达他的计划，并向他保证提前增援并提供补给。最后，哈里发阿卜杜拉宣扬着一场新的圣战。而且值得注意的是，尽管之前所有的劝诫都是针对"异教徒"的——即那些不信奉马赫迪的人——他的那些信件和说教在当前情况下却将所有部落团结了起来，誓死消灭埃及人和基督徒。哈里发对于鼓动这项威胁到他自己行动的人并没有产生怀疑。此时，苏丹仅有150个欧洲人，但他们的存在却格外引人注意。

当有关托钵僧军蓄意进攻的流言传开时，萨达正在从卡萨拉返回的途中。情报部门不遗余力地收集着每一条信息，但直到12月18日抵达瓦迪哈勒法时，这位将军才收到哈里发、麦哈穆德、所有的埃米尔以及他们的全部兵力准备向北部进军的确切消息。毫无疑问，虽然敌军的行动为时过晚，但还是严重威胁到了埃及军队的胜利。如果托钵僧军行动迅速，为了避免灾难性的撤退，他们必将和托钵僧军进行一场激烈的交战。对于哈里发的公开意图，基奇纳勋爵的回应是将埃及现有军队集中到柏柏尔，并致电克罗默勋爵请求一支英军旅支援，封锁"萨瓦金—柏柏尔"线路。

河流交汇处的炮舰仓库，只有半个营守卫，现在完全暴露于敌军火力之下。由于河流交汇处下游4英里处的急瀑已经不能通行，因此炮艇无法向北行驶。他们必须停留在敌军一侧，而他们的仓库也在同一侧，因而需要更强大的兵力来守住仓库。虽然萨达觉得在没有增援的情况下继续防守非常困难，但他现在还是被迫继续向南推进。12月12日，刘易斯旅的4个营和1个炮兵组沿着尼罗河赶到与阿特巴拉河的交汇处，并开始依靠河流形成的夹角忙碌地布置防线。阿特巴拉堡垒应运而生。

与此同时，他们不断集结兵力。除了麦罗维、库尔提和德巴的少量驻军，栋古拉省的所有部队都集结在了柏柏尔。船上的步兵和枪支在科尔玛坐上火车，被带回瓦迪哈勒法，然后匆匆穿过价值连城的沙漠铁路，经过阿布哈迈德，最后抵达铁路末站营地，随后（1月1日）就被转移到了达加什。从麦罗维到达加什的铁路行程仅需4天，而亨特将军率领的突击部队通过水路则用了8天的时间——这个事实证明，欧几里得[1]无法预见在某些情况下，三角形的两边之和比第三边还短。位于麦罗维的埃及骑兵部队在12月25日接到命令，随后英国军官们匆忙地从圣诞晚宴中离开，为横渡尼罗河弯道前往柏柏尔的漫长行军做准备。8个中队中，有3支被派去刘易斯部队的所在地，这个地方在下文被称为"阿特巴拉营地"，或是更为常见的"阿特巴拉"；另外3支中队加入了柏柏尔的军队；还有2支则停留在栋古拉省，焦急地望

---

[1] 欧几里得（Euclid，前330年—前275年），古希腊人，数学家。曾提出三角形的三边关系定理及推论：三角形的两边之和大于第三边，两边之差小于第三边。

第十章　柏柏尔

着盖克杜尔水井区和米提玛方向。

自从埃及军队仓促地占领柏柏尔之后，英国陆军部便对苏丹的局势感到非常紧张。他们清晰地记得1884年和1885年发生的事，于是立即派出英国军队；他们召集部队的惊人速度充分显示了他们的能力，甚至还可能因不断加入的军事组织而增强。皇家沃里克郡军团、林肯军团和卡梅伦高地人第一营联合成立了一个旅，从开罗进入苏丹。锡福斯高地人第一营从马耳他被派往了埃及，准备立即增援前线部队。其他营则被派去接管那些移师南部的军队所留下的地方，以避免出现既有领地没有驻军的局面。

被选为英军旅队指挥官的是具有优秀品格和能力的盖塔克莱将军，他曾率领过奇特拉尔邦[1]远征军的一个旅，并且在罗伯特·洛爵士和宾顿·布拉德爵士手下时赢得了良好的声誉。因此，在马拉根德要塞战役和之后哈尔平原的行动结束后，他的旅队便立即被转移到金洛克将军麾下，盖塔克莱也被送至奇特拉尔前线。他受命从西北边境的群山中前往孟买，深受当时盛行的瘟疫困扰，于是他将注意力从战争营地转移到瘟疫隔离营。在声势浩荡的边境起义爆发之前，他不顾众人的好意，离开了印度，被任命为奥尔德肖特一个旅的总指挥。从那时起，他便急于前往苏丹。一个无所事事、身材中等的男人，拥有强壮的身体和能量，能力突出，其勇气无可置疑，但却因过分的焦虑而烦躁不安，即

---

1 奇特拉尔邦（Chitral），印度的一个邦。

使是微不足道的行动也让他饱受折磨，而这经常让他成为自身焦虑的受害者。

到1月底，一支强大的部队沿着河道驻扎在阿布哈迈德至阿特巴拉沿线。与此同时，托钵僧军则并没有向前移动。他们的军队聚集在科莱里，供应充足，所有的准备工作都已完成。然而他们却停了下来。指挥中亟待解决的问题也已经出现。一个从未解决的争议随之而来。当整个军队集结完成后，哈里发公开宣布他会亲自率军；但同时，他私下安排许多埃米尔和知名人士，要求他们不要暴露他的神圣身份。因此，在恰当地征求意见之后，他做出了让步。然后他开始四处寻找助手。哈里发阿里·瓦德·赫鲁毛遂自荐。在苏丹，驻军首领获得了所有的优势和荣誉，而对手也看到了重获失去的力量的机会。然而，哈里发阿卜杜拉也有这种考虑。他高兴地接受了阿里·瓦德·赫鲁的自荐，但他声称自己无法为他渴望领导的军队提供任何武器。"唉！"他喊道，"我什么都没有。但这对于如此知名的战士来说不算什么。"然而，阿里·瓦德·赫鲁则不这么认为，他拒绝了担任指挥官的命令。奥斯曼谢赫艾德·丁提出如果他可以武装河岸部落，并让他们来补充军队力量，他就会担任军队指挥官。这引起了雅库布的不满。他声称，这样做将非常致命，河岸部落作为叛徒，只能被消灭。他强调了可能实现他的计划的一些详细办法。争吵仍在继续，直到最后，对达成任何一致意见已经绝望的哈里发决定只增强麦哈穆德的军队，并因此命令埃米尔尤纳斯率领约5000名士兵前往米提玛。但后来他发现，麦哈穆德尤其痛恨尤纳斯，不愿与他合作。在这个时候，哈里发解散了他的营地，而托钵僧军队则在烦恼和厌恶之中再次撤回城中。

这让那些熟悉托钵僧军行动的人以为他们似乎完全放弃了进攻。即使情报部门也认为科莱里营地的解散是哈里发下定决心移师北部的表现。炎热而平淡的夏天即将来临，随着尼罗河洪水的到来，远征军将展开最后的进攻。2月15日传来的消息令人惊喜万分。麦哈穆德打算在没有任何增援部队的情况下横渡尼罗河向柏柏尔进军。萨达非常乐意看到这个令人震惊的决定，他立即开始将兵力集结在河流交汇处。21日，在阿布迪斯的英军接到指示，做好了作战准备，按兵不动。锡福斯人开始从开罗出发，埃及军队的各个营向柏柏尔和阿特巴拉堡垒前进。25日，麦哈穆德已经抵达尼罗河右岸，下令集结所有部队。

第十一章　全面侦察

战争故事往往由许多细枝末节组成，它们对于历史的真实性以及故事的趣味性至关重要，因此都不容忽视；而对于读者来说，始终拥有一个整体的概念也极为关键。否则，那些行军、突袭和侦察将会看起来毫无关联且漫无目的，而这场战争也会被视作偶然情况下发生的一场简单运动。为了了解这个故事，我们没有必要去思考那些狂野的场景和激动人心的事件，而是要更多地去彻底了解所有事件的逻辑顺序，这些事件往往会在最终对决中起到决定性的作用。

上一章我们讨论了贸然占领柏柏尔所带来的危险。从 10 月到 12 月，威胁一直存在。12 月，形势突然变得危急。一旦埃米尔麦哈穆德率领托钵僧军向米提玛进军，即使是在 1 月中旬，他也可能会重新夺回柏柏尔。如果强大的恩图曼军队占领了米提玛，那么这种可能性将会成为事实。年轻的科尔多凡将军看到了他的机会，并恳求让他去抓住这个机会。但哈里发直到率队回到城中，并得知埃及军队的人数和行动方向之后，才允许米提玛的托钵僧军行动。

麦哈穆德获准在1月底进军，他急切地遵从了一直渴望着的命令。但现在整个局势都发生了变化：埃及军队已经集结，英军旅队已经抵达，铁路已修到杰内奈蒂，位于河流交汇处饱经沧桑的小镇达科拉，已经从一个小仓库发展成为一个堡垒，然后从一个堡垒发展成了一个以托钵僧军的技术和兵力无法战胜的营地。也许麦哈穆德没有意识到铁路给他的对手带来的惊人的运输能力，也许他仍然与哈里发一样，认为柏柏尔只是被2000名埃及人占据着，或者，也是最可能的，他过于自负，鲁莽行事。无论如何，在2月的第二周，他开始横渡尼罗河，然后按之前的计划向北行进。阿拉伯人行动迟缓，他们慢悠悠地向河流交汇处艰难前行。在阿里亚巴，他似乎已经清楚了阿特巴拉营地的实力。他停了下来，犹豫不决，临时召开了议会。麦哈穆德支持继续前进并直接攻击敌人的阵地。奥斯曼·狄格纳则建议采取更为谨慎的计划。多年来与纪律严明的部队的艰苦斗争让这个狡猾的哈丹达瓦奴隶明白现代步枪的威力，还学会了许多明智的战术。他满怀嫉妒地向他憎恨和鄙视的指挥官施压，他们面临着一个不可逾越的障碍。然而，无法解决的困难往往可以被绕开。吃苦耐劳的托钵僧军可以忍受物资匮乏，而这是能够摧毁文明社会军队的资本。沙漠贫瘠而荒芜，他们可以包围阿特巴拉堡垒然后攻下柏柏尔。由于他们位于埃及人身后，这些被诅咒的埃及人将会不知所措。铁路——神秘的力量源泉——将被切断。铁路沿线的人们在极为不利的情况下要么抵抗要么被彻底消灭。此外，他还信誓旦旦地提醒麦哈穆德，英埃军队甚至可以依靠柏柏尔自身的有利条件。

埃米尔们在议会上达成的协议让托钵僧军首领做出了决定。麦哈穆德的信心逐渐衰退，对奥斯曼·狄格纳的仇恨则不断增加。尽管如此，他还是听从了长者的建议，于3月18日离开了阿里亚巴，向东北方向进入沙漠，朝着阿特巴拉河上的胡蒂村落和浅滩行进。在经过漫长的沙漠行军之后，他来到了尼罗河畔的柏柏尔。虽然不确定萨达的兵力和行动，但这位英国将军还是得到了更好的协助。麦哈穆德未能从间谍和归降士兵中得到的东西，他的对手则通过炮舰和骑兵获得了。因此，很快，当基奇纳爵士得知托钵僧军已经离开尼罗河并绕道向他的左翼而来时，他便开始沿着阿特巴拉河前往上游的胡蒂。这为麦哈穆德提供了两种选择，他既可以在强势的位置攻击基奇纳爵士，也可以选择绕道至更远的位置。他谨慎地选择了后者，然后带着他的部队进一步向东行进，抵达位于阿特巴拉的纳黑拉。但柏柏尔距离这个位置太远了，完全不在他的攻击范围内。他也无法携带足够的水，这里水井很少，并且有限的水井都掌控在埃及军队手中。继续进军是不可能的，所以他开始等待时机，同时修建战壕；他非常困惑，不确定该怎么做。供给物资一点点地被耗尽。位于申蒂的军火库在他刚离开尼罗河之后就被摧毁了。托钵僧军仅能勉强维持自身生计，但仅仅依靠棕榈树上的坚果他们是无法发展壮大的。士兵们开始放弃了。虽然奥斯曼·狄格纳的建议被采纳了，但他却仍然遭受着公然的敌视。他手下的士兵也在不断减少。

这一次，他那些可怕的对手们像幸灾乐祸的老虎凝视着无助的猎物一般，安静、无情而冷酷地望着他。然后一切突然结束了。当托钵僧军物资消耗殆尽、士气低落时，萨达率领军队立即采取行动，但他并没有完全驱散托钵僧军。遭受攻击的托钵僧军仿佛惊呆了，无力逃窜。这只老虎向前走了两大步，从拉斯艾尔胡蒂到阿巴达，再从阿巴达到乌姆达比亚，蹲了一会儿，然后怒不可遏地将它的猎物撕成了碎片。

虽然此处只是对阿特巴拉战役进行简要的叙述，但是我必须完整地讲述这个故事。

1月23日，得知英军已经抵达阿布哈迈德附近的哈里发正困军队指挥权的问题而困惑，他下令拆散科莱里营地，允许他的部队返回还在不断增强防御的城内。几天后，他命令麦哈穆德向柏柏尔进军。之前拥有6万人时都不敢尝试的事，他现在却让2万人准备尝试。这个已经摆在他面前3个月而且有希望带给他们成功的行动方案，他却在其即将变得毫无价值时才决定执行。当行动可取时，他命令禁止；当行动看起来已经疯狂且致命时，他却下令执行。这些充分展示了他拙劣的军事才能！

炮舰在尼罗河上不间断地巡逻，时不时地与托钵僧军堡垒交火。整个1月份没有发生任何值得一提的事情。间谍的情报显示，哈里发即将出现在科莱里或恩图曼。艾哈迈德·费迪尔守着沙布鲁卡峡谷。奥斯曼·狄格纳驻扎在申蒂，他在尼罗河申蒂一侧新建的两个堡垒证明了这一点。除此之外，托钵僧军一直处于被动防守状态。然而，2月12日，他们撤销了位于库里的一座小的前哨基地。这一事件似乎代表着局势将出现新的变化，重要的行动即将发生。直到15日，这件事的本质才显露出来，炮舰部队才得以准确地汇报麦哈穆德横渡至尼罗河东岸的消息。舰队竭力骚扰托钵僧军并阻断他们的物资运输。虽然他们捕获了几艘帆船和一些其他船只，但麦哈穆德还是在2月28日成功地将他的整支军队转移到了申蒂。他自己的总部设在霍什·本·纳加，一个申蒂以南约5英里的小村庄。接下来又是两周多的停歇期，在此期间，炮舰高度警惕。"萨瓦金—柏柏尔"公路再次禁止大篷车通行，而萨达本人则启程前往柏柏尔。3月11日，在盖克杜尔召集的加阿林部落的残余力量重新占领了被遗弃的米提玛，他们发现街道和房屋中遍地是他们同胞腐烂的尸体。13日，建在舍巴利亚岛上的埃及军队瞭望台遭到了托钵僧军的袭击，在随后的小规模交战中希特威尔少校负伤。当天，敌军继续向北朝阿里亚巴移动，显然，麦哈穆德已经开始行动。

麦哈穆德带着大约19000人的部队从申蒂出发，其中有许多妇女和儿童，士兵实际上可能只有12000名，每人都带有一个月的口粮和大约90梭子弹。萨达立即命令英埃军队在库努尔集结，其中不包括骑兵和刘易斯率领的埃及旅队中镇守河流交汇处堡垒的3支中队。布罗伍德带领其余的5支中队于16日向库努尔移动。随后的三天里，在骆驼军团的支持下，骑兵部队对尼罗河和阿特巴拉河沿线20英里范围内进行了侦察。

与此同时，埃及军队迅速集结。亨特少将麾下的两个苏丹旅与炮兵部队于15日晚间抵达库努尔。英军林肯旅、沃里克旅和卡梅伦旅从达贝卡前往库努尔。锡福斯高地人13日时在瓦迪哈勒法，他们乘火车迅速穿过沙漠抵达杰内奈蒂；随后，半个营的士兵通过汽轮被送至库努尔。由于情况紧急，汽轮不足，第二营兵力从铁路末站营地骑骆驼穿越沙漠，这绝对是一次前所未有的经历，他们从未进行过这样的训练，甚至连该穿什么样的衣服都不知道。16日，所有部队全部集中在库努尔，第二天全军接受了萨达的检阅。在库努尔的前三天，所有人都满怀期待、跃跃欲试，传言盛行。托钵僧军从胡蒂越过阿特巴拉河，距离埃及军队营地不到10英里。麦哈穆德已经带领一支侧翼部队穿越沙漠向柏柏尔进军。大战一触即发，一场激战必将在几个小时之内爆发。手持野战望远镜的军官们紧紧地盯着远处的沙地，以便在第一时间发现敌军行踪。远处的天际线平静如初，只有随风旋转飞舞的尘土，激动和兴奋的情绪渐渐消退，英军士兵开始后悔当初在接到轻装快速向库努尔行军的命令时将那些有用的物品丢在达贝卡。

3月19日，炮舰部队报告说托钵僧军正在远离尼罗河，而麦哈穆德侧翼部队的行动也变得清晰可见。第二天，库努尔的所有部队穿过河流和胡蒂之间的斜角沙地。这支军队看起来无坚不摧：骑兵、骆驼军团和马拉炮兵掩护着先头部队和右翼，英军部队在右侧与步兵一起并排移动，运输部队紧随其后。然而，所有这些都被一场可怕的沙尘暴淹没了。他们用5个小时完成了10英里的行军，及时到达胡蒂，得以在夜幕降临之前建好坚实的营地。在这里，来自阿特巴拉堡垒的刘易斯埃及旅队加入了他们，作为驻军的第十五营则不在其中。至此，在萨达的要求下，这支包含全部兵种的部队人数达到了14000人。该部队的组织如下：

总司令：萨达

英军旅：盖塔克莱少将
　　　　皇家沃里克郡团第一营（6个连）
　　　　林肯郡第一营
　　　　锡福斯高地人第一营
　　　　卡梅伦高地人第一营

埃及步兵：亨特少将

第一旅	第二旅	第三旅
中校麦克斯威尔	中校麦克唐纳	中校刘易斯
埃及第八营	埃及第二营	埃及第三营
苏丹第十二营	苏丹第九营	埃及第四营
苏丹第十三营	苏丹第十营	埃及第七营
苏丹第十四营	苏丹第十一营	

第十一章 全面侦察

骑兵：上校布罗伍德
　　　8 支中队
　　　2 架马克沁机枪

骆驼军团：少校塔德韦
　　　6 个连

炮兵：中校朗
　　　第十六连 E 分部　6 架 5 英寸榴弹炮
　　　埃及马拉炮　6 架
　　　埃及军队 1、2、3 号野战炮　18 架
　　　英军马克沁机枪　4 架
　　　火箭弹　2 支

麦哈穆德很早就得知了英埃军队的行动，他的初衷是向胡蒂进军。但现在他了解到，如果到胡蒂，他将不得不与萨达的主力部队交火。他感到自己的兵力还不足以发动进攻，于是决定向纳黑拉进军。阿拉伯人的转移效率极高，就像他们以前的拖延本性一样显而易见。托钵僧军的战马、步兵、炮兵、男人、女人、儿童和牲畜，一天之内在阿里亚巴和纳黑拉之间水源匮乏的沙漠中了行进了 40 英里，在 3 月 20 日夜间抵达纳黑拉。萨达的下一个

目标是将敌军赶到阿特巴拉河上游尽量远的地方，让他们无法攻击柏柏尔或者铁路末站营地。因此，21日黎明时分，萨达命令全军前往距离托钵僧军计划的休息地点5英里的拉斯艾尔胡蒂。此举让阿拉伯人包围埃及军队必须绕道的距离翻了一番。很明显，现在他们的侧翼部队完全不可能在此半径范围内带着更强大的队伍进军。

英埃军队的行动由7个骑兵中队和马拉炮兵掩护，布罗伍德上校受命沿河侦察并努力确定敌军位置。阿特巴拉河两岸的村落都被茂密的灌木丛覆盖着，即使训练有素的部队也无法通过。这些平均宽度为四分之一英里的灌木丛，生长着许多挺拔的棕榈树。所有的灌木丛枝繁叶茂，与尼罗河中暗淡的植被相比亮绿夺目。鹦鹉和许多其他颜色鲜艳的鸟类在树丛中飞舞。在3月和4月期间，拉斯艾尔胡蒂上游的河流是一片干涸的宽约400码的白色沙滩，点缀有深邃而美丽的清澈水塘，各类鱼甚至鳄鱼被河水抛下之后聚集在这里。这里的空气比尼罗河沿岸更加潮湿，在炎热的夏天，士兵们大汗淋漓，疲惫不堪。当地人不喜欢阿特巴拉河里的水，因为它不像尼罗河水那样适合饮用。它确实有一种微苦的味道，与尼罗河水的微甜形成强烈对比。然而，英国士兵则恰恰相反，他们喜欢阿特巴拉河水。灌木丛之外的地面起伏平缓，但表面要么散落着满地石块，要么崎岖不平，或者因每年河水溢出，干涸之后变得破碎龟裂。这两种路面都令骑兵举步维艰，炮兵部队情况更糟，时不时出现的水坑和长满长草的水沟使

第十一章 全面侦察

路况变得更加复杂，行进更加艰难。

在这样的环境中，各中队小心翼翼地向前移动。从胡蒂行军15英里之后，布罗伍德上校率兵来到了路况稍好的地方，他们在古堡阿巴达停了下来，随后布罗伍德派上尉盖莱斯麾下的一支中队继续向前行进7英里。2点钟时，这支中队返回，途中遇到了部分敌军侦察兵，但并没有主体部队跟随。当部队轮流到河边补充水分时，巴林上尉率领的中队在东南方向约1.25英里的前哨阵地上一字排开。这支侦察中队在返程时已被数百名托钵僧骑兵尾随。他们沿着岸边茂密的丛林悄声前行，避开哨岗，然后迅速越过警戒线，进入前哨基地。在这次遭遇战中，8名骑兵阵亡，7名受伤。崎岖的路面上，13匹战马在失去骑手之后也失踪了，它们跟在阿拉伯人的母马身后疾驰而去。

当天下午他们还收到了阿达拉马遭袭的消息。阿拉伯人似乎已经被帕森斯上校率领的阿比西尼亚非正规军击退了。还有很多详细的信息唾手可得，但我不打算在此赘述归降部队荷马史诗般的斗争故事。其中鲜有值得纪念的，大部分终将被遗忘。

一个多星期以来，英埃军队一直停在拉斯艾尔胡蒂等待麦哈穆德，军队因物资匮乏而士气消沉，或者怒而进攻。每天早上骑兵都会前往敌军营地，整天要么与巴加拉骑兵爆发小规模冲突，要么相互观望，晚上便拖着疲惫的身躯回到营地。每天早晨，士兵们都带着渴望战斗的心情醒来，熬过漫长的等待，最后带着深深的厌恶在无际的平和中睡去。当部队停歇时，营地便开始呈现出家一般的温馨景象。营地的栅栏修得越来越厚实，堡垒前的斜坡建得越来越宽，营地厨房越来越完备，阿特巴拉营地水池的水也变得越来越脏。太阳无情地炙烤着大地，阳光下的白人被晒得虚脱无力，在痛苦中颤抖，在草屋或临时搭建的帐篷下，一天中最热的时候温度甚至都能达到115华氏度。然而，夜晚凉爽宜人。

虽然主体部队的士兵们觉得日子漫长而无聊，但部队在拉斯艾尔胡蒂度过的时间却意义非凡。骑兵中队的工作非常艰苦，只能在夜间休息，连续不断的巡逻导致人马俱疲。事实上，托钵僧骑兵比他们强大得多，因此萨达的军队必须对托钵僧军骑兵首领保持高度的警惕，他们甚至把炮舰都用上了。

麦哈穆德离开尼罗河前在申蒂修建了一个仓库，埃米尔们的妻子和多余的物资都在那里。这个宝库只有700名步兵和25名骑兵守卫。出于军事原因，并且考虑到他们的围攻有可能激怒阿拉伯人，他们决定占领这个地方并驱散那些守兵。于是，24日下午，来自刘易斯旅的埃及第三营从拉斯艾尔胡蒂来到阿特巴拉堡垒，接替埃及第十五营成为驻军。凯佩尔中尉指挥的一小支兵力由希克曼少校带领的埃及第十五营、皮克炮组的2架野战炮和150名加阿林非正规军组成。他们登上3艘炮舰——扎菲尔号、纳瑟号和法泰号，以及由炮舰拖着的船，当晚朝着申蒂出发了。

27日黎明时分，舰队出现在了申蒂。托钵僧军已经得知此消息并准备抵抗，但是埃及军队具有压倒性的优势。步兵和炮台在炮舰的掩护下登陆。炮兵随后开火，但他们刚发射两枚炮弹，阿

第十一章 全面侦察 | 249

拉伯人便逃跑了。偶尔拿步枪回头开两枪，也并没有什么效果。申蒂被埃及人占领了。加阿林人继续追击逃亡的阿拉伯人，据说他们杀了160名士兵——这是一场让他们倍感欣慰的复仇之战，因为他们曾经一度陷入灭族的境地，这次复仇几乎没有任何危险。各种各样的战利品落入胜利者手中，很快便装满了炮舰。一些身世显赫的埃米尔的妻子逃往了恩图曼，但是多达650个普通女人和儿童被俘虏并被运送至阿特巴拉，在那里，她们在恰当的时机与苏丹军人组建新的家庭，从此过上了幸福的生活。埃及军队中没有人员伤亡，但是加阿林人在追击中损失了一些兵力。随后部队返回了阿特巴拉。

4月3日是部队在纳斯艾尔胡蒂度过的最后一天。漫长的等待终于结束了。他们清楚地知道敌军的位置，且敌军的力量也不足以发动有效的进攻。申蒂的营地已经肮脏不堪。另外，形势虽然令人满意，但却并不足以让指挥官高枕无忧。军队在阿特巴拉作战的时候可以从河流交汇处的堡垒中提取物资。在这里和营地之间，只有少数由骆驼军团保护的车队每四天来往一次。愚蠢的托钵僧军却从没想着切断他们的联络。麦哈穆德的骑兵实力强大。任何看过地图的人都会明白，派一支部队沿着河流左岸移动进攻那些车队是多么容易。大多数的野蛮部落都会采取这种策略。但是在最后一次行动中，托钵僧军一心求战，而忽略了所有的小规模行动。如果他们攻击埃及军队之间的联络，那么萨达很可能会被迫修建一系列堡垒，并派强大的步兵护送他的车队。作战部队将被削弱，部队也将疲惫不堪，结局也一定会被推迟到来。然而托钵僧军什么都没有做，他们本应更加积极主动。是时候结束战斗了。4月4日，埃及部队全军移师阿巴达，在距离敌军5英里的地方修建了新营地。这只老虎已经厌倦了观察，它已经向它的猎物迈出了第一步。

虽然关于敌军的实力和方位信息准确而完整，但是萨达依然决定在4月5日进行最后的侦察。

布罗伍德于凌晨4点启程，横穿阿特巴拉河在乌姆达比亚形成的凸出斜角，避开深厚的灌木丛，很快便来到托钵僧军营地附近。行军期间没有发现任何敌军的迹象。阿特巴拉河岸边的丛林荒芜冷清；营地看起来一片死寂，毫无生气。侦察中队以散步的速度向前移动，来到距离敌军营地栅栏约1200码的距离，几乎与它平行。很快他们便发现了前方的一大群骑兵。他们的实力无法预估，但在数量上似乎明显优于侦察中队。托钵僧骑兵继续向东南方向撤退，始终围绕着埃及军队左翼移动。

埃及军队继续前进，他们刚走到托钵僧军营地南端对面，另外一支数量可观的托钵僧骑兵并便从北侧出现，威胁他们撤退。同时，营地聚集了大量士兵，他们纷纷进入战壕，或者走上炮台，热切地关注着局势。此时埃及骑兵已经来到距离托钵僧军营地栅栏1000码范围内，阿拉伯炮兵开始间歇开炮攻击。

9点钟，在探明路线以及敌军位置之后，布罗伍德上校下令撤退。马克沁机枪和炮兵部队位于队伍中央，由布罗伍德上校和

3支中队守护。巴林上尉带着3支中队观察左翼，在撤退途中变成了右翼。上尉盖莱斯和佩西守着河边。

骑兵部队轮流撤退。而此时托钵僧军迅速施压，他们的骑兵很快就完全包围了沙漠侧翼的埃及部队，扬言要发起进攻。为了应对这一局面，布罗伍德上校派位于队伍中部的一支中队加入巴林上尉手下的部队，以便在大约9点45分时组成由4支中队形成的侦察部队来应对沙漠一侧的敌军，其中2支中队配有大炮，另外2支面向河流。托钵僧军冒险潜伏在灌木丛中，以期对埃及部队弱势的河流一侧发动大胆的进攻，夺取他们的大炮。他们的行动精明而大胆，骑兵指挥官以令人钦佩的技巧完美地利用了这次行动。不到300码处扬起的尘土是唯一的警告。布罗伍德立即指挥佩西和盖莱斯手下的2支中队调整方向准备冲锋。他自己也亲自率军，几个英国军官骑着战马打头阵，埃及军队发起冲锋，遭遇了不少于400名巴加拉人组成的防线，但是对方状态懒散，不够坚定。埃及人从侧面击倒了他们三分之一的防线，然后乘胜猛攻，彻底击溃了他们。

托钵僧骑兵紧随撤退的埃及部队，在向河流一侧部队发起冲锋的同时，也向埃及炮兵部队发动了袭击。随后，巴林上尉带着2支骑兵中队从沙漠侧翼疾驰越过炮兵部队，从行进的敌军部队中穿过，给他们造成了惨重的损失。这次冲锋很奏效，但是2支中队却惊愕而困惑。虽然成功了，可他们穿过托钵僧军部队最终回到河边部队时，阵型却相当凌乱。刚刚联合起来的佩西和盖莱斯，立即命令他们的士兵们下马拿卡宾枪朝托钵僧军开火。他们这一行动不仅抑制了敌军，而且也使他们的部队免于陷入刚结束冲锋的部队的混乱之中。

尽管骑兵部队遭受了猛烈的攻击，托钵僧步兵依然不顾损失快速行进。几分钟后，阿拉伯步兵和跳下战马的两个中队展开了激烈的火拼。佩西上尉严重受伤，还有几人伤亡。整支托钵僧部队正在逐渐远离埃及部队，到11点时，他们已经抵达东北部，摆脱了追击的埃及军队。幸运的是，这次交火中埃及军队伤亡寥寥无几。1名英国军官负伤，6名埃及士兵阵亡，10人受伤，大约有34匹战马失踪、伤残。

埃及军队已经得知托钵僧军的防御详情，通过一些可靠的信息也差不多弄清了他们的实力。从士兵的频繁逃离，就可以明显看出，托钵僧军已心灰意冷，而他们的不作为也表明他们几乎没有抱任何胜利的希望。摧毁他们的时刻已经到来。4月6日破晓时分，埃及全军攻破了托钵僧军位于阿巴达的营地，然后前往乌姆达比亚那些被抛弃的村落，在阿特巴拉河旁距离托钵僧军营地7英里处一个便利的水塘旁扎营。

第十二章　阿特巴拉之战

1898 年 4 月 8 日

4 月 7 日，星期四夜间，位于乌姆达比亚的部队为进攻麦哈穆德营地进行了最后的检阅，营地位于阿特巴拉河岸边的灌木丛中。如同尼罗河岸边的情况，为了利用开阔的平地，4 个步兵旅沿着平行路线进入沙漠，然后朝向南方列成方形纵队，英军旅在最前。骑兵部队和 4 个炮兵连在营地等到第二天凌晨 2 点依然没有行动。河岸到开阔平地的距离大约有一英里半，步兵在晚上 6 点钟前彻底清查了灌木丛。太阳正在落下，红光照亮了沙丘，西方的地平线变得模糊不清，沙漠和天空交织在一起。突然出现的部队阻断了羚羊前往水源地的道路，它们远远地一路小跑，仿佛玫瑰褐色的沙滩上点缀着的白点。广阔平原上的 12000 名步兵列成了整齐的 4 个方阵，他们清楚自己的实力，渴望与敌军一决高下。然后他们便开始进军。从营地到托钵僧军位置的实际距离差不多是 7 英里，但为了避开灌木丛和河流弯道，所绕的路途将这个距离增加了大约 5 英里。他们行动缓慢，太阳落下时，还没有走多远。黄昏一闪而过，夜幕降临，笼罩大地。在夜晚的寂静中，旅队稳步前行，只有士兵们踩在坚硬的沙子上规律的嘎吱声暴露了这支与敌军相比占据绝对优势的队伍的行踪。

夜间行军对于战斗来说至关重要。在任何地方，那些轻率冒险尝试的军队都一次又一次地遭受着惨痛的灾难。黑暗中，路面变得模糊不清，阳光下一眼就能看清的地方现在看起来怪异且无法辨认。微小的障碍都能阻止部队前行，他们不得不放慢脚步，反复停下来检查路况。黑暗让士兵们神经紧绷，其效果完全不亚于夜幕给村庄带来的变化。每个人都安静地走路，每个人都在倾听最轻微的响声；每只眼睛都试图看破黑暗，身体的所有感官都高度敏感。在这样的时间里，怀疑和恐惧肆意支配着大脑，行进中的每个人都焦急地想知道军队是否一切安好，他们自己是否会成为幸存者。如果黑暗的寂静中突然闪现步枪炫目的火光，响起敌军冲锋的高声呐喊，最镇定的部队都可能会陷入混乱和恐慌之中。这种情况一旦出现，直到全军覆灭或溃逃才会平息。尽管如此，由于在黎明时发动进攻关系到能否在白天结束所有战斗，所以他们不顾曾经发生过的灾难和已知的危险，仍然频繁选择在夜间行军。

部队行进了两个多小时，穿过波浪起伏的平滑沙地，偶尔碰上破碎的岩石和灌木丛。几条浅水沟穿过马路，遍布岩石的沟渠里长满了散发着奇异香甜气味的青草，士兵们不自觉地放慢了脚步，速度一度慢到每小时 2 英里。许多嗅觉敏锐的人都闻到了这股青草的味道，这味道一直在他们的脑海中萦绕着，成了那晚的

第十二章　阿特巴拉之战

独特记忆。日落时分徐徐而来的微风在细细的沙地上形成了一层白色雾气，黑暗变得更加深邃。

晚上9点钟，部队停在之前选定的一个地方，靠近荒芜的穆特鲁斯村庄，距离河流大约2英里。前往麦哈穆德营地的路程已经完成了一半，直线距离只剩4英里；但是他们不希望在黎明前到达，于是方阵中的士兵便躺在地上休息。部队为士兵们提供了肉类和饼干。驮畜轮流前往阿特巴拉河床上的水坑中饮水，士兵们将它们背上的水箱装满。所有的瓶瓶罐罐都重新装满了水，哨兵们被派往各个地方。当所有的哨兵就位之后，士兵们才开始睡觉，依然排着整齐的队列。

部队停下休息时月亮已经升起，等到凌晨1点钟他们继续开始行军时，白色月光下，前方的宽阔地域一览无遗，士兵们的刺刀闪闪发光，仿佛为部队头顶加冕了一顶带着凶兆的皇冠。部队缓慢前行，艰苦跋涉了3个小时。现在他们保持着绝对的安静，没有任何烟火。骑兵、骆驼军团和5个炮兵部队已经来到步兵之前，所有的进攻火力已经集结。此时，托钵僧军还正在梦乡之中。

凌晨3点钟，南方出现了耀眼的火光。已经来到托钵僧军营地之前的部队，除了预备队，散开形成攻击阵势；他们排成一队穿过四散的灌木丛前进，很快便来到一块庞大的高地上，在这里他们可以俯瞰麦哈穆德的营地，距离大约有900码。

天色仍暗，仅有点点的篝火穿过笼罩在托钵僧军营地之上的雾霾，万籁俱寂。很难相信在几乎只有半英里之外的地方，超过

25000名士兵已经准备好发动战争。他们的行动并非无人知晓，阿拉伯人知道可怕的敌人正蹲在山脊上等待着黎明的到来，焦虑的情绪持续发酵。最后，在无休止的漫长等待之后，黎明的第一道微光终于将地平线的漆黑打破。渐渐地，光线渐强，就像剧院的幕布被拉开一般，黑暗瞬间消失，雾霾之中模糊的轮廓开始变得清晰，所有的场景一览无余。

英埃军队沿着较低的山脊形成一个巨大的弓形：英军旅列于左侧，麦克唐纳旅在中间，麦克斯威尔旅在右侧凸出向前。起伏的地面上闪耀着刺刀的光芒，成千上万的士兵或坐着或躺着，好奇地在英埃军队前列凝视着。他们身后是由刘易斯旅守卫的运输部队。骑兵先头中队正在汇入左翼。4个炮兵组和1个火箭炮支队在步兵之间移动，然后排列在营队兵线前大约100码处两个便利的位置。一切准备就绪。然而此时却异常安静，在黎明的寂静中，万物似乎屏住了呼吸。

半英里之外的山脚下，一条长长的不规则的黑色荆棘灌木丛环绕着托钵僧军的防御工事。在这层围栏之后，弯曲的低栅栏和壕沟延伸至河边的灌木丛。形状怪异的土墩显示了炮台的位置，在围栏中部可以看到各种隐蔽炮台。外面的杂草已被清理干净，平滑的沙地呈缓坡状延伸至部队等待的地方。里面是成群的小草屋和散布的草丛，越往南长得越厚。棕榈树从低矮的草丛中拔地而起。穿过树干的间隙可以看到阿特巴拉河干涸的河床，以及在清晨太阳光下闪闪发光的水滩。这就是久负盛名的麦哈穆德营

第十二章 阿特巴拉之战

地,一个多月以来它一直是士兵们的精神支撑。它并不壮观,起初士兵们差点儿以为它已经被荒废了。只有十几个落伍的骑兵在战壕外,静静地坐在战马上望着他们的敌人,战壕里边只有几个灰白色的人影在防护矮墙后时隐时现。如今,围栏看起来已经破烂不堪,冉冉升起的炊烟表明有人类活动,虽然他们做的早餐从没有人吃。各色横幅沿着壕沟挂在围栏内,至少有一些人准备长眠在他们的防御基地内。

士兵们的寂静和焦虑被一声枪响打破。山脊上的所有人立即站起身来,望着枪声传来的方向。那是卡梅伦高地人右侧的一架克虏伯大炮开的火。随后右边的另一架大炮也开始开火,一颗炮弹点燃了棕榈树丛中的稻草屋。两架马克沁-诺登菲尔德机枪也已加入战斗。军官们看了一眼他们的手表,时间是6点15分。轰炸已经开始。

爆炸声接二连三地响起,4个炮兵部队全都加入了战斗。轰炸声连续不断,越来越响。火箭炮部队也开始射击,各式炮弹厉声嘶吼着一颗接一颗地飞向敌军营地,像一场铅灰色的暴雨砸向地面,瞬间将托钵僧军营地笼罩在硝烟之中。最初的一声轰炸之后,所有的灰白色人影全都消失了,躲进了他们的掩体中;但是仍有一些孤零零的骑兵呆若木鸡地站在围栏中间,望着迎面而来的炮火,毫不畏惧。英军步兵踮起脚尖观看战场上的激烈场面。起初他们热切地关注着每一颗炮弹,并讨论其可能产生的效果。但是忙碌的炮手们成倍地添加炮弹,空中同时出现无数炮弹,他们便无法继续讨论了。渐渐地，即使再新奇的景象也变得单调乏味了。军官们合上了他们的望远镜，士兵们再次坐下，许多人甚至直接开始睡觉。其余的人很快也厌倦了这些他们以前从未见到过的惊人场面，不耐烦地等待着进一步的行动和新情况的出现。

轰炸持续了大约10分钟之后，托钵僧军营地内尘土飞扬，数百名骑兵争先恐后地跨上战马，穿过营地后边的小道向右侧的空旷沙地狂奔而去。为了调整左翼的攻击，8个骑兵中队和2架马克沁机枪开始朝着危险的方向转移。大量骑兵迅速通过时扬起的尘埃遮挡了步兵的视线，而左边灌木丛上方继而出现的飞尘以及马克沁机枪的响声似乎描述着一场激烈的骑兵遭遇战。然而，巴加拉骑兵不愿进行这场势力悬殊的战斗，他们完全没有进攻的意思。有两次他们列出了先头部队——埃及骑兵以为他们可能会伺机冲锋，但是马克沁机枪的轮番攻击阻止了他们。此次行动埃及军队死伤共计约20人。除了被派往右翼的一支中队，埃及骑兵部队仍留在左翼，掩护着步兵行动。

与此同时，虽然好奇的观众不再关注，但是轰炸仍然精准地进行着。炮兵们不断地从前到后规律地轰炸着托钵僧军栅栏内的每一个地方，大部分栅栏和围墙被炸毁。6点45分时，一群稻草屋被点燃并迅速燃烧起来。7点15分，步兵受命列队进攻。

埃及部队的进攻计划很简单。长长的先头部队准备向壕沟推进，却被敌军的连续火力击退。然后他们计划彻底摧毁敌军的围墙。在步枪火力的掩护下，紧随其后的进攻部队通过轰炸开的间隙进入了围墙内部，然后向右侧展开，并穿过围栏，手持刺刀和枪支清除营地内部的敌军。

7点40分时，萨达下令吹响最终进军的号角。所有旅队再次吹响号角响应，清晰的号角声盖过了炮火的轰鸣。除了亨特、麦克斯威尔和麦克唐纳，所有上级军官全都跳下战马，站在队伍最前指挥。全体步兵，近11000人，立即开始向托钵僧军营地进军。这支强大的部队从山脊上沿山坡蜿蜒而下的景象蔚为壮观。他们列成整齐规则的两队行进，刺刀在阳光下闪烁着耀眼的光芒，旗帜随风飘扬。高地人的管乐队，苏丹人的奏乐队，以及英国军团的鼓乐队和笛乐队，共同演奏着狂野而振奋人心的音乐。当步兵队伍行进至炮兵队伍身旁时，炮兵队伍便立即将攻击线前移，以便有效地支持步兵队伍的进攻。部署好的各营士兵开始朝着敌军战壕进行连续而猛烈的攻击，必要的火力进攻延缓了他们的进军，所以他们的速度非常缓慢。

托钵僧军在埃及军队抵达300码范围内之前一直按兵不动。突然，沿着围栏冒出一排青烟，枪炮齐发，火力不断增强，直至埃及进攻部队被他们猛烈而致命的火力完全覆盖。埃及军队在距离托钵僧军250码处开始遭到攻击。整条战壕都被火焰和烟雾笼罩，其中活跃着的托钵僧军步枪手时隐时现，在薄薄的烟幕之后出现了成排的武士和长矛兵。幸好，途中一个小土墩在一定程度上掩护了林肯军团的进攻，但两个高地人营队中的士兵纷纷倒下。空气中弥漫着喊喊喳喳的口哨声。坚硬的砾石沙子上到处都是士兵们踩踏后扬起的飞尘。阿拉伯人发射的大量炸弹给埃及军队造成了极大的恐慌。呼啸的步枪声甚至淹没了大炮的声音。所有部署的营队都开始遭到攻击。但他们和冲锋的步兵依然不顾敌军的凶猛火力，像摧枯拉朽的雪崩一般毫不动摇、无所畏惧、势不可当地摧毁了托钵僧军的营地。

在距离壕沟200码、荆棘丛150码处，沿着战线从头到尾突然响起了另外的枪声。枪声持续不断，但是英军和苏丹士兵平静而淡定，继续慢悠悠地前行。很明显，如果托钵僧守军的凶猛火力没有给埃及军队造成大量人员伤亡，他们的进攻将会非常成功。

攻破托钵僧军的围墙和进攻壕沟期间的伤亡相当惨重。卡梅伦高地人上尉芬德雷和少校厄克特在栅栏附近的战斗中都受了致命的重伤，他们临终前还在为士兵们欢呼。与他们来自同一军团的少校纳皮尔以及锡斯福高地人上尉贝里在几码远的地方也中弹身亡。总之，埃及军队攻进了托钵僧军营地。栅栏之后是一条三重壕沟，里边全是蜂窝状的坑洞。成千上万的托钵僧军突然从这些坑洞里边涌出，应对埃及军队的进攻。刚从沙尘暴中脱身的少尉戈尔在荆棘丛和栅栏之间被击毙了。林肯军团和沃里克郡军团中的其他军官也严重负伤。在狭窄的空间中很多士兵或死或伤。进攻的旅队几乎都遭受了不同程度的损失。他们在通过障碍物的5分钟内就损失了大概400人。进攻仍在继续。

英军旅队袭击了托钵僧军营地的最北端，随后炮轰营地东部，用它们可怕的火力彻头彻尾地扫射，尸体遍布大街小巷。由于进军路线合并，他们只能部署不超过一半的兵力，但这些旅队依然继续拼命向前。连队首领指挥着军队的进攻，所有官员都镇定从容，带着他们的连队汇入先头部队不断向两侧扩展之后出现的间隔之中。于是整支军队——连队、营队，甚至旅队全都混合在一起，形成了一支拥挤杂乱但势不可当的队伍。他们纵情地朝着河床前进，迫使他们面前的敌军陷入了绝望的困境之中。然而，尽管托钵僧军无法抵挡这次进攻，但他们却并没有逃跑。数百人坚守阵地，无畏地还击直到最后。其他人则手握矛和剑英勇冲锋。大部分部队四散撤退，他们跳过一个个土坑，穿过大片空地，不断地转身还击。苏丹第十一营在攻破敌军防守之后遭到了最为激烈的抵抗。当他们部署的三个连队向营地内部不断施压时，遇到了一个由埃米尔麦哈穆德的随身护卫顽强守卫的内部小营地。这些守军突然朝着近处位于中部的英军连队一阵扫射，连队中几乎所有人都被击中，齐刷刷地倒在地上，以至于稍远处的一名英国军官愤怒地吼道："他们躺在地上做什么！"尽管遭遇誓死抵抗，在上校的率领下以及苏丹第十营的支持下，他们还是英勇无畏地冲向了这些最后的守军，将他们斩尽杀绝。麦哈穆德被俘。他在检查了防御体系并做了适当安排之后，便躲在一个特制的隐蔽炮台中。因此，他现在看起来衣衫褴褛，狼狈不堪；在被认出后，一名英国军官将他从愤怒的苏丹人手中解救出来。

他们继续前进，似乎那些参与其中的人更像是身处一场可怕的噩梦，而不是清醒的现实之中。上尉和下属人员不断召集他们能找到的任何人，不管他们来自哪个军团或是什么国籍，以控制和利用他们手中的武器。遍地都是身裹长袍的人，他们在举枪射击或冲锋时被一一击倒，土坑中堆满了已经死去或者垂死的人。成群的骆驼和驴受惊乱窜，树木被炸毁，战火带来的可怕结果赤裸裸地呈现在大地之上；妇女和小孩要么被炸死，要么在极度的恐惧之中祈求怜悯；黑人成排地被铁链束缚在战壕中，然后成排地被屠杀。征服者继续向前，他们的刺刀在淌血；他们的衣服、手和脸庞全都被硝烟熏黑；一个月来累积的恶臭充斥着他们的鼻孔，呼啸而来的炮弹回响在他们耳边。

但是8点20分左右，整支部队抵达阿特巴拉河旁。锡福斯高地人一直在左侧稳步向前，他们完全穿过了敌军所在的位置，清除了沿途的所有敌人。依然能看到数百个托钵僧军士兵沿着干涸的河床撤退，躲进河对岸的灌木丛中。锡福斯高地人和林肯军团的先头连队，以及参与进攻的卡梅伦队伍，朝着这些逃兵一顿扫射。因为无法奔跑，他们损失惨重。托钵僧军在深厚的沙地中挣扎，子弹在他们周围呼啸而过，空中沙土飞扬，场面十分新奇，这也是当天让人印象深刻的最后一幕画面。几乎没有人逃脱，河床上散落着尸体，到处是染上鲜血的白色长袍。随后，在8点25分时，停火的号角响起，阿特巴拉战役宣告结束。

随即各个营开始重组，清点各个连队的名单。他们的损失也相当惨重。进攻期间，在不超过半小时的时间内，18名英国军官、16名本地军官和525名士兵或牺牲或负伤，其中大部分都发生在

第十二章 阿特巴拉之战

突破敌军营地的时候。

他们没有继续追击。刘易斯上校和他的两个营沿着通往敌军营地南部的路线行进。就在到达河岸之前，他们发现了穿过灌木丛撤退的一部分托钵僧士兵，随即向他们开火。所有的骑兵和骆驼兵全都越过阿特巴拉河，冲进灌木丛中。但是灌木丛如此密集，错综复杂，在经历了3英里充满危险和困惑的追击之后，他们放弃了尝试，阿拉伯人侥幸逃脱。此次行动中，谨慎的奥斯曼·狄格纳率领着巴加拉骑兵逃脱，因为他在托钵僧军营中的位置非常有利，并且在他的率领下，他们几乎没有损失。然而，其余的部队则全部被消灭或驱散。这些逃兵逃往阿特巴拉河上游，在撤退途中丢下了许多伤员，这些人基本都死在了灌木丛中。麦哈穆德在米提玛募集的拥有12000名士兵的强大部队中，只有4000人安全抵达加达雷特。这些幸存者被并入了艾哈迈德·费迪尔的阵中，避免他们将这些噩耗传播给恩图曼的民众。只有奥斯曼·狄格纳、瓦德·毕沙拉和其他重要的埃米尔们的奉献和英明决策无可置疑地传回了首都。

部队重组后，营地已经撤空，他们沿着邻近的山脊排成一列。当时才9点钟，空气仍然凉爽清新。士兵们生火、煮茶，吃了些饼干和肉，然后躺下休息，静静地等待夜幕降临。渐渐地，随着时间的流逝，阳光变得越来越猛烈。四周毫无遮挡，只有几棵无叶的灌木兀立在沙地上。在这个季节的乡村中，一天之中最热的几个小时迟迟不肯结束。山脊沙地将光线反射到空气中，直到山脊上方的空气像炉子里冒出的热气一般，砾石覆盖的地面也被晒得滚烫。他们的瓶瓶罐罐中的水既热还少，阿特巴拉河中的水滩肮脏不堪。尽管随队而来的少数医务人员付出了艰苦的努力，但受伤的军官和士兵还是得忍受着最大的痛苦，有几个因伤势过重而死的士兵如果在更好的条件下是完全可以获救的。

数百名囚犯被带走，他们大多是黑人——因为阿拉伯人要么拒绝投降，要么战斗至死，要么成功逃脱。被俘的黑人愿意为交战的任何一方作战，他们对于加入苏丹军队感到非常满足，以至于那些在阿特巴拉效力于哈里发的人却在恩图曼协助击垮了哈里发。最知名的囚犯是埃米尔麦哈穆德——一个身材高大而强壮的阿拉伯人，大约30岁。被捕后他立即被拖到了萨达跟前，将军问道："你为什么到我的领地烧杀劫掠？"这个俘虏立即带着应有的尊严反驳道："我必须服从命令，你也是如此。"对于其他问题，他则是爱理不理，还说所有这些屠杀都将在恩图曼遭到报应。他被关押了起来——他是一个骄傲残忍的人，值得拥有更好的命运，而不是被无限期地囚禁在罗塞塔的监狱中。

傍晚时分，天气凉爽，士兵们将他们的痛苦和疲惫丢在了山脊上，然后返回乌姆达比亚。返乡的行军是一次严峻的考验。部队已经筋疲力尽，道路依然崎岖坎坷，引路人比前一晚更不小心或者说不那么幸运，他迷失了方向。部队还受到伤员的困扰，其中大多数人已经处于高烧状态，痛苦显而易见。直到午夜之后他们才抵达营地。步兵扛着武器白天在烈日下汗流浃背，晚上不断

第十二章　阿特巴拉之战

行军，持续作战30个小时，大部分人已经有两天时间没有合眼了。英国、苏丹和埃及的军官士兵们挣扎着回到他们的营地，很快便进入梦乡，他们身心俱疲但是心怀胜利的喜悦。

阿特巴拉之战中，英国和埃及共有20名军官和539名士兵伤亡。官方统计的托钵僧军阵亡人员约为40名埃米尔和3000名士兵，伤员数据则无从考证。

阿特巴拉之战是决定性的，整个远征军变成了夏季的四分阵营。埃及军队被分散在3个主要驻军中——4个营位于阿特巴拉营地，6个营和骑兵在柏柏尔，还有3个营在阿巴迪亚。炮兵和运输部队按比例分配至各个驻地。英军旅和2个营在达马利扎营，有2个营地在大约1英里半之外的塞利姆村庄。

在战争的最后阶段，埃及军队还从英国订购了3艘新炮舰。这些炮舰被拆散通过沙漠铁路运往阿巴迪亚。他们对常规的铁路岔道进行了特殊处理，以承接运送炮舰的火车。像往常一样，铁路运输相当成功。基奇纳先生亲自前往阿巴迪亚，通过他的行动和聪明才智敦促组装这些船只。在炎热的夏天，他留下来护理炮舰，完善进攻计划。现在只等河水上涨，以发起最后的进攻，将敌军彻底摧毁。

第十三章　终极进军

夏季之初的几个月内，终极进军的准备工作有序地进行着。英军第二支旅队被调至苏丹。能够发射大量装有立德炸药[1]炮弹的榴弹炮部队第三十七支队从英国被派往苏丹。两架能够发射40磅炮弹的大炮从开罗运了过来。另外，由爱尔兰皇家燧枪兵组成的拥有4架马克沁机枪的英国机枪队在开罗成立。不知疲倦的火车载着3艘被拆分开来的体量最大、攻击力最强的新型螺旋桨炮舰，抵达阿特巴拉营地以南的通航河道旁。最后，长矛兵第二十一支队（作者在这支队伍中率领了一支部队，随后的章节在一定程度上都是基于这样的立场）被派往尼罗河上游。事态开始快速发展。在增援部队抵达后的三周内，战争的高潮就结束了；五周之内，英军就已开始返回。在阿特巴拉营地他们丝毫没有拖延时间，虽然在英军第二支旅队到达之前，一些营已经被派往新的会师地沃德哈米德。这个地方位于沙布鲁卡以北几英里处，距离恩图曼只有58英里。因此，很明显，三年苦战的决定性时刻

---

1 立德炸药（Lyddite），英国于19世纪末研制出的一种苦味酸炸药，其成分中不含氯。这种炸药在爆炸的化学反应中会产生有毒的黄绿色烟雾。

第十三章 终极进军

即将到来。汽轮和驳船载着工作人员、英军步兵、一支中队、机枪和物资向南驶去。埃及军队各个旅队先后前往沃德哈米德。拉炮的马匹、英军的驮畜（约 1400 头）、军官的战马、一些牛以及大多数战地记者在长矛兵第二十一支队的 2 支中队和 2 架马克沁机枪的护送下沿尼罗河左岸行进。

13 个骑兵中队在沃德哈米德待了三天。在疲惫的行军之后，我们很高兴能有机会到附近走走看看，到其他的军团走访，然后写几封信。最后一点是最重要的，因为我们现在才知道离开沃德哈米德之后就没有邮局了，或者说在战争结束之前再没有和开罗以及欧洲联系的任何途径了。这次停歇还有另一个原因让人欣慰，那就是营地本身非常值得一看。它沿着河岸纵向分布，从头到尾差不多有 2 英里。尼罗河使其免受来自东侧的攻击；西侧和南侧则是茂密的荆棘灌木丛，形成了天然的屏障；北面被深深的人工河道保护着，可以利用尼罗河水进行有效的防御。从这条人工河道的河堤可以纵观整个营地：向南望去，远处是英军的白色帐篷，稍近处是埃及和苏丹旅队露营地的一排排草屋，萨达的白色大帐篷以及小山丘上高高飘扬的红色埃及旗帜，右边是驻扎着埃及军官的棕榈树林。河边是成排的桅杆，成群的帆船、驳船和汽轮密集地停泊在一起。望着卷起的船帆、交缠的索具和汽轮上高大的烟囱，很容易会让人以为这就是高度发达的国度里某个人丁旺盛的城市码头。

当视野越过狭长低矮的沙布鲁卡峡谷和急瀑，面对喀土穆和恩图曼的废墟沉思时，这幅画面的重要性便与之俱增。在最后一个据点，他们召集了至少 5 万名士兵。或许我们可以想象到首都中四面受敌的人们的兴奋、传言和决心。哈里发宣称他将摧毁无耻的入侵者。马赫迪曾托梦给他，无数天使般的战士将与这些伊斯兰教徒一起冲锋。"真主的敌人"将会灭亡，他们的白骨会将宽阔的平原染白。他大声地吹嘘着，许多誓言都被民众所接受，主要是关于异教徒抵达城墙边上时将怎么对待他们的一些言论。街头挤满了男人，回荡着他们的吼声。他们已经全面武装，准备抵抗。一切都被恐惧的黑色阴影笼罩着。埃及军队一点一点靠近，行动缓慢，小心翼翼，但从未停歇。一周前，距离 60 英里，现在 50 英里，下周将只剩下 20 英里，然后这支如蟒蛇般的部队就会停下，没有任何争论和谈判，结局终将到来。

通往下一个营地的路程很长——虽然鲁瓦扬岛就位于选定地点的对面，直线距离只有 7 英里，但是为了避开沙布鲁卡高地，他们必须从沙漠中绕行 8 英里，然后再回到尼罗河旁。因此，步兵部队得使用骆驼驮运足够他们使用一晚上的水；他们也因此需要在中途露营，并在第二天早上抵达，进行为期两天的行军。在其他部队都去往南部之后，仍停留在沃德哈米德的骑兵部队，接到命令于 8 月 27 日开始行动，并以两倍的行军速度赶上了其他部队。

随后沃德哈米德便不复存在，仅留下一个名字。所有的物资和运输部队都通过陆路或水路被转移到了沙布鲁卡南部，他们在

第十三章 终极进军

鲁瓦扬岛上修建了一个高级军事基地。他们和阿特巴拉营地以及开罗之间的联络中断了，于是军队随船携带了足够他们在占领恩图曼期间使用的物资，届时英军师将立即被送回国。据计算，这次行动的时长将不会超过三个星期。8月27日，军队装备了21天的物资，其中部队自身携带了2天的物资，团队驳船运送了5天的，另外14天的则通过军队运输帆船运送。所有多余的物资都被存放在了鲁瓦扬岛上，他们还在那里修建了一所战地医院。

这样一支装备精良、物资充裕的远征军即将彻底终结河战，其组织如下：

总司令：萨达

英军分部：盖塔克莱少将统帅

第一旅	第二旅
旅长沃丘普	旅长利特尔顿
皇家沃里克郡军团第一团	近卫兵第一团
林肯军团第一团	诺森伯兰郡燧枪兵第一团
锡斯福高地人第一团	兰开夏郡燧枪兵第二团
卡梅伦高地人第一团	步枪旅第二团

埃及军分部：亨特少将统帅

第一旅	第二旅	第三旅	第四旅
中校麦克唐纳	中校麦克斯威尔	中校刘易斯	中校科林森
埃及第二营	埃及第八营	埃及第三营	埃及第一营
苏丹第九营	苏丹第十二营	埃及第四营	埃及第五营（半支）
苏丹第十营	苏丹第十三营	埃及第七营	埃及第十七营
苏丹第十一营	苏丹第十四营	埃及第十五营	埃及第十八营

骑兵部队：

长矛轻骑兵第二十一营	骆驼军团	埃及骑兵
上校马丁	少校塔德韦	上校布罗伍德
4个支队	8个连	9个支队

炮兵部队：上校朗统帅

（英军）正规军第三十二野战炮（40磅炮弹炮）8架

（英军）正规军第三十七野战炮（5英寸榴弹炮）6架

（埃及军）非正规军马拉炮（克虏伯炮）6架

（埃及军）非正规军1号野战炮（马克沁－诺登佛特炮）6架

（埃及军）非正规军2号野战炮（马克沁－诺登佛特炮）6架

（埃及军）非正规军3号野战炮（马克沁－诺登佛特炮）6架

（埃及军）非正规军4号野战炮（马克沁－诺登佛特炮）6架

第十三章 终极进军

机枪：

（英军）第十六支队　东部正规军分部　6架马克沁机枪

（英军）第十六支队　皇家爱尔兰燧枪兵　4架马克沁机枪

（埃及军）每五个埃及炮组配2架马克沁机枪　10架马克沁机枪

机师：

皇家机师支队

舰队：中校凯佩尔

1898级装甲舰（3艘）：苏尔坦号、迈利克号、谢赫号

　　　　每艘装载：2架诺登佛特炮

　　　　　　　　　1架快射12磅炮弹炮

　　　　　　　　　1架榴弹炮

　　　　　　　　　4架马克沁机枪

1896级装甲舰（3艘）：法泰号、纳瑟号、扎菲尔号

　　　　每艘装载：1架快射12磅炮弹炮

　　　　　　　　　2架6磅炮弹炮

　　　　　　　　　4架马克沁机枪

旧版尾明轮装甲舰（4艘）：塔马伊号、哈菲尔号、阿卜克力号、米提玛号

汽轮运输队：

5艘汽轮：达尔号、阿卡夏号、塔赫拉号、奥克玛号、凯巴号（泰卜号汽轮1897年在第四急瀑处撞毁，随后被修复改名为哈菲尔号，以期好运）

这支远征军总兵力包括8200名英军以及17600名埃及士兵，陆军配备有44架大炮和20架马克沁机枪，水军拥有36架大炮和24架马克沁机枪，共有2469匹马、896头骡子、3524头骆驼，以及229头驴，此外还有一些追随者和私人牲畜。

当英埃军队沿尼罗河西岸朝恩图曼的方向移动时，一支由友好部落组成的阿拉伯非正规军沿着东岸行进，清除了沿途的所有托钵僧军。埃及先头部队摧毁托钵僧帝国后，在这个行将垮塌的国度留下了一片废墟。来自军事苏丹各部落的谢赫和埃米尔求胜心切，渴望大肆掠夺，他们带着这么多年来战争留给他们的东西，匆匆忙忙地赶往沃德哈米德。8月26日，非正规军的人数约为2500人，主要是加阿林幸存者，但也包括比沙林部落的乐队和一些个人，来自萨瓦金的哈丹达瓦人，舒克利亚部落的骆驼饲养者，在哈里发手下时人口锐减的巴塔欣部落人，戈登将军那些让人恼火的盟军沙吉亚人，最后是在所谓的帕夏祖贝尔儿子手下的一些格里莱布阿拉伯人。这支混编军的指挥权被交给了斯图尔特·沃特利少校，伍德中尉担任参谋长；而这些官员在胆怯且不值得信赖的阿拉伯人中的地位是一个相当危险的隐患。

第十三章 终极进军

当步兵师围绕沙布鲁卡高地行进到鲁瓦扬岛对面的营地时，汽轮和炮舰则拖着舰队的驳船和帆船逆流而上穿过了峡谷。狭窄通道的北端由5个托钵僧军堡垒守卫着，现在这些堡垒已经荒废，破烂不堪。这些堡垒精心建造，几乎在同一直线上，4个堡垒位于河岸同一侧，另一个位于对岸。每个堡垒有3个踏跺，一旦被占领，它们便可成为急瀑一侧坚不可摧的防御设施。

炮舰和艉明轮船乘风破浪接二连三地进入峡谷。尼罗河在下游有1英里宽，但是此时已经窄得只有200码了。水流也更加湍急，巨大的漩涡在水面上打转。河流两侧是高耸的黑色破碎峭壁，看起来像一块块巨石。洪水咆哮着从其中穿过，每当遇到刚刚被水面淹没的岩石时便激起白色的泡沫，水流不断加速。在贫瘠的高地和河水之间是一条绿色的植被带。在浑浊的河水和暗淡的岩石的衬托下，这抹鲜艳的翠绿显得格外瞩目。这是一条令人生畏的通道。山顶布守有几百名步枪手，岸边的土筑堡垒中有好几架野战炮，这条通道随时可能被卡死。

骑兵部队于8月27日从沃德哈米德出发，进入沙漠，沿着满布岩石的山丘移动。除了长矛轻骑兵第二十一支队和埃及骑兵的9个中队，这支队伍还包括骆驼军团、800名强壮的步兵以及一个马拉炮兵连。看到所有的骑兵和骆驼军团以中队和连队快速穿过沙漠着实让人欣喜，身后扬起的大片尘土向北逐渐消散。

鲁瓦扬营地的栅栏已经修好，最先抵达的苏丹部队已经将大部分土地清理干净。他们在鲁瓦扬岛上新建了一个前哨基地，其上覆盖着白色的医用帐篷，附近便是成群的桅杆和船帆。载着物资和装备的驳船、汽艇在等待着部队的到来，他们不得不在岸边露营，尽快躲进遮阳物下，以避开炙热的太阳。部队曾扎营的沙布鲁卡黑色山丘现在已经被我们抛在了身后。南方的村落看起来十分平坦，被灌木覆盖着，偶尔还有凸起的山尖打破一望无际的平坦。永不停息的尼罗河在他们的帐篷和营地旁快速流淌着，然后神秘地消失在幽暗的峡谷中。更远处的岸边坐落着一座高大的山脉——鲁瓦扬山，据说站在其山顶便可一览喀土穆的容貌。

部队在8月28日下午4点钟将鲁瓦扬的营地摧毁，然后向南方6英里开外的瓦迪艾尔阿比德进军。现在我们的先头部队呈一宽排向前移动，以便随时迅速进入作战阵型。这是第一次整支队伍中的步兵、骑兵以及炮兵同时行进。澄澈的天空下，这幅画面的细节格外引人注目。6个步兵旅，由24个营组成，每个营看起来都是由一些极小的人物组成，清晰地展现在平原之上。一支苏丹哨兵部队被派去守护瓦迪艾尔阿比德，直到部队将栅栏建起。但是一个托钵僧骑兵在光线暗淡之时成功地突破了这些防护，闯进了沃里克郡军团中，将他的宽刃长矛高高举起以示抗议。苏丹士兵们被这幽灵一般的人惊呆了，导致他最终成功地逃脱，毫发未损。

29日，部队仍停留在乌姆特雷夫对面，只有埃及骑兵部队出外侦察形势。他们沿着村落搜寻了八九英里，在找到一块合适的扎营地之后，布罗伍德上校便在午后时分返回，再无其他发现。

第十三章 终极进军

当天，尼罗河上两场灾难的消息也传来了，一场是我们的，另一场则是敌人的。8月28日，扎菲尔号沿阿特巴拉河向沃德哈米德驶来，意图随后穿过沙布鲁卡急瀑。在进军栋古拉当晚，船体不幸突然开始漏水，尽管他们费尽力气将它驶向岸边，但船头还是在米提玛附近深深地沉入了水中，如今已经倾覆。船上的军官，包括整支舰队的指挥官凯佩尔，险些被淹没在残骸之中，最终艰难地抵达岸边；后来被发现时，他们早已饥寒交迫。萨达在鲁瓦扬得知了此消息。他的计划被主力船只的损毁打乱了，但是他的计划允许意外事故的发生，因此，他最终冷静地接受了这场不幸。为战争苦苦挣扎的日子已一去不返，这位将军深知自己的兵力绰绰有余。

另一场不幸则让哈里发恼怒万分，并且其影响还被机智的间谍带到了行进的部队当中，在主体部队不断靠近之时，这些间谍成功地从敌军队中逃脱。阿卜杜拉并不满足于在河岸列炮，出于对炮舰的畏惧，他决定在河中布雷。他将曾长期囚禁于恩图曼的旧埃及军队中一名年长军官释放出来，命令他制造水雷。他们将两个铁锅炉填满炸药，然后将其沉入尼罗河合适的位置。锅炉的火药中还埋有一把已上弹的手枪，扳机上系有一根线，只要一拉手枪上的线即可引爆水雷。但这引起了哈里发的不满，并不是因为他错了。最初他们决定只放一颗水雷。8月17日，托钵僧军汽轮伊斯梅利亚号载着一个填满炸药且装好手枪引爆线的锅炉行至尼罗河中部。当他们抵达选定地点时，装满炸药的圆筒突然越过了船舷。这就像一颗毁灭性的炸弹瞬间点燃——系在手枪上的导线被意外拉起，结果手枪走火，引爆了炸药，伊斯梅利亚号和船上所有人员都被炸成了碎片。

哈里发并未被失去的生命吓到，在人造产物惊人力量的鼓舞下，他立即下令将第二颗水雷沉入河中。由于旧埃及军队的军官在爆炸中牺牲，于是负责军火库的埃米尔被授命执行这项危险的任务。他挺身而出，首先采取措施防止河水进入装满炸药的锅炉中将炸药浸湿，随后成功地将第二颗水雷沉入了河水正中央。阿卜杜拉对此非常满意，大肆赞扬并给予他重赏，殊不知这颗水雷其实已经毫无价值。

有了这些故事作为消遣，我们在瓦迪艾尔阿比德剩下的时间过得飞快。夜晚甲虫、小昆虫和蚂蚁接连出没，有几个士兵还被蝎子蜇到，虽然很痛苦，所幸并不危险。凌晨下起了雨，等到太阳从河对岸的锥形山丘后升起，将乌云化作一缕缕乳红色的火焰，此时所有人都已淋湿，冻得直哆嗦。然后我们骑上战马和骆驼重新出发了。这一天军队行进途中，我们时刻准备着投入战斗。所有骑兵都被派至部队前方 10 英里外，形成了一个巨幅的画卷，从河上的炮舰延伸至沙漠中的骆驼军团。

当我们向前行进了稍远距离时，从灌木丛中出现了一条黑色岩石的轮廓线，那便是梅里赫山丘。长矛轻骑兵第二十一支队已经集结完毕，疾步向前，占领了这个地方，从那里他们可以观察到大片村落。我们距离喀土穆只有不到 25 英里，其中 10 英里距离的景象已经尽收眼底。目前尚未发现敌军。难道他们都逃跑了吗？我们没有对手了吗？恩图曼已经被抛弃，已经投降了吗？这些是涌进每个人脑中的问题，其中很多问题都得到了肯定的答案。马丁上校发信号告诉萨达，到目前为止，所有的地方都已清查完毕，并没有发现任何托钵僧军。过了一会儿，他们便收到信号命令：一支中队继续留在山上观察，直到太阳落山，其他部队则返回营地。

两支部队被派到前方，我们则在山顶继续观望。时间似乎放慢了脚步，阳光非常毒辣。突然前方的一支部队发来刺眼的信号，带队军官发现了他们前方的托钵僧军。事实确实如此。在平原上灌木丛中的一片白色沙地上有很多棕色的小点，从骑兵前哨基地之前缓慢地向正在守望着遥远的西方的埃及中队移动。他们看起来可能一共有70名骑兵。我们无法再将视线从那些我们长途跋涉想要消灭的小点上移开。此时，托钵僧军巡逻队已经抵达我们部队右翼跟前，显然托钵僧军的距离已经比我们想象的更近。率队的中尉康诺利用卡宾枪朝他们开火，然后我们便看到托钵僧军毫不慌张地转身离开。

我们返回时，营地和早上离开时已大不相同。营地没有在河边，而是被安在了稀薄的灌木丛中。灌木四周都被砍断，地面也已被清理干净，一个巨大的矩形栅栏已经建起，6个旅在周围整齐列队，其中骑兵、大炮和运输工具被紧密地排列在一起。

第二天一早，我们继续上路，借着星光行进。黎明的第一道曙光出现时，骑兵部队已经再次被安排在部队前方一段距离处。在前方骑兵和骆驼军团的掩护下，步兵以整齐的队列向前行进。截至8月27日，部队按师队行进；但是在8月30日及随后的时间里，全军开始以作战阵型前进：英军师队在左翼，埃及军队在右翼；所有旅都排成一排，或是小型梯队；侧翼旅将其营队保持为纵列或4人小分队；其他英军营和6支连队作为先头部队（排成纵向的4人小组阵型），同时有2个连辅助。埃及旅行进时通常有3个营打头阵，另外还有一个预备队，打头阵的3个营中各有4个主力连以及2个辅助连。

清晨，空气清新明净，浩浩荡荡的尼罗河大军朝着它的目标前进，场面格外壮观。褐色的步兵和炮兵部队以及外围的骑兵，点缀在前方几英里范围内的平原之上，骆驼军团延伸至右侧的沙漠之中，那些身着巧克力色战袍的骆驼军团正骑在奶油色的骆驼上。白色的炮舰在左侧河道中悄悄地逆流而上，炮台仔细巡视着两岸。远在后方的运输部队从未停歇，前方部队通过望远镜发现了敌军的巡逻队。日复一日，部队不断前行。抵达露营地后就必须修建栅栏，这整整耗费了一下午的时间，让人疲惫不堪。到了晚上，当筋疲力尽的中队风尘仆仆地返回时，士兵们精心照料着他们的马匹，然后才安然入睡。随后同样身心俱疲的步兵派出哨兵，不停地在栅栏外巡逻，守卫着营地。

之后一个营地的位置非常有利，在一片高耸的开阔地上，任意方向的视野都非常开阔。那天晚上每个人都带着一种强烈的渴

第十三章 终极进军

望入睡，所有疑虑都会在第二天烟消云散。如果科莱里山地没有被敌军占领，那么骑兵将越过那里，直抵恩图曼城下；如果托钵僧军在那里驻有军队，那么战斗在所难免，我们在几个小时内就能得知。那天晚上发出的电报是大战之前抵达英国的最后一封。当晚，大雨倾盆，所有的村落都被雨水浸透。因为没有时间架线杆，电报线全都铺设在地面上。干燥的沙子是绝对的绝缘体，但是一旦变湿，绝缘性便荡然无存。于是，所有通信全部中断，在那些有丈夫、儿子、兄弟或朋友参加远征军的家庭中，无尽的焦虑肆意蔓延，甚至比我们在营地中焦虑不安地睡觉时还要痛苦。

漫长的一天累垮了所有人。事实上，骑兵护卫队从阿特巴拉出发后的整整两周都异常艰苦，长矛轻骑兵、军官以及士兵们很高兴能吃上一顿匆忙的饭菜，忘记当天的疲劳、坚硬的地面以及明日的期盼，进入梦乡。步兵守卫着营地，他们的体力尚未在白日耗尽。凌晨2点，暴风雨击破云层，不期而至。巨大的蓝色闪电照亮了大片沉睡的士兵、成群的牲畜，以及在风中摇曳着的帐篷。从营地中心甚至可以看到成排的哨兵，他们整晚都丝毫没有放松警惕。这还不是全部景象。在远处，靠近科莱里山地附近，一个着火的村落冒出黄色的火光，雨水也未能将其浇灭，只有当闪电最耀眼时它才会消失在视野中。那里便是南部战场。

第十四章　9月1日行动

在骆驼军团和马拉炮兵的掩护下，埃及骑兵迅速向前冲锋，很快就与主力部队拉开了8英里的距离。和此前一样，长矛轻骑兵第二十一支队在离河最近的左侧，埃及总督的中队呈向后弯的半月形以保护右翼。同时，舰队也开始行动，白色的小船开始从容地沿河而上。他们的阵列相当重要。船只之间相距1英里或者2英里，已经看不清彼此；现在要重新回归300码的常规距离。骑兵的任务是侦察恩图曼城，而炮舰的任务则是轰炸它。

长矛轻骑兵第二十一支队刚转过陡峭的科莱里山地，我们就看到远处一个黄褐色的穹顶状建筑浮现在模糊的地平线之上。那便是耸立在恩图曼城中心的马赫迪陵墓。站在高地上，用望远镜可以发现成排的土屋，就像棕色平原上的一块块黑色补丁。左侧是晨曦下的青灰色河水，被岔开为两个河道；在河道之间的沙地上，一幢白色建筑闪耀在丛林之中。我们面前是喀土穆废墟和青尼罗河与白尼罗河的交汇点。

科莱里和恩图曼之间出现了一座孤立的黑色山脉，其上蔓延的一条矮长的山脊遮挡了另一侧的地面。其他地方是一片宽阔的

第十四章 9月1日行动

沙质平原，三面环绕着布满岩石的山丘和山脊，还有粗糙枯瘦的草丛或是偶尔出现的灌木丛。左侧河岸上是一个凌乱的土屋村落，虽然我们不知道它的具体情况，但它即将成为恩图曼的一部分。它已经被遗弃，没有任何生命迹象。现在有许多人不停地说不会有战斗发生，因为我们已经抵达恩图曼城下，而且没有任何敌人阻拦我们。我们稳步向前推进，4个中队在广阔的平原上看起来渺小甚微；同时埃及骑兵和骆驼军团进入西边几英里外的平原，他们还需要很久才能穿过那里。

距离我们和恩图曼城之间的最后一个山脊大约只有3英里了。如果那里有托钵僧军队，如果那里有一场战斗等着我们，如果哈里发想证实自己曾夸下的海口并接受战争的仲裁，那么我们定能从那个山脊上发现诸多征兆。我们四下观望，最初，除了恩图曼的城墙和房屋以及从河流向远处山丘倾斜的沙质平原，并没有什么值得注意的。接着，在我们右前方4英里远的地方出现了一条黑线，闪耀着点点白光。那是敌军。看起来在茂密的荆棘丛后可能有3000名士兵。军官说，这比没有敌军好。几乎没有必要描述我们朝托钵僧军移动时走过的曲折道路。现在从另一个角度来看，我们走过的路实际上是一直沿着河岸边缘逐渐靠近的，骑兵也在慢慢靠近，在大约3英里外的平原上停了下来，看起来像三只巨蟒：浅色的一只是长矛轻骑兵第二十一支队；更长、更黑的一只是埃及中队；色彩斑驳的一只是骆驼军团和马拉炮兵。从这个距离可以更清晰地看到敌军侧翼和先头部队中的众多骑兵在斜坡之上移动。其中一些骑兵仔细观望着，朝着我们的中队而来。他们显然不熟悉李-梅特福卡宾枪的威力。几名骑兵下马观望，然后被800码之外的子弹击中；两人在马背上被击落在地。他们的同伴随即下马，检查他们的伤口，同伴抬起一人，留下另一人躺在原地，然后继续加快步伐前行，完全没意识到那些子弹从何而来。

随后，时间到了差不多11点钟。突然，这条像是由人而不是荆棘组成的黑色栅栏开始移动。其后山顶出现了成群的队列——当我们定睛细看时，全然震惊于眼前的景象，整个山坡全都是蠕动的黑人。从头到尾有4英里，而且，看起来像有5个师队，这支强大的军队在快速前进。整个山坡一侧似乎都在移动。骑兵在人群之中不断狂奔；在他们面前，是散布在广阔平原上的众多巡逻兵；他们头顶是挥舞着的数百个横幅；数千支充满敌意的长矛在阳光下闪耀，就像一片片闪光的云朵。

很显然，哈里发已经在恩图曼成功聚集了一支由6万多人组成的军队。他清楚地记得以前对埃及人的所有胜利都是通过托钵僧军进攻赢得的。他知道在最近的所有失败中，他们都是站在原地防守。因此，他决定支持在沙布鲁卡的行动以及随后向恩图曼的进军。所有人都将投入科莱里平原的一场大战中。马赫迪的预言是吉兆。托钵僧军的实力势不可当。当"突厥人"抵达时，他们应该将其赶入河中。因此，哈里发只派了200名强壮的巡逻队骑兵从沃德哈米德观察英埃远征军的行动。30日，他得知敌军已经靠近。31日，他便在恩图曼阅兵场上聚集了所有护卫和正规军，不包括那些河上炮兵部队的人。他严厉命令那些指挥官夜间与士兵们一起安营扎寨。第二天，城中的所有男性都被迫加入了战场上的军队，只有河上的枪手和驻军仍在城中。然而，无论他多么警惕，8月31日和9月1日的夜晚仍有近6000名士兵逃跑。这些逃兵以及驻守堡垒中的分队将实际参与战斗的士兵减少至52000人。现在向英埃骑兵挺进的可能只有4000名士兵还算强壮。

他们的阵列整齐划一，面向东北方向，向两侧延伸了超过4英里。在部队中心前方排列着一支强壮的护卫队。阿里·瓦德·赫鲁带着亮绿色的旗帜，率队延伸至左侧；他手下的5000名主要来自德哥黑姆和凯纳纳部落的战士，很快就开始向埃及骑兵冲过去。军队的中心和主力部队由正规军组成，由奥斯曼谢赫艾德·丁和奥斯曼·阿兹拉克指挥，在广场上整齐列队。这支雄伟的队伍包括12000名黑人步枪手和大约13000名黑人或阿拉伯长矛兵。队伍中央飘扬着一面巨大的深绿色旗帜，这是谢赫艾德·丁用来惹恼阿里·瓦德·赫鲁的，因为后者非常嫉妒前者的独特标志。哈里发和自己的约2000名强壮的护卫跟随在中央队伍之后。雅库布带着黑色旗帜和13000名士兵行走在所有队伍之后，几乎全部是剑士和长矛兵，他们和列在军队最前的队伍一起形成了护卫队。右翼是哈里发谢里夫的旅队，由2000名达纳格拉部落人组成，他们使用的是红色的宽旗。奥斯曼·狄格纳带着1700名哈丹达瓦人，守卫着最右侧以及最靠近恩图曼一侧的部队，他的名气无人不知，不需要任何旗帜。这就是现在正朝着不断观望着的中队迅速移动的强大队伍，而这些中队在沙脊上停了下来，派出一小支巡逻队，仿佛是为了确保他们看到的就是真实情况。

而此时，埃及骑兵面对这一壮观场面则有一些不同的想法。打头阵的中队在长矛轻骑兵第二十一支队的右侧行进，远离河流，他们于7点左右抵达了科莱里山脊最西端，从这里可以看到马赫迪陵墓。而且，由于苏格汉姆山没有阻挡此处的视野，英国军官通过他们的望远镜似乎看到了一支由棕色斑点组成的纵队，正在穿过延伸至恩图曼以西的宽阔平原，向西南方向移动。望远镜是极其宝贵的侦察工具，它拓展了人类的视野。那些棕色斑点是草场上放牧的马匹，再往南便能看到骆驼和被风不停拍响的帐篷。他们没有任何撤退的迹象，但是从将近4英里的距离之外并不能获得确切的消息，于是布罗伍德上校决定继续向前推进。他将整个指挥部移至西南方向距离科莱里山脊末端大约4英里处的一个圆顶山头，也是西侧与平原相接较远的山丘之一。埃及骑兵穿过沙漠慢慢地向这个新的观察点移动。他们中途穿过沙姆巴特山涧，这片长长的低地是科莱里和恩图曼平原的天然排水通道，在距离城市大约4英里的地方汇入尼罗河。前一天晚上的大雨使低地变得泥泞潮湿，柔软湿润的沙滩上出现了一个个水潭。然而，这段路并无大碍，在11点半的时候，埃及中队开始爬上通往圆顶山头较低一侧的山坡。突然他们深陷敌军之中。托钵僧军

第十四章 9月1日行动

从3英里之外气势汹汹地冲过来。南风将号角和鼓声以及更为危险的深沉低语带来,传至军官耳中。长矛轻骑兵第二十一支队位于左侧3英里处的从苏格汉姆向西延伸的沙脊尽头,士兵们出神地停留在山脊上。但是河上的炮声很快就将所有人的目光从托钵僧军冲锋的惊恐景象中移开。

大约11点钟,炮舰沿尼罗河而上,和敌军两岸的炮台激烈交火。轰鸣的炮声连续响了一整天,从我们所在的山脊可以看到白色的船只慢慢地逆流而上,笼罩在锅炉冒出的黑烟和其他炮台冒出的白烟之下。装备有近50架大炮的堡垒全力反击;但英国人的目标很明确,火力异常凶猛。托钵僧军的踏跺被炸得粉碎,很多炮台都被摧毁了。马克沁机枪疯狂扫射着环绕堡垒的步枪战壕。重型炮弹打在堡垒和房屋的土筑城墙上,红色的尘土被炸向空中散落四周。尽管托钵僧军炮手英勇顽强,但他们还是从防御工事中被逼出,跑向城市街道避难。恩图曼的坚固城墙多处炸开,大量无辜平民非死即伤。

与此同时,沃特利少校率领的阿拉伯非正规军也被卷入了这场激烈的交火中。他命令非正规军在河东岸的堡垒和防御工事后方与舰队配合。炮舰刚刚炸毁堡垒,沃特利少校就命令非正规军向堡垒和防御工事冲锋。他将手下唯一值得信赖的加阿林人留待备用,并根据他们的能力和偏好重组部落。发动进攻的命令刚下,整个部队大约3000人便冲向那些建筑,托钵僧军立即开火。他们在抵达500码范围内时停了下来,开始拿出步枪,纵情狂舞以表达他们的愤怒和勇气，但是却不再继续向前。

随后沃特利少校命令加阿林人发动进攻。这些人形成一个长长的纵队，在复仇的欲望激励之下变得勇猛无比。他们缓慢地进入村落，包围并占领一个接一个的房屋，消灭所有守军，包括托钵僧军埃米尔和他的350名追随者。加阿林人自身死伤约60人。

村落被占领之后，东岸的敌军被消灭或驱散，炮舰继续沿河而上与两岸的炮台激战。榴弹炮已经就绪，并于凌晨1点30分开始轰炸马赫迪陵墓。我们在山脊上观望等待，目睹了这一幕，这有趣的画面甚至将我们的注意力从托钵僧军身上移开。陵墓的穹顶高高耸立在城市的众多土屋之上。一枚立德炸弹正中其上，闪出一道强光，冒起一股球形白烟，在短暂停歇之后，远处传来沉闷的爆炸声。另一枚炸弹紧随其后。第三次轰炸时并没有冒起白烟，而是出现了一团巨大的红色尘土，整个坟墓瞬间消失。尘埃落定之后，我们发现那块地方已被夷为平地。其他炮弹继续进行着轰炸，在穹顶上炸出破洞，继而将其炸得粉碎，整个陵墓完全被尘土包裹。

这一次，托钵僧军越来越近了，这支庞大的军队稳步推进，迫使埃及骑兵骑上战马，迅速撤往更安全的地方。布罗伍德上校规划了直接以受威胁的营地撤退的路线，1点钟刚过他就开始组织队伍有序撤退。8支埃及骑兵中队和马拉炮兵首先撤离。骆驼军团的5个连以及1架马克沁机枪和骑兵第九中队在少校塔德韦的指挥下紧随其后担当后卫队。这些托钵僧骑兵满足于偶尔射

第十四章 9月1日行动

击,而骆驼军团则会在路面状况合适的地方停下还击。一支更为勇猛的阿拉伯人队伍时不时地出现在撤退的骑兵中队之后,阿拉伯人的卡宾枪总是能中断勇敢的骑士们的撤退。然而骑兵中队的撤退并没遭到严重的干扰,他们再次安全地穿过沙姆巴特山涧的沼泽地。

黑色山丘西侧更黑的一团是埃及中队。当长矛轻骑兵发现他们撤退之后,立即开始缓慢地沿着沙脊向苏格汉姆山的岩石区移动,那里是我们第一次发现托钵僧军的位置。这支部队迅速调转方向,各翼依次撤回,两个独立部队被安排至后方和侧翼,以将敌军巡逻队控制在一定距离之外。但是阿拉伯骑兵看到所有埃及骑兵部队撤退时变得异常勇猛,众多5人和6人小队开始疾跑着向埃及骑兵部队靠近。每当路面状况允许时,骑兵中队就会轮流停下几分钟向他们开火。尽管这样他们还是杀伤了大概6人。然而,其他人很少注意到这些子弹,继续好奇地探查着,直到最后埃及骑兵认为有必要派出一支部队将这支托钵僧军赶走。20名长矛轻骑兵转身飞奔回去,小心翼翼地回击那些好奇的托钵僧巡逻队。托钵僧军虽然人数众多,却分散为众多小团体,无法聚集起来,因此他们拒绝战斗。然而,声势浩荡的托钵僧军继续庄严地推进,迫使埃及骑兵在他们面前撤退。时间接近下午1点钟,如果哈里发继续推进,双方的主力部队势必将在夜幕降临之前展开一场恶战。

从黑色的苏格汉姆山顶望去,眼前的景象非同寻常。托钵僧军的浩荡大军在眼前的壮观景色的映衬下相形见绌，成了褐色平原上的斑点。东方，另一支军队出现在视野内——英埃军队。所有6个旅都穿过了科莱里山地，现在他们站成月牙队形，背对尼罗河。艾格佳村落的交通工具和房屋充斥着这片封闭的空间。虽然仅仅相隔5英里，但是双方部队却完全看不到彼此。毫无疑问，敌军的阵列更长更宽。然而在英埃军队强大的营队中似乎存在着一种超强的力量，他们的队列笔直得像是用直尺画出来的一般。

营地的气氛非常活跃。行军结束后，士兵们将武器堆积起来，他们已经在周围修建了一圈细长的灌木栅栏。现在他们正在享用晚餐，期待着一场激战。所有部队都已接到命令在2点钟准备好武器，以抵抗托钵僧军可能发动的袭击。但在1点45分时，托钵僧军停了下来，他们训练有素，似乎是在听到同一个命令之后停止了一切行动。突然，步枪手们在咆哮的部落篝火声中举起手中的步枪。篝火的浓烟在部队前方冒起，从一端飘向另一端。随后，他们躺在地上，内心清楚地知道这场战斗当天并不能结束。我们一直待在沙脊上，直到夜幕逼近。当天下午我们的巡逻队和敌军的巡逻队之间发生了各种小规模的交锋，致使敌军死伤约12人，而我们仅有一名下士负伤，一匹马牺牲。当火光逐渐熄灭之后，我们回到河边饮水扎营，然后穿过英军师的排队进入营地，那里的官兵在火光褪去的平原上目不转睛地观望着，向我们询问敌人是否来了，如果要来，会是何时。我们深怀自信和满足地答道："可能会在白天。"

炮舰的轰炸击沉了托钵僧军的一艘汽轮，压制了敌军的所有炮台，炸毁了马赫迪陵墓。随后他们从容地回到营地，停泊在靠岸的地方，以便在托钵僧军发起进攻时提供炮台支援。夜幕降临之后，他们将强力的探照灯投射到了栅栏前方以及远处的山丘之上。令人眼花缭乱的光束掠过荒凉却不荒芜的平原。托钵僧军沿着沙姆巴特洼地东侧的山坡露营。5万名忠实的战士都在靠近埃米尔旗帜的连队中休息。哈里发睡在主力部队中央队伍的后侧，周围是他的将军们。突然，一道耀眼的苍白色炫光照亮了大地。阿卜杜拉和酋长们一跃而起。周围的一切都沐浴在白色的光线之中。远处的河边闪烁着一个完整的光环，就像魔鬼冷酷无情的眼睛。哈里发拍着奥斯曼·阿兹拉克的肩膀说："奥斯曼，谁应该率队在黎明时分发动进攻？"然后他继续低声说："有什么不同寻常的事情吗？""陛下，"奥斯曼答道，"他们正在望着我们。"他们的思想中充满了恐惧。哈里发的小帐篷在探照灯下格外显眼，于是他赶紧将它收起。一些埃米尔遮住他们的脸，以免刺眼的强光让他们失明。所有人都担心可怕的炮弹沿着光线飞来。但是这样的情绪突然就消失了——因为工兵的望远镜从那个距离看不到任何东西，只有棕色的平原。这束强光扫过沉睡的队伍，惊醒了沉睡的战士，就像一阵风吹过一片玉米地。

与其他夜晚一样，英埃军队并没有列成四边形的阵营，但是这次他们以下午计划好的进攻阵型躺下休息。荆棘丛后每50码都安排有两个哨兵，每隔100码就有一名军官。在这条荆棘丛后方50码处，躺着营队各个等级的军官和全副武装的士兵，他们以各种想象得到的姿势四肢摊开躺在地上，以缓解极度的疲劳。数量两倍于这支远征军的敌军，已经相距不到5英里。当天，托钵僧军充满信心和决心，气势汹汹地推进。但他们似乎不可能在天亮之前穿过开阔地发起进攻。他们面临着行进或者停歇的难题：要么在可以使他们于下午4点前免遭攻击的地方接战，然后指望常胜的萨达军队在黑暗中与河边的后卫部队交火；要么计划发起夜袭。富有经验的指挥官不太能接受在当天这么晚的时间进行战斗。如果托钵僧军急于进攻，他们就将面临更糟糕的状况。但无论如何，托钵僧军都将严格保持防守阵势，直到天亮。备选方案仍是夜袭。

远征军面临着巨大的威胁。在夜间漆黑的几个小时中，部队要做些什么？白天他们很少在意他们的敌人，但是到了晚上，当400码成为他们的火力极限范围时，是否可以保持前线阵型并抵挡敌军进攻是一个极其重要的问题。防线在黑暗中被攻破的后果可怕至极：昏暗的光线中突然出现冲锋而来的敌军；栅栏外瞬间响起激烈的步枪和火炮声；人群不顾枪林弹雨一拨接一拨地涌来；火力无法控制，然后前线被击溃的部队将陷入疯狂的混乱中，其中将会有许多凶悍的剑士越过战壕，肆意砍杀；受惊的驮畜将四处冲撞，搅乱所有的阵型并打断一切恢复队形的尝试；团队和旅队为了自保将朝着各个方向疯狂开火，消灭了敌人却也杀死了友军；其中只有几千人，也许只有几百名士气低落的士兵能够乘驳船和汽轮逃脱，来讲述这段惨痛的记忆。

那天晚上，所有首领眼前都浮现出了这幅画面，或真或假；但是，无论他们的想法如何，他们的策略依然大胆而自信。无论提出什么建议，表达什么意见，责任都是赫伯特·基奇纳爵士的。他肩负重任，所做出的决定必须完全归于他个人。他可能已经将士兵和牲畜组成的军队打造得坚不可摧，在四周布置成排的步兵，并且挖好宽而深的沟渠，或者在时间允许的情况下修建足够高的栅栏。他或许会让步兵占据众多房屋，让他们进入四周有仓促修建的战壕的建筑物内，然后围起一小块地方，把骑兵、驮畜和枪支聚集在里边。事实并非如此，他把军队排成一条细长的曲线，在河上休息，围起一片广阔的空间，行李和动物四散在内。他的防线只有两列队伍，每个营只有2个连和1个埃及旅（柯林森的）作为备用军。因此，他的军队火力得到了最大限度的提升，他在等待必要时依赖精准的武器，但他还是迫切地希望避免晚上被迫赌博冒险。

然而，当晚平静如常。月光下的营地中，焦虑的将军，疲惫的士兵，可怕的武器，都安静地散布在岸边，似乎在担忧明天的机会和可能的失败。另一支军队与他们相距不到4英里，数量两倍于他们，同样自信，同样勇敢，也在焦躁地等待着黎明到来，以结束长期以来的战争。

第十五章　恩图曼之战

1898年9月2日。

号角声在4点半开始从河边营地响起，英军师的战鼓和横笛也掺杂其中，所有人都在欢快而激昂的混杂音符中醒来。天逐渐变亮，骑兵骑上战马，步兵端起武器，炮手在炮台就位，太阳在尼罗河上空升起，宽阔的平原、黑暗的岩石山丘和等待中的军队全部出现在眼前。好像所有的准备工作都已经就绪，战地已经侦察明了，就差终极行动和"最后一击"了。

甚至在天亮之前，英埃骑兵的几个中队就已经被迅速派往前线接触敌军以了解其意图。其中巴林上校指挥的第一支中队占领了苏格汉姆山，他们在昏暗中等待着，直到黎明时分托钵僧军暴露行踪。这是一项危险的任务，因为他们随时可能会意外地发现托钵僧军已近在咫尺。随着太阳升起，长矛轻骑兵第二十一支队从栅栏内快速冲出，同时还有一支巡逻队涌出。由于托钵僧军并没有发动夜袭，因此他们很可能退到了原来的位置或者已进入城中。他们不可能在白天穿过开阔地进攻我们的营地。事实上，他们的心志似乎已经在夜间消磨殆尽，他们现在已经消失在沙漠之

第十五章 恩图曼之战

中。但是这些猜想很快就因山脊之上出现的景象而化为乌有。

时间来到 5 点 45 分。光线昏暗,但是每分钟都在变得更亮。敌军停在平原之上,他们的数量没有变化,他们的信心和意图毫无动摇。他们的先头部队现在已经有近 5 英里长,由数量众多的士兵组成,排成细长的队伍连接在一起。在侧翼部队附近和后方是大批预备队。从山脊上看,他们像是暗黑的模糊斑点和条纹,松散而多样,矛尖的古怪微光闪烁其中。大约 5 点 50 分时,人群开始快速移动,埃米尔们在他们的队伍前飞速奔跑,侦察兵和巡逻队散落在前线。然后他们开始欢呼。他们距离山丘还有 1 英里,崎岖的地面使他们避开了萨达军队的视野。呐喊声虽然微弱但还是被河流下游的部队听到了。对于那些在山上观望的人来说,这响彻天际的咆哮声迎面袭来,就像暴风雨前被狂风卷起的汹涌波涛。

英埃部队排成一列,背对河流。侧翼部队由停泊在溪流中的炮舰守护,他们面前是起伏的沙质平原,从低缓的山脊望去像是光滑平坦的桌子。右侧是科莱里的岩石山丘,埃及骑兵就在附近,远远望去是一群黑色的人马。长矛轻骑兵第二十一支队在左侧停下来观察他们的巡逻队,一支中队已被派往他们前方。巡逻队爬上苏格汉姆山,继续向前翻过它,然后像我们一样停歇在山脊上。

地面从河边缓缓抬升,所以苏格汉姆和科莱里山脊朝向陆地的一面看起来似乎向彼此弯曲,将它们包围起来。形成这个宽敞的圆形剧场西侧围墙的沙丘之外，远处山丘的黑色轮廓出现在朦胧的薄雾之中。挑战者已经步入竞技场，他们的对手正在迅速靠近。

尽管托钵僧军正在稳步前进，但是他们的火力略逊一筹。我们需要到更近的距离观察，于是我们跑上苏格汉姆山西南方的斜坡，直到抵达敌军一侧的沙丘。我们的军团前一天就是在这里等待的。随后，托钵僧军队列的细节全都暴露无遗。似乎成千上万士兵中的每个人都将单独接受检阅，他们的步伐快速而坚定。很明显，在沙丘上长时间等待是不安全的。然而这奇迹般的景象却带着惊险的魅力吸引我们甚至驻足良久。

稍有名气的埃米尔的旗帜很容易辨识。最左边亮绿色旗帜下的士兵属于阿里·瓦德·赫鲁；在亮绿色旗帜和中部之间，一群密集的长矛上空飘扬着奥斯曼谢赫艾德·丁的大号深绿色旗帜，之后是配备步枪的一长排战士；雅库布指挥的中央队伍中，哈里发神圣的黑色旗帜高高飘扬；右侧一支庞大的托钵僧军在一大堆白色旗帜下排成四方形阵容，在这些白色旗帜中谢里夫的红色旗帜几乎被淹没。托钵僧军埃米尔的所有傲慢和才能在他们存在的最后一天中被激发了出来。曾帮助托钵僧军击溃希克斯的步兵，曾在阿卜克力冲锋的长矛兵，曾目睹贡达尔人和巴加拉人大肆劫掠希卢克人的埃米尔们，曾围困喀土穆的战士们，所有人都被之前的胜利所鼓舞，又因后来的失败而充满怨愤。他们集体推进，以惩击那些粗鲁无耻且被诅咒的入侵者。

第十五章　恩图曼之战

　　他们继续前进，托钵僧军左翼开始穿过平原向科莱里迈进，我觉得他们是为了转攻我们的右翼。位于黑色旗帜下的中央部队直接向苏格汉姆方向移动。右翼部队排成一排向南部山丘移动。这群人是最引人注目的，他们的总数不少于 6000 人，队列相当完美。他们高举旗帜，也许有 500 面之多，虽然上面印有古兰经中的文字，但是从远处看依然是白色的。他们让人钦佩的队列组合让哈里发的军队看起来就像巴约挂毯[1]上绣的十字军[2]。

　　进攻持续发酵。左翼部队将近 20000 人，艰难地穿过平原靠近埃及中队。中央部队的领头军转而正对托钵僧军营地，随后立即展开直接攻击。随着整个托钵僧军不断前进，举着白旗的师队现在已经移至部队右后方，他们赶上主力部队之后便开始攀爬苏格汉姆山南坡。与此同时，敌军另一部分兵力正在缓慢地朝尼罗河移动，他们曾列于"白旗部队"之后，数量相对微不足道。他们仍然处于右侧部队之后，与恩图曼郊区相距不远。这些士兵显然已被派驻各个据点，以防止托钵僧军被切断与恩图曼城的联

---

[1] 巴约挂毯（Bayeux tapestry），也译作贝叶挂毯，又称作玛蒂尔德女王（la reine Mathilde），创作于 11 世纪。贝叶挂毯长 70 米，宽 0.5 米，而现今只存 62 米。挂毯上共出现 623 个人物，55 只狗，202 匹战马，49 棵树，41 艘船，超过 500 的鸟和龙等生物，约 2000 个拉丁字母，描述了整个黑斯廷斯战役的前后过程，其中包括 1066 年 4 月出现在天空中的哈雷彗星。史载是征服者威廉的同母异父弟巴约大主教巴约的厄德（Odon de Bayeux）为纪念巴约圣母大教堂建成所织。现保存于法国下诺曼底的巴约（Bayeux）。

[2] 十字军（Crusaders），由天主教士兵组成的军队，曾参加十字军东征，士兵都佩有十字标志，因此称为十字军。

络，守护他们的撤退路线。长矛轻骑兵第二十一支队需要在大约两个小时后去进一步了解他们的情况。

托钵僧中央部队已进入射程范围内。但是战斗却并非由英埃军队发起。如果说阿拉伯人手中有任何一种相比他们的对手差的武器，那就是火炮。他们就是用这样的武器发起了进攻。托钵僧队伍中间，正面的2架炮台冒出两股青烟。在没有荆棘栅栏的大约50码范围内，炮弹轰炸的地方涌起两股红色沙尘。这看起来像是托钵僧军发起的挑战立刻得到了回应。英国和苏丹旅队前方浓烟四起。4架炮台一个接一个地从3000码外向敌军开火。炮弹的声音从山脊之上轰隆隆地传至我们耳边，随后山间便传来回声。炮弹在移动的人群头顶爆炸，在空中形成团团浓烟，碎片散落满地，悲剧正在上演。"白旗部队"已经接近山顶，再过一分钟，他们就会暴露在炮台之下。他们是否已经意识到即将面临的危险？他们的队伍人群密集，距离第三十二号野战炮和炮舰只有2800码。射程是已知的，这只是一个机械问题。当意识完全被逼近的恐惧所占据时，远处的屠杀便会被轻易忽视。几秒钟后，这些勇敢的士兵将会瞬间化为灰烬。他们登上了山顶，整齐列队，整个托钵僧军全都出现在了视野范围内。白色旗帜使他们显得尤为突出。当他们发现英埃军队阵营时，便立即噼里啪啦地从背上取下步枪并加快了步伐。有那么一会儿，"白旗部队"有序地推进，整个师队越过山顶，暴露在英埃军队视野之内。炮舰和英军第三十二号野战炮以及栅栏内的其他炮台立即朝他们开火。第一分钟内，大约有 20 枚炮弹轰向他们。有些在空中爆炸，有些则刚好在他们面前炸开。其他一些则落入沙地之中，在他们的队伍中间爆炸，红色的沙尘在空中形成云团，炮弹碎片四处横飞，白色旗帜倒落四方。然而，他们马上再次崛起，因为还有其他人继续英勇冲锋，为马赫迪的神圣事业而死，守护真正的先知继承者。场面极其可怕，因为他们根本没有对我们造成任何伤害，在他们无力还击时如此残酷地攻击他们似乎有失公平。炮弹轰炸之后，"白旗部队"只剩下长矛兵和突击队员了，他们变换了阵型，虽然人员骤减，但他们的热情却丝毫未减。现在，进攻已全面展开，骑兵需要尽快清理前线，进一步的火力攻击将交给步兵和马克沁机枪。所有的巡逻队都跑回他们的中队，军团迅速退至营地栅栏内，来自炮舰的炮弹在队伍头顶嘶吼，在托钵僧军阵地爆发出耀眼的火光和团团烟雾。没过多久，炮弹的猛烈轰击声就被步枪的凶猛火力声吞噬了。

骑兵利用河岸的掩护跳下战马，等待着，想知道情况如何，马匹被放至河边饮水。每一刻，混战声都变得越来越响亮，越来越密集，直到连续不断的嘈杂声将马克沁机枪的突突声淹没。第三十二号野战炮在我们头顶 20 英尺高、80 码远的位置开火。身手敏捷的炮手跑前跑后，忙于轰炸。一些军官站在饼干盒上，透过望远镜仔细观察，研究战况。我目睹了这些：800 码之外，一队衣衫褴褛的士兵拼命地向我们冲来，面对无情的炮火挣扎着向前，白色的旗帜左右摇摆逐渐倒下；身着白衣的士兵成群地倒在地上，他们的步枪口时不时地冒出一丝白烟；前线部队跟前是炮弹爆炸形成的一排更浓烈的白烟。

步兵待在原地平静而从容地不断射击，因为敌军相距甚远，军官们也非常谨慎。士兵们对这场战役满怀热情而且为之付出了巨大的努力。目前却仅仅成了机械的肢体运动，异常单调乏味。通过瞄准镜，那些微小的人物看起来稍微大了一点点，但在每次连续射击时还是显得太小。步枪因连续使用而发热，以至于他们不得不换用预备连队的步枪。马克沁机枪耗尽了隔热套里的水，有几支机枪必须从卡梅伦高地人的水瓶中重新装上水才能继续最后的致命攻击。空弹壳掉落地上叮当作响，在每个人旁边堆积成山。而对面的平原上子弹不断穿过肉体，击碎骨头；鲜血从可怕的伤口喷涌而出；英勇的士兵正在一连串的金属打击声中挣扎，奄奄一息，爆炸的炮弹溅起的灰尘让他们痛苦而绝望。这便是恩图曼之战第一阶段的状况。

哈里发的进攻计划看似复杂而巧妙。然而它的基础，却是对现代武器威力的夸张计算；除了这个根本的错误，我们没有必要去批评它。他先是命令大约15000名士兵在奥斯曼·阿兹拉克的指挥下发动正面进攻，这些士兵主要是从奥斯曼谢赫艾德·丁的军队中挑出的。他自己则带着同等的兵力在苏格汉姆山附近等待，观察进攻结果。如果成功的话，他就会率领他的护卫队——阿拉伯军队的精英——向前迈进，夺取最终的胜利。如果失败了，他还有另一次机会。尽管率先来到营地外的托钵僧军非常英勇，但是他们绝不是托钵僧军中最好或最可靠的部队。他们的溃败可能会给托钵僧军造成沉重打击，但并不足以结束战斗。双方激战正酣时，由奥斯曼谢赫艾德·丁部队的剩余部分组成的勇猛左翼在悄悄地转移至北侧，然后在埃及旅队营地前转换为曲线队形。与此同时，阿里·瓦德·赫鲁准备前往科莱里山地，他现在仍远离战场，有时甚至待在敌军视野之外。如果正面和侧翼进攻不幸被击退，那么沉浸在轻而易举地战胜托钵僧军的喜悦之中的"真主的敌人"便会离开他们的有利据点，前去占领城镇并大肆掠夺。当他们散乱地出现在平原之上，没有任何掩护时，托钵僧军中精心挑选的虔诚教徒便会抛弃所有的掩体，迅速聚起数千人去消灭这些被诅咒的对手。哈里发则会率领15000人从苏格汉姆山后俯冲下来，阿里·瓦德·赫鲁和奥斯曼军队剩下的部队会从科莱里发动攻击。一旦遭到南北两侧的夹击，且被包围之后，这些异教徒便会放弃希望，无视纪律，也许那时基奇纳会告诉大家希克斯和戈登的故事。随着战局的发展而出现的两种情况阻碍了这个计划的实施。托钵僧军的两个师没有发起第二次进攻；即便他们那样做，英埃军队的火枪手也会将其击退。尽管远征军可能会遭受更大的损失，但结局却不会受到影响，最后的希望已经随着夜色一并褪去。

率领着9支骑兵中队、1个骆驼军团和马拉炮兵的布罗伍德上校，已经接到抵挡托钵僧军左翼的命令，他还需要阻止托钵僧军包围下游的营地，因为埃及旅队在那里，他们未曾想过将遭受敌军凶猛的攻击。带着这个目标，当托钵僧军接近时，他便派马拉炮兵和骆驼军团占据科莱里山脊，然后将骑兵部队留在中央队伍后方。

我们经常拿来作为参考物的科莱里山由两个主要山脊组成，它们高出平原约 300 英尺，每个山脊都有 1 英里长，几乎沿东西方向延伸，它们之间是约 1000 码宽的低谷。这些主要山脊的东端距离河流大约 1000 码，其间散布着一些奇形怪状的岩石和小山丘。科莱里山的两个主要山脊之间，以及其他较小的山脊上，都覆盖着粗糙的巨石和棱角分明的火山岩，马匹和骆驼行走其上异常艰苦。

骑兵的马匹和骆驼在两个山脊之间徘徊。骆驼军团的士兵占据着最南端的山脊顶端，他们的右翼则位于沙漠尽头。跳下战马的骑兵占据了山脊中部，紧挨着骆驼军团。马拉炮兵则位于左侧。其余的骑兵在炮台后的低地中待命。

奥斯曼疯狂进攻，很快就遭遇了我们的骑兵部队。他的真实意图尚不明确，我们只能猜测——他是奉命来攻击埃及旅队的，还是为了驱赶骑兵，或者只是按照阿里·瓦德·赫鲁的要求从科莱里山后离开，我们不得而知。然而，他的行动很坚决。他不可能击败威胁着他左后翼的强大骑兵。于是，他继续穿过营地前的栅栏，始终保持在步兵射程之外。他带着右翼部队，沿正北方向行进，进攻布罗伍德。原本只打算清除托钵僧军小规模队伍的布罗伍德，突然发现自己遭遇了近 15000 名敌军的袭击，其中大

第十五章 恩图曼之战

部分是步兵。在营地内观望的萨达下令让他沿着步兵队伍方向撤离。然而，布罗伍德上校更愿意从科莱里山地向北撤退，以把奥斯曼引至身后。他向萨达汇报了自己的想法。

　　托钵僧军很快就抛弃了第一个据点。他们沿着东北方向前进，从侧面进攻科莱里山，随后立即包围了埃及骑兵右翼部队，紧紧盯着他们。从地图上可以看出，一旦托钵僧军步兵占据两个山脊之间谷地延长线西侧，他们便不仅可以直面右翼部队，而且还能直接威胁到南侧山脊上撤退的守军——他们的火力足以从头到尾扫荡整个山谷。南侧山脊已经确定不宜再守，于是布罗伍德上校将炮兵部队撤至北侧山脊东端。当托钵僧军开始向山谷疯狂扫射时，他们还没有完全撤离，紧随其后的骑兵和骆驼军团损失了约50人，大量马匹和骆驼死伤。其中骆驼军团最为不幸，他们被伤员拖累着，在崎岖的岩石路面上，托钵僧军步行都比他们骑骆驼走得更快。阿拉伯人以每小时近7英里的速度穷追不舍，来自埃及营地的猛烈炮火并不能阻挡他们，马拉炮连队装备的早已淘汰的7磅克虏伯大炮的火力也鲜有成效，阿拉伯人与埃及队伍之间的距离迅速缩短了。在这种情况下，布罗伍德上校决定在炮舰的掩护下将骆驼军团送回营地，一直在附近密切观察着战斗进展的炮舰沿河而下前来支援。交战双方相距不到400码，越来越近。骑兵列队穿过东部河流末端的山谷。重新布置在北侧山脊的马拉炮不停地开火。但是骆驼军团仍然在崎岖破碎的路面上挣扎，他们的处境非常危险。托钵僧军已经越过南部山脊的岩石路段，全然不顾背后埃及营地的炮火，继续向前冲锋。当看到骆驼军团跑向河流的那一瞬间，他们意识到对手正如一只被猎杀的动物，企图逃至陆上步兵队列中。凭借着野蛮民族天生的战争直觉，他们迅速转攻右侧，从北侧转向东侧，冲向山谷，沿着南部山脊奔向尼罗河，他们的意图非常明确，就是要切断骆驼军团的退路，将他们逼至尼罗河中。

这一刻至关重要。在骑兵首领看来，托钵僧军势在必得，他们的胜利必然意味着骆驼军团的全军覆没。当然，埃及骑兵不能容忍这样的失败。所有9个骑兵中队整装待发。英国军官知道敌军可怕的冲锋已如在弦之箭。他们将直接与冲下山谷的托钵僧军正面交锋。撤退也许可能使骆驼军团逃过此劫。但是路况极其糟糕，敌军气势凶猛，埃及骑兵已经准备好应战。他们激昂的热情从没像此时这般让他们对胜利充满信心。没人能安全返回，交战已经不可避免。骆驼军团已经来到河边，成千上万的托钵僧军正在右侧朝着他们的撤退路线冲去。可以肯定，如果骆驼军团试图越过敌军的这支新锋线，他们会被悉数歼灭。他们唯一的希望就是在岸边保持火力直到援军抵达。为了拖延并压制托钵僧军的进攻，骑兵部队将不得不铤而走险奋勇冲锋。

关键时刻，他们的炮舰抵达现场，马克沁机枪、快射炮和步枪火力齐开。虽然攻击范围很小，但成效卓著。这艘可怕的武器在河面大摇大摆地航行，就像一个优雅的白色魔鬼置身于缭绕的烟雾之中。科莱里山地河岸一侧的山坡上挤满了成千上万的托钵僧军，他们瞬间便被飞溅的尘土和岩石碎片包裹。迎面冲来的托钵僧军随之陷入一片混乱；其后的队伍也停了下来，犹豫不决。他们难以承受炮舰的凶猛火力。另一艘炮舰接踵而至，彻底解救了处于水深火热之中的骆驼军团。他们匆忙地沿着河岸越过托钵僧军的致命拦截抵达安全地带，营地就在他们面前。

奥斯曼谢赫艾德·丁的士兵陷入了失望恼怒之中，他们再次转向埃及骑兵，然而却忽略了骑兵的速度优势，向北苦苦追赶了3英里，一无所获。骆驼军团的成功逃脱，瞬间减轻了骑兵部队的压力。他们开始戏弄托钵僧军，就像斗牛士斗牛一般。于是，布罗伍德上校成功地将这支在正面战场举足轻重的托钵僧师队引诱至远离正面战场的地方。然而，崎岖的路面延缓了马拉炮的行进速度。他们艰难跋涉，就像曾经的骆驼军团一样，士兵们焦虑万分。最后，他们的两架炮台迅速陷入了一片沼泽地中，一些人马在试图将其拉出时被托钵僧军击中，于是布罗伍德明智地下令抛弃它们，很快托钵僧军便将它们据为己有。这次收获鼓舞了奥斯曼指挥的骑兵，他们大胆地冲向正在撤退的埃及骑兵。但是马洪少校率领骑兵中队冲过来将他们拦了下来。

两艘炮舰看到骆驼军团安全进入营地后，顺着河流返回，然后再次朝着阿拉伯人开火。炮舰凶猛而精准的火力迫使河岸的托钵僧军撤向西部远离尼罗河的地方。趁着这个间隙，布罗伍德和他的中队快速与主体部队会合，顺便还将刚刚被迫遗弃的两架炮台重新拾起。

当这些发生在北部侧翼时，托钵僧军的正面进攻也进行得如火如荼。"白旗部队"的残存势力加入了中央部队，所有14000人向埃及营地施压，他们不断扩散，放弃了密集的阵型，逐渐放慢速度。在距离英军师约800码处，他们被迫停下脚步。托钵僧军来到仅仅配备了马蒂尼－亨利步枪的苏丹人对面300码的范围内，一位勇敢的老兵高举旗帜，以150的步速冲出来。结果可想而知，他们的进攻被彻底击退。指挥官穿着色彩斑斓的长袍，坚定地朝着无情的炮火走去，直到被几颗子弹刺穿身体，安静地倒下。这便是倔强而邪恶的勇士奥斯曼·阿兹拉克的结局，他身经百战，忠诚至死。幸存的托钵僧军全都躺在地上。他们无法前行，也不愿撤退；步兵们利用平原的凹地继续还击，局势对他们极其不利。8点钟时，他们的进攻已经彻底失败。托钵僧军损失超过2000人，也许还有众多伤员。对于那些忙着整理步枪的步兵来说，这似乎不像是一场战斗。前线的子弹嗖嗖地冲进队列当中，每个营都有人员伤亡。沃里克军团的凯迪克上尉被杀；卡梅伦军团的2名军官，克拉克上尉和尼科尔森中尉，受了重伤；近卫步兵上校罗兹在靠近英军第一旅的马克沁机枪旁的战马上被击穿了肩膀，他刚好在战斗达到高潮时从战场上被抬回。除了这些军官，还有大约150名士兵伤亡。

托钵僧军的进攻逐渐消退。偶尔还能听到步枪射击的声音，当凶猛的火力中止时，这些声音就显得异常烦人。地面看起来虽然平坦，但实际上还是有很多洼地和山丘，为步枪手提供了很好的掩体，营地栅栏后密集的队伍是很容易攻击的目标。炮兵开始炮轰那些洼地，他们极尽所能搜寻着每一处洼地，平稳的弹道让人印象深刻。当炮弹准确地在那些躲在平原洼地中避难的突击队和长矛兵头顶爆炸时，他们迅速起身四散而逃。随后便被饥渴难耐的马克沁机枪和全神贯注的步兵击倒在地，一些人中弹倒地，另一些人则因恐惧而趴倒在地。然而炮弹再次追踪到他们身边。他们重新起身逃跑，数量相比之前少了很多。紧接又是马克沁机枪和步枪的凶猛火力。他们再次倒下。直到埃及营地前方至少半英里的托钵僧军被一扫而光。仅有一小部分人成功逃脱。虽然有些人曾被指控犯下了一系列罪行，且身处重重危险之中，他们还是好心地带走了受伤的战友。

当托钵僧军的进攻被彻底击退，营地前方的托钵僧军步兵全部被清除后，长矛轻骑兵第二十一支队便接到命令再次行动。萨达和他的将军们在一个问题上达成了共识：他们必须在托钵僧军赶回恩图曼之前将其占领。他们更乐意与平原之上的托钵僧军交战，一旦等他们躲进房屋中就不一样了。正如哈里发所预料的那样，异教徒们沉浸于胜利的喜悦之中，尽管目的各异，他们仍然渴望夺取这座城市。他们现在可以做到这一点。阿拉伯人正在城外的沙漠之中。他们的很大一部分兵力甚至远在科莱里。托钵僧军可能走内侧路线，因此必将先抵达恩图曼。于是，萨达立即下令向恩图曼进军。但是他们首先必须对苏格汉姆山脊进行全面侦察，如有必要，还要派步兵清除营地和恩图曼之间的托钵僧军，最好是派骑兵去，因为那样会更快。

当连续的炮轰逐渐减弱，长矛轻骑兵下马站在战马旁。随后盖塔克莱将军和布鲁克上尉及其余的军官，开始沿着步兵和炮兵后方队伍狂奔，并为马丁上校呐喊。他们抬手指向山脊，那是命令，我们争先恐后地蹬上马鞍，整齐列队，满怀期待。我们开始小跑，两三支巡逻队在前方朝着高地方向疾驰，紧随其后的军团排成庞大的方形阵容，其中有棕色的士兵和幼马，它们驮着水瓶、马鞍袋、侦察装备和牛肉罐头摇摇晃晃地行进；士兵们不再镇定，气氛凝重，骑兵也变得躁动不安；但他们仍然有一个骑兵团在积极应对敌军。

山顶就在半英里之外，那里无人占据。苏格汉姆山上的岩石阻挡了视线，隐蔽了黑色旗帜周围聚集的大批预备队士兵。但是向南望去，在我们和恩图曼城之间，整个平原一览无遗。成群的托钵僧军在平原上移动，有骑兵也有步兵，十几或二十几人一队。3英里外，大批伤员和逃兵从哈里发的队中涌进城内。远处的海市蜃楼模糊扭曲了眼前的画面，以至于一些阿拉伯人看起来像是行走在空中，另一些人又像游在水中，一派朦胧虚幻的景象。这样的景象足以激发骑兵最强烈的本能。只有平原上散落的队伍似乎在阻碍着我方军队胜利的追击。信号员正准备用日光仪发信号给萨达，告诉他山脊之上无人占据，而且他们发现数千名托钵僧军正涌向恩图曼。我们越过营地前方向北观望，想弄清楚托钵僧军第一次进攻被击退的地点。然后我们发现了一条灰白色的污迹,大概有1英里长。透过望远镜我们看到了细节,数百个白衣士兵散乱地堆积在一起;还有数十个正在蹒跚挪步,几匹战马呆呆地站在遍地的尸体之中;还有一些未受伤的士兵拖着他们的战友。躲在苏格汉姆山上岩石丛中的托钵僧突击队员突然开始朝我们开火。我们马上躲到沙丘之后,一些士兵用卡宾枪回击。随后,营地的日光仪通过不断闪烁的光线传递信号。光线的顺序很重要。回照光表示:"前进然后清除左翼敌军,尽力阻止敌军重返恩图曼。"这就是所有信息,但已经足够。可以看到远处的敌军正成群地涌进恩图曼。毫无疑问,我们必须阻止他们,而平原上的零散队伍可以轻而易举地清除。我们重新骑上战马,路面看起来平坦整齐,但是仍需侦察。两支巡逻队被派出。分散在平原和山坡上的托钵僧军按兵不动,除非遭遇危险。第一支巡逻队朝着恩图曼方向走去,随后冲进了分散的托钵僧军队伍中,而托钵僧军则情绪激昂地朝他们开枪。另一支由格伦费尔中尉率领的巡逻队,被派去侦察远处的山脊和苏格汉姆山低处的山坡。藏在岩石间的步兵将他们的火力从骑兵团转向了这些近处的目标。五个棕色的人影在崎岖的地面上奔跑,难以瞄准,但在持续不断的射击下,他们逐渐消失在了山头附近。然而,两三分钟后他们再次出现,山上再次爆发出嗒嗒的步枪声,长矛轻骑兵在枪声之中安全返回,他们的军官紧随队伍之后。军官汇报说从山的另一侧和我们所在的地方望去,平原很安全。此时另一支巡逻队归队,他们的冒险之旅也相当幸运。他们的信息准确无误:西南部大约四分之三英里处的一条山涧中，骑兵团和逃兵之间有一支托钵僧军整齐列队在水流较浅的位置，这支托钵僧军有约1000名强壮的士兵。马丁上校决定根据这些信息向这支处于他自己和阿拉伯人撤退路线之间的队伍发起进攻。然后我们便开始行动。

但是敌军一直很忙。战斗开始时，哈里发在他的最右侧安排了一支700人的小分队，以防他向恩图曼撤退时受阻。这支队伍完全由奥斯曼·狄格纳旗下的哈丹达瓦部落成员组成，并由他手下的一位埃米尔指挥，此人在山涧中水流较浅处选择了一个合适的位置驻守。长矛轻骑兵第二十一支队刚离开营地，苏格汉姆山顶的托钵僧巡逻队便将此消息传给了哈里发。他们报告说，英军骑兵正计划切断他返回恩图曼的路线。阿卜杜拉随即决定加强最右侧的部队；他立即命令4个团前去支援处于山涧中的哈丹达瓦人，每个团有500名战士，全都是从埃米尔易卜拉辛·哈利勒的黑色旗帜之下挑选出来的。当我们在山脊上待命的时候，这些士兵沿着洼地向南匆匆赶去，苏格汉姆山的一个山头完美地掩护着他们。长矛轻骑兵巡逻队冒着生命危险侦察了这个山涧，结果发现只有最初的700名哈丹达瓦人在那里。他们飞奔回去，称大约有1000人在那里。事实上，在他们回到团队之前，这个数字就已经增加到2700人。然而，我们却全然不知。哈里发已经派出增援部队，为了观察局势，他骑上毛驴朝着山谷走去，身旁是距离黑色旗帜将近半英里的护卫队，最后他来到距离战场只有500

第十五章 恩图曼之战

码的地方。

长矛轻骑兵第二十一支队离开山脊时，山顶上的阿拉伯步兵停止了攻击。我们集体步行了大约300码。散落的托钵僧队伍撤退之后就消失了，只剩下一支落伍的、身着深蓝色制服的队伍静静地在左前方四分之一英里处等待着，他们甚至不足100人。骑兵团列成中队继续前行，直到距离这支托钵僧军300码的地方才停下来。山脊之后的火力已经停熄，一切归于平静，最近的骚动让这样的安静显得反常。距离在这支弱小的深蓝色托钵僧军稍远的地方，成群的逃兵涌进了恩图曼城中。难道这样的一支托钵僧军也能阻止我们一个团？然而，在派出一支中队冲向他们之前，先从另一侧侦察他们的位置将会是更为明智的选择。中队首领慢慢地转向左侧，长矛轻骑兵开始一路小跑，呈纵队穿过托钵僧军前方。随即，那些穿着深蓝色衣服的士兵齐刷刷地跪倒在地，然后便响起了噼里啪啦的步枪声。在这样近的距离内，步兵几乎不可能错过眼前的目标。马匹和士兵应声倒地。这一切简单明了。上校比其团队距离敌军更近，他看到了托钵僧突击队员背后的东西。他命令所有队伍右转列队。小号猛地发出了刺耳的声音，在马蹄声和步枪声中听起来模糊不清。随即，所有16支队伍全都掉转方向形成了一条长长的冲锋队，长矛轻骑兵第二十一支队坚定地准备着他们的首次冲锋。

深蓝色的托钵僧军在250码之外的淡蓝色烟雾中疯狂开火。他们的子弹将坚硬的砾石击向空中，骑兵们为了保护脸部免受砾石刺伤将头盔向前倾，就像滑铁卢战役中的胸甲骑兵[1]一样。他们步伐飞快，距离越来越近。然而，在他们走完一半距离之前，战斗发生了全方位的变化。一条深深的冰川流迹或者说是一条干涸的河道，出现在看似平坦的路面；然后像哑剧特效一般从中突然出现了一群厉声嘶吼的白衣士兵，他们几乎和我们的先头部队一样长，约12排。20个骑兵和12面明亮的旗帜变魔术般出现在我们面前。激动的战士们向前冲去，迎接这样的冲击。其他人则坚定地站着等他们到来。长矛轻骑兵加快步伐之后才意识到这些幽灵的存在。每个人都想拥有足够的力量来冲破这支坚实的队伍。侧翼部队看到他们聚集在一起，像月牙一样向内弯曲。整个过程仅用了几秒钟。勇敢的步兵，顽强作战，最终被击倒在地，栽进河道中，英军中队随后跳进河道，全速冲锋，紧紧跟随，厉声怒吼着攻击凶残的托钵僧旅队。这次冲突异常惨烈。近30名长矛枪骑兵人马，以及至少200名阿拉伯人被击倒在地。战斗双方都震惊万分，因为有大概10秒钟没有任何人注意到其对手的出现。受惊的战马冲进人群，伤痕累累的士兵不停地颤抖着，堆成一堆，他们神志不清，挣扎着站起来，气喘吁吁地望着那些战马。几个跌落在地的轻骑兵重新登上了战马。同时，骑兵部队继续前行。一名骑兵冲破树篱障碍后，其他的军官便紧随其后而行，因

---

[1] 胸甲骑兵（Cuirassiers），装备了胸甲、马刀和火器的骑兵，最早出现在15世纪后期的欧洲。这一兵种继承了中世纪重骑兵在战场上的地位，主要活跃在16世纪中期至20世纪初的欧洲战场上。

第十五章　恩图曼之战

为其他地方可能会冒出武器刺伤战马。击溃了托钵僧军队伍后，他们放慢步伐，从较远一侧走出了河道，留下20个骑兵在身后，继而迎着1000多名阿拉伯人的冲锋艰难前行。没过多久，战斗再次打响；此后，每个人都手握长矛，全副武装，或通过手枪的瞄准镜盯着前方，书写着自己的奇特故事。

顽强而坚定的步兵几乎没有遇到同样顽强而坚定的骑兵。无论是在步兵逃跑被击倒时，还是在他们齐头并进用步枪消灭几乎所有的骑兵时，都没有。在这样的情况下，步兵和骑兵这两堵人墙实际上都已崩塌。托钵僧军勇敢坚定地战斗。他们试图攻击骑兵的马匹，用步枪不断射击，将枪口压低瞄准敌人的身体。他们割断了缰绳和脚蹬带，熟练地投掷着手中的长矛。他们对骑兵了如指掌，尝试着每一位冷酷而坚定的士兵曾在战争中使用过的装备。他们挥动着锋利的重剑。在河道较远一侧的肉搏战持续了大约1分钟。然后战马再次飞奔起来，轻骑兵迅速从他们的对手中撤出。这次交锋的2分钟后，所有幸存的士兵都摆脱了托钵僧军密集的队伍。而那些被击落下马的士兵则遭到了托钵僧军重剑砍杀，直到停止颤抖，没有一具完尸。

骑兵团在200码之外停了下来，面对面聚集在一起，在不到5分钟的时间内便重新列队准备第二次冲锋。他们急于从敌军队中抄近路返回。骑兵团和托钵僧军旅都只能靠自己的力量战斗。山脊就像悬挂在我们和敌军之间的帷幔。主战场因为不在我们的视野中便被逐渐遗忘。我们这边只是一场小规模的战斗，而主战场则可能是一场屠杀；但是这里的战斗是公平的，因为我们都用剑和矛。事实上，他们有地势和人数的优势。所有人都做好了彻底结束战斗的准备。但是，那些肩负责任的人开始意识到我们在野外骑行的高额代价。无人驾驭的战马从平原上疾驰而过。士兵们紧握马鞍，无助地徘徊着，身上十几个伤口满是鲜血。战马身上惨不忍睹的伤口不停地淌着血，骑手一瘸一拐地牵着它们蹒跚而行。在短短的120秒内，便有5名军官、65名士兵和不到400匹马中的119匹，非死即伤。

被埃及军队冲散的托钵僧军队立刻重整旗鼓。他们聚集起来，齐步行进，满带决心和勇气准备迎接下一次冲击。但是出于军事考虑，最好先将他们从河道中赶出，从而让他们失去地势优势。于是埃及军团再次列队，3支中队排成一排，第4支列成纵队，然后向右转，绕着托钵僧军侧翼飞奔，随后跳下战马拿起卡宾枪朝着他们疯狂开火。在如此凶猛的火力之下，敌军转向正面迎接新的攻击，于是双方都出现在了之前队列的右侧。托钵僧军变换整形之后，便开始冲向那些跳下战马的士兵。但是骑兵团的火力非常精准，毫无疑问，这次冲锋对于士气的影响非常大，而且这些英勇的敌人不再不可撼动。尽管他们队形完好，但是不得不迅速撤向苏格汉姆山脊，哈里发的黑旗仍然在山头飘舞。而长矛轻骑兵第二十一支队仍然占据着这块土地，守护着死去的同胞。

这便是关于此次冲锋的真实描述，但读者可能会对一些意外事件更感兴趣。马丁上校正忙着为军团找到合适的位置，他既没有剑，也没有左轮手枪，轻装骑马穿过托钵僧军队伍，毫发未损。一名托钵僧军在射击前将步枪枪口隐藏了起来，然后成功地击中了少校克莱尔·温德姆的坐骑。少校从那些野蛮人群中徒步开路，安全脱身。莫利纽克斯中尉在山谷中不慎落入敌军之中。混乱中，他跳下战马，拔出左轮手枪，在托钵僧军从先前的打击中恢复过来之前跳出了洼地。接着，托钵僧军开始攻击他。他朝最近的敌人开火，就在那一刻他被另一个人开枪击中了右手腕，手枪从他无力的手上落下。他身负重伤、远离战马、手无寸铁，转而寄希望于再次回到中队，他紧随中队之后，越来越近。敌军朝他追来，意图将其结果。受伤的军官四面受敌，被穷追不舍，他发现一名轻骑兵正从自己跟前穿过，便向他呐喊求助。于是，这名列兵伯恩毫不犹豫地转身，对即将被4名托钵僧军残杀的军官欣然应道："来吧，长官！"虽然他自己已身负重伤，被一颗子弹穿透右臂。他的伤口已经让他的手臂部分瘫痪，他无法紧握手中的剑，在第一次无力的挥舞之后，剑从手中脱落，紧接着他又被长矛刺伤了胸口。但他一个人的冲锋阻止了追击的托钵僧军。莫利纽克斯中尉活着回到了他的中队，这名骑兵在看到目的达成之后便跟跟跄跄地骑马匆匆离去。中尉回到队伍之后，士兵们发现他状况糟糕，劝他离开战场。但他拒绝了，争辩说他有权继续执行任务，再次参与进攻。最后，他因失血过多而晕倒在地，被抬离了战场。

内沙姆中尉比莫利纽克斯中尉的逃亡经历更为惊险。他艰难地爬出山谷,当他的战马几乎停止移动时,一个阿拉伯人抓住了他的缰绳。他用剑刺中那个敌人,但并没有阻止他割断自己的缰绳。这名军官的缰绳出乎意料地脱落了,然后另一名刺客几乎将缰绳从他身上切断。然后他们从四面八方对着他一顿乱砍。有一刀击中他的头盔,擦伤了他的头部。另一刀则在他的右腿上留下一道深深的伤口。第三刀砍在他的肩胛上,致使他右臂麻木。还有两刀,惊险地被他躲过,直接砍断了鞍尾,刺入马背。受伤的中尉踉跄挪步,他是所有中尉中最年轻的。一侧的敌军抓住他的腿试图将他拉倒在地。但是扎进马身上的刺刀还在两侧,受惊的战马抬头纵身跳起,从敌军队伍中逃脱,载着流血、昏迷,但仍活着的中尉来到了中队聚集的安全地点。内沙姆中尉的经历和所有牺牲的士兵们的经历一样,只不过他成功逃脱,得以给我们讲述这惊险的过程。

伤员被一小支护卫队护送至河边及医院,一名军官领命将此消息传给萨达。随即枪炮再次从山脊之后响起,轰隆声逐渐增强,直到地面似乎都随着爆炸声在震动。恩图曼之战的第二阶段已经打响。

在长矛轻骑兵第二十一支队侦察苏格汉姆山脊之前,萨达已经命令旅队前往恩图曼。虽然风险极大,但他决定在这座城市处于空巢状态且身处平原之上的敌军返回防守之前将其攻占。他们拥有空前的优势。然而,这一行动还为时过早。尚未被击败的哈里发仍然位于苏格汉姆山以西;阿里·瓦德·赫鲁潜伏在科莱里

第十五章 恩图曼之战

山后；奥斯曼正在迅速重整队伍。战场上仍然有至少35000名托钵僧士兵。事实证明，在彻底击败他们之前，进入恩图曼是不可能的。

步兵补充弹药之后立即以旅队的梯形队列转向左侧，朝着苏格汉姆山脊进军。强大的队伍行动缓慢。领导梯队的英军师奉命待在苏格汉姆山北部的谷地，但是那里没有射击空间，什么也看不见，因此两个旅几乎齐头并进前去占领山脊顶部。两个梯队合二为一，紧跟沃丘普旅的麦克斯威尔旅，处于梯队以南600码处。在营地中时，麦克唐纳一直在麦克斯威尔旁边。但现在队列发生了重大改变。亨特将军显然意识到了后翼梯队所受到的来自科莱里方向的威胁。穿过平原向山丘移动的数千敌军是否已被消灭？无论如何，他会在可能存在危险的位置安排最强大的旅队和最有经验的将军。于是，他命令刘易斯旅紧跟麦克斯威尔旅，把麦克唐纳旅放在最后，然后安排3个炮兵连和8架马克沁机枪增强他的队伍实力。柯林森旅和运输部队一起行进。麦克唐纳旅向西进入沙漠中到梯队就位；同时刘易斯旅按照命令穿过他的队伍匆匆赶到麦克斯威尔旅之后，与其保持一定距离，即便如此，他还是比梯队被安排的常规位置偏南了600码。当这两个英国旅按计划一起行进时，这个距离逐渐消失了，导致麦克唐纳旅和其后的队伍之间出现了两倍的空隙。而这一距离因其向西移动而进一步增加。为了将其梯队放在正确的位置，其他5个旅正向南方移动。因此，麦克唐纳旅完全处于孤立状态。

9点15分，整个军队以梯形队列向南行进，后方旅之间的距离两倍于常规距离。柯林森旅已经和运输部队一起出发，但医疗队还在留在营地忙着处理伤员，医务人员手头上约有150名伤员待处理。萨达下令将这些伤员安置在医院的驳船上，让医疗队跟随运输部队行进。但是，移动伤员是一项痛苦而艰难的任务，而且由于一个愚蠢而致命的失误，准备接收伤员的3艘医疗队驳船被拖到了河右岸。现在他们不得不使用3艘弹药驳船，它们虽然没有被安排接收伤员，但挺幸运刚好用得上。时间一分一秒地流逝，那些辛勤工作的医生突然意识到，除了英军师队和3个埃及连队，半英里内没有任何其他队伍，而且他们和黑暗的科莱里山之间也没有任何友军。本可以在河上守护他们的两艘炮舰已经到下游帮助骑兵去了，麦克唐纳带着后卫旅处于平原上，柯林森和运输部队沿着河岸匆匆前进。他们现在孤立无援，没有任何部队护卫。军队和河流一起形成了一个巨大的"V"字指向南方。最北端凸角处的峡谷开口朝向科莱里山，托钵僧骑兵一支小分队正从科莱里方向迎面而来，就像暴雨降临前的第一滴雨。"V"字很快就被这些凶神恶煞的巡逻队侵入，一支约有20匹巴加拉战马的部队在距离无人守卫的医疗队300码处饮水。远处，一支敌军队伍的旗帜重新出现。形势非常危急。这些伤员被安置在驳船上，但由于没有汽轮牵引，他们登船之后便处于更加危险的境地。当一些医务人员忙前忙后时，斯洛格特上校疾驰而来，赶走了巴加拉骑兵，立即开始保护医疗队和船上其他无助的乘客。在

第十五章 恩图曼之战

一片激动和混乱之中，满载骑兵冲锋队伤员的驳船开始缓慢移动。

当英军师离开营地时，苏格汉姆山峭壁上仍有敌军突击队员。每个旅由4支平行的纵队组成，当他们相互之间的距离大于40步时就会靠拢一些，两个旅忙于部署阵型——第二旅靠近河流，第一旅几乎与它排成一队列于右侧，他们迫切地想了解山脊之后的情况。一切都很安静，只有苏格汉姆山山顶偶尔传来狙击枪声。但随着梯队中的第三旅——麦克斯威尔旅——逐渐靠近山丘，这些枪声变得越来越密集，直到山顶硝烟四起。英军师继续稳步前行，将这些大胆的突击队员留给苏丹人来处理，他们很快就到达了山脊顶部。恩图曼的全景立即尽收眼底——马赫迪陵墓被轰炸过的棕色穹顶，密集的土屋，以及河流交汇处闪闪发光的水面。他们欣喜地驻足凝视了许久。然后他们的注意力被远处山顶上一群没有骑手的战马吸引了，它们时而狂奔，时而停歇，惊恐万分地瞪着他们，不知所措。它们从平原上而来，由于山脊是平顶的，所以在山下看不见。这是有关长矛轻骑兵冲锋队的最初信息。很快出现的伤员让他们获得了更多细节，他们三三两两地在各个营队之间穿行，浑身血渍，可怕的伤口暴露无遗——面部伤痕累累，肠子外露，带钩的长矛仍然插身上——这便是战争黑暗面的真实写照。士兵们完全被眼前的景象吸引，几乎没有注意到从山顶上传来的越来越激烈的步枪声。但突然间，野战炮的一声巨响将所有人的目光拉向身后。在营地和山脊之间的平原上，一架炮台已经准备开始轰击山顶。这架炮台是重新拉开战斗帷幕的信号。从远处右后方传来了步枪激烈而连续的响声，盖塔克莱立即命令师队停下脚步。

在英国人登上山脊顶端之前，在炮台从平原上开火之前，在斯洛格特上校仍然穿梭于河流和军队之间的危险地带时，萨达几乎就得知敌军已经再次发动袭击。从苏格汉姆山的斜坡回望，他发现麦克唐纳已经停下脚步部署阵容，而不是继续以梯队行进。这位老练的准将已经看到了苏格汉姆山脊西侧托钵僧军的阵容，他意识到他即将遭遇袭击，决定正面迎敌，立即命令3架炮台在1200码之外开火。5分钟之后，哈里发的全部预备军，约15000名勇士，在雅库布的率领下高举黑色旗帜，和护卫队以及托钵僧帝国的所有功臣，从山后汹涌而来，冲向麦克唐纳的旅队。这次他们和第一次冲锋时同样斗志昂扬，成功的机会是之前的三倍。于是，赫伯特·基奇纳爵士命令麦克斯威尔向右转冲向苏格汉姆山。他派桑柏少校去告诉刘易斯遵从命令加入麦克斯威尔旅右翼部队。然后他自己飞奔至英军师队，停在山脊顶端北部的盖塔克莱将军身旁，随后命令利特尔顿率领第二旅到麦克斯威尔旅左侧，苏格汉姆山南侧，并派沃丘普率第一旅紧急填补刘易斯旅和麦克唐纳旅之间的巨大空隙。最后，他派一名军官前往柯林森旅和骆驼军团，命令他们转向右后方封锁"V"字开口区域。通过这些安排，他们的军队最终向西而列，不再以梯形队列朝南，左翼位于沙漠中，右翼回到河上。阵型几乎彻底改变。

利特尔顿服从命令，率队来到麦克斯威尔旅左侧，部署统一

第十五章　恩图曼之战

战线向西推进。麦克斯威尔旅的苏丹人爬上了苏格汉姆山的岩石，他们不顾枪林弹雨，用刺刀清理山顶的敌军，然后下山攻向更远一侧。刘易斯旅开始在麦克斯威尔旅右侧采取行动；麦克唐纳旅继续守着西南方向，很快他们便被自己的步枪和炮火产生的浓烟所笼罩。哈里发的攻击最初完全是针对他的。正在向西移动、远离尼罗河的3个旅袭击了正在攻击麦克唐纳旅的托钵僧军右翼，将他们逼向了河流方向。毫无疑问，他们这次花费了巨大的力气才解除了孤立的旅队所受的攻击。刘易斯旅和麦克唐纳旅之间仍存在着间距。但是仍是4个平行纵队阵型的沃丘普旅已经完全绕到北方，正加速穿过平原，来填补无人驻守的地段。除了沃丘普旅和柯林森手下的埃及士兵，所有步兵和炮兵全都被卷入了激烈的战斗中。

战场的火力再次变得凶猛无比，声音甚至比进攻营地时更响亮。每个新的营加入战斗都让局面变得更加混乱。3个主力旅继续列成一队向西推进，绕着苏格汉姆山移动，右侧营队列成纵队守着后方。随着双方队伍距离越来越近，托钵僧军很可能横穿刘易斯旅和麦克唐纳旅之间的空隙，于是侧翼营队加入了主力部队以保护右翼部队。此刻，托钵僧军的进攻令人生畏，成群的士兵快速冲向几乎淹没了麦克唐纳旅的烟雾，其他队伍则转身应对向着右翼而来的进攻。面向西方的3个旅和面向南方的麦克唐纳旅，将一支不少于15000人的托钵僧军包围了起来——他们就像一群被围起来的绵羊。当埃及第七营和最靠近敌军与麦克唐纳旅之间区域的刘易斯旅右翼营队排开阵势保护侧翼时，托钵僧军开始变得焦躁不安，紧张而犹豫，实际上他们已经向后退了好几步。形势危急，现场的亨特将军立即命令埃及第十五营希克曼少校旗下的两支预备连手握刺刀紧紧跟随在自己队伍身后。他们的士气因此得到恢复，危险也随之消失。3个旅继续前进。

雅库布发现自己完全无法抵挡来自河上的攻击。他自己对麦克唐纳的进攻被迫停滞。步枪的火力给他密集的队伍造成了惨重的损失。英勇的瓦德·毕沙拉和其他许多名气略逊一筹的埃米尔已战死沙场。慢慢地，他开始退让。很明显，文明社会的军队更强大。即使在进攻被击退之前，在近处观望的哈里发肯定也知道失败已成定局；因为当他派雅库布进攻麦克唐纳时，让阿里·瓦德·赫鲁和奥斯曼谢赫艾德·丁同时从科莱里发起进攻才是他们取得成功的唯一机会。满脸痛苦、愤怒和耻辱的哈里发发现，虽然他们的旗帜已经聚集在科莱里山下，但阿里和奥斯曼来得太迟，本应同时发起的进攻现在只能先后发动。布罗伍德的骑兵已经给其右翼造成了沉重的打击。

悔恨和愤怒都已成为徒劳。英埃军队3个旅的推进将哈里发的托钵僧军逼退至沙漠中。前方1英里处，密集而凶猛的枪炮声噼啪作响。最左侧的英军第三十二号野战炮在强壮的骡子的牵引下全速前进，火力凶猛。马克沁机枪疯狂扫射。其中2架机枪甚至被中尉的部队拖到了苏格汉姆山顶峰，然后从这个高点展开血腥的屠杀。于是旅队长长的队伍以破竹之势大步向前。在队伍中

第十五章 恩图曼之战

央红色的埃及国旗下，萨达骑着马，表情严厉，闷闷不乐，不为恐惧和激情所动。他全然不顾那些引人注目的旗帜所吸引来的子弹，以及在他周围造成的损失。距离后卫部队1英里远的炮舰部队愤怒地发现战场已超出了他们的射程，他们不停地在河上来回移动，就像笼中的北极熊在疯狂地寻找猎物。在那些可怕的队伍面前，哈里发的师队迅速溃败。遍地尸体和伤员，苏丹士兵谨慎地在这些尸体之上挪步。幸存下来的成千上万人挣扎着前往恩图曼，不断壮大着逃兵队伍，而复仇心切的长矛轻骑兵第二十一支队早已在侧翼等着他们。雅库布和黑旗下的守军不屑于逃亡，他们站在神圣的旗帜下，英勇地倒下。当征服者抵达时，只有黑色的旗帜在他们头顶飘扬。

当所有这一切发生时，局势也在迅速发展，英军第一旅仍然忙于加速穿过麦克斯威尔旅和刘易斯旅后方，以填补后者与麦克唐纳旅之间的间隙。他们转过身时，骑兵团根据他们与侧翼中心部队的距离将他们纳入队中。旅队列出了一个看似梯形纵队的阵型，由作为核心团的林肯队伍打头。当刘易斯旅右翼部队抵达，且英军已开始部署队列时，哈里发的进攻显然已经彻底失败，他的队伍正在全员撤退。眼下，阿拉伯人的尸体堆积如山。成群的逃兵结队跑向远方。只有黑色旗帜仍然肆无忌惮地飘扬在守军的尸体之上。旅队前方的战斗已经结束。右侧又是不同的壮观景象，一支看似全新的军队正从科莱里山上下来。当士兵们正疑惑地观望时，新的命令已经抵达。一名骑兵军官火速赶来，他报告说在北部的滚滚尘烟中发生了激烈的战斗。托钵僧长矛兵将麦克唐纳旅包围，进攻其侧翼，已将其打败。这便是他们得到的传言。然而命令非常明确，离得最近的林肯郡军团火速前往麦克唐纳受威胁的侧翼，应对托钵僧军的攻击。剩下的旅队右翼一半转向正面，继续支持。气喘吁吁但兴高采烈的林肯郡士兵，立刻加速启程。他们穿过麦克唐纳旅后方，己方的营队让他们模糊地意识到自己的移动速度之快。远处的枪炮声异常激烈，但这并未妨碍他们听到敌军子弹的嘶嘶声。

如果哈里发的进攻与现在长矛兵的进攻同时发生，那么麦克唐纳旅肯定已经陷入绝境。实际上，麦克唐纳的处境也已经十分危险。虽然托钵僧军的正面进攻每分钟都在减弱，但是右后方势不可当的进攻则以同样的速度变得越来越强，越来越近。他必须同时应对两侧的进攻。危险一步步逼近。所有这一切都取决于麦克唐纳，他凭借战斗中的英勇表现从一名列兵晋升为旅队总指挥，并且无疑将获得更高的荣誉，他完全能够应对这样的紧急情况。

为了应对哈里发的进攻，他安排部队面向西南，3个营列于一条战线上，第4个营在右翼后列为纵队，形成了一个倒"L"形阵型。随着来自西南方向的攻击逐渐减弱，西北方向的攻击不断加强，他把L阵型中较长一侧的营队和炮兵部队分离出来，转移到较短的一侧。他对行动时间的计算相当准确，使每一侧的队伍都能扛住敌军的攻击。哈里发的队伍刚开始动摇，他就命令左侧的苏丹第十一营和炮兵部队穿过旅队形成的斜角,沿着较短的队伍排开,以应对阿里·瓦德·赫鲁即将发起的猛攻。认识到这一点后,最初位于正面部队右侧的苏丹第九营,没等军令下达便向右侧推进,并由纵队转变为横队,于是便有2个营直面哈里发,另外2个营应对新的攻击。此时,哈里发实际上已经被击退,麦克唐纳命令苏丹第十营和另一个炮兵部队转向正面部队并延长第九和第十一营的队伍。然后他命令埃及第二营朝右前方斜向移动,以便将他们的队伍和其他3个营之间的区域封锁起来。这些艰难的行动是在猛烈的火力下进行的,在20分钟内,4个营共120多人伤亡,还不包括炮兵部队的损失。哈里发的队伍坚决进攻,其数量是这支埃及军队的7倍,只需将他们包围便可获得胜利。在咆哮的战火,以及正面部队变换时的混杂场面之中,将军抽出时间将苏丹第九营的军官们召唤至身边,指责他们在没得到他的命令的情况下将纵队改为横队,然后要求他们回到旅队中加强训练。

　　3个苏丹营现在正面对来自科莱里愤怒的托钵僧军的攻击。勇猛的黑人丝毫不逊色于猛烈的步枪。他们亢奋激昂,手握步枪,忙于扣动扳机,装弹,然后再次扣动扳机,甚至都不去校准或瞄准。英国军官努力安抚那些冲动的士兵,甚至喊他们的名字,夺过他们手中的步枪,亲自帮他们校准准星,但都是徒劳。混乱的射击场面完全无法控制。很快他们便耗尽了弹药,转过身来叫嚷着要更多的弹药,他们的军官三三两两地向他们分发弹药,希望稳定他们的情绪。但是完全没用,他们再次耗光了所有弹药,然后再次叫嚷着补充弹药。与此同时,尽管惊恐万分地承受着3个炮兵部队和8架马克沁机枪近距离的精准火力,以及苏丹士兵的偶尔攻击,成千上万的托钵僧军依然不断靠近,肉搏战一触即发。尽管敌军人数占据压倒性优势,英勇的黑人士兵依然兴高采烈地迎接托钵僧军的冲锋。整个旅队中,每人几乎只剩下3梭子弹。炮台射出快速霰弹。托钵僧军仍在不断靠近,第一次进攻的幸存者已经来到100码范围内。在他们身后,两面绿色的旗帜下一大拨士兵滚滚前来,现在他们似乎坚信胜券在握。

此时,林肯郡军团出现了。在先头连队清除了麦克唐纳旅右侧敌军之后,他们便列成一队,然后在苏丹人前方朝着托钵僧军斜向开火。三三两两的托钵僧军已经近在100码范围内,主体部队距离不到300码。在先头连队火力持续的2分钟内,整个团队已经部署完毕。先头连队的作用就是清除阿拉伯人的领头部队。其间有十几名士兵牺牲,包括斯洛格特上校,他在走向伤员的途中被敌军子弹击穿了胸膛。林肯郡军团纪律严明,凶猛的火力瞬间停止,营队士兵开始像机器一般使用现代步枪,他们训练过如何使用,枪支也非常顺手。在平均每人消耗了60梭子弹后,他们最终击退了托钵僧军的这次进攻。

托钵僧骑兵很弱,战场上只有2000名骑兵。其中约400人组成了一支非正规军团,在阿里·瓦德·赫鲁旗下,其中主要是各个埃米尔的仆人。现在,当这些骑兵发现没有任何胜利的希望

第十五章 恩图曼之战

时，他们聚集起来冲向距他们500码远的麦克唐纳旅左翼部队，在苏丹人的凶猛火力下他们显然不可能成功。尽管许多人手无寸铁，他们还是骑着战马全速冲刺，毫不畏惧地冲向等待着他们的死亡。当他们进入火力范围时，全部被击倒在地，在平坦的沙地上留下了一条棕色的污迹。一些无人驾驭的战马横穿过步兵队伍。

托钵僧军从科莱里山发动的进攻失败后，整个英埃军队向西推进，长长的步兵和炮兵队伍将近2英里长，他们将前方的托钵僧军逼向沙漠，使他们无法重整旗鼓。沿河返回的埃及骑兵在步兵右侧列队，随时准备追击。11点半时，基奇纳爵士合上了望远镜，他认为敌军已经遭受重创，然后命令旅队继续向恩图曼进军，现在平原上的敌军已被彻底击败，他们完全可以进驻恩图曼。准将下令停止射击，将各个队伍的指挥官聚集在一起，然后队伍再次转向南方城市方向。林肯郡军团依然作为后卫队。

同时，日出时满怀希望和勇气发动进攻的托钵僧军队已彻底溃败，疯狂逃窜。埃及骑兵穷追不舍，在长矛轻骑兵第二十一支队不断的骚扰下，托钵僧军有9000多名士兵阵亡，他们身后还有更多的伤员。

恩图曼之战至此结束，这是现代武器对野蛮人所取得的最重要的胜利。短短的5个小时内，现代欧洲力量将最强壮、装备最好的野蛮人军队彻底击溃，几乎没有遭遇任何困难，相对胜利而言，他们的风险相当小，损失微不足道。

第十六章　恩图曼的沦陷

当哈里发阿卜杜拉发现留在他身边的最后一支队伍被击溃，所有的进攻都已失败，数千名勇士被杀时，他匆匆骑上战马，从战场重新回到城中，就像一个勇敢而顽强的士兵为防守做着准备，同时谨慎地计划着自己的逃跑，避免被进一步阻拦。他命令士兵们擂响巨大的战鼓，吹响号角，这些沉闷的音符最后一次回响在恩图曼的大街小巷。然而并没有人在意他们的动静。阿拉伯人已经战得精疲力竭，他们已经意识到一切都结束了，而返回城中既困难又危险。

长矛轻骑兵第二十一支队的冲锋，代价虽高，但却成效卓著。随后托钵僧旅队的撤退使右翼部队得以避免暴露其撤退路线。骑兵团决定充分利用他们付出巨大努力才获得的有利位置，当他们准备发动第二次进攻时，我们已经奔跑在平原上追赶刚刚穿过这里的长长的逃兵队伍。过去一小时的经历以及前方的大量敌军，让许多人感觉今天必将是血腥的一天。但是，还没走多远，我们便发现几个托钵僧士兵开始朝我们走来，他们扔掉武器，举起双手，乞求饶命。

第十六章 恩图曼的沦陷

这些人的投降刚被接受，其他托钵僧军便开始走过来放下武器，刚开始是三两成群，然后是十几个一起，最后是几十个一起。与此同时，那些仍然有意逃跑的士兵则绕道而行，以避开我们的骑兵，接连不断地从我们前方1英里远的地方逃跑。卸下战俘的武器并护送他们回营地拖延了我们的行军，成千上万的托钵僧军逃离了战场。骑兵团的位置和他们施加的压力迫使溃败的托钵僧军退至沙漠，完全远离了恩图曼城，无视哈里发要求捍卫恩图曼的号召和埃米尔的命令，继续逃往南方。为了阻断逃亡者，一些骑兵跳下战马拿出卡宾枪朝这些不愿归降的逃兵不停地射击。然而这些逃兵继续拼命逃跑，至少有20000名士兵成功逃脱。其中很多人愤怒地回头朝我们开枪，幸运的是距离非常远。300名轻骑兵追击如此众多的逃兵是不明智的，我们应该满足于拿卡宾枪朝他们开火。

同时，英埃军队向恩图曼的进军仍在继续。不久我们便发现，苏格汉姆山附近山丘上壮观的步兵队伍蜂拥向他们与恩图曼之间的平原而去。中央旅队头顶飘扬着哈里发的黑色旗帜，下边一束较小的红光标出了大本营工作人员的位置。当我们向逃跑的阿拉伯人开火时，黑色的人群则继续缓慢地穿过空旷的平原；12点钟时，我们看到他们在距离恩图曼约3英里的河边停了下来。我们接到了追赶他们的命令，但是当天阳光炽热，所有人都已饥饿劳累，马匹也需要水，我们并未能追赶多久，托钵僧军的残余势力顺利地撤退了。

我们回到了尼罗河旁。部队停下来饮水，吃饭，然后在沙姆巴特山谷休息。场面格外引人注目。想象一下这样的画面：延伸600码长的苏伊士运河两岸挤满身着棕色或巧克力色长袍的人；北岸完全被英军师队步兵占据；成千上万的动物——骑兵的马匹、炮兵的骡子和运输部队的骆驼——拥挤在队伍之间以及岸边前滩上；成群身着卡其色长袍的士兵在斜坡上并排而坐；数百人站在红色的泥水边缘；所有人都在大口大口地喝水；浅水区还漂浮着两三具动物尸体，可见士兵们已经渴得顾不上考虑水质了。所有的水瓶都装满了尼罗河水，令人敬畏的尼罗河流入沙漠之中，让疲惫的牲畜和士兵重新恢复了活力。

当麦克唐纳旅遇袭的时候，埃及骑兵正在科莱里山南坡观望，做好了随时冲过去支援的准备。当托钵僧军结束进攻开始撤退时，布罗伍德的骑兵旅列成两队，分别由4个和5个中队组成，然后展开追击：先是向西追了2英里，随后向西南追了3英里，更多时候是向圆顶山头方向追去。像长矛轻骑兵第二十一支队一样，他们被许多丢下武器投降的托钵僧军拖延了步伐，并且他们还要将俘虏护送到尼罗河边。但随着他们越来越接近被击溃的队伍，他们发现敌军显然并未被击垮。顽强的士兵受伤倒地仍在不停地开枪，拒绝乞求宽恕，也许他们担心并不能得到宽恕。在每一个能保护他们免受骑兵长矛伤害的灌木丛中，一个个小团体聚集起来做着最后的挣扎。孤独的长矛兵毫不畏缩地等待着整个中队的冲锋。那些装死的托钵僧士兵突然涌出来给了他们意外

第十六章　恩图曼的沦陷

的打击，骑兵偶尔伤亡。随着他们继续前进，抵抗的敌军也不断增加，他们很快便不得不放弃直接追击。带着拦截部分撤退敌军的希望，指挥3个主力中队的盖莱斯少校转向河流方向，沿着沙姆巴特山谷奔驰，冲进了敌军尾部混乱的队列之中。然而，阿拉伯人站在原地，拿着步枪朝向各个方向疯狂开火，击毙了许多马匹和士兵，迫使中队最终不得不从敌军队伍中撤离，朝着苏格汉姆山跑去。于是追击被迫暂停，埃及骑兵最终在尼罗河旁与其他部队会合。

直到凌晨4点，骑兵才接到命令，允许他们在城外攻击那些试图逃跑的人。埃及中队和长矛轻骑兵第二十一支队立即行动，他们在距离郊区房屋大约1英里的位置将城区包围。步兵已经进入城内，城内传出连续不断的枪声，偶尔还有马克沁机枪的嗒嗒声。带队的苏丹旅——麦克斯威尔旅——2点30分时已经排成纵队从沙姆巴特山谷动身，队列行进顺序如下：

苏丹第十四营

苏丹第十二营

马克沁机枪

埃及第八营

第三十二号野战炮部队

苏丹第十三营

在所有下属的陪同下，萨达骑马走在第十四营前，身后是哈里发的黑色旗帜，苏丹第十一营的乐队也陪同着他。各个团很快消失在郊区无数的房屋之内，被曲折的街道分散开；但整个旅队排出一支横向延伸的队伍向前推进。其后跟随着其他队伍——一个营接着一个营，一个旅接着一个旅，直到所有人都被错综复杂的土屋吞没，占据所有的空地，大街小巷挤满了朝着城墙而去的士兵。

穿过郊区时他们一共走了2英里，萨达将军带着下属匆匆赶路，很快便发现自己和乐队、马克沁机枪以及炮兵部队已经来到城墙之下。数百名托钵僧军聚集起来防守；但事实上，他们没有修建任何可以让他们站在城墙上射击的踏跺，这让他们的抵抗变得无关痛痒。他们散乱地开了几枪，然而，马克沁机枪激烈回应。在一刻钟的时间里，城墙上的队伍已经被全部消灭。然后，萨达在其北方安排了2架第三十二号野战炮，然后在剩下的4架炮台和苏丹第十四营的陪同下转向东侧，沿着墙脚朝河流方向行进，寻找进城通道。炮舰炸开的突破口时不时地被木门挡住，但正门却是开着的，萨达就是通过正门进入恩图曼内部的。城墙内的景象比郊区更糟糕，处处皆是被轰炸后的景象。路边躺着身负重伤的妇女和儿童。有一家人被一颗炮弹炸得粉碎。酷热的天气下，遍地的托钵僧军尸体已经开始腐烂。房屋里挤满了伤员。数以百计腐烂的动物尸体散发着令人作呕的气味。由于没有围墙，这里焦虑的居民重新展现出了坚决抵抗的意愿；沿着狭窄的小巷骑行的译员宣读了征服者的仁慈条款，号召民众放下武器。大量的武器被投放街头，由苏丹士兵守卫着。许多阿拉伯人乞求宽恕，但还有一些人不屑于此。马克沁机枪的突突声，炮弹的爆炸声，以及连续不断的战火，宣示着到处发生着的激烈战斗。所有那些没有立即投降的托钵僧军都倒在了子弹和刺刀之下，呼啸的子弹横穿大街小巷。女人们围着萨达的马，愤怒的男人们小心翼翼地从房子里出来列成一队，战败的勇士们放下长矛，其他仍在抵抗的人被逼至角落。萨达继续骑马向前，穿过眼前混乱、危险、弥漫着恶臭的地方，直达马赫迪陵墓。

在清真寺里，两名狂热分子冲向苏丹护卫队，在被枪击之前他们每个人都杀死或重伤了一名士兵。这一天尤其漫长，当他们抵达监狱时已是黄昏。萨达将军第一个走进那个肮脏昏暗的空间。查尔斯·纽菲尔德和大约30名身负沉重镣铐的囚犯被释放。坐在马崽背上的纽菲尔德看起来已经陷入狂喜之中，手舞足蹈地念念有词。他对救援人员说："我等这一天等了13年。"天色已暗，萨达从监狱骑马来到清真寺前的大广场上，他的大本营便设在清真寺内。两个英军旅已经开始在广场上扎营，其余的部队沿着穿过郊区的道路露营，只有麦克斯威尔旅留在城中，以明确法律、稳定秩序，幸好所有这些都是在夜幕之下进行的。

当萨达率步兵攻占恩图曼时，英埃骑兵已经转移到了城西。我们等了将近两个小时，在城墙内听着枪炮声，好奇城内发生的一切。大批托钵僧军和阿拉伯人脱下他们的长袍，放弃了托钵僧军的身份，出现在郊区边缘的房子里。这样的人有两三百个，其中还有两三个埃米尔，他们走出来向我们投降；而我们因为手握长矛和剑，无法带走他们的武器，不得不销毁很多珍贵的战利品。天刚暗下来，斯拉廷上校突然疾驰而来。哈里发逃走了！埃及骑兵正在全速追捕他。长矛轻骑兵第二十一支队必须等待进一步的命令。斯拉廷出现时显得非常认真，他热情高涨地与布罗伍德上校交谈，近距离询问投降的两名埃米尔，然后匆匆地消失在黄昏之中，埃及骑兵中队也在同一时间快步离去。

离开战场之后没过几个小时，哈里发阿卜杜拉便意识到他的军队没有听从他的召唤，而是继续撤退，并且只有几百个托钵僧军留守城中。如果我们从他的私人仆人，一个阿比西尼亚男孩的叙述中判断的话，他面临的灾难似乎已经远超他的泰然镇定。他休息到 2 点钟才吃了一些食物。随后，他回到了马赫迪陵墓，在那个炮轰之后的神殿废墟中，战败的君主向穆罕默德·艾哈迈德倾诉，祈祷解救他于痛苦之中。这是马赫迪陵墓前的最后一次祈祷。真主的旨意似乎与根据常识判断的结果一致。下午 4 点钟时，哈里发听说萨达已经攻进城中，英国骑兵已经占据了西侧的阅兵场，他骑着一头小毛驴，在他妻子的陪同下，带着一名作为人质的希腊修女，还有一些随从，从容地向南逃去。在距离恩图曼 8 英里的地方，几十个骆驼军团正在等待着他，于是他很快便回到了溃败的主体部队中。在队伍里，他遇到了许多伤心欲绝的朋友；事实上，在这样的困境中，他应该记住所有这些人。因为

第十六章 恩图曼的沦陷

当他到达时,身边没有护卫,手无寸铁。这些逃兵有充分的理由成为凶残的人,他们被首领抛弃在废墟之上,割断这个造成他们所有痛苦的人的喉咙非常简单,就像他们能够轻易地宽恕自己一样。然而没有人攻击他。哈里发,这位让人深恶痛绝的暴君,压迫者,苏丹灾难的根源,伪君子,欧洲人眼中所有罪恶的化身,英国人所仇恨的对象,在逃兵队伍中安然无恙,备受欢迎。幸存的埃米尔匆匆赶到他身边。许多人在致命的平原上倒下了。奥斯曼·阿兹拉克,勇敢的毕沙拉、雅库布,以及几十个鲜为人知的人,虽然他们的名字没能写在这里,但他们确实是战争中的伟人,如今静静地躺在战场上仰望星空。他们忠诚不渝,从未动摇。阿里·瓦德·赫鲁的腿被炮弹碎片击中,疼痛不堪,失去了知觉;但是谢赫艾德·丁、狡猾的奥斯曼·狄格纳、抵抗长矛轻骑兵第二十一支队冲锋的易卜拉辛·哈利勒,以及其他一些未被关注的人全都聚集在穆罕默德·艾哈迈德指定的继任者身边。即使在这种极端的状况下,他们也没有放弃自己的事业。所有人都匆匆穿过混乱而痛苦的人群而来,士气低迷的战士们仍然握着手中破损的步枪,伤员可怜地蹒跚而行;骆驼和驴子满载生活用品;哭泣的女人们气喘吁吁地拖着她们的小孩。总共有近30000人,但是食物和水却远远不足以维持他们的生命。他们面前的沙漠,尼罗河上的炮舰,穷追不舍的英埃军队,身后遍地的尸体和垂死的人勾勒出了他们的逃跑路线。

此时,埃及骑兵已经开始收效甚微的行动。中队的人数锐减,士兵们的食物足够维持他们到第二天早上,马匹则撑不到中午。为了补充他们匮乏的补给,一艘汽轮载着新鲜的补给物资奉命沿河而上,计划在第二天早上与他们会面。尼罗河沿岸的道路被全副武装的托钵僧军堵住了,为了避开这些危险的逃兵,这支骑兵中队转向内陆朝着南部的山丘行进。山丘的黑色轮廓在天空之上格外显眼,未知的路面崎岖而潮湿。有时,马匹陷入潮湿的沙地,靠着腹带挣扎;在其他岩石遍地的低谷,它们更是寸步难行;马匹和骆驼一不小心便摔倒在地。夜幕使混乱的状态变得更为复杂。大约晚上10点钟,布罗伍德上校决定天亮之前不再向前行进。他带队撤向沙漠,在一个相对干燥的地方停了下来。他们幸运地发现了一些水池,得以将水瓶装满,让马匹饮水。在安排了许多哨兵后,疲惫不堪的追击队伍终于睡下,断断续续的枪声不时将他们惊醒,声音全都来自恩图曼方向和托钵僧军逃跑的方向。

凌晨3点钟,布罗伍德上校的部队再次动身。士兵和马匹看起来精神焕发,明亮的月光下,他们快速行进。到了早上7点钟,骑兵中队抵达了尼罗河边与汽轮约定的会合点。汽轮已经抵达,他们远远地便看到了船上的烟囱,等待着他们的大餐让他们欢欣鼓舞,因为从战斗开始的前一天晚上起他们就几乎没有吃任何东西。当骑兵逐渐靠近汽轮,他们发现在他们与汽轮之间横亘着300码宽的浅滩和沼泽地。他们无法继续靠近,也没有办法将船上的物资卸至岸上。为了在河流上游找到一个合适的登船地点,

第十六章 恩图曼的沦陷

他们再次启程向前；汽轮在河上紧跟他们的步伐。沼泽地延缓了队伍的步伐，到了下午2点，他们已经又行进了7英里。现在他们只能看到桅杆顶上的旗帜，一片无法通行的泥沼地使队伍被迫远离河岸。他们也没法从汽轮上获得物资。没有食物他们毫无疑问无法继续行进。返程途中他们遭受了严重的补给匮乏。被捕的逃兵告诉他们哈里发正在迅速推进，试图重整旗鼓。这让获取补给物资显得更为重要。当夜幕降临，热气散尽之后，布罗伍德上校才让他们的马匹休息，随后他们开始朝恩图曼方向行进。直到9月4日上午11点，疲惫至极且饥肠辘辘的骑兵才抵达恩图曼附近的营地。

这便是正规军的追击。阿卜戴尔·阿兹米带着750名归降的阿拉伯人甚至追了更久。他们装备轻便，也熟悉这个村落，于9月7日来到了喀土穆以南近100英里的位置。在这里他们得到了确切的消息：哈里发已经在两天前出发，他有充足的食物和水，还有许多骆驼；他组织了一支由500名杰哈迪亚人组成的护卫队，此外，还有一大群来自不同部落的阿拉伯人在他身边；带着这样一支数量庞大、实力雄厚的队伍，他夜以继日地奔赴欧拜伊德，这座城镇现在仍由未被击败的近3000名托钵僧军占据。在得知这些情况后，归降的阿拉伯人果断决定放弃追击，得意扬扬地回到了恩图曼。

攻占恩图曼的过程中，远征军的损失包括以下阵亡的英国军官：皇家沃里克郡军团上尉凯迪克；长矛轻骑兵第二十一支队的分支皇家长矛轻骑兵第十二支队中尉格伦费尔;《泰晤士报》记者霍华德。英军和埃及军队死伤共计482人。

战地的统计数据及后来的校正数据显示，托钵僧军阵亡9700人，伤员大致在10000人至16000人之间。此外，还有5000人被俘。

第十七章　"法邵达"事件

我试图详述的这一系列旷日持久的战争，迄今对尼罗河沿岸村落的影响远比对其他地方的要大。但是这一章我们需要放眼更广阔的领土，因为有一个可能轻易撼动欧洲的事件我必须赋以笔墨，此事后来也产生了深远的影响。世人也许并不了解一些伟大计划的细节，马尔尚使团[1]便是其中一部分。我们可以肯定地说，法国政府并未打算冒着如此巨大的危险进行一次小规模的远征去攻占上尼罗河地区一块不起眼的沼泽地。但是其他的安排很难定义。阿比西尼亚人应该扮演什么样的角色，他们拥有什么样的后勤服务，他们受到了什么样的刺激，他们将对哈里发采取什么样的态度，他们将如何利用当地部落，所有这一切都隐藏在不为人知的计谋之中。众所周知，数年来，法国一直在为发展与阿比西尼亚的关系付出代价，并且使得意大利为此付出了更大的代价。阿比西尼亚人在阿多瓦击败意大利人，其中武器主要是由法国提

---

[1] 马尔尚使团（Marchand Mission），由法国密使吉恩·巴普蒂斯特·马尔尚（1863—1934）率领150名士兵，带着扩张法国殖民势力的使命前往东北非的一支远征军。

供的。哈里发所拥有的欧洲大陆近期制造的一种小型快射速炮，似乎印证了法国人和托钵僧军之间存在或潜在的关联。但是，这些行动在多大程度上是为了协助马尔尚行动，只有那些最初计划它的人以及一些迄今为止仍默不作声的顾问知晓。

无可争议的事实少之又少。1896年底，在马尔尚少校的指挥下，一支法国远征军从大西洋出发前往非洲中部。栋古拉省的收复已基本完成，英国政府正在认真考虑进一步推进的可行性。1897年初，一支由麦克唐纳上校率领的英国远征军，从英国出发前往乌干达，在蒙巴萨[1]登陆，向内陆进攻。这支队伍中有十几名精心挑选的军官。这次行动的不幸已难以描述，我也不会详述当地人的嫉妒和争端给他们造成的沉痛打击。这些足以让我们看到麦克唐纳上校麾下的苏丹士兵一心反抗，实际上在他刚上任两天之后他们就发动了暴乱。军官们被迫为生命而战，数人被杀。他们用了一年的时间来镇压这些人的暴动和叛乱。如果远征军的目标是抵达上尼罗河地区，那么这个目标很快成了天方夜谭，统治者们很乐意雇佣这些军官进行地理调查。

1898年初，对于那些掌握了最详细的信息并指引着英国外交政策的人来说，他们明显无法指望麦克唐纳的远征对苏丹的局势产生任何影响。进军喀土穆以及收复沦陷的省份已经成为既定事实。一支埃及军队已经集中在柏柏尔。最后，马尔尚使团正在向

---

[1] 蒙巴萨（Mombassa），肯尼亚第二大城市。

第十七章 "法邵达"事件

上尼罗河地区移动，他们很可能在几个月内到达目的地。这就意味着，从地中海向南移动的精锐部队和从大西洋向东移动的小规模远征军必须在年底之前会合，而在这个会师地点，英国和法国之间将会爆发一场恶战。

在这个问题上，我并没有假装不知道迄今为止尚未公之于众的特殊信息，但读者可以自己思考索尔兹伯里勋爵此时在中国对俄国采取的和解政策——这一政策在英国遭到了严厉的指责，但其旨在影响上尼罗河地区即将发生的冲突，并确保或至少使英国和法国直接对立时，法国处于孤立无援状态。

有了这些介绍的指引，我们现在可以再次回到当前的战场了。

恩图曼之战结束5天之后，托钵僧军的一艘小型汽轮特菲卡亚号沿河漂流而下，它曾是戈登将军使用过的汽轮。船上的阿拉伯船员很快就发现了主要建筑上悬挂的埃及国旗以及被轰炸过的马赫迪陵墓，城内一片狼藉；再往下行驶一段距离后，他们发现自己已被"突厥人"的白色炮舰包围，迫不得已投降了。他们讲述的情况很奇怪。他们说他们一个月前接到哈里发的命令，和载有500名士兵的萨菲亚号汽轮一起离开了恩图曼，前往白尼罗河上游地区征集粮食。起初一切顺利，但在接近法邵达旧政府驻地时，他们遭到高举奇怪旗帜的黑人部队袭击，而且这支黑人部队是由白人军官指挥。他们伤亡惨重，死伤40余人。为了弄清这些强大的敌人究竟是谁，正在征粮的队伍在埃米尔的指挥下转过身来，离船登岸，在河东岸一个叫作阮戈的地方扎营，而特菲卡亚号回去向哈里发请示寻求增援。这个消息就像野火一样穿过营地传到了萨达耳中。许多军官前往汽轮停泊处的河边，亲自查明实情。木质船体上出现了许多新的孔洞，军官们用他们的刺刀扎入这些孔中将子弹取出，这些子弹并不是粗糙的铸造铅球、电报线碎片或野蛮部落使用的废旧铁块，而是表面覆盖有锥形镍的小型步枪子弹，和欧洲军队使用的子弹一样。这是积极的证据。一支欧洲势力出现在了上尼罗河地区，是谁呢？有些人说是来自刚果的比利时人；也有一些人说是一支意大利远征军；另外一些人认为这些陌生人是法国人；还有一些人再次相信了外交部，认为这是一支英国远征军。他们就阿拉伯船员所见过的旗帜反复询问，始终没有定论。他们说旗帜色彩鲜艳，但那是什么颜色以及他们的计划如何，这些阿拉伯人无可述说；他们是穷人，真主非常伟大。

英国军官们的好奇心并未得到满足，不得不耐心猜测。营地的大部分人得知这个消息之后都不以为意。轻松获胜之后，士兵们欢欣鼓舞。他们知道自己属于攻入过非洲中部的军队中最强大的一支。如果要发动更多的战争，政府只须放话，而尼罗河上的强大军队将会像对待托钵僧军那样对待这些新的对手。

9月8日，萨达带着5艘汽轮、苏丹第十一和第十三营、卡梅伦高地人的2个连、匹克炮兵团和4架马克沁机枪，开始向上尼罗河地区的法邵达出发。三天后，他来到了阮戈，如特菲卡亚号船员所讲述的那样，在那里他发现了大约500名在岸边扎营的

第十七章 "法邵达"事件

托钵僧军，萨菲亚号汽轮停泊在他们旁边。这些愚蠢的家伙鲁莽地向萨达的汽轮开火。而苏尔坦号径直地朝敌军驶去，以猛烈的炮弹回击，很快那些托钵僧军便落荒而逃。萨菲亚号已经启动，试图逃跑，但几乎不可能；同时，指挥官凯佩尔瞄准了萨菲亚号的锅炉并将其炸毁，这让萨达非常恼怒，他本想将萨菲亚号纳入他的舰队。

这件事之后，远征军继续向白尼罗河挺进。在喀土穆以南的尼罗河上行驶的两天所遇到的漂浮植物，并未在这一河段给他们的航行造成任何障碍，因为湍急的水流清理了河道；但是河道两侧错综交缠的杂草宽度从12到1200码不等，经常阻碍汽船靠岸。河岸自身看起来不友好的态度也让这些探险者们心生沮丧。有时河流经过数英里长的灰色草地和沼泽地，那里只适合河马栖居。有时，大片让人厌倦的泥滩一直延伸到视线尽头。其他地方，密布荆棘灌木的丛林延伸至水面边缘，活跃的猴子和豹子在树林中上蹿下跳。这个由森林、泥滩和草原构成的村落，要么潮湿要么燥热；湿地在炎热的阳光下蒸腾，蚊子等各种昆虫在其中嗡嗡作响。

舰队继续向南行进，在棕色的水面激起无数浪花，惊动了岸上各种各样的生物，直到9月18日他们才靠近法邵达。当天下午炮舰停泊在岸边等了几个小时，以便让萨达向神秘的欧洲人传送的消息在他们上岸之前送达。19日清晨，一艘小型铁制划艇沿河而下与远征军会合。划艇上载有1名塞内加尔中士和2名士兵，他们带着马尔尚少校的一封信，宣称法国军队已经抵达并正式占领了苏丹。此外，信中还祝贺了萨达的胜利，并以法国的名义欢迎他来到法邵达。

炮舰继续向前行驶数英里后便抵达目的地，他们迅速来到靠近旧政府驻地一侧的河岸。马尔尚少校一行由 8 名法国军官，或者说是未被正式委任的军官，和 120 名从尼日尔地区挑选的黑人士兵组成。他们拥有 3 艘配有帆和桨的铁船以及一艘汽轮——费得赫布号，这艘汽轮后来被派去增援南方部队。他们为军官准备了 6 个月的供给物资，为士兵们准备了大约 3 个月的口粮；但是他们没有炮兵部队，小型弹药紧缺。他们的位置十分危险：这一小支部队滞留在残缺的堡垒中，与外界完全断绝联络，既无法发起进攻也没法撤离。他们在进攻托钵僧军征粮队伍时已经用掉了大部分弹药，现在每天都期待着下一次进攻。实际上，在听说有舰队靠近之后他们惊恐不已。托钵僧军的 5 艘汽轮正在返回，当地巡逻兵带着这个最新消息迅速来到上尼罗河地区，法国军队已经彻夜未眠地等了三天三夜，期待着与一支强大的敌军交战。

他们毫不掩饰欧洲部队到来带给他们的欣喜和宽慰。萨达和他的军官们对这支英勇之师的成就激动不已且心怀崇敬。他们已经离开大西洋沿岸两年之久。四个月来，他们完全消失在人类视野之中。他们曾与野蛮人作战，他们在热疾中挣扎，他们翻山越岭穿越丛林。他们在没过脖子的水中站了五天五夜。其中五分之一的人已经死亡；如今，他们终于在 7 月 10 日抵达法邵达，完成了他们的使命，将三色旗竖在了上尼罗河地区。

英国军官被这支队伍的事迹深深感动，纷纷离船登岸。马尔尚少校带着仪仗队前来会见萨达将军。他们热情地握手。萨达说："恭喜你完成了所有的任务。""不，"法国人指着他的部队回答说，"不是我完成的，而是这些士兵。"后来基奇纳讲述这个故事时说："后来，我发现他是个绅士。"

在随后的外交谈判中，萨达认为没有必要马上与法国闹僵。他礼貌地忽略了法国国旗，且并未干扰马尔尚远征军及其所占领的堡垒，在音乐中和着炮舰的礼炮将英国和埃及国旗以应有的仪式升起。他在法邵达新设立了一支驻军，由苏丹第十一营、匹克炮兵团的4架炮台以及2架马克沁机枪组成，驻军由被任命为法邵达区域军事和民事指挥官的杰克逊上校统一指挥。

同一天下午3点钟，萨达和炮舰重新启程向南行驶，第二天到达了距离法邵达62英里的索巴特河口。他们在这里再次升起了他们的旗帜，设立了另一个据点，由苏丹第十三营和匹克炮兵团的剩余2架炮台组成。然后远征军转而向北，留下2艘炮舰——苏尔坦号和阿卜克力号，由杰克逊上校调配。

我并未试图描述这些消息抵达欧洲之后所引发的国际谈判和争论，但令人高兴的是，英国在危机面前空前团结。政府的决定得到了反对派的认可，人民的冷静拥护以及舰队武器的强力支持。事实上，当萨达最初继续向南行驶时，惊讶和悬念在所有人头脑中盘旋；但是当八位法国冒险家占据法邵达并声称两倍于法国面积的领土为自己所有时,悬念随之结束,充满他们内心的是极端痛苦的愤怒。普通英国民众对法国势力的仇视比欧洲任何一个国家都要强烈。在这件事上,所有人空前一致。法国人必须撤离法邵达,否则英国人就要动用所有军队、王权以及各种势力来让法国人离开。

当你发现那些激起整个国家的热情,甚至任性的情绪很难解释时,不妨回顾一下苏丹的悠久历史。收复失地一直以来都是天经地义的责任。当人们发现可以安全地完成这样的责任时,它就变成一件让人愉快的事。这些行动受到极大的关注,整个国家也越来越重视。随着野蛮部落的势力逐渐消退,海上的旧航标一个接一个地进入视野。几乎被遗忘或仅仅留下悲伤记忆的城镇,重新出现在海报、公告和报纸上。我们回来了。"栋古拉""柏柏尔""米提玛",以前几乎无人知晓,现在它们与胜利紧密相连。大批军队在印度边境战斗。非洲南部、东部以及西部都处于战乱之中。但是英国仍然目不转睛地盯着尼罗河以及那支看起来势不可当、缓慢地稳步前进且未被阻拦的法国远征军。

当渴望已久的胜利最终到来时,英国人民欢呼雀跃,以超越习俗的方式坐下来感谢他们的上帝、政府和将军。突然,他们的欢庆声中出现了一个不和谐的声音——归降的敌军试图抢夺他们的胜利成果。他们意识到,在世人眼中,当他们一直致力于伟大的军事行动并进行他们已经全身心投入的事业时,其他带有欺骗性、以摧毁他们的劳动成果为目的的行动也已经在暗中发酵。他

第十七章 "法邵达"事件

们坚决反对这种行为。

首先，英国决定占据法邵达，否则就和法国开战；英国表明了意图之后，法国人表示愿意让步。法邵达是一片无用的沼泽，对他们来说没什么特别的价值。索尔兹伯里勋爵手下的探险家马尔尚在上尼罗河地区遭遇了重重困难，后来被法国部长授予"文明使者"的荣誉称号。为了一片沼泽或一个使者进行风险巨大的战争对他们来说是不值得的。其次，他们的计谋已经失败。盖伊·福克斯忠于他的誓言和命令，他确实尽力了，但其他人却并未全力以赴。阿比西尼亚人向来冷漠；黑人部落好奇地凝视着这些陌生人，但无意为他们而战。哈里发骄傲而残暴地拒绝了所有的建议，他不屑于区分被诅咒的各类"突厥人"。最后，恩图曼之战的胜利以及其胜利的前提——沙漠铁路，彻底改变了尼罗河河谷的整个局势。经过几周的僵持之后，法国政府同意从上尼罗河地区撤出他们的远征军。

与此同时，法邵达接二连三地发生战斗。这个旧埃及政府精心挑选的小镇，位于尼罗河左岸一个平缓的斜坡上，高出尼罗河洪水期水位4英尺。从6月底一直持续到10月底的雨季期间，周围的村落会变成一片巨大的沼泽地，法邵达则变成了一个小岛。然而，它却十分重要，因为它是西河岸几英里范围内唯一可以从河中登岸的地点。从下科多尔凡而来的所有道路，除了骆驼路线，全都在政府驻地交会，但只有在旱季才能通行。这里土壤肥沃，阳光和水充足，几乎所有的作物和树木都可以生存。法国官员以其民族惯有的勤俭作风开辟了一片菜园，虽然水老鼠偶尔蹂躏，但依然相当茂盛，改善了他们单调的饭菜。然而，丁卡族人和希卢克部落的土著黑人，除了为他们自己提供生活必需品，不愿劳作；而这些生活必需品很容易获得，所以他们种植的作物很少，肥沃的土壤反而让这个村落更加贫穷。法邵达的气候全年都适宜瘟疫的传播，疟疾摧残着每一个欧洲人和埃及人，击垮了那些体质最强壮的人，很多情况下会直接致死。[这个地方环境极其恶劣，在1899年3月（每年最干旱的季节），一处驻军的317名士兵中，只有37人身体健康可以执勤。——威廉·贾斯汀爵士报告：1899年第5号，埃及。]

在这个凄惨的岛屿上，文明、健康或舒适遥不可及，马尔尚使团和埃及驻军在近三个月里一直生活在与文明的对抗之中。法国人的堡垒位于北端，埃及营地位于城市废墟之外。双方军队互相致敬，英国官员通过报纸和其他便利的方式对法国人送来的新鲜蔬菜等礼物致以谢意。塞内加尔步兵精明且训练有素，苏丹营队中的黑人很快就模仿他们的军官礼貌地致谢。杰克逊上校和马尔尚少校的队伍之间相互尊重，气氛融洽。苏丹第十一营自信的指挥官拥有不下14枚埃及勋章，他对法国探险者们充满了大度的钦佩。意识到他们克服的困难之后，他非常欣赏其辉煌的成就；当他讲着流利的法语，双方便建立起了一种良好且近乎亲密的关系，没有严重的分歧。尽管双方以诚相待，但各自都保持着最高级别的警惕，无论他们之间如何礼貌往来，都是一种正式的本性行为。

丁卡族人和希卢克人在法国人初到时便已投降，并向他们提供食物。他们知道白人要过来，但是他们不知道白人之间还有不同的种族。马尔尚被视为萨达军队的先遣部队。但是，当这些黑人逐渐意识到这些白人彼此敌对，实际上是对手时，他们立即转投更强大的一边，完全抵制法国人，尽管他们最初对埃及国旗恐惧万分。

10月中旬，法国派遣的部队纷纷乘汽轮前来支援马尔尚；马尔尚观察情况之后，决定前往开罗。最担心出现分歧的杰克逊，请求马尔尚下达友好的命令，让其下属保持镇静，如以往那样。马尔尚欣然接受，然后出发前往恩图曼，在那里他再次走上了曾经的战场，在成堆的尸体之上他发现了见证这场灾难的证据，他也曾在这里幸存。随后他来到开罗，在那里他感动得热泪盈眶。但是当他不在时，接替他的杰曼上校，思想则与他背道而驰——马尔尚刚离开，急于赢得关注的杰曼便开始采取最具侵略性的政策。他攻占了尼罗河右岸的丁卡族人村落，派侦察兵进驻其中，阻止丁卡族酋长们到法邵达投降，并派他的船只和从南方返回的费得赫布号汽轮越过萨达和马尔尚协定的北部边界。

杰克逊上校一次又一次地抗议。杰曼傲慢地答复，坚持他的挑衅政策。最终，忍无可忍的英国军官被迫宣布如果杰曼再向丁卡族村落派遣巡逻队，他将阻止这些巡逻队返回法国驻地。对此杰曼再次答复道，他从不畏惧战争。所有的暴躁情绪都被热疾、高温、不适和单调消磨殆尽，局势变得非常焦灼，杰克逊上校的机智和耐心避免了一场可能震惊世界的冲突。他严格限制士兵们的活动范围，不允许他们离队，让他们尽可能远离法国人的营地。但是法国军官却身着衬衫和他们忠诚的塞内加尔人一起修筑壕沟，忙着准备进行最后的战争。英国方面也做着相应的准备。埃及驻军全副武装，在视野之外，令人敬畏的炮舰烟囱里冒出的缕缕蒸汽表明他们已准备就绪。

关键时刻，马尔尚终于回来了，他严厉责备其下属，对杰克逊上校深表歉意。后来法国政府便下令撤离法邵达。他们花了几个星期的时间来为撤离做准备，但这一天最终还是到来了。12月11日早上8点20分，法国人在号角声中以庄严的仪式降下了国旗。英国军官留在自己的营地，并未参与其事，他们是热心的观众，遥遥观望。当旗帜停止飘扬时，一位副官冲向旗杆并将其推倒在地，痛苦恼怒地挥舞拳头，撕扯自己的头发。看到这些人遭受的无辜的痛苦以及他们所付出的努力，很难不让人同情他们。然后法国人陆续登船，在9点30分开始向南出发，费得赫布号拖着1艘方形驳船和1艘旧铁船，其他3艘船则扬帆起航，船上全都载满了士兵。当这支小型船队经过埃及营地时，苏丹第十一营仪仗队向他们致敬，乐队奏响了他们的国歌。法国人降下国旗赢得了赞赏，同时，英国和埃及也降下旗帜回敬。然后船队继续他们的旅程，直到绕过河弯；当他们上岸之后，也得到了应有的荣誉，马尔尚和他的官员回来与杰克逊上校共进早餐。会议气氛非常友好。杰克逊和杰曼互相致以敬意，指挥官以苏丹第十一营的名义向法国远征军展示了袭击他们的托钵僧埃米尔的旗帜，这个埃米尔在阮戈被捕。马尔尚和所有人逐一握手，英国军官们向他们勇敢的对手致以最后的告别。

目前为止，来到这里取得如此大成就的8名法国人再次开启了他们穿越阿比西尼亚前往海滨的安全却漫长的旅程，然后从那里回到他们效忠的国家，他们的事迹举国关注。

让我们梳理一下收复苏丹的国际影响，其实我们已经讲述过这些内容了。出于可观原因考虑，索尔兹伯里勋爵和坎布勋爵于1899年3月21日在伦敦发表联合声明，结束了法国和英国在上尼罗河河谷地区的争端。这个声明规定了两个国家各自的势力范围，作为上一年签订的《尼日尔公约》第四条的补充条款。它的实际效果是将尼罗河的整个排水系统保留在英国和埃及手中，考虑到迄今所涉及的势力，要求法国不干涉非洲北部尼罗河河谷以西其他尚未被欧洲占领的区域。两个欧洲大国将半个大陆如此瓜分，肯定会激发其他国家的不满。德国对于在上尼罗河区域遵守"门户开放"政策的承诺感到欣慰，意大利在德国之后则表示抗议，俄国目前对此毫无兴趣，法国和英国纷纷同意，其余国家则被置于一旁。因此可以说这份"宣言"已得到了全世界的认可。

试图说明签订协议的优势在哪可能为时过早。法国在没有任何重大军事行动的情况下一举获得了被认可的权力，这使其可能最终吞并非洲。法国目前所获得的东西可能会被描述为"欲望领域",未来可能将其转化为势力范围,更远的将来他们可能统治这块大陆。有许多困难需要克服:赛努西[1]势力尚未被推翻,独立的瓦达伊王国[2]需要被征服,许多较小的君主必将誓死抵抗。总而言之,法国有足够的时间在中非占据一席之地,即使这个长远而艰巨的任务完成了,被征服的地区可能也没有重要价值。那里有撒哈拉沙漠和同样辽阔而贫瘠的灌木丛、沼泽。只有一条重要的河流沙里河[3]流经,而且是一条内陆河。甚至沙里河流入的乍得湖[4]水位似乎都在不断下降,正在迅速从湖泊变成一片巨大的沼泽地。

另一方面,英国和埃及已经牢牢占据了一片实际上被他们征服的领土,尽管范围较小,但是那里土壤更加肥沃,交通便利,有尼罗河流经。法国有能力重新绘制非洲大陆的蓝图,地图上展示的内容将会取悦那些爱国者;但是可以预测,在法国意图扩张自己的领土,将愿望转化为影响力,并将影响力转化为实际战斗力之前,还要付出更多,并且和更为谦逊的尼罗河河谷的主人们

---

[1] 赛努西(Senussi,1787—1859),伊斯兰教苏菲派教义学家,赛努西教团创始人。全名穆罕默德·本·阿里·赛努西。生于阿尔及利亚的穆斯塔加内姆,伊德里斯家族,自称系法蒂玛的后裔。赛努西一生主要宣传穆斯林世界的团结,主张在伊斯兰大团结的旗帜下,在非洲建立伊斯兰统一体。
[2] 瓦达伊王国(Wadai),今瓦达伊区,位于乍得东南部,乍得十八个区之一。与苏丹及中非接壤。首府阿贝歇。主要民族是阿拉伯人和马坝人。
[3] 沙里河(Shari),也称Chari,是北非乍得境内的一条内陆河流。
[4] 乍得湖(Lake Chad),内陆淡水湖,位于非洲中北部,乍得、喀麦隆、尼日尔和尼日利亚四国交界处,乍得盆地中央。

第十七章 "法邵达"事件

相比，要等待更长的时间才能获得回报。即使获得了回报，可能价值也并不大。

现在只剩下讨论如何安置苏丹的征服者们了。英国和埃及携手并进，共同占据了尼罗河流域，尽管他们为此付出了不同的兵力和金钱代价。胜利属于这两个国家。英国直接吞并苏丹对埃及来说是不公平的。此外，对法邵达和其他领土的占领是埃及之前便有的权力。另一方面，如果苏丹再次落入埃及人手中，它就会陷入这个严苛国家的禁锢之中。投降条约将适用于上尼罗河地区，以及三角洲地区。困难重重的苏丹政府将面临来自混合法庭、突厥宗主权力施加的其他压力。让这个新国家摆脱国际主义的祸根是首要目标。1899年3月7日，英国和埃及签订的《苏丹协议》实现了这一目标。与英国代理政府在埃及实现的大部分成就一样，该协议是在没有引起太多关注的情况下签署的。根据协议规定，尼罗河河谷将新建一个州，既不属于英国人也不属于突厥人，也不属于欧洲的任何其他国家。国际法学家正面临着全新的政治格局，四方外交政策应运而生。英国和埃及共同统治整个国家，征服者同盟现在成了共同的拥有者。"这个《苏丹协议》意味着什么？"奥地利总领事问克罗默勋爵。了解埃及实情已有22年之久的他被迫回答说："并没有太多意义。"然后他将令人费解的文件递交给了奥地利总领事，这份文件中提到这个被征服的国家有朝一日可能会迈向和平与富足。

第十八章　青尼罗河之战

9月22日，奥斯曼·狄格纳队中未参加恩图曼战役的大部分人员，在位于鲁法亚以北几英里的赫兹拉扎营。在亨特将军的召唤下，谢赫和埃米尔宣布投降，一支约2000人的队伍全部放下了手中的武器。奥斯曼的侄子，军队指挥官穆萨·狄格纳，戴上镣铐被关押在牢。其余大部分来自萨瓦金的人则得到了赦免，被命令立即返乡。

第二天，亨特将军抵达瓦德·麦地那，那里的1000名强壮的托钵僧驻军已经向谢赫的炮舰投降了。这些托钵僧正规军乘坐帆船被运往恩图曼，于是现有的战俘人数不断壮大。9月29日，亨特将军到达喀土穆以南400英里的鲁赛里斯，此处亦是青尼罗河上汽轮可航行的极限位置。到10月3日，他已经在鲁赛里斯、卡克基、森纳尔（该省政府驻地旧址）以及瓦德·麦地那安排了苏丹第十三营作为驻军。在安排了巡逻炮舰后，他返回了恩图曼。

但是有一支托钵僧军无意向入侵者投降，直到进行了三次激烈的交战之后他们才被击溃。哈里发热心而忠诚的信徒艾哈迈德·费迪尔，在阿特巴拉战败后被派去加达里夫和加拉巴特省募集托钵僧军,将他们并入恩图曼不断壮大的队伍中。这位埃米尔忠实地履行他的职责,带着一支不少于8000人的强大而训练有素的部队匆匆地前往支援哈里发。当他来到距离恩图曼60英里的地方时得知了恩图曼遭袭的消息,他立即停下来,试图通过宣称哈里发已经获胜不再需要他们的帮助向士兵们隐瞒已经发生的灾难,甚至解释说河上出现的炮舰是从恩图曼的炮兵部队火力下逃脱的,其他的已经被摧毁了。然而,事实并非如此,且被长期隐瞒;几天之后,斯拉廷派出的两名信使来到托钵僧军营地,宣称恩图曼军队已被击败,哈里发已逃跑,恩图曼城已被攻占。信使奉命向艾哈迈德提出了一些条款;但那个坚定不移的托钵僧怒不可遏,在击毙一名信使后送走了另一名信使,在他身上写满了咒骂侮辱的文字,告诉英埃军队,他会战斗到最后。然后他摧毁了营地,沿着青尼罗河东岸向后行进,企图在青尼罗河与拉海德河交汇处附近过河,以在科尔多凡与哈里发会合。然而,他的托钵僧士兵对这个计划并不满意。他们的家人和妻子仍在加达里夫,那里有大量粮食和弹药,有一支3000人的强大驻军驻守。他们强烈要求指挥官回去带上这些人和财产。艾哈迈德起初拒绝了,但是当他来河上通道前时,发现面前有一艘英军炮舰,于是他决定顺应军心,从容地向加达里夫进军。

9月5日,指挥卡萨拉军队的帕森斯上校,从厄立特里亚的意大利总督那里听说了他们在恩图曼的胜利。第二天,官方消息从英国传来,按照之前的指示,9月7日他开始向加达里夫出发。

他们知道艾哈迈德·费迪尔已向恩图曼进军。他们以为加达里夫只有少部分托钵僧军驻守，并且从基地切断托钵僧军剩余的强大势力的机会弥足珍贵。这个冒险可以说是孤注一掷。卡萨拉的所有驻军全部聚集在一起。他们仅用1350名混合士兵便将加达里夫攻占，然后镇守在那里。这支队伍从未经受过考验，纪律涣散，漫长的等待和疾病消磨了他们的士气，队中没有骑兵、炮台和机关枪，只有7名英国军官，包括医生。

经过两次漫长的行军，帕森斯上校和他的部队抵达了阿特巴拉河右岸的法希尔[1]。曾经穿梭在干旱沙漠中的他们，现在被汹涌的洪流阻挡了去路。河流处于丰水期，一条比伦敦桥下的泰晤士河更宽阔的深水通道以每小时7英里的速度流动，形成了巨大的障碍。由于没有船只，士兵们立即开始用携带的木桶建造木筏。第一艘建成后，被放入河中试验，然而结果并不让人满意。这艘木筏载着10名士兵，在河道中漂流了5个小时，抵达下游10英里远的地方，然后在第二天下午返回开始第二次运送。很明显，这样的运输方式是不可取的。想要获得成功，最安全也是唯一的机会实际上是在艾哈迈德·费迪尔返回之前抵达并占据加达里夫。一切都取决于速度，然而他们却在这里遇上了让人绝望的阻碍。经过长时间的讨论，他们决定听取一名埃及军官的建议，建造船只。事实证明这项工作比预期的要容易一些。富有弹性的灌木提

---

[1] 法希尔（Fasher），苏丹西部一城市，北达尔富尔省首府和贸易中心。

第十八章　青尼罗河之战 | 355

供了船体框架；他们幸运地找到了一些柏油帆布附在船体外壳上。热情高涨的埃及士兵成功地用这些材料每天建造一艘承载能力 2 吨的船只；通过这些巧妙设计的船只，整支队伍得以穿过河流抵达远处的河岸。运送物资的骆驼、骡子和马匹，下巴上系着充满气的水袋，在当地舒克利亚阿拉伯人的带领下游过河道。用了当地部落人的办法，在渡河过程中只有一只骆驼和一只骡子沉入了水中。他们在 16 日成功地通过了河道，第二天沿着阿特巴拉河西岸继续行军；18 日中午抵达慕加塔，然后在 20 日黎明时，士兵们装满水袋，收紧腰带，在他们崇奉的各种神灵的帮助下，开始了一整天的行军，穿过了位于阿特巴拉河和加达里夫之间的茂密灌木丛。尽管距离加达里夫尚有 12 英里，这支队伍仍然在 21 日晚上后退了一段距离以安心休息。然而在午夜时分，惊人的消息传来。一名托钵僧逃兵潜入营地告诉帕森斯上校，埃米尔萨达拉在加达里夫城前 2 英里带着 3500 名士兵等着他。形势非常紧急。在一支强大而士气高涨的敌军面前穿过遍地废墟的村落和茂密的灌木丛撤退似乎是不可能的。除了进攻，他们别无选择。

　　22 日一大早——同一天亨利将军正在青尼罗河上逼迫穆萨·狄格纳和他的追随者们投降——帕森斯上校和卡萨拉部队开始向加达里夫进军，准备与城中可能存在的任何力量开战。前两个小时，道路穿过杜拉种植园和高高的草丛，草地甚至没过骑骆驼的士兵头顶，但随着越来越靠近城镇，部队走到了种植园尽头，从丛林中出来，出现在了起伏的荒野上，其上偶尔散布着片片荆棘丛和枯草。7点半时，在距离加达里夫约3英里处，他们遭遇了敌军的侦察兵，相互开了几枪。士兵们加快脚步，在8点钟来到了一个小沙丘上，在沙丘上他们获得了更广阔的视野。部队停了下来，帕森斯上校和他的军官登上沙丘观察形势。

他们面临着一个十分危险的局面。大概不到1英里远的地方，一支强大的托钵僧军正全速向入侵者冲来。草丛中出现了4排白色的队伍，通过他们的长度便可估计其数量，他们的阵型也说明他们训练有素。军官们估算出敌军兵力不下4000人。随后的调查显示，埃米尔萨达拉带着1700名步兵、1600名长矛兵和300名骑兵从加达里夫城中出来迎敌。

托钵僧军行进迅速，双方军队相距极近，显然半个小时内就将爆发一场恶战。山谷岩石遍地，杂草丛生，芦苇疯长；但是在道路右侧，有一座高高的马鞍山，其表面看起来更为开阔，似乎指向加达里夫方向。这支部队对这个村落一无所知，而托钵僧军对其了如指掌。高地至少有视野的优势，帕森斯上校决定占领它。然而，时间非常紧迫。

命令已经发出，士兵们开始两队并进，翻过山谷朝马鞍山进军。托钵僧军发现了他们的意图，于是加快步伐，寄希望于在行进中拦截这支队伍，甚至率先占领马鞍山。但是他们的行动太迟了。帕森斯上校和他的部队已经安全抵达山顶，并且在几分钟的时间里便排开阵势，沿着马鞍山朝加达里夫方向推进——阿拉伯营士兵在前，埃及第十六营紧随其后，最后是非正规军。

第十八章　青尼罗河之战

托钵僧军发现这支部队已经到达山顶正在朝着加达里夫移动，于是立即转向左侧向前冲锋。8点半的时候，山顶的这支队伍排成一排来应对冲过来的托钵僧军，他们站在山顶齐胸高的草地中，开始向托钵僧军凶猛地开火。虽然遭受了惨重的损失，但这些托钵僧军依然奋勇向前，奋力回击那些火枪手。9点钟时，虽然正面交锋尚未分出胜负，但帕森斯上校意识到一支强大的托钵僧军已经绕着他们左后方移动，即将袭击医疗队和运输部队。他立即提醒负责医疗队和物资运送部队的上尉弗莱明，说明了敌军即将发动的进攻，然后指挥他将所有骆驼聚集起来，准备迎敌。当部队军官不在时充当勤务兵的阿拉伯谢赫，在托钵僧军准备发动进攻的过程中并没有将此消息传给弗莱明。敌军大约有300名强壮的士兵坚决地冲向物资运送部队，120名阿拉伯非正规军组成的护送人员瞬间四散而逃。形势变得极其严峻，鲁斯文和34个物资供应部的骆驼军团急忙前往应对敌军，保护物资运送部队，他们成功地守住了运输工具。尽管他们付出了巨大的努力，但是物资运送部队后方队伍仍被击溃切断。幸存者沿着马鞍山鞍背匆忙逃散。英国军官带着他们的一小批随从在敌军的强大压力下撤回主体部队中。

就在这时，鲁斯文上尉发现他的一名当地士官负伤在地，即将落入托钵僧军手中悲惨地牺牲。他立即转身，用强有力的手臂将这名士官抱在怀中。然而，紧紧跟随的敌军让他被迫三次放下这名士官用左轮手枪保护自己。与此同时，帕森斯上校向主体部队的撤退仍在继续进行着并不断提速。

帕森斯上校和他的部队现在处于两面夹击之中。正面敌军距离不到200码；后方的部队乘胜追击，急匆匆地向前冲锋。卡萨拉军队的失败和随之而来的覆灭似乎在所难免。但是，在此紧要关头，托钵僧军损失惨重的正面进攻部队动摇了；当阿拉伯营队和埃及第十六营向他们冲过来解除他们的窘迫处境时，他们迅速溃散而逃。帕森斯上校立刻集中兵力应对后方袭击。阿拉伯营队的勇气比他们的纪律性更令人钦佩，他们继续向山下追击溃逃的敌军；但是埃及第十六营在指挥官麦克雷尔上尉的召唤下，坚定地准备迎接托钵僧军新一轮的进攻。

正规军的凶猛火力成功地阻断了托钵僧军的进攻，上尉弗莱明、剩余的未骑骆驼的骆驼军团和仍然拖着他的士官的鲁斯文，安全地回到了队伍中。（鲁斯文上尉因此英勇行为获得了维多利亚十字勋章[1]。）随后双方在不到100码的范围内进行了一场短暂的激烈枪战，袭击物资运送队的敌军被彻底击退。现在行动已经结束，胜利在握。阿拉伯营队和那些已经团结起来的非正规军将他们面前的敌军向加达里夫驱逐。到10点钟时，他们前后的敌军皆遭遇失败，托钵僧军放弃了所有抵抗，彻底溃败。没有骑兵或大炮，进一步的追击是不可能的。

---

[1] 维多利亚十字勋章（Victoria Cross），英联邦国家的最高级军事勋章，1856年维多利亚女王应其夫艾伯特亲王之请而设置，以维多利亚女王的名字为其命名，奖励给对敌作战中最英勇的人。

第十八章 青尼罗河之战

中午时分,加达里夫城投降。被留下来指挥托钵僧驻军的埃米尔努尔·安加拉,带着200名黑人步兵和2架铜炮慌忙向英埃军队投降。其余的托钵僧军则在埃米尔萨达拉的率领下继续逃跑,急于告知艾哈迈德·费迪尔他们战败的消息。

卡萨拉军队在此次行动中的伤亡严重程度和战斗持续时间成正比。7名英国军官毫发未损地逃脱;但是,在1400名士兵和非正规军中,有51人阵亡,80人受伤——共计131人。托钵僧军阵亡500人,其中包括4名埃米尔。

胜利在握,敌军已被击溃,城镇也已成功占领,现在的问题是要守好这座城。帕森斯上校占领了主要建筑,立即开始布防。幸运的是,这项工作很容易。这里位置极佳,可利用性极高。它由3个大型围场组成,能够容纳整个队伍呈梯队式排列,以便所有人相互保护,并且这里有6英尺高的坚固城墙。所有人都立刻着手清理道路,夷平土屋,在城墙内建造堡垒或射击踏跺。于是3个围场变成3座堡垒,他们首先将2架俘获的铜炮安放在北侧和西侧凸出角落的小堡垒中。当步兵如此排布之后,鲁斯文和他的骆驼军团每天都对周围的村落进行侦察,热切地期待着艾哈迈德·费迪尔的首次亮相。

27日下午,来自慕加塔的一支弹药护送队幸运而顺利地抵达加达里夫。次日黎明时分,鲁斯文报告,艾哈迈德·费迪尔的前卫队正在接近加达里夫。托钵僧军8点半开始发动进攻。他们以惯有的勇猛同时进攻北侧、南侧和西侧的守军。穿过高高的种植园，他们便来到距离围场300码的范围内。但是其间所有的掩体都已被彻底清除，守军的步枪手正注视着这块空地。所有试图穿过这块平地的行动——即使是最勇猛的冲锋——都将是徒劳。当一些人朝着城墙发起绝望的冲锋时，另一些人挤在未被守军清除的稻草堆以及土屋形成的掩护之中进行着散乱的射击。经过一个小时的狂轰滥炸之后，进攻火力渐弱，目前已完全停止。然而，在10点钟，强大的增援部队出现了，托钵僧军再次发起冲锋，但再次被击退。10点45分时，在死伤500多名士兵后，艾哈迈德·费迪尔被迫接受失败并退回城西2英里处的棕榈树丛中。守军仅有5人阵亡，1名英国军官（德威尔上尉）和13名士兵受伤。

托钵僧军在棕榈树丛中待了两天，他们的首领一再努力鼓动他们重新发起进攻。虽然他们紧紧地包围了围场，还保持着火力，但是他们拒绝第三次拿头去撞向坚硬的城墙。10月1日，艾哈迈德·费迪尔被迫撤退至南方8英里处一个更便利的营地。在接下来的三个星期里，他依然心存怒火，闷闷不乐；而卡萨拉军队则忠于防守。来自慕加塔的车队在夜幕的掩护下进入了堡垒，但是无论如何，城中的驻军已经被围困。他们在战斗中的损失不断削减着他们的力量。他们没有充足的弹药供应。环绕城墙并遍布种植园的腐烂尸体散发着恶臭，城中肮脏污秽，这些全都是疾病的温床。所有队伍都遭到了疾病的痛苦折磨，病毒曾一度将400名正规军中多达270人击垮。经常性的夜间警报让士兵们愈加疲惫，7名军官的焦虑也不断增加。局势确实令人沮丧，帕森

第十八章 青尼罗河之战

斯上校被迫请求支援。

朗德尔少将在萨达缺席的情况下担任首席指挥官，他立即组织了支援部队。苏丹第九、第十二以及第十三营的一半兵力，以及3支骆驼军团连在柯林森上校的率领下，立即从恩图曼前往拉海德河河口。步兵乘汽船，骆驼军团沿着河岸进军，他们在56个小时内行军130英里。青尼罗河上的驻军，除了位于鲁赛里斯据点的，已经全部聚集起来。到10月8日，全军都已在阿布哈拉兹会合。从恩图曼出发的500头骆驼和当地每一头能够负重的牲畜都加入了运输部队。9日，苏丹第十二营从拉海德河出发前往艾因欧维加。从这里开始，道路远离河流，横穿沙漠直达加达里夫，其间距离为100英里。在这段距离内，只有卡乌水井区有水源。因为缺水，队伍必须带足补给水源。运输部队不足以为所有队伍提供补给，进军必须分为两路。骆驼军团和苏丹第十二营大约1200人在柯林森上校的带领下于17日从艾因欧维加出发，并于22日安全抵达加达里夫。艾哈迈德·费迪尔十分警惕他们的到来，在发动了一次收效甚微的夜袭之后，他意识到自己已毫无重夺此城之机——英埃驻军在仅仅损失2名苏丹士兵的情况下便将他的夜袭击退。守军确实已经准备向他发起进攻；但是在10月23日，当守军侦察兵前往他的营地时却发现托钵僧军正在朝南移动，一支强大的后卫队掩护着他们撤退，同时也为了防止士兵逃脱。

帕森斯上校的行动因此取得了圆满成功。他们克服了巨大的困难，遭遇了极度的危险，最终获得了骄人的战绩。但是，当我们称赞指挥官的才能和其下属的奉献精神时，不得不批判那些轻率且自负的政策：让装备落后且力量如此薄弱的队伍去完成如此危险的行动。正如事实所展示的，加达里夫行动中的军官和士兵没有过错，但是这次行动却险些成为一场灾难。不过还有其他一些关键时刻，极好的运气使他们免于灭顶之灾。第一，队伍在抵达慕加塔之前都未被托钵僧军发现；第二，在茂密的灌木丛中，他们没有遭到攻击；第三，托钵僧军在开阔地而不是在他们的城墙内发动进攻，否则守军是无法在没有大炮的情况下将托钵僧军击退的；第四，他们的储备弹药在艾哈迈德·费迪尔发动进攻之前抵达。

在加达里夫战败之后，艾哈迈德·费迪尔重拾曾经的计划，准备在科尔多凡与哈里发会合。他向南撤退到丁德尔河，他手下仍有超过5000人，要想在炮舰面前渡过尼罗河似乎是不可能的。然而，他并不相信汽轮可以航行至河流更上游区域，因此寄希望于找到一个安全的渡河点，他指挥部队继续行进，以在卡克基以南渡过青尼罗河。他们从容地行进，不时劫掠当地居民而延缓了行程，最终在11月7日抵达卡克基以东25英里的丁德尔。他在这里停下来侦察。他之前坚信卡克基至鲁赛里斯流域对于炮舰来说水流过浅，但是他发现有两艘强大的炮舰已经在这段水域上巡逻。万分沮丧的他再次转向南方，意图从鲁赛里斯急瀑处渡河，在那里汽轮无疑是无法通行的。

10月22日，刘易斯上校和骆驼军团的2个连以及3个骑兵

第十八章 青尼罗河之战

中队从恩图曼出发，目的是穿越赫兹拉中部并重建埃及当局权威。他的行动在各方面都取得了成功。当地民众万般顺从，无怨无悔地为政府工作。哈里发战败之后几乎没有出现任何混乱局面，发生的所有劫掠事件，都是曾经在沃特利少校指挥下参与尼罗河东岸恩图曼战役后被遗弃的非正规军所为。每个村落的村长都以总督的名义任命，骑兵中队的军官悉心处理所有相关的土地、庄稼和妇女纠纷，直到令民众满意。刘易斯上校行军经过阿瓦穆拉、海路森和梅萨拉米亚之后，于11月7日抵达卡克基，几乎与艾哈迈德·费迪尔同时抵达丁德尔。

在接下来的六个星期里，双方部队好像在玩捉迷藏。艾哈迈德·费迪尔隐藏在东岸茂密的丛林中，不时入侵周围的村庄，逐渐朝鲁赛里斯急瀑方向推进。被虚假模糊的信息所困惑的刘易斯上校仍然停留在卡克基，他派出侦察兵以期获得可靠的消息，但是无功而返。于是他转而采取进一步计划以切断打游击的托钵僧军，或者派炮舰在河上巡逻。与此同时，他的队伍也遭到了疟疾的袭击。秋天青尼罗河所有流域疟疾盛行，现在已经达到了高峰。每处驻军和据点都有超过30%的人患病。驻守鲁赛里斯的连队受疟疾影响只剩下了1名士兵，而且只剩2名英国军官仍然身体健康可以执勤。穿过赫兹拉的骑兵部队所遭受的打击最为沉重。一个接一个的英国军官倒下，浑身发热，无助地躺在棕榈树下或者在汽轮上，奄奄一息。这艘船上的队伍是北部遭受疟疾打击最为严重的。460名士兵中，有10人病死，其中420人在抵达卡克基后的一个月内身体状况都受到一定程度的影响。

11月底，从加达里夫撤退后离开托钵僧军的谢赫巴克尔，带着350名非正规军抵达卡克基。他声称多次击败了他的前任酋长，准备了一麻袋他们的首级作为证据。他的忠诚无可置疑，他被派去与托钵僧军交涉，并被鼓励尽最大努力获取任何可能的战利品。

此时，艾哈迈德·费迪尔正沿着距离青尼罗河约20英里远、几乎与它平行的一条山谷向南缓慢行进。得知托钵僧军埃米尔的确切位置后，刘易斯上校将他的部队从卡克基转移到了鲁赛里斯，他的部队因苏丹第十营特遣队的支援而变得更加强大。他在这里停留了好几天，企图阻挡敌军渡河，但是希望渺茫。然而，在12月20日，他收到了所有的信息，尽管后来发现信息并不十分准确。消息称，艾哈迈德·费迪尔已经于12月18日抵达位于鲁赛里斯据点以南约20英里的达希拉村；他本人已经与前卫部队一起成功渡河，正忙着用木筏将妇女和儿童运过河岸。

因此，在22日，刘易斯上校匆忙地派谢赫巴克尔到西河岸，以截断托钵僧军队伍，并不断骚扰已经过河的托钵僧军。随后，非正规军便出动了。第二天有消息称，托钵僧军几乎被青尼罗河均分为两半，河流两岸各一半。24日中午，迈利克号和达尔号炮舰从恩图曼赶来，随之而来的还有弗格森少校率领的苏丹第十营的200名士兵，以及亨利·希尔上尉率领的苏丹第九营的30名士兵。随着这些队伍的到来，刘易斯上校的队伍包括苏丹第十营的一半兵力，苏丹第九营的一小支分队，2架马克沁机枪和1名

第十八章 青尼罗河之战

医生。除了正规军部队，还有谢赫巴克尔手下的非正规军，包括380名士兵，鲁赛里斯酋长手下的100名士兵，以及一些其他的士兵。

刘易斯上校决定进攻仍然停留在河东岸的艾哈迈德·费迪尔队伍。圣诞节当天下午5点，他率领所有士兵向达希拉方向进军。

他们排成一队沿着一条穿越茂密丛林的小路行进，晚上11点钟来到了阿杜左格霍利，他们以为到这里已经走完了一半路程，但实际上不足三分之一。他们在这里露营，一直待到26日凌晨3点，然后继续以同样的队形穿过同一片错综复杂的丛林。天亮之后他们距离托钵僧军阵地还有几英里，直到8点他们才发现敌军的前哨基地。几轮交火之后，阿拉伯哨兵退回去，前卫部队紧追不舍从树林里冲出，来到岸边的开阔地上，只有棕榈树和高高的草丛偶尔将其队形打乱。渐渐地，整支队伍完全出现在空地之上。在他们面前，青尼罗河就像银带一般在清晨的阳光下闪闪发光，快速流淌着；近处的水域之外还有一个长长的、光秃秃的砾石岛，上面是起伏的沙丘，其中的数百名托钵僧军因突然抵达的部队而惊愕不已，四处窜逃。在岛屿远处，河流另一侧树木覆被的悬崖上，其他微小的人物匆忙地移动着。嘈杂的号角声和鼓声交织在一起，回荡在河面上，随风飘扬的鲜艳旗帜宣示着敌军势力的存在及其意图。

托钵僧军阵地是精心挑选的，具有很强的防守能力。青尼罗河在达希拉北部不远处出现岔口——一条分支水流湍急却很浅，笔直地沿着东河岸流动；另一条分支非常深，在西岸沿着一条宽阔的曲线流淌，切入河岸，使其变得极为陡峭。这两条分支将1.25英里长、1400码宽的岛屿环绕起来，这个岛屿周围是快速流淌的天然护城河。岛屿西侧是一排低矮的沙丘，上面覆盖着灌木和草丛，其上有一个反向的陡坡朝向河流前滩；在这个天然的屏障后排布有艾哈迈德·费迪尔四分之三的兵力。背靠河流，他们别无选择，也没有任何其他期望，只能殊死一搏。他们面前是一片广阔的卵石滩，宽1000码，英埃军队必须经过那里才能朝他们发起进攻；他们身后是西河岸高耸的峭壁，一些地方高达50英尺，其上整齐排列着300名已经渡河的步兵。在这个安全的位置，艾哈迈德·费迪尔和他的4名埃米尔得以安心观察、协助并指挥防守这个小岛。岛上的部队全部由加达里夫久负盛名的埃米尔萨达拉指挥；除了他自己的追随者，其他4位埃米尔的大多数士兵也都集中在那里。

然而，前景不容乐观。刘易斯上校发现他居然荒唐地低估了托钵僧军的实力和风纪。不断有消息称，加达里夫的失败已经彻底将他们击垮，他们的人数甚至不超过2000人。此外，刘易斯发动进攻时一直以为他们被河道均分为两队。然而，此时撤退是不可能的。虽然敌军占据有利地形，他们的实力让人生畏，但是直接进攻实际上比冒险穿过自己和鲁赛里斯之间19英里的幽暗森林撤退更安全。英国军官随即决定开战。9点钟时，代表这支队伍炮兵部队的2架马克沁机枪在有利的位置同时开火；此时，苏丹第十一营和大部分非正规军全都列在东岸。步枪和马克沁机枪正在朝远处开火。托钵僧军随即予以还击，步枪的烟火逐渐暴露了他们的位置和人数，显然远程攻击是无法驱逐他们的。尽管敌我双方实力差距悬殊，而且敌军占据有利地势，刘易斯上校仍然决定带着刺刀冲锋。巴克尔的队伍花了一段时间寻找穿过河道的浅滩，直到10点钟，他们才登上小岛。在苏丹第十三营一个连的掩护下，他们冲向敌军右侧，占据了大概800码远处的一个有利位置以掩护其他队伍渡河。

刘易斯上校现在决定向北转攻敌人的左翼，将他们逼向河流深水区。带着内森上校和弗格森少校率领的苏丹第十三营，他沿河向北行进，尽可能地利用弯曲的河岸避开敌军火力，然而最终还是有部分人员伤亡。在抵达既定的进攻位置后，营队士兵排成一队，将正面部队一半转向左侧，几个连队先后斜向推进，穿过开阔的卵石滩向沙丘进军。随着他们不断向前推进，驻守在一个土丘上的200名托钵僧军开始向其左翼发起凶猛的攻击。弗格森少校带着一支连队被派去驱逐他们，其余4个连继续前进。

托钵僧军的步枪火力变得越来越密集，整个小岛正面被硝烟笼罩；后方西岸的悬崖之上，排成半圆的步兵也将火力集中在400名冲锋的士兵身上。被子弹击中的卵石旋转跳跃飞向空中。空气中充斥着子弹可怕的嗖嗖声。苏丹士兵纷纷倒下，"就像在恩图曼倒下的托钵僧军一样"，地面上很快就铺满了伤亡的士兵。"我们不敢回头看。"一名官员说。但是英勇的黑人士兵势不可当，毫不畏惧凶猛的火力，义无反顾地向前冲锋；他们加快步伐，以尽快靠近敌军，很快来到第一个沙丘处，终于找到了掩体。这支营队的四分之一已经倒下，铺满了卵石滩。

快速进军消耗了苏丹士兵的大部分体力，刘易斯命令内森在沙丘的掩护下停下来休息几分钟，这样士兵们便可以在最后的冲刺之前休整一番。然而，看到他们停止进军的托钵僧军以为他们的进攻已经被击退，决定一举结束战斗。西岸的艾哈迈德·费迪尔听到了战鼓和号角声，整支队伍大声欢呼，热情高涨，从高处的沙丘中站起来，挥舞着旗帜，迅速冲向英埃军队。苏丹第十营，虽然气喘吁吁但仍勇猛善战，他们响应两名白人军官的号召，登上他们躲避的沙丘，朝着得意扬扬地冲过来的托钵僧军大声怒吼，奋力射击。

双方距离很近，火力效果惊人。惊讶的阿拉伯人摇摆不定，纷纷倒下；然后英埃军队，排成整齐的一排向前冲去，将敌人从一个沙脊驱赶到另一个沙脊。穿过崎岖不平的地面，他们将每一个沙丘后躲藏的托钵僧军全都逼退，直到所有未被屠杀和不曾受伤的士兵都被围在小岛的最南端——他们身后是深不见底的河水，面前是因伤亡的战友而怒不可遏的黑人士兵。

谢赫巴克尔和他的士兵以及其余的非正规军，一起加入了胜利的苏丹士兵中，他们站在已经攻占的沙丘之上，朝着挤在前滩上裸露的狭窄地带上的托钵僧军一阵扫射。一些托钵僧军试图游过湍急的河流与西岸的友军会合。其中许多人溺水身亡，萨达拉就是其中之一，连人带马一起沉入了湍流之中。其他人则躲在水中，仅仅露出头，以避开攻击。还有更大一部分逃到了河流上游稍远一点的小岛上。但是他们毫无掩体依靠，深不见底的河水让他们望而却步，暴露在2个连的凶猛火力下一个半小时后，幸存的300名士兵最终选择了投降。

到了11点30分，整个小岛都被英埃军队占据了。然而，西岸的火力仍然接连不断。被派去攻击托钵僧步兵的连队被困在了狭小的掩体之后。弗格森少校身负重伤，三分之一的士兵中弹。撤回这支连队并救回伤员极其困难，只能将马克沁机枪运过河岸，在400码远处开火。下午3点钟时，所有的火力都已停熄，胜利者留下来清点他们的损失和收获。

他们没有时间也没有机会去计算敌军的死亡人数，但可以肯定的是，岛上至少有500名阿拉伯人被杀，2127名战士、几百名妇女和儿童投降。他们俘获了576支步枪、大量弹药以及一大堆长矛和剑。事实上，艾哈迈德·费迪尔带着众多追随者穿过赫兹拉成功逃脱，但这次灾难性的失利让托钵僧军士气散尽，以至于整支托钵僧军于1月22日向白尼罗河上位于阮戈的米提玛号炮舰投降，他们的首领则带着十几名追随者逃跑，前去投奔哈里发。

这次行动中英埃军队阵亡41人，负伤145人，其中包括弗格森少校；战斗中首当其冲的苏丹第十营总人数511人，损失了25名士官和士兵，1名英国军官、6名本土军官、117名士官和士兵负伤。另外还损失了495名参与此次行动的非正规军。

第十九章　哈里发的陨落

通过上一章所描述的战斗，尼罗河沿岸地区的敌对势力已全部清除，埃及政府重新夺回了沿岸的军事据点。然而，哈里发仍停留在科尔多凡。从恩图曼战场上成功逃脱之后，哈里发阿卜杜拉匆忙地沿着沙特和泽瑞吉亚水井区朝欧拜伊德的方向移动。这个季节，雨后井水水源充足。在阿卜谢莱，他摆脱了身后追击的敌军，停下来安营扎寨，开始忙着重组他散乱的部队。他的努力卓有成效。11月初，断流使阿卜谢莱的水井变成了泥池，而哈里发则向西移动来到艾盖拉。哈特姆带着欧拜伊德的驻军与他在这里会合。这位首领和他的追随者们从未与英埃军队交战过，因而仍斗志昂扬，无所畏惧。他们的到来极大地鼓舞了哈里发重新聚集起来的队伍。他们在艾盖拉建立了一个大型基地。12月水源充沛，阿卜杜拉便安心地待着这里，派突击部队到远处的村落收集粮食和其他物资。

萨达刚从英国返回就收到了他们在鲁赛里斯大获全胜的消息，于是他决定抓捕哈里发。12月29日他将这项光荣的使命赋予身旁的高级官员基奇纳上校。基奇纳上校奉命率领一小支混合

第十九章 哈里发的陨落

队伍前往科尔多凡侦察敌军位置。如果可能的话，他将一举进攻抓获哈里发阿卜杜拉。据说阿卜杜拉的追随者不超过1000名，且为手无寸铁之人。军官们口中的"科尔多凡野战队"组织构成为如下：

总指挥：基奇纳上校
副官长：米特福德中校
助理副官长：威廉姆斯少校

部队：
　　2支埃及骑兵中队
　　埃及第二营
　　苏丹第十四营
　　2架马克沁机枪
　　2架骡拉炮台
　　1支骆驼骑兵连

骆驼运输队是从阿特巴拉河和青尼罗河上调过来的。汽轮载着部队前往杜尔姆，1899年第一周他们全都聚集在那里。虽然有几个车队必须跋涉400多英里，但是1月10日时，所有的骆驼全都集中在了卡瓦。

此次行动面临的主要困难是水源短缺。哈里发的据点距离河流将近 125 英里。其间的村落在雨季到处都是浅滩，但到了 1 月份，这些浅滩全都变成了泥潭，只剩下偶尔几个水洼。因此，他们必须携带队伍所有人员、马匹和骡子所需的水。据当地向导所知，骆驼到达下一处可能找到的水源地之前肯定会渴至极限。骆驼的耐渴能力众所周知，但也有其极限。如果启程时饮足水，骆驼可以连续行进 5 天而不用补充水分；之后，如果再次饮足水，它们可以继续行进 5 天。但这会耗尽它们的体力，在旅途中它们实际上承受着极大的痛苦，而且可能在最后疲劳致死。然而，在战争中，我们无法顾及牲畜的痛苦；指挥官仅仅考虑它们的功用。它们携带的水，加上即将干涸的水洼里的水，以及骆驼的耐渴能力，仅仅能够支撑大约 1200 名士兵行军 120 英里进入沙漠，然后在 3 天之内完成所有行动，再回到尼罗河沿岸。这便是科尔多凡野战队执行的谢克拉侦察行动。

从科什行军的路线让士兵们欢欣鼓舞。在杰迪德，井水区给他们提供了足够的水源——距离水井 7 英里的地方有两个大水池，骆驼可以在那里饮水。于是部队开始为行动做准备。他们不放过任何可能增加所携带水量或者减少水量消耗的办法。他们只带了 20 名骑兵。拉马克沁机枪的马匹和拉炮台的骡子已经减至最少。每个不必要的人、牲畜或者物品都被无情地抛弃了。为了减轻负荷腾出更多的空间载水，他们甚至将每支步枪的弹药限制在 100 梭。士兵每天消耗的水限制在 1 品脱，马匹 6 加仑，骡子 5 加仑。为了避免在炎热天气下消耗更多饮水，基奇纳上校决定

第十九章 哈里发的陨落

在夜间行军。他们在杰迪德修建了一个物资仓库，并在那里囤积了两天的食物。除此之外，所有人和牲畜都携带了10天的口粮，运输部队则携带了7天的口粮。因此，这支队伍的食物可支撑他们到2月9日。他们的行动时间，不考虑水源的限制能够达到19天。另外，因为他们安排的一支车队将于1月30日出发，在他们返回时与他们会合，这个时间又延长了5天。

1月23日下午3点，他们开始从科什出发，队中共有1604名军官和士兵，1624头骆驼和其他驮畜。12个小时之前，他们已经派了一小支先头部队前往杰迪德水井区。他们的行军路线穿过一片荒芜的村落，景色凄惨。他们踏上了一片沙滩，上面有荆棘灌木和枯草。贫瘠的树丛从偶尔出现的岩石山脊上向各个方向无限延伸，在山脊上可以获得更广阔的视野。离河10英里远的地方，所有生命迹象全然消失。他们面前是一片荒漠，不像北苏丹的广阔荒漠，而是一片巨大却贫瘠的灌木丛，这可能会阻碍他们前行。其中交错缠绕的荆棘甚至无法给任何生命体带来丝毫的营养物质。

他们的队伍艰难而曲折地穿过这片荒芜之地，白天由埃及红色国旗指引，夜间由高举的杆子上的灯笼带路。前卫队用斧头开辟道路并用白色条纹做标记，后卫队骑着骆驼在后边捡拾丢弃的行李。经过三次漫长的行军，他们终于在25日抵达杰迪德。第一支队伍已经抵达并打开了水井。所有的水井水都很少，而且散发着恶臭，其中一口井还被一条8英尺长的毒蛇占据，它也是这里唯一的生物。骆驼被带到7英里外的水池饮水，或许有希望将水袋装满；但是，那些污浊的泥浆根本不宜饮用，它们不得不驮着空空的水袋回来。

26日继续行军。沿途的树木变得异常高大，灌木丛也成了一片森林，沙质土壤变成了深红色；但除此之外，沿途的村落没有丝毫变化。队伍在阿卜罗克巴停下休整。一些住在小屋中饥肠辘辘的居民指出了哈里发父亲的坟墓和阿卜杜拉到访期间常常进行祈祷的稻草屋。他们说，最近阿卜杜拉已经从艾盖拉撤退到谢克拉，但即使在谢克拉他也经常过来朝拜。

他们白天进行的第二次行军结束时，曾因鞭笞而失忆的向导发现了一大片水质优良的水域，所有人心怀感恩尽情地饮用着这里的水。他们在这个宝贵的水池附近修建了一个小而牢固的营地，军备粮食和一些病人以及一位埃及军官率领的一小支驻军留守在这里。队伍继续行军。29日，他们到达了艾盖拉，在这里，他们发现了哈里发遗弃的营地，就像荒岛上的鲁滨孙[1]发现沙滩上的足迹时一样，他们惊讶不已。一片广阔的空地上，灌木丛被清理得干干净净，那些被砍去小分支的树木看起来非常奇怪。旁边则是营地——黄茅丛生，干净整齐地排列在街道和广场边，绵延数英里。这个奇怪的荒芜小镇看起来像一个死寂的公墓，出现在可怕的灌木丛中，令每一个看到它的人都不寒而栗。其规模可能

---

[1] 鲁滨孙，小说《鲁滨孙漂流记》主人公。

确实与其管理者有关。按最低估算，可容纳20000人。其中有多少人是战士？肯定不少于8000或9000人。然而这支远征军在出发时认为哈里发只有不到1000名战士！

在仔细审视了战斗的每一项预防措施之后，基奇纳上校的队伍开始小心翼翼地缓慢前行，打头的骑兵和骆驼军团很快就遭遇了敌军的侦察兵。双方交火之后，阿拉伯人撤退了。部队停下来，在距离交火地点3英里的地方修建了坚固的营地，度过一夜，期待着敌军的进攻。然而，风平浪静。黎明时分，米特福德率领一支归降的骑兵进行侦察。他在上午10点返回，他的报告证实了根据艾盖拉营地的大小所得出的结论。军官们向前来到一个更好的观察点，发现了山顶上飘扬的托钵僧军旗帜。从它们的数量，以及围绕它们移动的士兵数量来看，正面部队至少有2000名阿拉伯步兵。还有多少预备队不得而知。此外，他们的位置非常有利，四周被深深的峡谷和水潭所包围。

这个消息令人吃惊。基奇纳上校的队伍距离他们的基地125英里；他们身后是一个几乎没有水的村落，面前是强大的敌人。他们进行了一次非正式的战争会议。萨达明确地命令，无论发生什么，都不能坐以待毙——要么进攻，要么撤退。基奇纳上校决定撤退。他的决定被采纳了，下一步是尽快撤出敌军攻击范围，他们在当天晚上便开始行动。撤军的路途相当漫长，而且比来时更加痛苦，没有任何希望或者惊喜能够让士兵们兴奋起来。当他们垂头丧气地回到尼罗河河岸时，在这片被诅咒的土地上升起的恐怖情绪笼罩着所有人。酷热的荆棘丛和散发恶臭的泥滩更让士兵们痛苦不堪。饥饿的居民被经过的部队吸引，从他们的洞穴和角落中爬出，希望从战场上抢夺一些食物。然而失望的他们现在三三两两地在夜晚悄悄靠近营地，可怜巴巴地乞讨食物。他们的乞求无人问津，部队里没有一丁点儿多余的食物。

行军即将结束时，骆驼因为严重缺水开始死亡，很明显，这支队伍已经没有时间了。一头年轻的骆驼虽然没有明显地耗尽体力，但拒绝继续前行，即使在它身旁点火它依然固执地一动不动；它严重烧伤之后，士兵们不得不将其射杀。其他骆驼则全都倒在了途中。这些死亡的骆驼缓解了当地居民的饥饿。当军官回头看的时候，也许只能看到最后一只被抛在身后的骆驼，其他的就成了当地居民的食物。他们偷偷摸摸地从灌木丛中出现，像秃鹫一样扑向骆驼尸体；很多时候，在动物死亡之前，饥肠辘辘的他们便会将其全部吞噬。

2月5日，这支部队来到了科什，科尔多凡野战队克服了种种困难，遭受了万般痛苦，最终瓦解，其失败并不是因为其指挥官、军官或士兵的过错。

将近一年的时间里，他们没有对哈里发采取任何进一步的行动。1899年，从春天到夏天，哈里发一直在科尔多凡保持着至高无上的地位，他重新募集信徒，掠夺村落。这是新政府存在的长期威胁，是当地居民的魔咒，以及引发动荡的最重大因素。他所撤至的贫瘠且缺水的地区，给任何远征行动都制造了巨大的障碍。虽然强大的部队仍然聚集在喀土穆，但干旱的季节加上他们对周围敌军位置的不明确阻止了他们的行动。到了8月底，情报部门通过友军部落成员收到的可靠信息称哈里发和他的全部军队都在杰贝尔杰迪尔安营扎寨，那是20多年前他和马赫迪从阿巴岛逃脱后在南科尔多凡停留过的一座山。徜徉在以往的回忆中，他立刻变成了狂热信徒的焦点。夜复一夜，他睡在马赫迪曾经待过的石头上；日复一日，他梦中的情节被密使传到西苏丹、赫兹拉，甚至是喀土穆。现在，他的位置十分明确，他的行动非常危险，他决定逆马赫迪而行。

10月13日，第一支苏丹营从喀土穆乘轮船出发。到19日，一支约7000人的队伍带着骆驼运输队集中在了卡卡——一个位于法邵达以北不远处白尼罗河上的村庄。这里到杰贝尔杰迪尔的距离大约是80英里，由于前50英里没有水源，所以他们必须用水罐运水。10月23日，指挥步兵的雷金纳德·温盖特爵士带着两个先头营（苏丹第九和第十营）来到距离敌军据点30英里的芬戈，结果却发现哈里发已经于18日离开杰贝尔杰迪尔的营地，退向了沙漠。这次行动无功而返，进一步的行动将会面临更多的困难，身处卡卡的基奇纳勋爵下令停止行动，全军于11月1日带着恼怒和失望返回了喀土穆。

起初大家普遍认为哈里发的意图是退回欧拜伊德或者南达尔富尔遥不可及的地区。埃及军队的官员度过了不愉快的两个星期，他们阅读着莱迪史密斯电报，抱怨糟糕的运气让他们远离战场。但很快恩图曼的集市上就出现了关于秘密武器和起义的奇怪传言。几天之后，这个城市便弥漫着一种隐约的动荡气氛，然后在11月12日突然传来了准确而令人惊讶的消息。哈里发并没有向南或向西撤退，而是向北进军，目的地是恩图曼，并不是欧拜伊德。托钵僧远征军连续两次的失利撤退刺激了哈里发，另外那些过分夸大灾难对苏丹人造成影响的人也让他决定全力以赴进行最后一次尝试，以期重新夺回他以前的所有资本。于是，11月12日，他的前卫队在埃米尔艾哈迈德·费迪尔的指挥下，袭击了尼罗河对面的阿巴岛，然后大胆地朝着正在尼罗河上巡逻的苏丹炮舰苏尔坦号开火。

阿巴岛的名字也许会将读者带回到这个故事最开始的时候。18年前，与傲慢的谢赫争吵之后，马赫迪曾在这里生活、祈祷；阿卜杜拉正是在这里投靠了他；他们在这里竖起了起义的旗帜，埃及军队在这里第一次遭遇惨败。事实上，这里至今仍然居住着曾经的同胞，他们经历了所有那些撼动苏丹微弱造船业的沧桑和动乱。对于历史上偶然的对称性来说，这肯定是一个奇怪的例子，马赫迪运动的残存势力在其发源地被最终摧毁！

传到喀土穆的消息让所有人立即开始行动。苏丹第九和第十三营于11月13日聚集起来，随后在刘易斯上校的率领下火速前往阿巴岛。基奇纳从开罗匆忙向南赶来，于18日抵达喀土穆。一支大约有2300人的野战队随即成立，包括一支骑兵部队、野战炮兵第二支队、马克沁炮兵第一支队、骆驼军团、苏丹第九

第十九章　哈里发的陨落

营、苏丹第十三营和埃及第二营，雷金纳德·温盖特爵士被任命为总指挥。此外还有大约900名阿拉伯步兵和一些非正规军侦察兵。20日，这些部队集中在法什庄园，刘易斯上校正是在那里击退了艾哈迈德·费迪尔。21日下午3点30分，远征军开始沿着西南方向敌军的移动轨迹行进。

远征军在距离法什庄园西南方向约10英里的地方露营，然后在明朗的月光下行进至内菲萨，途中只遭遇到一支大约10人的托钵僧巡逻队。他们在内菲萨找到了艾哈迈德·费迪尔已经撤离的营地，里面有一些他从河岸村落收集的粮食，更有价值的是一个生病的托钵僧情报员，他说埃米尔刚转移至前方5英里的阿卜阿戴尔。埃及官员麦哈穆德·侯赛因很快便证实了这一信息，他正和一支非正规军巡逻队进行大胆的侦察。步兵需要短暂休息，吃点食物，雷金纳德·温盖特爵士命令马洪上校立即率领整个部队向敌人施压，以防艾哈迈德·费迪尔在他们行动之前逃脱。

于是骑兵、骆驼军团、马克沁机枪和非正规军以他们最快的速度出发了，尽管非正规军没有坐骑。在他们之后，步兵仓促地饮水并补充食物，于9点15分匆匆赶来。他们行动之后，灌木丛变得更密集，所有人都聚集在破碎崎岖的地段，大约10点钟时，马克沁机枪开火的声音和步枪的吧嗒吧嗒声宣告马洪已经与敌军交火。火力很快就变得更加激烈，随着步兵逐渐靠近，骑兵部队迅速与敌军遭遇。他们占据了一个低矮的山脊，略高于平原水平面，鲜有灌木丛；这个位置让他们得以在800码之外俯瞰聚集在水塘周围的托钵僧营地。很快步兵和炮兵便如期而至。一直躲在灌木丛中进行散乱射击的托钵僧军，现在突然冲了出来，在平原上向着炮台发起了勇猛而坚决的冲锋。其间的距离已经不超过200码，他们的进攻一度看起来能够取得胜利。但是，苏丹第九和第十三营已经稳步推进了2英里，现在整齐列队，填补了马洪的炮台和骆驼军团以及非正规军步兵之间的空隙；整个部队半圆形的火力全部集中到了敌军身上，托钵僧军被彻底打败，士气低落。两个托钵僧兄弟，齐头并进，在距离炮台95步的地方双双倒下。众多托钵僧被杀，剩下的则纷纷逃散。整个埃及部队朝着撤退的敌军猛攻。托钵僧士兵从1英里远的灌木丛中冲出，在平原的草地上逃窜，5英里外的骑兵和骆驼军团穷追不舍。最后，他们一共发现了320具尸体，至少还有相同数量的伤员。艾哈迈德·费迪尔和他的一两个重要的埃米尔向南逃跑，前去投奔哈里发。埃及军队仅有5人负伤。大约4点钟的时候，部队在交战地点附近列成方阵露营休息。

现在出现了一个相当困难且让人焦虑的问题。他们从战俘那里得知，哈里发带着大约5000名战士正在向北方的杰迪德水井区移动。我们已经在谢克拉侦察行动中听说过这个地方，距离交战地点大约25英里。士兵们因过度消耗而疲惫不堪。水池恶臭无比，甚至连口渴的骆驼都不愿饮用，而水箱里几乎没有水了。因此，迅速抵达杰迪德水井区至关重要。但是倘若疲惫不堪的士兵们挣扎到那里却遭遇一支已经占据水源的强大的托钵僧军，后果将不堪设想！然而，雷金纳德·温盖特爵士依然决定冒此风险，将近午夜时分，队伍再次启程。路面崎岖不平，夜晚沉闷燥热，几个小时过后，步兵们痛苦不堪。许多人苦苦哀求给水。指挥官不得不拒绝所有人的乞求，在得知杰迪德的实情之前，他丝毫不敢消耗仅存的一丁点儿水。在这种情况下，即使那些拥有令人钦佩的耐心的步兵也变得焦躁不安。许多人精疲力竭地倒在地上。24日早上9点钟，骑兵部队终于带来了让人欣慰的消息：他们已经占据水源区，那里没有敌军。水箱中的所有水立即分发下去，补充了水分的步兵挣扎着来到一个水质相对良好的水池周围安顿下来。

在杰迪德，和在内菲萨一样，他们俘获了一个抑郁的托钵僧，从他口中得知哈里发的军队在东南方向7英里处安营扎寨。现在局势已然明了，哈里发的战略位置极为不利。他向北的路线已被封锁；向南撤退的地方水源贫瘠，丛林满布；从费迪尔那里获得的粮食让哈里发进退两难，他似乎很可能会固守原地。因此，温盖特决定在黎明时分袭击他。运输部队停在水边有部队守护，他们接到指示在凌晨4点钟行动，其余部队在午夜时分动身，前方半英里全部是骆驼军团保护着的骑兵部队及其侧翼部队。途中有些地方丛林茂密，他们不得不派步兵和炮兵开路。凌晨3点钟，在距离敌军约3英里的位置，队伍排开作战阵势。非正规军步兵列于正面；在他们身后是苏丹第十三和第九营；再往后则是马克沁机枪和炮兵部队。他们小心翼翼地继续前进，远处的战鼓声和哈里发的号角声打破了沉寂，敌军并非毫无防备。还差几分钟到4点钟时，他们来到了另一个低矮的山脊，并将此处作为据点，这里同样贫瘠。现在骑兵已从正面部队撤回，一小支步兵被派出放哨，剩下的部队躺在小山脊的长草上，等待着黎明的到来。

大约1个小时后，东方的天空逐渐露出鱼肚白，曙光即将到来。模糊的光线下，隐约可以看到哨兵们在地上向前爬行；他们身后是一群模糊的白色人影，沿着成排的树木分布，数量不断增加，几乎无法辨别。雷金纳德·温盖特爵士担心敌军突然向他们冲过来，于是命令所有部队起身开火，瞬间，子弹的呼啸声便和之前的沉默死寂形成了鲜明对比。他们的炮火立即得到了敌军的回应。敌军火力形成了一个宽阔的半圆，不断闪烁，逐渐壮大的埃及军队左翼开始遭遇托钵僧军越来越凶猛的火力。天色渐亮，成群的托钵僧军高声呐喊着向前冲锋；但是埃及军队火力太过凶猛，埃米尔无法带领托钵僧军冲出小树林。发现这个情况之后，温盖特立即下令发起全面进攻。整个部队，沿着缓坡向下快速移动，穿过树林朝着敌军追赶了约1英里半的距离，来到一处营地。在这里的稻草棚下，他们俘获了6000名妇女和儿童，所有这些人，包括许多未受伤的士兵纷纷投降，乞求宽恕。"停火"的命令于6点半在埃及军队中响起。直到那时，他们才发现托钵僧军的损失有多么惨重。军官们似乎认为，在光线昏暗、能见度较低

第十九章 哈里发的陨落

的情况下，步枪不会产生太大的杀伤力。但是，堆积在灌木丛中的尸体是令人信服的证据。在一个不足20码的空间里，躺着托钵僧帝国统治时期所有大名鼎鼎的埃米尔。哈里发阿卜杜拉身中数弹，静静地躺在羊皮衫中；躺在他右边的是阿里·瓦德·赫鲁，左边的是艾哈迈德·费迪尔。他们面前是一群奄奄一息的随身护卫；身后是一些不那么重要的首领；再往后是一堆死伤的战马。这便是在清晨第一道光线中映入英国军官眼帘的凄惨景象，对其中的一些人来说，这意味着多年来危险而艰巨的任务终于完成。他们看起来惊讶不已，但依然心存敬畏，栋古拉的埃米尔尤纳斯挣扎在成堆的尸体下，并未受伤，随后他被锁上了镣铐。

在恩图曼时，阿卜杜拉骑着战马躲在苏格汉姆山后，但在这次的最后一战中，他将自己置于前线。几乎在第一次冲锋时，他的儿子奥斯曼谢赫艾德·丁便受了重伤；在被抬走时，他敦促哈里发带自己逃跑，但是一向高贵的哈里发拒绝了，他有时甚至拒绝高级将领。下马之后，阿卜杜拉命令他的埃米尔效仿他坐在羊皮衫上，等待厄运降临。因此，在与马赫迪主义斗争的最后一幕中，所有引人注目的角色都已经从人们的视野中消失。奥斯曼·狄格纳独自拼命逃跑，企图获得卑微的自由，然而他很快就陷入了长期卑微的奴役之中。

29名埃米尔，3000名战士，6000名妇女和儿童投降被囚禁。埃及军队方面死亡3人，负伤23人。

* * * * * * * * *

整个故事现在已经接近尾声，河战已经结束。前后延续了14年的战争，死伤约30万人，其间展示了众多极端的情况和鲜明的对比。曾经有过大屠杀，还有过其他的游击战；曾经有过令人震惊的怯懦主义，有过振奋人心的英雄主义；有过匆忙紧急的计划，有过仔细斟酌的方案；有过奢侈而残酷的浪费，有过稍微文明的经济发展；有过明智的决定，也有过失职的指挥。但最终目标实现了，英国和埃及的旗帜飘扬在了尼罗河河谷上方。

获得这些胜利的成本是多少？读者必须自己判断人力的损失。也许读者会公开对英勇官兵的死亡以及阿拉伯人的损失感到遗憾，但也应该记住，这种屠杀与战争是分不开的。如果战争是合理的，那么生命的丧失就不应被指责。但是我把这些成本用钱记录了下来，以下的数据可以最好地展示战争的经济成本。

铁路：1181372 英镑

电报线：21825 英镑

炮舰：154934 英镑

军队费用：996223 英镑

总费用：2354354 英镑

第十九章 哈里发的陨落

这场耗资不到 250 万英镑、持续近 3 年的军事行动，波及远离其大本营的 25000 名训练有素的士兵，其中包括一支由 8000 名士兵组成的昂贵的英国特遣队。英埃军队最终完胜起初有 8 万名士兵的敌军，重新占领的领土从北到南有 1600 英里，从东到西有 1200 英里（斯图尔特上校的报告：埃及，1883 年第 11 号），这支敌军曾一度获得 2000 万当地民众的支持。但这并不是全部。在总共的 2354354 英镑中，只有 996223 英镑可以计为军费开支。剩下的 1358131 英镑为埃及带来了 500 英里的铁路，900 英里的电报线和一支汽轮舰队。事实上，铁路不会给投入的资金带来可观的回报，但它会带来一些即刻的好处，最终可能会带来更多。电报线对于国家发展的作用和铁路一样重要，它的成本要低得多；而且，当埃及电报系统与南非相连时，它将成为一个可靠的收入来源。最后，是炮舰，读者对于这些炮舰在战争期间的价值不会产生任何怀疑。从来没有比把钱花在军事设备上更划算的了，虽然河战已经结束，炮舰现在只能发挥常规汽轮的功能。尽管它们对货物和乘客运输来说过于昂贵，但效率却非常高。部队转移费用、军饷、长途通信费用、弹药费用、制服和装备费用、信件费用、奖金，所有费用加起来不到 100 万英镑，而埃及人用这不到 100 万收复了苏丹。

但是，在战争期间这 2354354 英镑必须全额支付。为此，英国提供了 80 万英镑的贷款，这些钱随后转换成了礼物。因此，英国纳税人收复并部分占据苏丹、建立军事声望以及为戈登复仇的成本为 80 万英镑；可以严肃地说，英国历史从未记录过任何如此廉价获得的让整个国家都满意的事迹。其余的钱都是埃及政府提供的，而这个奇怪的国家，就像一头四处觅食的骆驼，没有常规的供给来源，他们的财富很大程度上来源于骆驼。甚至是那些最熟悉埃及财务状况的人也十分困惑，但是埃及经受住了压力。

"与苏丹军事运动有关的额外开支，"埃及总督的财务顾问哥斯特在其 1898 年 12 月 20 日的笔记中写道（财务顾问关于 1899 年预算的说明：埃及，第 3 号，1899 年），"已经充作特别储备基金。"目前该基金的赤字为 336000 英镑，并且由于这次远征尚未偿还的 330000 英镑，使得总赤字为 666000 英镑。

"另一方面，该基金将在年度账目编制时额外增加 382000 英镑，这是扣除年度政务管理支出之后，政府在 1898 年的盈余，另外 90000 英镑是出售埃及总督邮政汽轮收益的一部分。因此赤字将降至 194000 英镑；如果 1899 年与今年一样繁荣，赤字很有希望在 1899 财年结束时消失。"

一个重大的也许是学术性的问题仍然存在：战争是由智慧和权力决定的吗？

如果读者纵览尼罗河地图，肯定会发现它和棕榈树惊人地相似。在顶部，三角洲的绿色肥沃区域就像蔓延的优雅枝叶。由于尼罗河在沙漠中流淌时形成巨大的弯道，因此枝干可能有点扭曲。在喀土穆南部，尼罗河再次和棕榈树近乎完美地相似，树根开始深深地扎进苏丹。我无法想象出更好地解释埃及与南方省份之间亲密关系的图示。水——三角洲的生命之源——自苏丹而来，沿着尼罗河河道流淌，就像树液流经树干，在上面结出丰硕的果实。尼罗河给埃及带来的好处是显而易见的，但并非埃及单独受益。相互连通的好处是相互的。如果苏丹因此在自然和地理上成为埃及不可分割的一部分，那么埃及对于苏丹的发展来说便同样重要。根茎和肥沃土壤的用途是什么？如果根茎被切断，那些重要的营养将如何在地表之上展现其价值呢？

这便是河战的一个明显而真实的缘由。统一那些无法继续无限期分裂的领土；团结那些未来利益密不可分的民族；集中那些可能创造共同利益的力量；联合那些无法改善的东西：这些便是这场战争的目标，也是历史必将追求的目标。

对于那些认为我们与埃及的关系，如同和印度的关系那样，本身就是一种力量源泉的人来说，这场战争给英国带来的利益也显而易见。战争使英国对埃及的控制得到了加强。两国在上尼罗河流域的联合行动和权力构成形成了他们之间的另一种紧密联系。对于重要流域的控制是不可抵挡的武器。法邵达谈判完全摧毁了法国对埃及本土思想的影响；尽管她仍然保留着干涉和阻碍所有财务管理的法律权力，但没有现实影响力的支撑，这种力量就像一具丧失了灵魂的躯体，可能成为一种让人生厌的累赘，这种力量最终必须被分解，直至灰飞烟灭。

除了与埃及的联系，英国已经占领了一片广阔的领土，虽然它的价值有夸大之嫌，但却为欧洲的每一个大国所觊觎。三个世纪以来英国政治家有意或无意推行的占领通航河道的政策得到了进一步践行。在尼罗河河谷，英国可能会发展一种贯穿尼罗河上下游的贸易，与铁路相辅相成，使温带地区的产品和北回归线地区的产品相互交换；同时可以利用北风沿河而上将文明与繁荣带到南方，利用连接海洋的尼罗河发展贸易，创造财富。

附录

1899年1月19日《苏丹协议》正文以及1899年3月21日英法联合发表的声明正文。

英国女王政府和埃及总督政府之间关于未来苏丹管理的协议。

苏丹那些正在反抗埃及总督权威的省份，现在已经被英国女王政府和埃及总督政府的联军收复。现在有必要决定上述重新收复的省份的行政和立法制度，在这种制度下，可以适当考虑其落后且未安定的大部分人口，以及不同地区的不同要求。人们希望曾经让英国女王政府权威不断增长的声明尽快生效，通过政府的权力来分享目前的解决方案和未来的工作并发展上述行政和立法制度。而且，人们认为，出于多种目的，瓦迪哈勒法和萨瓦金可以分别与他们毗邻的被收复的省份一起进行最有效的管理。现在，被授权的签约双方为实现此目的特此达成一致并宣布如下：

条款一

本协议中的"苏丹"一词是指北纬22°以南的所有地区，其中包括：1. 自1882年以来，埃及军队从未撤离过的地区；2. 苏丹在最近叛乱之前暂时落入埃及手中,由总督管辖,并被英国女王政府和埃及政府共同收复并管辖的地区;3.可能被两国政府收复后共同管辖的地区。

条款二

在苏丹境内,除了仅可使用埃及国旗的萨瓦金,英国和埃及国旗应同时使用,不论是在陆域还是水域。

条款三

苏丹至高无上的军事和民事指挥权应授予同一位军官,称为"苏丹总督"。他应在英国女王政府的推荐下,通过埃及总督法令任命,且只能在英国女王政府同意的情况下通过埃及总督法令废黜。

条款四

为创造良好的苏丹政府,规范各种财产的持有、处置和转让的法律以及拥有所有法律效力的法令和法规,可通过总督声明颁布、修订或废除。此类法律、法令和法规可适用于全苏丹或任何指定的地区,任何现有法律或法规可在明显需要或可能需要时被更改或废除。所有这些宣言应立即通知英国女王政府和位于开罗的总领事以及埃及总督政府部长议会主席。

条款五

此后埃及颁布的任何法律、法令、法规或部长命令将不得应用于苏丹或任何本协议提及的地区，同样的规定适用于上文提及的总督声明。

条款六

根据总督声明，欧洲人无论何种国籍，可以与苏丹进行自由贸易或在苏丹定居，或在其权利范围内拥有一定的财产，任何人或权利主体都不应享有特权。

条款七

从埃及进口至苏丹的货物不应征收进口关税；对来自埃及以外地区的货物可以征收关税。但是，如果货物通过萨瓦金或红海沿岸的其他港口进入苏丹，征收的关税则不得超过当前埃及从国外进口货物征收的相应关税。对于苏丹出口的货物，可按照声明中规定的税率征收关税。

条款八

除萨瓦金外，联合法庭的司法权不得因任何原因在苏丹境内扩大，也不得因任何原因而被承认。

条款九

除萨瓦金外,苏丹应沿用军事法律,直到总督声明决定做更改。

条款十

没有英国女王政府的允许,不得任命任何领事、副领事或者代理领事,也不得允许相关人物在苏丹居住。

条款十一

苏丹完全禁止奴隶贸易。总督声明中应特别指明,以强制执行此法规。

条款十二

双方政府同意特别关注并实施1890年7月2日通过的《布鲁塞尔法案》中关于进口、销售以及生产枪支弹药和蒸馏酒精的条款。

1899年1月19日,于埃及签订

签名:波特罗斯·加利·克罗默

关于英法两国在中非的势力范围的声明

（1899 年 3 月 21 日于伦敦签署）

双方政府正式授权的签署人签署了下列声明——1898 年 6 月 14 日《尼日尔公约》第四条，应由下列条款组成，这些条款应被视为其不可分割的一部分：

1. 英国女王政府不得在下文中所界定的边界线以西获得任何领土或政治势力，法国政府同样不得在该区域以东获得任何领土或政治势力。

2. 边界线应以刚果自由政府与法国领土边界的尼罗河分水岭以及尼罗河支流与刚果之间的分水岭沿线为准。实际上应是分水岭与北纬 15° 纬线交叉的位置，以便在原则上将瓦达伊王国从 1882 年的达尔富尔省中分离。但在任何情况下，边界线向西都不能越过东经 21° 经线（巴黎以东 18° 40′），或向东不能越过东经 23° 经线（巴黎以东 20° 40′）。

3. 双方原则上同意，法国势力范围最北至北纬 15° 纬线，实际应为北回归线与东经 16° 经线（巴黎以东 13° 40′）交叉点开始向东南延伸至东经 24° 经线（巴黎以东 21° 40′），然后沿着东经 24° 经线直至北纬 15° 纬线的东北部和东部。达尔富尔的边界，也将据此最终确定。

4. 两国政府应任命专员根据本声明第二段的说明，负责划定边界线。最终划定的边界线应提交各自政府批准。双方一致认可1898年6月14日公约第九条的规定同样适用于位于北纬14°20′纬线以南，北纬5°纬线以北，东经14°20′经线（巴黎以东12°）和上尼罗河区域之间的领土。

1899年3月21日于伦敦签署
索尔兹伯里
保罗·康邦

河战行军示意图

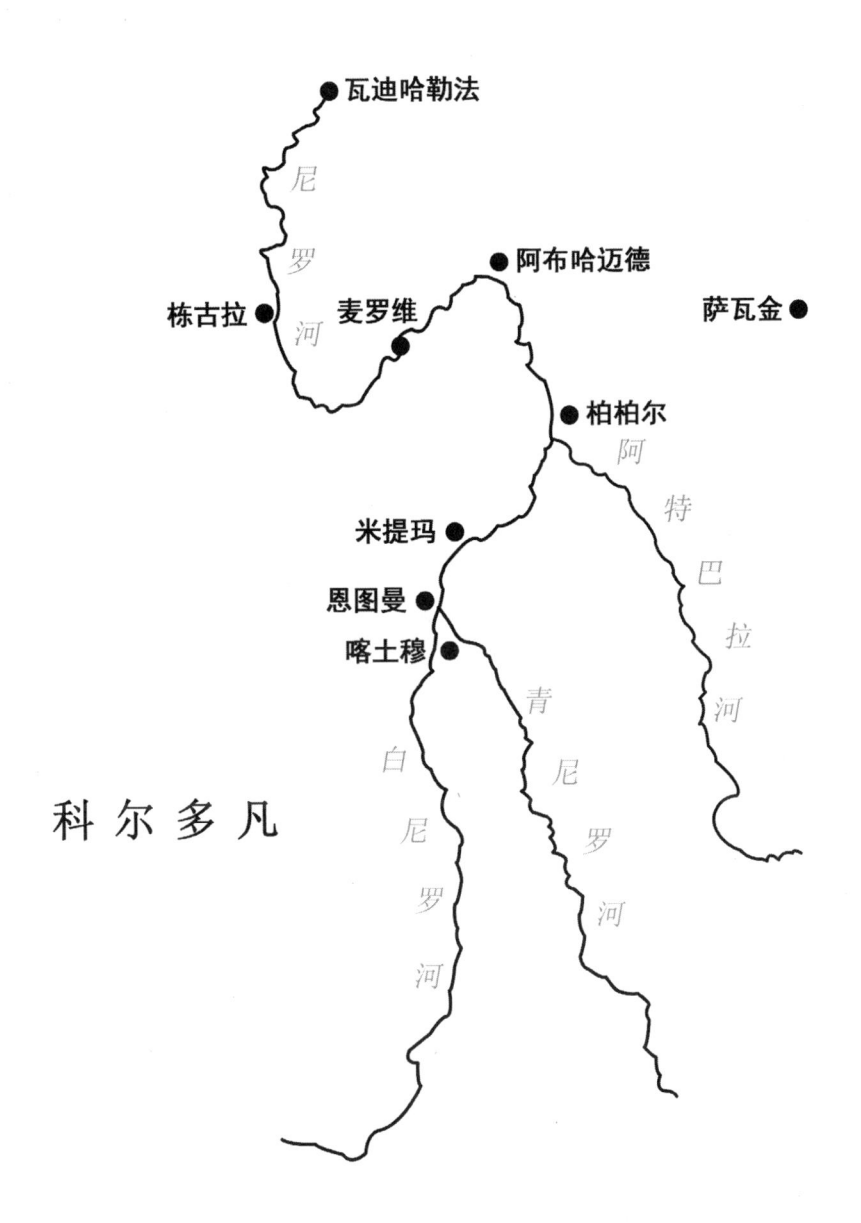